D1395304

De gulden middenweg

Annabel Lyon

De gulden middenweg

Vertaald door
Marja Borg

Anthos | Amsterdam

Deze uitgave kwam mede tot stand dankzij een subsidie van
The Canada Council for the Arts.

ISBN 978 90 414 1721 3
© 2009 Annabel Lyon
© 2011 Nederlandse vertaling Ambo | Anthos *uitgevers*,
Amsterdam en Marja Borg
Het fragment op p. 9 is afkomstig uit *Alexander* van Plutarchus,
in de vertaling van Gerard Janssen (Chaironeia, Leeuwarden)
Oorspronkelijke titel *The Golden Mean*
Oorspronkelijke uitgever Knopf, Canada
Omslagontwerp Marry van Baar
Omslagillustratie © Michael Duva / Stone / Getty Images
Foto auteur © Phillip Chin

Verspreiding voor België:
Veen Bosch & Keuning uitgevers n.v., Antwerpen

Voor mijn ouders, mijn kinderen en Bryant

DRAMATIS PERSONAE (IN VOLGORDE VAN OPKOMST)

Aristoteles, *een filosoof*
Callisthenes, *neef en leerling van Aristoteles*
Pythias, *vrouw van Aristoteles*
Hermeias, *satraap van Atarneus, voormalige beschermheer van Aristoteles*
Philippus, *koning van Macedonië*
Phila, Audata, Philinna, Nikesipolis, *vrouwen van Philippus*
Olympias, *vrouw van Philippus, koningin van Macedonië*
Leonidas, *een van Aristoteles' leermeesters*
Carolus, *een toneelregisseur*
Demosthenes, *een redenaar uit Athene, vijand van Philippus*
Arrhidaeus, *zoon van Philippus en Philinna, oudere halfbroer van*
   Alexander
Philes, *min van Arrhidaeus*
Alexandros, *koning van Epirus, broer van Olympias*
Antipater, *een generaal, regent bij afwezigheid van Philippus*
Alexander, *zoon van Philippus en Olympias*
Arimnestus en Arimneste, *tweeling, jongere broer en zus van Aristoteles*
Proxenus, *echtgenoot van Arimneste, voogd van Aristoteles na de dood van*
   zijn ouders
Amyntas, *vader van Philippus, koning van Macedonië*

Illaeus, leerling van Plato, leermeester van Aristoteles

Perdiccas, oudere broer van Philippus, koning van Macedonië na de dood van Amyntas

Euphraeus, leerling van Plato, leermeester van Perdiccas

Hephaistion, beste vriend van Alexander

Ptolemaeus, andere vriend van Alexander

Lysimachus, een van Alexanders leermeesters

Pausanias, een Macedonische officier, later een van de lijfwachten van Philippus

Tycho, een slaaf van Aristoteles

Artabazus, een Perzische vluchteling aan het Macedonische hof

Athea, een slavin van Aristoteles

Meda, zesde vrouw van Philippus

De kleine Pythias, dochter van Aristoteles en Pythias

Xenocrates, een filosoof, opvolger van Speusippus als directeur van de Academie

Eudoxus, een filosoof, directeur van de Academie bij afwezigheid van Plato

Callippus, een filosoof, vriend van Eudoxus

Nicanor, zoon van Arimneste en Proxenus

Plato, een filosoof, directeur van de Academie

Speusippus, Plato's neef, na de dood van zijn oom directeur van de Academie

Herpyllis, dienares van Pythias, na de dood van Pythias metgezellin van Aristoteles

Cleopatra, de zevende echtgenote van Philippus

Attalus, vader van Cleopatra

Eurydice, dochter van Philippus en Cleopatra

Pixodarus, satraap van Caria, potentiële schoonvader van Arrhidaeus

Thessalus, een toneelspeler

Nicomachus, zoon van Aristoteles en Herpyllis

Wij schrijven namelijk geen geschiedwerk, maar biografieën en het zijn lang niet altijd de meest opvallende daden, waarin de grootsheid of onbeduidendheid van iemand zich manifesteert. Nee, een simpele handeling, uitspraak of grapje benadrukt iemands karakter vaak beter dan veldslagen met duizenden doden, de langste frontlinies of belegeringen van steden.

Plutarchus, *Alexander*

1

De regen die in zwarte snaren neervalt geselt mijn dieren, mijn mannen en mijn vrouw Pythias, die afgelopen nacht met haar benen gespreid lag terwijl ik de monding van haar geslacht bestudeerde, en die, op deze tiende dag van onze reis, stille tranen van uitputting huilt. Op het schip leek ze zich wel op haar gemak te voelen, maar dit laatste gedeelte over land is een nieuwe ervaring die haar zwaar valt, en dat is haar aan te zien. Haar merrie strompelt; ze heeft de teugels weer laten vieren zodat het dier slaapwandelt. Ze rijdt onbeholpen, gaat gebukt onder de last van haar doorweekte kledij. Eerder vandaag heb ik haar voorgesteld om op een van de karren te gaan zitten, maar ze verzette zich, iets wat zo zelden voorkomt dat ik moest glimlachen zodat zij beschaamd haar blik afwendde. Callisthenes, mijn neef, bood aan het laatste stuk te lopen, en met enige moeite wisten we haar op zijn grote vos te tillen. De eerste keer dat het dier zich onder haar bewoog klampte ze zich krampachtig aan de teugels vast.

'Zit je stevig?' vroeg ik terwijl de karavaan zich om ons heen in beweging zette.

'Natuurlijk.'

Ontroerend. Waar ik vandaan kom, waar we nu naar terugke-

11

ren, zijn mannen goed met paarden, en dat weet ze. Gisteren heb ik zelf op de karren doorgebracht zodat ik kon schrijven, maar nu rijd ik zonder zadel, zoals mijn landgenoten gewoon zijn, een zware klus voor iemand als ik die al zo lang een zittend leven leid. Je kunt echter moeilijk op een kar blijven zitten terwijl een vrouw te paard gaat; en ik besef ineens dat dit precies haar bedoeling was.

In het begin viel ze me nauwelijks op, een mooi meisje met een wezenloze blik, in de periferie van Hermeias' menagerie. Inmiddels vijf jaar geleden. Atarneus was ver verwijderd van Athene, aan de andere kant van de grote zee, verscholen in de flank van het Perzische Rijk. Dochter, nicht, beschermelinge, concubine – de waarheid glad als zijde.

'Ze bevalt je,' zei Hermeias. 'Ik zie hoe je naar haar kijkt.' In zijn jeugd dik, sluw en volgens de geruchten een geldwisselaar, later moordenaar en huursoldaat; nu, naar verluidt, een eunuch, en een rijk man. Ook een politicus, een satraap die koppig standhoudt tegen de barbaren: Hermeias van Atarneus. 'Breng me mijn denkers!' placht hij te roepen. 'Grote mannen omringen zich met denkers! Ik wens omringd te zijn!' En dan lachte hij en sloeg zich op de knieën, onder de toeziende blik van het meisje Pythias dat veel te weinig met haar ogen leek te knipperen. Ze werd een geschenk, een van de vele, want ik was een gunsteling. Tijdens onze huwelijksnacht hulde ze zich in sluiers, ging op bed liggen en griste de lakens weg voordat ik kon zien of ze had gebloed. Ik was toen zevenendertig, zij vijftien, en moge de goden het me vergeven, maar ik ging tekeer als een bronstige hengst. Hengst, zwijn.

'Nou? Nou?' vroeg Hermeias de volgende ochtend lachend.

Nacht na nacht na nacht. Ik probeerde het goed te maken met vriendelijkheid. Ik behandelde haar met grote hoffelijkheid, gaf haar geld, sprak tegen haar met zachte stem en vertelde haar over mijn werk. Ze was niet dom; in haar ogen flakkerden gedachten als vissen in diepe vijvers. We brachten drie jaar door in Atarneus, tot we de hete adem van de Perzen in onze nek voelden. Daarna twee jaar in het mooie stadje Mytilene, op het eiland Lesbos, waar ze de havenbodem hebben geplaveid om te voorkomen dat er vijandelijke schepen voor anker gaan. En nu deze reis. Ze ondergaat alles met een onaanraakbare waardigheid, zelfs wanneer ze met haar knieën gespreid ligt terwijl ik voorzichtig aan mijn voortplantingsonderzoek werk. Vissen bestudeer ik ook, en dieren in het veld, en vogels, wanneer ik die te pakken kan krijgen. Te midden van de plooien bevindt zich een zaadje, als het zaadje van een granaatappel, en het gat zelf is geribbeld als een oester. Soms vochtig, soms droog. Niets is me ontgaan.

'Oom.'

Ik volg de vinger van mijn neef en zie de stad op de moerasvlakte beneden ons, groter dan ik me haar herinner, meer uitgewaaierd. De regen neemt af, sputtert en spettert alleen nog maar onder een plotseling klare goudgrijze hemel.

'Pella,' kondig ik aan om mijn druipende, dof-ogige vrouw wakker te schudden. 'Hoofdstad van Macedonië. Daar de tempel, daar de markt, het paleis. Je kunt het net zien. Groter dan je had verwacht?'

Ze reageert niet.

'Aan het dialect zul je vast wel moeten wennen. Het is snel, maar niet echt heel anders. Wat ruwer.'

'Ik red me wel,' zegt ze, niet al te hard.

Ik ga naast haar rijden en pak haar teugels om haar bij me te houden terwijl ik praat. Het is goed van haar om te moeten luisteren, te moeten denken. Callisthenes loopt naast ons.

'De eerste koning kwam uit Argos. Een Griek, hoewel de bewoners dat niet zijn. Er is hier een enorme rijkdom: hout, tarwe, graan, paarden, vee, schapen, geiten, koper, ijzer, zilver, goud.'

Feitelijk hoeven ze alleen olijven te importeren. Zo ver naar het noorden is het in het algemeen te koud voor olijven, en te bergachtig. En wist je dat de meeste schepen van de vloot van Athene gebouwd zijn van Macedonisch hout?'

'Hebben wij olijven bij ons?' vraagt Pythias.

'Ik neem aan dat je weet over de oorlogen, liefste?'

Ze frunnikt wat aan de teugels, plukt eraan alsof het de snaren van een lier zijn, maar ik laat ze niet los. 'Ja, dat weet ik,' zegt ze na een tijdje.

Totaal onwetend natuurlijk. Als ik de hele dag zou moeten weven, dan zou ik op zijn minst een paar strijdtaferelen weven. Ik breng haar de Atheense verovering van Perzië in herinnering, onder de grote generaal Pericles, in de tijd van mijn overgrootvader, toen Athene de machtigste vloot had. Daarna tientallen jaren durende conflicten in de Peleponnesos, waarin Athene moest bloeden en uiteindelijk, tijdens de jeugd van mijn vader, door Sparta, met enige steun van Perzië, op de knieën werd gedwongen; en later, tijdens mijn eigen jeugd, Sparta dat zelf werd verslagen door Thebe, toen de opkomende macht. 'Ik zal je een taak opgeven. Je moet Thermopylae voor me borduren. Dat hangen we dan boven ons bed.'

Nog steeds keek ze me niet aan.

'Thermopylae,' zeg ik. 'Goden, vrouw. De pas. De pas waar de Spartanen drie dagen weerstand hebben weten te bieden aan de Perzen, een leger dat tien keer zo groot was als het hunne. Een van de grootste veldslagen in de geschiedenis van de oorlogsvoering.'

'Met veel roze en rood erin,' stelt Callisthenes voor.

Ze kijkt me even recht in de ogen. Ik lees: *doe niet zo neerbuigend.* En ook: *ga verder.*

Tegenwoordig, zo vertel ik haar, is het jonge Macedonië in opkomst, onder Philippus met zijn vijf vrouwen. Eén huwelijk om elk akkoord te bekrachtigen en elke overwinning te bezegelen: Phila uit Elimea, in het noorden; Audata, de Illyrische prinses; Olympias uit Epirus, zijn eerste vrouw, de enige die koningin wordt genoemd; Philinna uit Thessalië; en Nikesipolis uit Pherae, een schoonheid die in het kraambed is gestorven. Na Thessalië is Philippus ook Thracië binnengevallen, maar hij heeft nog geen Thracische vrouw genomen. Ik blader door de bibliotheek onder mijn schedeldak, op zoek naar een interessant weetje. 'De Thraciërs scheppen er genoegen in om hun vrouwen te tatoeëren.'

'Mmm.' Callisthenes sluit zijn ogen, alsof hij net zijn tanden in iets smakelijks heeft gezet.

We zijn inmiddels aan de afdaling begonnen. Onze paarden schuifelen over de losse stenen terwijl we onze weg naar de moerasvlakte onder aan de heuvel vervolgen. Pythias schuift heen en weer in het zadel, ze fatsoeneert haar kleren, strijkt haar wenkbrauwen glad en raakt met een vingertop haar mondhoeken aan, ter voorbereiding op de stad.

'Liefste.' Ik leg mijn hand op de hare om haar te laten stoppen met haar gepruts en haar aandacht terug te winnen. Mijn neef negeer ik. Een Thracische vrouw zou hem met huid en haar verslinden en dan de botjes uitspugen, slappe hap die hij is. 'Er zijn nog wat dingen die je moet weten. Anders dan wij houden ze geen slaven, zelfs niet op het paleis. Iedereen werkt. En ze hebben ook geen priesters. De koning vervult die functie voor zijn onderdanen. Hij begint elke dag met offergaven en als er iemand met een god wenst te spreken gaat dat via hem.' Heiligschennis: dit bevalt haar niets. Ik kan haar lichaam lezen. 'Pella is heel anders dan het hof van Hermeias. Vrouwen maken hier geen deel uit van het openbare leven.'

'Wat wil dat zeggen?'

Ik haal mijn schouders op. 'Mannen en vrouwen gaan niet samen naar feesten, ze eten zelfs niet samen. Vrouwen uit jouw stand vertonen zich nergens. Ze gaan niet naar buiten.'

'Het is te koud om naar buiten te gaan,' zegt Pythias. 'Bovendien, wat maakt het uit? Volgende week om deze tijd zullen we in Athene zijn.'

'Inderdaad.' Ik heb haar uitgelegd dat we deze omweg alleen maar maken om Hermeias een gunst te bewijzen. In Pella hebben ze me slechts een dag of twee nodig, hooguit een week. De boel schoonmaken, laten drogen, de dieren laten uitrusten, Hermeias' post bezorgen en verder trekken. 'Er is sowieso weinig te beleven voor je in het openbare leven.' De kunsten worden slechts spaarzaam geïmporteerd. Hier is de zwijnenjacht belangrijk, is drinken belangrijk. 'Je hebt nog nooit bier geproefd, hè? Je moet het echt eens proberen voordat we weggaan.'

Ze negeert me.

'Bier!' roept Callisthenes. 'Ik drink dat van u wel op, tante.'

'Denk eraan dat we nu diplomaten zijn,' zeg ik tegen de jongeman die geneigd is te gaan giechelen wanneer hij opgewonden raakt.

De karavaan versnelt het tempo en mijn vrouw recht haar rug. We gaan verder.

Ondanks de regen en de zuigende modder die tot aan de enkels komt brengen we een heel gevolg op de been wanneer we door de buitenwijken trekken, mannen en vrouwen die hun huizen uit komen om naar ons te kijken, en kinderen die ons achterna rennen en aan de huiden trekken die de uitpuilende karren bedekken, in de hoop dat er een of ander aandenken zal losraken. Vooral de kar met de kooien – wat doorweekte vogels en kleine dieren – geniet hun belangstelling. Ze stuiven eropaf en deinzen dan meteen weer achteruit, gillend van pret en met hun handen wapperend alsof ze zijn gebeten. De kinderen zijn over het algemeen groot en goedgebouwd. Mijn mannen proberen tevergeefs een troepje bedelaars van zich af te trappen terwijl mijn neef zo aardig is om hun zijn lege zakken te tonen als blijk van zijn armoede. De gesluierde Pythias trekt de meeste aandacht.

Bij het paleis praat mijn neef met de wacht, waarna we worden binnengelaten. Terwijl de poort zich achter ons sluit en we afstijgen, zie ik een jongen – van een jaar of dertien misschien – tussen de karren dwalen. Nat haar dat aan zijn hoofd plakt, blozend gezicht, grote kalfsogen.

'Weg daar!' roep ik wanneer de jongen probeert te helpen met een van de kooien, toevallig een kameleon, en wanneer de jongen zich verbaasd naar me omdraait voeg ik er wat vriendelijker aan toe: 'Anders word je nog gebeten.'

De jongen lacht. 'Ik?'

Bij nadere inspectie blijkt dat de kameleon naar stront ruikt en lethargisch en gevaarlijk bleek is; ik hoop dat hij niet dood zal gaan voordat ik een echte ontleding heb kunnen voorbereiden.

'Zie je zijn ribben?' zeg ik tegen de jongen. 'Die zijn anders dan de onze. Ze lopen helemaal door naar beneden en raken elkaar weer op de buik, net als bij een vis. De poten buigen in tegengestelde richting als die van een mens. Zie je zijn tenen? Hij heeft er vijf, net als jij, maar met klauwen als van een roofvogel. Wanneer hij gezond is, verandert hij van kleur.'

'Dat wil ik weleens zien,' zegt de jongen.

Samen bestuderen we het gedrocht, het oog dat nooit dichtgaat en de staart die is opgerold als een riem.

'Soms wordt hij donker, bijna zo donker als een krokodil,' vertel ik. 'Of gevlekt, als een luipaard. Maar ik ben bang dat je dat vandaag niet te zien zult krijgen. Hij is zo goed als dood.'

De blik van de jongen dwaalt langs de karren. 'Vogels,' zegt hij.

Ik knik.

'Gaan die ook dood?'

Ik knik.

'En wat zit daarin?' De jongen wijst naar een kar met grote amforen waartussen stukken hout en stenen zijn geklemd om te voorkomen dat ze omvallen.

'Geef me eens een stok.'

Weer die verbaasde blik.

'Daar.' Ik wijs naar de grond, zo'n halve meter voor me en draai me dan kalmpjes om om het deksel van een van de kruiken te wrikken. Wanneer ik me weer omdraai, houdt de jongen de stok voor me op. Ik pak hem aan, steek hem in de kruik en por er een paar keer zacht in.

'Het stinkt,' zegt de jongen.

De geur van zeewater, romig en ranzig, vermengt zich inderdaad met de geur van paardenvijgen op de binnenplaats.

Ik trek de stok eruit. Aan het uiteinde heeft zich een kleine krab vastgeklampt.

'Dat is gewoon een krab.'

'Kun je zwemmen?' vraag ik.

Wanneer de jongen geen antwoord geeft vertel ik hem over de lagune waar ik placht te duiken, het flitsende zonlicht en daarna de plons. Deze krab, leg ik hem uit, komt daarvandaan. Ik weet nog dat ik met de vissers mee voorbij het rif ging en hen met de netten hielp om de vangst te kunnen bestuderen. Daar zwom ik ook, op de plek waar het water dieper en kouder was en de stromingen als ribben in rotsen liepen, en meer dan eens moesten ze me redden, werd ik kuchend weer aan boord gesleept. Terug op de kust legden de mannen kampvuurtjes aan, ze brachten hun offers en maakten wat onverkoopbaar was voor zichzelf klaar. Op een keer ben ik met hen op dolfijnenjacht geweest. In hun kano's van boomstammen omcirkelden ze een school, en ze sloegen met hun riemen op het water om zoveel mogelijk lawaai te maken. Bij hun vluchtpogingen kwamen de dieren op het strand terecht. Zodra we aan land waren sprong ik uit de kano, ik klotste door het ondiepe water en eigende me er eentje toe. De vissers waren verbijsterd over mijn belangstelling voor de ingewanden die oneetbaar waren en voor hen dus afval. Ze verbaasden zich over mijn tekeningen van ontledingen, wezen verwonderd naar vogels en muizen en slangen en torren, en juichten wanneer ze een vis herkenden. Maar zoals tijdens de zonsondergang oranje reeds binnen enkele seconden tot blauw verflauwt, zo snel verflauwt in de meeste mensen verwondering tot afschuw. Een mooie metafoor voor de harde les die ik lang geleden heb geleerd. De grotere tekeningen – van een koe, een schaap, een geit, een hert, een hond, een kat, een kind – liet ik thuis.

Ik zie het ijzige onbegrip van mijn collega's in Athene al voor me. Wetenschap is het werk van de geest, zullen ze zeggen, en ik zit hier een beetje mijn tijd te verdoen met zwemmen en wat rondscharrelen.

'Pas als we de feiten hebben zullen we de oorzaken te weten komen,' zeg ik. 'Dat is het voornaamste wat we moeten begrijpen. We moeten de wereld bestuderen, snap je wel? Van de feiten gaan we naar de principes, en niet andersom.'

'Vertel me nog eens wat feiten,' zegt de jongen.

'Inktvissen leggen net zoveel eitjes als giftige spinnen. De hersens bevatten geen bloed en in de rest van het lichaam kan het bloed alleen maar in bloedvaten zitten. Berenjongen worden zonder gewrichten geboren, en hun ledematen moeten in vorm worden gelikt door hun moeders. Sommige insecten worden voortgeplant door de dauw, en sommige wormen planten zich spontaan voort in mest. In jouw hoofd is een doorgang die loopt van je oor naar je gehemelte. Verder komt de luchtpijp vrij dicht bij de opening van de achterkant van de neusgaten de mond binnen. Daarom komt de drank ook je neus uit als je te snel drinkt.'

Ik knipoog, en voor het eerst lacht de jongen flauwtjes.

'Volgens mij weet u over sommige dingen meer dan mijn leermeester.' De jongen zwijgt even, alsof hij een reactie verwacht op deze opmerkelijke uitspraak.

'Dat is goed mogelijk,' zeg ik.

'Mijn leraar, Leonidas.'

Ik haal mijn schouders op alsof die naam me niets zegt. Ik wacht tot hij nog iets zal zeggen, om me te helpen of me tot last te zijn, maar hij stuift het paleis weer in, gewoon een jongen die wegrent voor de regen.

En daar komt onze gids al aanzetten, een dikbuikige lakei die ons voorgaat naar een reeks zalen in het paleis. Zelfs in deze regen druipt hij van het zweet en hij glimlacht tevreden als ik hem een stoel en een kroes water aanbied. Hij zegt dat hij weet wie ik ben, dat hij me als kind heeft gekend. Zou kunnen. Wanneer hij drinkt blijven er kleine kruimeltjes achter op de binnenkant van de kroes hoewel we niets eten.

'O ja, ik herinner me u nog wel,' zegt hij. 'Het zoontje van de dokter. Heel serieus, heel serieus. Is hij veranderd?' Hij knipoogt naar Pythias, die niet reageert. 'En is dat uw zoon?'

Hij bedoelt Callisthenes. De zoon van mijn neef, leg ik uit, die ik voor het gemak ook neef noem; hij vergezelt me als mijn leerling op mijn reis.

Pythias en haar dienaressen trekken zich terug in een binnenkamer; mijn slaven heb ik naar de stallen gestuurd. We zijn met te velen voor de kamers die ons zijn toebedeeld, en daar zullen ze het warm genoeg hebben. En ook uit zicht zijn. Hoewel men slavernij hier wel kent is ze niet gebruikelijk, en ik wil niet al te zeer opvallen. We kijken uit op een kleine binnenplaats met een klaterende fontein en wat bomen in potten, amandel en vijg. Mijn neef heeft daar zijn toevlucht gezocht in de beschutting van de zuilengalerij en houdt met zichzelf een betoog over het een of an-

der waarbij zijn fijne wenkbrauwen zich vanwege de ingewik-
keldheid van zijn gedachten opkrullen en donker worden als de
noot van een walnoot. Ik hoop dat hij werkt aan de werkelijkheid
van getallen, een probleem waar ik de laatste tijd belangstelling
voor koester.

'Dus u bent teruggekomen omdat het nu pas echt leuk wordt,'
zegt de lakei. 'Oorlog, oooorlog!' Hij slaat met zijn dikke vuisten
op zijn borstkas en lacht. 'Komt u ons helpen de wereld te bestie-
ren?'

'Dat komt vanzelf,' zeg ik. 'Onze tijd is daar.'

De dikke man lacht weer en klapt in zijn handen. 'Heel goed,
dokterszoontje,' zegt hij. 'U leert snel. Zeg: "Ik spuug op Athene."'

Ik spuug, gewoon om hem aan het lachen te maken, om al die
vetrollen in beweging te zetten.

Wanneer hij is verdwenen kijk ik weer naar de binnenplaats.

'Ga maar naar hem toe,' zegt Pythias, die samen met haar dienaressen achter me langsloopt om de lampen te ontsteken tegen
de invallende duisternis.

Achter andere ramen zie ik al licht branden, kleine twinkelin-
getjes, en ik hoor de stemmen van mannen en vrouwen die terugkeren naar hun vertrekken om er de avond door te brengen
nu hun openbare verplichtingen erop zitten. Het paleisleven is
overal hetzelfde. Ik was blij het een tijdje de rug te kunnen toe-
keren hoewel ik weet dat Hermeias teleurgesteld was toen we
hem verlieten. Machtige mannen vinden het nooit prettig om
verlaten te worden.

'Ik red me hier wel,' zegt Pythias. 'Wij zorgen wel voor het uitpakken. Ga nu maar.'

'Hij zit al tien dagen met ons opgescheept. Waarschijnlijk wil
hij liever even alleen zijn.'

Een soldaat komt me vertellen dat de koning me morgenochtend kan ontvangen. Daarna komt er een page met schalen eten, vers en gedroogd fruit, visjes en wijn.

'Eet wat,' zegt Pythias. Er is al enige tijd verstreken; ik weet niet hoeveel precies. Ik zit in een stoel, met een deken om me heen geslagen, en zij zet een zwart bord en een kroes bij mijn voeten. 'Je weet best dat je altijd opknapt van een beetje eten.'

Ik huil; iets met Callisthenes, en het vallen van de avond, en de verontrustende wanorde van ons leven zoals het nu is. Ze klopt me zacht op mijn gezicht met de mouw van haar jurk, een groene die ik mooi vind. Ze heeft de tijd gevonden om iets droogs aan te trekken. Er liggen overal natte spullen uitgespreid; ik zit in de enige stoel die niet in een tent is veranderd.

'Hij is nog zo jong,' zegt ze. 'Hij wil gewoon wat van de stad zien, meer niet. Hij komt heus wel terug.'

'Dat weet ik.'

'Eet dan wat.'

Ik sta toe dat ze me een hapje vis in de mond stopt. Olie, een scherpe zoute smaak. Het dringt tot me door dat ik honger heb.

'Zie je wel?' zegt ze.

Voor deze ziekte bestaat geen naam, geen diagnose, geen behandeling die vermeld wordt in de medische boeken van mijn vader. Zelfs iemand die naast me stond zou niet merken welke symptomen ik vertoon. Een metafoor: ik lijd aan kleuren: grijs, warmrood, maanzaadzwart, goud. Ik weet vaak niet hoe het verder moet, hoe ik het beste kan leven met een aandoening die ik niet kan verklaren en niet kan genezen.

Ik sta toe dat ze me in bed stopt. Ik lig tussen de lakens die ze heeft verwarmd met stenen uit de haard en luister naar het geruis van de kleren die ze uittrekt. 'Je hebt vandaag voor me gezorgd,' zeg ik. Ik heb mijn ogen dicht, maar ik kan horen dat ze haar schouders ophaalt. 'Ervoor gezorgd dat ik reed. Je wilde niet dat ze me zouden uitlachen.'

Achter mijn gesloten oogleden vlamt roodheid op; ze heeft een kaars naast het bed gezet.

'Vanavond niet,' zeg ik.

Voorafgaand aan ons trouwen heb ik haar vele geschenken gegeven: schapen, sieraden, parfum, aardewerk, prachtige kleren. Ik heb haar leren lezen en schrijven omdat ik dol op haar was en haar iets wilde geven waar nog geen minnaar aan had gedacht.

De volgende ochtend zie ik het briefje dat ze voor me heeft achtergelaten, het gekrabbel van muizen dat ik meende te horen voordat ik indommelde: *warm, droog.*

Mijn neef ligt nog languit op zijn bedbank wanneer ik op weg naar mijn audiëntie door zijn kamer kom. Hij heeft gedronken en hij is geneukt; zijn gezicht is rozig en bezweet, zijn slaap diep, de geur van bloemen onaangenaam zoet. We zullen allemaal een bad moeten nemen, straks. Weer een grijze dag, met kou in de lucht en de dreiging van regen. Je zou niet zeggen dat het lente was. Mijn stemming voelt wankel maar draaglijk; ik loop langs de rand van de afgrond, maar slaag er vooralsnog in om niet te vallen. Misschien dat ik straks zelf ook naar de stad ga, om in mijn geheugen te wroeten, iets op te diepen uit de put van mijn geest.

Het is net alsof het paleis zich tijdens mijn lange afwezigheid heeft herschikt, zoals een slang zijn kronkelingen kan herschikken. Ik herken elke deur en gang maar niet hun volgorde, en op zoek naar de troonzaal loop ik per ongeluk het binnentheater in.

'Hé mietje!' schreeuwt iemand. 'Mietje!'

Het duurt even voordat tot me doordringt dat hij tegen mij schreeuwt.

'Maak dat je wegkomt!'

Mijn ogen raken langzaam gewend aan de rokerige duister-

23

nis. Ik kan een paar gestaltes op het toneel onderscheiden, en een erg boze man die over de rijen stenen zitplaatsen heen mijn kant uit klautert. Een witte kuif boven een mooi gezicht, een prachtig gezicht. Dodelijke ogen. 'Maak dat je wegkomt!'

Ik vraag hem welk stuk ze aan het repeteren zijn.

'Ik ben aan het werk.' Bij zijn oog klopt een adertje. Hij staat nu vlak voor me, ik voel zijn adem op mijn gezicht. Hij is een wrak, hij is dodelijk.

Ik verontschuldig me. 'Ik ben verdwaald. De troonzaal...'

'Ik breng hem wel.'

Ik kijk naar de jongen die onverwacht naast me opduikt. De jongen van de poort, de jongen die ik zogenaamd niet herkende.

De regisseur draait zich om en beent terug naar zijn plaats. 'Op jullie plaatsen,' blaft hij.

'Ze spelen de *Bacchanten*,' vertelt de jongen. 'We zijn allemaal gek op de *Bacchanten*.'

Terug in de hal steekt hij een hand op, en er verschijnt een soldaat. Nog voor ik de jongen kan bedanken is hij het theater alweer in gelopen. De soldaat leidt me over weer een binnenplaats naar een antichambre met een ingewikkelde mozaïekvloer, een leeuwenjacht uitgevoerd in subtiele tinten. Het is lang geleden dat ik hier was. De rode gaap van de leeuw is inmiddels roze; het azuurblauw van de angstige blik van een jager is verbleekt tot zachtblauw. Ik vraag me af waar alle kleur is gebleven, of die zich heeft gehecht aan de zolen van duizenden schoenen die vervolgens door het hele koninkrijk verspreid weer zijn afgeveegd. Een wachter houdt een gordijn voor me opzij.

'Chic stuk vreten dat je er bent,' zegt de koning. 'Je bent te lang in het oosten gebleven. Moet je jezelf nou eens zien, man.'

We omhelzen elkaar. Als jongens hebben we samen gespeeld, toen Philippus' vader koning was en mijn vader zijn hofarts. Ik was groter, maar Philippus was stoerder, en zo is het nog steeds.

Ik ben me zeer bewust van de mooie, lichte kleren die ik voor deze ontmoeting heb aangetrokken, van mijn modieuze korte haar, van mijn beringde vingers. Philippus' baard is ruig, zijn vingernagels zijn vuil en hij draagt eenvoudige kleren. Hij lijkt op wat hij is: een soldaat die zich verveelt in deze prachtige marmeren troonzaal.

'Je oog.'

Philippus blaft eenmaal, een enkele lachdosis, en staat toe dat ik het bleke riviertje van een litteken op zijn linkerwenkbrauw onderzoek, het permanent gesloten ooglid. We zijn onze vaders geworden.

'Een pijl,' zegt Philippus. 'Een bijensteek in vergelijking met mijn andere problemen.'

Om ons heen beginnen de hovelingen te lachen. Vermoedelijk barbaren, hoewel ik alleen maar mannen van mijn eigen lengte en postuur zie. De kleine Philippus is een anomalie. Hij heeft tegenwoordig een korte baard, maar is verder nog precies zoals ik me hem herinner, met volle lippen, een breed voorhoofd en op zijn neus en wangen de blos van een drinkebroer. Een vriendelijke smeerlap, pardoes van een jongen in een man van middelbare leeftijd veranderd.

Bij het relaas dat ik tegen Pythias hield was ik blijven steken bij Philippus' invasie van Thracië. Van daaruit trok hij verder naar Chalcidice, mijn eigen vaderland, een drievingerige vuist van land die in de Egeïsche Zee steekt. Mijn geboortedorp was een van de eerste slachtoffers. Onze karavaan is er nog langsgekomen, drie dagen geleden; een aanzienlijke omweg, maar ik moest het gewoon zien. Het kleine Stageira, dat zich uitspreidt over het zadel tussen de twee heuvels die op zee uitkijken. De westelijke muur lag in puin, de wachttorens ook. Mijn vaders huis, het mijne nu, was uitgebrand; de tuin overhoopgehaald, hoewel de bomen het leken te hebben overleefd. De vissersboten aan de kust, ook uitgebrand. Plaveien waren uit de straten gelicht, en de bevolking, mannen en vrouwen die ik al van kind af aan kende, was verdreven. Het was inmiddels vijf jaar geleden dat de verwoesting had plaatsgevonden. Het nieuws erover had me bereikt vlak voordat ik uit Athene vertrok om de Academie in te ruilen voor het hof van Hermeias, maar pas nu durfde ik te gaan kijken. Onkruid kroop als groen kant over de dorpels, in de lege kamers nestelden zich vogels, maar er hing geen lijkengeur. Geluiden: zee en meeuwen, zee en meeuwen.

'Is de reis een beetje gemakkelijk verlopen?' vraagt Philippus.

Macedoniërs beroemen zich erop vrijelijk met hun koning te spreken. Ik herinner mezelf eraan dat we samen zijn opgegroeid en haal diep adem. Nee, geen gemakkelijke reis, vertel ik hem. Het was niet gemakkelijk om het landgoed van mijn vader onteerd te moeten aantreffen. Het was niet gemakkelijk om mijn vroegste jeugdherinneringen besmeurd te moeten zien met de pis van zijn leger. 'Slechte tactiek,' vertel ik hem. 'Om je eigen land te vernietigen en je eigen volk te terroriseren.'

Hij glimlacht niet, maar hij is ook niet boos. 'Ik kon niet anders,' zegt hij. 'Het Chalcidische bondgenootschap had de steun van Athene, of tenminste, die zouden ze krijgen als ik nog langer had gewacht. Rijk, sterke vestingwerken, een goede uitvalsbasis, mocht je Pella willen aanvallen. Ik moest die deur sluiten. En nu ga jij zeggen dat er vrede is tussen ons en Athene. Dat we samen in de Amphictionische Raad zitten, dat we goede vrienden zijn. Echt, ik zou niets liever willen. Ik zou graag willen denken dat ze niet op dit moment een coalitie tegen mij aan het smeden zijn. Ik zou verdomme willen dat ze hun plaats kenden. Wat denk je, redelijkerwijs, als de ene redelijke man tegenover de andere, zullen ze ooit weer heersen over de wereld? Hebben ze dat ooit echt gedaan? Houden ze ergens nog een Pericles verborgen? Zouden ze opnieuw Perzië kunnen veroveren? Redelijkerwijs?'

Ah, een van mijn lievelingswoorden. 'Redelijkerwijs, nee.'

'Over Perzië gesproken, volgens mij heb je iets voor me.'

Hermeias' voorstel. Ik overhandig het aan Philippus, die het aan een adjudant overhandigt, die het vervolgens wegbergt.

'Perzië,' zegt Philippus. 'Ik zou Perzië best kunnen veroveren, met een beetje rust en vrede in mijn rug.'

Dit verbaast me; niet de ambitie, maar het zelfvertrouwen. 'Heb je dan een vloot?' Het Macedonië uit mijn jeugd had twintig oorlogsschepen; Athene driehonderdvijftig.

'Athene heeft mijn vloot.'

'Aha.'

'Anderen zouden heus niet zo aardig of behulpzaam zijn geweest als ik,' zegt Philippus. 'Zo aardig of zo behulpzaam of zo begripvol. Ik ben ze iedere keer weer ter wille geweest, ik heb gevangenen vrijgelaten, land teruggegeven. Daar zou Demosthenes eens een paar redevoeringen over moeten houden.'

Demosthenes, de Atheense redenaar die in de Volksvergadering van Athene giftige, bulderende redevoeringen afsteekt tegen Philippus. Toen ik student was ben ik hem een keer op de markt tegengekomen. Hij kocht wijn en stond wat te kletsen.

'Wat vind je van hem?' vraagt Philippus.

'Zwartgallig, cholerisch,' luidt mijn diagnose. 'Minder wijn, meer melk en kaas. Moet lastige situaties vermijden. Warm weer vermijden. Iedere hap goed kauwen. Zich terugtrekken uit het openbare leven. Een koele lap op het voorhoofd.'

Philippus lacht niet. Hij kijkt me met een scheef hoofd aan terwijl hij een of andere beslissing neemt. Het brengt me van mijn stuk.

'Gaat het leger weer op weg?' vraag ik. 'Toen we aankwamen zag ik de voorbereidingen. Thessaloniki weer?'

'Thessaloniki weer en daarna Thracië.' Abrupt verandert hij van onderwerp. 'Je hebt je gezin bij je?'

'Mijn vrouw en mijn neef.'

'In goede gezondheid?'

Ik dank hem voor zijn belangstelling en stel hem, zoals onze rituelen voorschrijven, dezelfde vraag.

Philippus begint over zijn zonen. De ene een kampioen, een kleine god, een genie, een ster. De ander... 'Ja, ja,' zegt hij. 'Je moet de oudste eens voor me onderzoeken.'

Ik knik.

'Moet je jou nou eens zien,' herhaalt Philippus, deze keer oprecht verbijsterd. 'Je kleedt je als een vrouw.'

'Ik ben weggeweest.'

'Ik schat zo'n twintig jaar.'

'Vijfentwintig. Ik ben op mijn zeventiende vertrokken.'

'Stuk vreten,' zegt hij weer. 'Waar ga je hierna naartoe?'

'Naar Athene, om les te geven. Ik weet het, ik weet het. Maar de Academie heerst nog steeds over een paar kleine werelden: de ethica, de metafysica, de astronomie. In mijn beroep moet je, als je je wilt onderscheiden, daarnaartoe gaan waar de beste breinen zijn.'

Hij staat op, en zijn hovelingen volgen zijn voorbeeld. 'Voordat ik vertrek gaan we samen op jacht.'

'Dat beschouw ik als een eer.'

'En je moet mijn zoon onderzoeken,' zegt hij opnieuw. 'Laten we eens kijken of je er wat van kunt.'

Een verzorger laat me de kamer van de oudste zoon binnen. Hij is groot, maar door zijn aandoening is het lastig om zijn leeftijd te schatten. Hij loopt slapjes, krachteloos als een oude man, en zijn blik glijdt vaag langs de voorwerpen in de kamer. Terwijl de verzorger en ik praten brengt de jongen zijn vingers naar zijn mond en begint aan zijn onderlip te plukken. Bij alles wat ik hem opdraag – zitten, staan, omdraaien – maakt hij een vriendelijke indruk, maar het is duidelijk dat hij achterlijk is. Zijn kamer is ingericht voor een veel jonger kind; de vloer is bezaaid met ballen, speelgoed en beeldjes van beesten. Het ruikt er bedompt, een dierlijke muskuslucht.

'Arrhidaeus,' brabbelt hij trots wanneer ik hem vraag hoe hij heet. Ik moet het twee keer vragen en herhaal mezelf nadat de verzorger me heeft verteld dat de jongen hardhorend is.

Ondanks het masker van dwaasheid kan ik zijn vader de koning in hem zien, in de breedte van zijn schouders en in zijn gulle lach wanneer iets hem bevalt, wanneer ik bijvoorbeeld diep ademhaal of mijn mond wijd open om de jongen te laten zien wat ik wil dat hij doet. De verzorger vertelt dat hij zestien is en tot zijn vijfde een volkomen gezond, mooi en geliefd kind was. Toen werd hij ziek, vertelt de verzorger, en het hele hof was in rouw, want niemand dacht dat hij de koorts, de hoofdpijnen, de vreemde stijfheid in zijn nek, het overgeven, en later de toevallen en de onheilspellende futloosheid zou overleven. Maar misschien was wat er was gebeurd nog wel erger.

'Niet erger.' Ik onderzoek de jongen, zijn neus en oren, de strekking van zijn ledematen, en vergelijk het zachte spierweefsel met dat van mij. 'Niet erger.'

Hoewel de veelsoortige stelsels en pracht en praal van de wereld me altijd in vervoering brengen bezorgt deze jongen me een steek van afschuw.

'Hier.' Ik geef Arrhidaeus een wastablet. 'Kun je een driehoek voor me tekenen?'

Hij weet echter niet hoe hij een schrijfstift moet vasthouden. Wanneer ik het hem voordoe kraait hij van plezier en begint onzekere lijnen te krassen. Wanneer ik een driehoek teken lacht hij. Onwillekeurig moet ik aan mijn eigen leermeesters op school denken, met hun modieuze theorieën over de werking van de geest. *Er zijn altijd ware gedachten in hem geweest... die alleen maar tot kennis hoeven te worden gewekt door hem vragen voor te leggen...*

'Hij is niets gewend,' zeg ik. 'De geest, het lichaam. Ik zal je oefeningen geven. Jij bent toch zijn vaste metgezel?'

De verzorger knikt.

'Neem hem met je mee naar de sportzaal. Leer hem hardlopen en ballen vangen. Laat een masseur zijn spieren masseren, vooral de benen. Kun je lezen?'

De verzorger knikt weer.

'Leer hem het alfabet. Eerst hardop, en laat hem daarna de letters met zijn vinger in het zand tekenen. Dat zal voor hem gemakkelijker zijn dan met een schrijfstift, in elk geval in het begin. Maar denk eraan, met zachte hand.'

'Alfa, beta, gamma,' zegt de jongen stralend.

'Goed zo!' Ik woel door zijn haar. 'Dat is heel goed van je, Arrhidaeus.'

'Mijn vader heeft beide kinderen een tijdje lesgegeven,' zegt de verzorger. 'Ik was hun metgezel. De jongste is erg pienter. Arrhidaeus aapt hem alleen maar na. Het stelt niets voor.'

'Delta,' zeg ik, de verzorger negerend.

'Delta,' zegt Arrhidaeus.

'Tot mijn vertrek wil ik hem iedere ochtend zien. Ik zal je steeds nieuwe instructies geven.'

De verzorger steekt zijn hand uit naar Arrhidaeus, die hem pakt. Ze staan op om weg te gaan. Ineens klaart Arrhidaeus' gezicht op, en hij begint te klappen terwijl de verzorger een buiging maakt.

Ik draai me om. In de deuropening staat een vrouw van mijn leeftijd, gekleed in een eenvoudig grijs gewaad. Ze draagt haar rode haar in een doorwrocht kapsel waar uren werk in moet zijn gestoken: lange lussen en krullen, vastgezet met juwelen en barnsteen. Ze heeft sproeten en een droge huid. Haar ogen zijn helderbruin.

'Heeft hij het u verteld?' vraagt ze aan me. 'Heeft mijn echtgenoot u verteld dat ik dit arme kind heb vergiftigd?'

De verzorger is veranderd in een stenen standbeeld. De vrouw en Arrhidaeus hebben hun armen om elkaars middel geslagen en ze kust hem liefdevol op zijn kruin.

'Olympias heeft Arrhidaeus vergiftigd,' dreunt ze op. 'Dat is wat ze allemaal zeggen. Ze was jaloers op de oudste zoon van haar man. Ze was vastbesloten om de troon veilig te stellen voor haar eigen kind. Hè, dat zeggen ze toch?'

Arrhidaeus lacht. Het is duidelijk dat hij er niets van begrijpt.

'Toch?' vraagt ze aan de verzorger.

De mond van de jongeman gaat open en dicht, als van een vis.

'Je kunt gaan,' zegt ze. 'Ja popje,' voegt ze eraan toe wanneer Arrhidaeus haar per se een kus wil geven.

Hij rent achter zijn verzorger aan.

'Vergeeft u me,' zeg ik wanneer ze zijn verdwenen. 'Ik herkende u niet.'

'Maar ik u wel. Philippus heeft me alles over u verteld. Kunt u ons helpen met het kind?'

Ik herhaal wat ik tegen de verzorger heb gezegd, over het ontwikkelen van de reeds aanwezige bekwaamheden van de jongen in plaats van te zoeken naar genezing.

'Uw vader was toch arts? Maar volgens mij bent u dat niet, hè?'

'Ik houd me met vele zaken bezig,' zeg ik. 'Te veel, wordt me weleens verweten. Mijn kennis is minder diepgaand dan de zijne was, maar ik bezit de gave om dingen als geheel te kunnen zien. Dat kind zou meer kunnen zijn dan hij nu is.'

'Dat kind behoort toe aan Dionysos.' Ze raakt haar hart even aan. 'Bij hem gaat het om meer dan verstand. Mijn genegenheid voor hem is groot, ondanks wat u misschien zult horen. Wat u ook voor hem kunt doen, ik zal het als een persoonlijke gunst opvatten.'

Haar stem klinkt onecht, het lage timbre ervan, het formele van haar zinnen, het geoefende vleugje seks. Meer dan verstand? Ze roept een flakkering van irritatie in me op, heet en duister en niet geheel onaangenaam.

'Ik zal alles voor u doen wat binnen mijn vermogen ligt,' hoor ik mezelf zeggen.

Wanneer ze weg is keer ik terug naar mijn vertrekken. Pythias geeft haar dienaressen instructies over de was.

'Maar zacht deze keer,' hoor ik haar zeggen. Haar stem klinkt zwak en gespannen en hoog, kregelig. Ze buigen en verlaten met de manden tussen hen in de kamer. 'Callisthenes heeft een bediende gevonden die hen naar de rivier kan brengen. Ze zullen mijn ondergoed vast weer met stenen slaan, wacht maar af, en dan later zeggen dat ze dachten dat het het beddengoed was. Dat hadden ze thuis nooit gedurfd.'

'Je krijgt nieuw ondergoed zodra we weer een eigen stek hebben. Nog maar een dag of twee hier. Moet je jou nu eens zien, je wilt niet laten merken dat je moet glimlachen. Je kunt haast niet wachten, hè?'

'Ik kan heus nog wel even wachten,' zegt ze terwijl ze mijn handen van zich af probeert te slaan.

Mooi, noemde ik haar; ooit was ze dat misschien. Haar haar is nu uitgedund en slap, en uit haar wenkbrauwen, die al tien dagen niet zijn geëpileerd, groeien woeste haartjes die op insectenpootjes lijken. Ik zou haar lippen – boven dunner, onder voller, met twee kloofjes van de kou en de nattigheid – willen kussen, maar dat is uit medelijden. Ik trek haar tegen me aan om haar frisse hardheid te voelen, de knokige heupen en de borsten als appeltjes. Ik vraag haar of ze in bad wil, en ze sluit haar ogen een tijdje. Ik ben tegelijkertijd een lompe idioot en het antwoord op haar vurigste gebed.

Wanneer we terugkomen uit het badhuis (waarvan, tot mijn

innige tevredenheid, haar mond openviel: de buizen voor warm en koud water, met over de warme buizen handdoeken uitgespreid; de waterspuwer in de vorm van een leeuwenbek; het marmeren bad; de stenen en de sponzen; de kammen en de oliën en de vijlen en de spiegels en de parfums; zolang we hier zijn zal ik haar er iedere dag mee naartoe nemen) is Callisthenes wakker. Hij zit de restanten van het avondmaal van gisteren te eten. Pythias trekt zich terug in het binnenste vertrek, bij haar dienaressen en haar naaiwerk. De jongen ziet er verlegen uit, maar ook ingenomen met zichzelf. De lachende Callisthenes, met zijn krullen en sproeten. Hij heeft een lief karakter en een spitse geest en legt verbanden waar anderen niet toe in staat zijn, waarbij hij van ethiek naar metafysica naar politiek naar poëtica schiet, zoals een bij van bloem tot bloem schiet, al pollen verspreidend. Dat heb ik hem geleerd. Hij kan echter ook lui zijn, als een bij met een zonnesteek. Ik maak me zorgen om beide kanten van de slinger: dat hij me zal verlaten, dat hij me nooit zal verlaten.

'Heb je je vermaakt?' vraag ik. 'Vanavond weer uit?' Mijn zinnen raken bekneld in mijn jaloczie, maar ik kan mezelf niet beheersen. De slinger slaat vandaag hard naar links uit.

'Waarom gaat u niet met me mee?' vraagt hij.

Ik zeg dat ik moet werken.

Hij kreunt. 'Gaat u toch gewoon mee,' zegt hij. 'Dan kunt u mijn gids zijn.'

'Ik kan hier ook je gids zijn,' zeg ik.

'Ik meende gisteravond een glimp op te vangen van het getal drie, bij de bloemenstal op de markt,' zegt hij. 'Het had zich verstopt achter een tak sinaasappelbloesem.'

'Drie staat bekend om zijn verlegenheid,' zeg ik.

'Is Pella een stuk groter dan u zich herinnert?'

'Ik kan me er helemaal niets meer van herinneren,' antwoord

ik naar waarheid. 'Waarschijnlijk is de stad nu drie keer zo groot. Vanochtend ben ik hier in het paleis al verdwaald toen ik het badhuis zocht.'

'Zou u niet liever het oude huis van uw vader gaan zoeken?'

'Volgens mij maakt dat nu deel uit van de vesting. Zal ik je het badhuis wijzen? Ik weet nu waar het is. Dan kunnen we daarna aan het werk gaan. Je zult nu toch wel hoofdpijn hebben.'

'Hoofdpijn,' beaamt Callisthenes. 'Slechte wijn. Alles slecht eigenlijk. Of niet slecht, maar... ordinair. Heeft u de huizen gezien? Ze zijn enorm. En protserig. Net als al die mozaïeken overal. Zoals ze praten, zoals ze eten, dansen, hun muziek, hun vrouwen. Het is net alsof ze zwemmen in het geld en niet weten wat ze ermee aan moeten.'

'Zo herinner ik het me niet,' zeg ik. 'Ik herinner me de kou, en de sneeuw. Ik durf te wedden dat jij nog nooit sneeuw hebt gezien. Ik herinner me de hardheid van de mensen. Het beste lamsvlees, van berglammeren.'

'Ik heb gisteren iets gezien,' zegt Callisthenes. 'Ik heb een man een andere man zien vermoorden vanwege een beker drank. De ene man hield de andere vast bij de schouder en stompte hem net zolang in zijn buik totdat het bloed uit zijn oren en mond en ogen kwam, het was alsof hij bloed huilde, en toen ging hij dood. Iedereen lachte. Ze kwamen gewoon niet meer bij van het lachen. Mannen, jongens. Wat voor soort mensen doet dat nou?'

'Zeg jij het maar,' zeg ik.

'Beesten,' zegt Callisthenes. Hij kijkt me recht in de ogen, zonder te lachen. Een zeldzame woedeaanval van dit zachtaardige wezen.

'En wat onderscheidt de mens van het beest?'

'De rede. Werk. Het geestelijke leven.'

'Vanavond weer uit?' vraag ik.

De volgende ochtend ga ik opnieuw naar Arrhidaeus in zijn kamer. Hij heeft een betraand en snotterig gezicht; zijn verzorger kijkt uit het raam en doet alsof hij me niet hoort binnenkomen. De jongen zelf glimlacht, lief en broos, als hij me ziet. Wanneer ik goedemorgen zeg reageert hij met: 'Uh.'

'Is er al vooruitgang?' vraag ik aan de verzorger.

'Na één dag?'

Ik pak een cape die over de rugleuning van een stoel hangt en leg hem over de schouders van de jongen. 'Waar zijn je schoenen?'

Nu kijkt de verzorger wel. Hij is een verwaand stuk stront en grijpt zijn kans. 'Hij kan niet ver lopen,' zegt hij. 'Eigenlijk komt hij nooit buiten.'

'Dan moeten we die van jou maar lenen,' zeg ik tegen hem.

Zijn wenkbrauwen schieten omhoog. 'En wat moet ik dan aan?'

'Je kunt Arrhidaeus' sandalen aantrekken, want je gaat toch niet met ons mee.'

'Het is mijn taak om hem overal naartoe te vergezellen.'

Ik weet niet of hij boos op mij is of bang dat ze hem zullen betrappen zonder zijn pupil. Hij werpt een blik op Arrhidaeus en veegt werktuiglijk het haar uit het gezicht van de jongen. Arrhidaeus deinst terug voor zijn aanraking. Zo'n ochtend was het dus.

'Geef me die kloteschoenen van je,' zeg ik.

Arrhidaeus wil onder het lopen mijn hand vastpakken. 'Nee Arrhidaeus,' zeg ik tegen hem. 'Kinderen houden handjes vast. Mannen lopen zelfstandig.'

Hij huilt een beetje, maar houdt daarmee op wanneer hij ziet waar ik hem naartoe breng. Hij brabbelt iets wat ik niet kan verstaan.

'Inderdaad,' zeg ik. 'We gaan een wandelingetje door de stad maken.'

Lachend wijst hij naar alles wat er te zien is: soldaten, de poort, de grijze werveling in de lucht. Hoewel de soldaten belangstellend naar ons kijken houdt niemand ons tegen. Ik vraag me af hoe vaak hij zijn kamer uit komt, en of ze überhaupt weten wie hij is.

'Waar ga je altijd het liefst naartoe?'

Hij begrijpt me niet. Maar wanneer hij een paard ziet, een grote hengst die door de poort wordt geleid, klapt hij in zijn handen en brabbelt nog wat.

'Paarden? Houd je van paarden?'

Door de poort heb ik een glimp opgevangen van de stad – mensen, paarden, de monsterlijke huizen die mijn neef zo'n pijn aan de ogen deden – en het dringt tot me door dat mijn hart er nog niet klaar voor is, dus vind ik het geen enkel probleem om de jongen mee terug te nemen naar de stallen. In het midden van een lange rij boxen zie ik onze dieren staan: Ruk, Moor, Dame, Juweeltje en de andere. Arrhidaeus is pijnlijk opgewonden en wanneer hij tegen me aan struikelt doet zijn geur me vermoeden dat hij in zijn broek heeft geplast. De paarden werpen ons slechts een zijdelingse blik toe; alleen de grote zwarte Moor toont belangstelling voor ons. Hij heft zijn hoofd wanneer hij me herkent en kuiert naar ons toe om geaaid te worden. Ik laat Arrhidaeus zien hoe hij hem een wortel uit zijn handpalm kan voeren, maar wanneer het paard hem aanraakt deinst hij gillend achteruit. Ik pak zijn hand en weet hem zover te krijgen dat hij de bles op Moors voorhoofd streelt. Hij wil het met zijn knokkels doen en wanneer ik wat beter kijk zie ik dat zijn handpalm onder de open zweren zit, een of andere huiduitslag. Ik zal een zalfje voor hem moeten maken.

'Kun je paardrijden?' vraag ik.

'Nee heer,' wordt er geroepen. Het is een stalknecht die mest staat te scheppen tussen het stro. 'Die andere neemt hem soms mee hiernaartoe, en dan gaat hij in een hoekje zitten. Dat kan hij uren volhouden. Maar paardrijden kan hij niet, want hij kan geen evenwicht houden. En hij kan beter niet nog een keer op zijn hoofd vallen, toch?'

Ik neem Moor mee naar de binnenplaats waar ik hem zadel. Het regent weer. Het lukt me mijn handen onder Arrhidaeus' voet te krijgen, maar dan zit hij vast. Hij stopt met lachen en kijkt me hulpeloos aan. Ik probeer hem een zetje te geven, maar hij is te zwak om zichzelf over de rug van het paard te hijsen. Hij hinkt een beetje op één voet, met de andere in de lucht zodat ik zijn natte kruis kan zien.

'Hier,' zegt de stalknecht. Hij rolt een ton naar ons toe waar de jongen op kan gaan staan.

Samen lukt het ons om hem op gelijke hoogte met het paard te krijgen en hem over te halen om een been over de rug van het dier te slaan.

'En dan moet je hem nu omhelzen,' zegt de stalknecht. Hij buigt zich naar voren, met zijn armen om een denkbeeldige heuvel heen geslagen.

Arrhidaeus laat zich enthousiast voorovervallen op Moors rug en omhelst hem stevig. Ik probeer hem weer overeind te krijgen, maar de stalknecht zegt: 'Nee, nee. Laat het dier maar een beetje rondlopen zodat hij kan wennen aan de beweging.'

Ik leid het paard langzaam de binnenplaats over terwijl Arrhidaeus zich met zijn hele lichaam aan hem vastklampt, met zijn gezicht in de manen begraven.

De stalknecht kijkt toe. 'Is het een goed paard?' roept hij naar Arrhidaeus.

De jongen glimlacht, met gesloten ogen. Hij is in de zevende hemel.

'Moet je hem nou eens zien,' zegt de stalknecht. 'Die arme sukkel. Heeft hij in zijn broek gepist?'

Ik knik.

'Kom.' Hij leidt Moor terug naar de ton en helpt Arrhidaeus weer op de grond. Ik had verwacht dat de jongen zich zou verzetten, maar hij lijkt zo verbaasd dat hij alleen maar kan doen wat hem wordt opgedragen.

'Zou je het fijn vinden om hier vaker naartoe te gaan?' vraag ik aan hem. 'Om echt te leren paardrijden, als een man?'

Hij klapt in zijn handen.

'Wanneer lopen we de anderen het minst voor de voeten?' vraag ik aan de knecht.

Hij wuift de vraag weg. Zijn heldere donkere ogen kijken onderzoekend van Moor naar Arrhidaeus. 'Ik weet niet wie u bent,' zegt hij zonder me echt aan te kijken. Hij klopt Moor liefdevol op de hals.

'Ik ben de arts van de prins.' Ik leg een hand op Arrhidaeus' schouder. 'En zijn leermeester. Voor een paar dagen.'

De knecht lacht, maar niet zodanig dat het me stoort.

Euripides schreef de *Bacchanten* aan het eind van zijn leven. Volgens zeggen keerde hij Athene de rug toe, vol afschuw over het feit dat zijn stukken bij de wedstrijden steeds verloren, en nam hij de uitnodiging van koning Archelaus aan om in Pella te komen werken voor een dankbaarder (minder kritisch) publiek. Diezelfde winter stierf hij van de kou.

Plot: Boos dat zijn goddelijkheid wordt ontkend door het koninklijke huis van Thebe besluit Dionysos wraak te nemen op de pedante jonge koning Pentheus. Pentheus laat Dionysos gevangennemen. De god op zijn beurt biedt hem aan de uitspattingen van zijn volgelingen, de Bacchanten, te bespioneren. Pentheus, die het onstuimige gedrag van deze vrouwen zowel fascinerend als walgelijk vindt, stemt erin toe zich als een van hen te vermommen om zo te kunnen infiltreren bij hun festijnen in het Kithairongebergte. De vermomming mislukt, en Pentheus wordt aan stukken gescheurd door de Bacchanten, onder wie zijn eigen moeder, Agaue. Ze keert met zijn hoofd terug naar Thebe, in de veronderstelling een bergleeuw te hebben gedood, maar wanneer haar bezetenheid langzaam wegebt beseft ze wat ze heeft gedaan. De koninklijke familie wordt vernietigd, vermoord of verbannen door de god. Het jaar daarop, na de dood van Euripides, won het stuk de eerste prijs bij de toneelwedstrijd in Athene.

We zijn allemaal gek op de Bacchanten.

De acteurs zitten op een kluitje samen op het voortoneel, behalve de man die de god speelt; hij staat op een fruitkrat zodat hij kan neerkijken op de stervelingen. Hij is niet erg groot. Voor de uitvoering zouden ze hem een gewaad kunnen aantrekken dat zo lang is dat het het krat aan het oog onttrekt. Ja, dat is een goed idee.

'Pentheus, mijn zoon... mijn kind...' zegt de acteur die Agaue speelt. 'Je hebt zo vaak, zo hulpeloos, in mijn armen gelegen, en nu heb je mijn liefdevolle verzorging opnieuw nodig. Mijn lief, zoet kind... Ik heb je gedood – Nee! Dat zeg ik niet, ik was het niet! Ik was elders. Het was Dionysos. Dionysos heeft me meegenomen, Dionysos heeft me gebruikt, en Dionysos heeft je gedood.'

'Nee,' reageert de acteur die de god speelt. 'Aanvaard je schuld, veroordeel jezelf.'

'Dionysos, luister naar ons,' zegt de acteur die Agaues vader, Kadmos, speelt. 'We hebben ons vergist.'

Na een korte aarzeling roept de regisseur: 'Nu begrijpen jullie het.'

'Nu begrijpen jullie het, maar nu is het te laat. Toen jullie het hadden moeten zien, waren jullie blind,' zegt de acteur die de god speelt.

'Dat weten we. Maar u bent als een getij dat zich keert en ons laat verdrinken.'

'Omdat ik ben geboren met gezag over jullie en jullie me dat hebben ontnomen. Maar –'

De regisseur onderbreekt hem. 'Kadmos!'

'Dan zou u ook niet moeten zijn als wij, uw onderdanen. Dan zou u ook geen hartstochten moeten kennen,' zegt de oude man op het achtertoneel verwijtend.

'Maar,' herhaalt de acteur, en wanneer niemand hem onderbreekt, vervolgt hij: 'Maar dit zijn de wetten, de... de wetten van het leven. Die kan ik niet veranderen.'

'De wetten van het leven,' roept de regisseur.

'De wetten van het leven,' herhaalt de acteur.

'Het besluit is gevallen, vader,' zegt de acteur die de vrouw, Agaue, speelt. 'We moeten gaan en ons verdriet met ons meenemen.'

Er volgt wat gedoe met een lap stof zodat de acteur die Dionysos speelt ongezien door het publiek aan de achterkant het toneel af kan glippen, het krat achterlatend. Ik pas mijn idee aan: stelten zijn beter.

Wanneer de acteur die Agaue speelt een keer diep ademhaalt en niets zegt roept de regisseur: 'Help me. Breng me naar mijn zusters. Zij zullen mijn verbanning en jaren van verdriet met me delen. Breng me ergens naartoe waar ik het Kithairongebergte niet kan zien, waar met klimop begroeide takken me niet kunnen herinneren aan wat er is gebeurd. Laat iemand anders bezeten zijn. Ik ben verschrompeld. Neuk me, maar ik ben verschrompeld.'

Na afloop, bij een kroes wijn achter het toneel, schudt de regisseur zijn hoofd en zegt: 'Stelletje amateurs.'

'Je zult hier geen beroeps vinden,' zeg ik.

Hij is een Athener, deze Carolus, met de vriendelijke bobbelneus van een drinkebroer en een potige, intimiderende manier van doen. De acteur die de vrouw, Agaue, speelt, zit aan een levendiger tafel aan de andere kant van de ruimte; hij heeft kastanjebruin haar en mooie, lange benen, als een vosmerrie.

'Die ziet er in elk geval goed uit voor zijn rol,' zeg ik.

'Inderdaad,' zegt Carolus. 'Maar dat zou weleens een grote vergissing van me kunnen zijn geweest.'

Aan de acteurstafel verdringen ze zich vrolijk om plaats voor me te maken, maar ik wil niet gaan zitten. Ze hebben hun kostuums nog aan en vermaken zich uitermate.

'Het wordt nog iedere keer beter,' zeg ik.

Sinds ik op de dag dat we aankwamen toevallig op het theater ben gestuit heb ik het op me genomen om de repetities bij te wonen. Toen ik later die eerste dag terugkeerde om me bij Carolus te verontschuldigen voor de verstoring verontschuldigde ook hij zich. Hij had last van hoofdpijn en slapeloosheid en zijn bezetting bestond uit mensen uit de stad, merendeels clowns, jongleurs, acrobaten en een paar muzikanten. 'Als ik me voorstel dat Euripides dit zou zien, dan ga ik gewoon dood van ellende,' vertelde hij me. Toen hij ontdekte dat ik het stuk kende, dat ik het in mijn studententijd in Athene had gezien, en we het er samen over hadden bleek het dat ik zíjn Dionysos had gezien. Hij was toen nog jong genoeg om ermee weg te komen, donker haar in plaats van wit, een stem met trillers erin, gedreven. De jongen die hij nu voor de rol heeft is weliswaar mooi genoeg, maar ook stompzinnig en eigenaardig stijfjes. Ze moeten hem zelfs nog leren om als een haantje te lopen in plaats van als een hen. De oudere Kadmos, opgeleid als clown, vindt zichzelf een echte beroeps hoewel hij nog nooit in een tragedie heeft gespeeld, en hij beschouwt zichzelf als woordvoerder van de acteurs. Wanneer hij hun klachten voorlegt aan Carolus, is hij lang van stof, ingenomen met zijn eigen voordracht. Agaue ziet er goed uit met zijn pruik, maar hij lacht aanstellerig en vergeet zijn tekst. Pentheus blijft vaak zonder enige uitleg weg van de repetities. Vandaag is hij er ook niet.

De acteurs spelen een drinkspel, ze gooien elkaar de bal van oude lappen toe die ze als Pentheus' hoofd hebben gebruikt; degene die hem laat vallen moet opstaan en zijn kroes leegdrinken terwijl de anderen hem beschimpen en uitjouwen. Ik ga weer bij Carolus zitten. Hij bevalt me. Ik vind het prettig om een vriend te hebben van bijna mijn eigen leeftijd. Nou ja, ouder eigenlijk, maar niet oud genoeg om mijn vader te kunnen zijn, en ook dat bevalt me. Toch zijn de sintels van seksuele gevoelens nog niet helemaal gedoofd; dat merk je wanneer hij kwaad wordt. Hij valt op mannen, dat heeft hij me meteen in het begin al verteld, en hij vond het niet erg toen ik hem vertelde dat ik niet op mannen val. Met de acteurs spreek ik in dialect, met hem niet. We praten over stukken en het toneel in het algemeen en vertellen elkaar welke uitvoeringen we hebben gezien. Ik heb hem weinig te bieden dat hij niet al kent.

Ik vraag hem wat een tragedie tot een goede tragedie maakt. Hij denkt daar een tijdje over na. Er hangt een ongedwongen stilte tussen ons terwijl de acteurs langzaam vertrekken, elkaar op gemaakte toontjes gedag zeggend, en het steeds harder gaat regenen; de druppels zijn als trommelende vingers op het dak. Hij heeft ergens goede wijn vandaan, niet de plaatselijke.

'Rare vraag,' zegt hij. 'Een goede dood, een goed leed, een goede tragedie. "Goed" is een raar woord.'

'Ik ben een boek aan het schrijven.' De reactie waar ik steeds mijn toevlucht toe neem wanneer mijn gesprekspartner me bevreemd aan begint te kijken. En misschien ben ik dat opeens ook wel, misschien. Een klein werk, om me hiernaar terug te brengen wanneer ik het over vele jaren zal herlezen, terug naar deze regen en deze kroes wijn en deze man die ik maar al te graag aardig wil vinden. Naar het soelaas dat ik hier vind, in dit kleine heiligdom.

'Goden, man,' zegt hij. 'Je huilt toch niet?'

Ik vertel hem dat ik me niet goed voel.

'Wat voor boek?' vraagt hij.

'Een analyse.' Ik denk via mijn mond. 'In twee delen, tragedie en komedie. De samenstellende onderdelen van elk ervan, met voorbeelden.'

'Een tragedie voor beginners.'

'Tuurlijk,' zeg ik. 'Een voorzichtige introductie.'

'In welke zin voel je je niet goed?'

Ik vertel hem dat ik snel huil, snel lach, snel kwaad word. Dat ik overweldigd raak.

'Is dat dan een ziekte?'

Ik vraag hem hoe hij het dan zou noemen.

'Theatraal,' antwoordt hij. 'En wat doe je ertegen?'

Ik vertel hem dat ik boeken schrijf.

Hij knikt, en schudt dan zijn hoofd. 'Mijn vader had hetzelfde. Ik wou dat hij boeken had geschreven. Hij was een dronkaard.'

Ik wacht tot er meer komt, maar dat komt er niet.

'Een goede tragedie,' zegt hij. 'Volgens mij ben je een amateurtje.'

Ik leun naar voren. Ik zeg tegen hem dat ik dat inderdaad ben. Ik opper de stelten.

Hij lacht en valt dan weer stil, zo lang dat ik me afvraag of ons gesprek er soms op zit en hij wacht tot ik wegga. Ik schraap mijn keel.

'Het gaat om de hele levensloop van een personage,' zegt hij. 'Zijn daden, zijn besluiten, de keuzes die hem tot hier hebben gebracht. Het feit dat je keuzes moet maken.' Hij wijst naar me. 'Dat is wat ik wil uitdrukken. Je wordt omringd door kwaden,

43

door een heel banket vol kwaden, en je moet een keuze maken. Je moet je bord volscheppen en helemaal leegeten.'

'En komedie?'

Hij kijkt me aan alsof ik achterlijk ben. 'Komedie maakt je aan het lachen. Een stelletje slaven dat met elkaar aan het sodemieteren is, ja, dank je de koekoek. Hoe zou je dat hier trouwens zeggen?'

Ik denk even na. 'Met elkaar kloten,' zeg ik in dialect.

Hij bromt wat. Het bevalt hem wel.

'En dat is alles?' vraag ik.

Met zijn vinger schuddend wijst Carolus me terecht. 'Ik wil niet hebben dat je komedies naar beneden haalt. De eerste paar jaar heb ik er mijn brood mee verdiend. *Lysistrata* zonder de rekwisieten, als je snapt wat ik bedoel. Ik heb er nog naam mee gemaakt. Ik was toen nog een tiener.'

'Dan ben je er vroeg mee begonnen.'

'Ja man.' Hij grijpt zichzelf tussen de benen, en we lachen. 'Het zit in de familie. Mijn grootvader was Teiresias in de eerste productie van *Koning Oedipus*.'

'Nee.'

'Ja. En daarna heeft mijn vader de rol overgenomen.' Hij kijkt me even zwijgend aan. Dan zegt hij: 'Ik heb het masker nog dat hij die avond droeg. Ik kan het je wel een keertje laten zien als je wilt.'

'Vonden ze dat goed?' Ik bedoel het gezelschap. Goede maskers zijn duur, onvervangbaar.

'Hij heeft het gestolen.'

Ik knik.

'Geen maskers voor dat stelletje daar.' Carolus gebaart naar de tafel die de acteurs inmiddels hebben verlaten om de kroeg in te gaan. 'Daar heb ik het geld en de tijd niet voor. Bovendien zijn ze van zichzelf al zo stijf dat volgens mij niemand het verschil merkt.'

'Je valt ze te hard. Dionysos doet het steeds beter, dankzij jou.'

Om zijn mond verschijnt een bitter trekje. 'Je hoeft me niet als een klein kind te behandelen. Dacht je soms dat ik hier voor mijn lol ben geëindigd?'

'Gek hoe vaak ik mensen dat hoor zeggen over Pella.'

Het interesseert hem niet. 'Weet je met wie het wel goed zal komen? Als enige? Met Pentheus. Omdat ik hem zelf zal gaan spelen als die vent nog een keer zo'n vervloekte repetitie mist.'

'Kloterepetitie,' zeg ik.

'Nog een keer zo'n kloterepetitie. Vrijdag zal iedereen denken dat ik hiervandaan kom. Waar is die klootzak trouwens?'

Tussen ons in valt iets op tafel; het is de bal van lompen die wordt gebruikt voor Pentheus' hoofd. Hij is losgeraakt en sleept als een komeet een staart van lappen achter zich aan. Het groezelige, zachte witte bundeltje komt bijna geruisloos neer; zelfs onze kroezen vallen niet om. De verf – ogen, mond en nog wat rozeachtig bloed – is uitgelopen, als op de tekening van een kind.

'Daar wordt echt niemand bang van.' De jongen komt uit het donker tevoorschijn. Ik vraag me af hoe lang hij ons al staat af te luisteren.

'Kijk eens wie we daar hebben.' Carolus geeft me een knipoog. 'Snotaap. Waar zouden we dan wel bang van worden?'

De jongen kijkt naar het plafond. 'Van een echt hoofd,' zegt hij.

Kinderlijke bravoure, maar Carolus knikt, met opgetrokken wenkbrauwen. Een vertoning van ernst; ik zal het spelletje meespelen.

'En waar zou ik dat vandaan moeten halen?' vraagt de regisseur.

De jongen kijkt hem uitdrukkingsloos aan, alsof het zo'n stomme vraag is dat hij even niet weet of hij hem wel snapt. 'Overal.'

'Logistieke problemen,' zeg ik. 'Voor iedere voorstelling zul je een nieuw hoofd nodig hebben. Want ik denk niet dat ze goed blijven.'

'We spelen maar één avond,' zegt Carolus.

'Veel bloed,' zeg ik. 'Smerig.'

'Smerig,' zegt Carolus tegen de jongen.

'Ja natuurlijk,' zegt hij. 'Maar jullie willen toch dat het echt lijkt?'

'We gebruiken steeds dezelfde kostuums,' zegt Carolus. 'Vandaag Pentheus, morgen Kreon. Wil je soms dat we alles in het roze spelen? Echt, ja, maar net echt genoeg, als je snapt wat ik bedoel.'

'Je zou het kunnen cauteriseren,' zeg ik.

Ze kijken me aan.

'Cauteriseren. Je verhit een metalen plaat boven een komfoor. Dan druk je de wond tegen de plaat om hem dicht te branden. Zo wordt de boel meteen verzegeld en stopt het bloeden.'

De jongen fronst. 'Net als vlees bakken.'

'Precies.'

'Nou.' Carolus klapt een keer in zijn handen. 'Probleem opgelost.' Hij gooit de lompenbal terug naar de jongen. 'Dan laat ik het verder aan jou over. Pentheus' hoofd is nu jouw verantwoordelijkheid.'

De jongen kijkt verheugd. Terwijl hij wegloopt gooit hij de bal in de lucht en vangt hem weer op.

'Interessant,' zeg ik.

'Hij komt graag bij de repetities kijken, net als jij,' zegt Carolus. 'Houdt zich op de achtergrond, zegt niet veel. De acteurs lijken het wel prettig te vinden dat hij hier rondhangt. Een soort schoothondje.'

'Enige flair voor drama is hem in elk geval niet vreemd.'

Weer gaan de wenkbrauwen omhoog. 'Flair heeft hij inderdaad,' zegt Carolus.

De jongen komt terug. 'Ik weet trouwens waar Pentheus is,' zegt hij.

Ik schraap mijn keel, me opmakend voor een formele kennismaking. Dat wordt tijd.

'Lastpak.' Carolus negeert me. 'Waar dan?'

'Hij is ziek,' vertelt de jongen. 'Ik heb de acteurs over hem horen praten. Hij kan niet eten en hij kan niet poepen en op sommige dagen kan hij zijn bed niet uit komen.'

'Klotekloorzak.' Carolus is ingenomen met zichzelf.

De jongen draait zich om, zwaait met de lompenkop boven zijn hoofd en verdwijnt nu echt.

De afgelopen week heb ik gemerkt dat ik bij Arrhidaeus alles voor elkaar kan krijgen zolang het maar met paarden te maken heeft.

Ik wijs naar de stallen. 'Hoeveel?'

'Eén, twee, vijf,' zegt hij, en inderdaad staan er vandaag vijf paarden binnen, waaronder ook zijn lievelingspaard, mijn grote Moor.

'Welke kleur?' Ik doel op Moor, en de jongen giechelt, schommelt en klapt in zijn handen. Dan wil hij het hoofdstel van een spijker in de muur pakken. 'Nee.' Ik trek zijn hand weg. 'Straks. Nog niet. Welke kleur heeft Moor?'

'Zart, zart, zart,' zegt hij.

'Zwart.'

'Zu-wart.'

'W,w,w,' zeg ik. 'Zw, zw, zw. Zwart.' Hij lacht naar me; goed dan. Ik geef hem een stok en vraag hem om vormen voor me in de natte mest te tekenen: cirkel, driehoek. Het vierkant kost hem moeite, en ik merk dat zijn aandacht haast alweer opgebruikt is, als bijna opgebrande olie in een lamp. Hij beschikt over een soort dierlijke intelligentie; hij weet min of meer hoe hij kan krijgen wat hij nodig heeft – eten, drinken, gezelschap, de pispot – maar ik probeer hem naar een iets hoger niveau te tillen. Hij is echter snel uitgeput. Letterlijk. Zijn ogen worden dan rood, hij gaapt, en zelfs zijn huid lijkt grauwer te worden.

Ik laat de vormen voor wat ze zijn, en terwijl ik hardop tel moet hij van mij tien keer op- en neerspringen. Ook dat vermoeit hem al snel, hoewel hij niet meer meteen gaat huilen wanneer hij iets niet wil. Ik heb de stalknecht gevraagd om hem wat klusjes in de stallen te laten doen, vegen en zo, zodat hij wat frisse lucht en wat meer lichaamsbeweging krijgt. Voordat ik vertrek zal ik Philippus vragen de verzorger te ontslaan en iemand in dienst te nemen die oog heeft voor verbeteringen en daar ook aan mee wil werken. Zo iemand moet er toch te vinden zijn.

'Is het al tijd om te gaan rijden?' vraag ik. Het lukt hem al wat beter om een paard te bestijgen, en hij zit ook mooi rechtop. Te paard is hij gecoördineerder, is hij beter in evenwicht dan op zijn eigen benen. Dat verbaast me, en ik kan er ook geen reden voor bedenken, hoewel de knecht zegt dat hij dat wel vaker heeft meegemaakt. Hij lijkt me het soort man dat alles al eens eerder heeft meegemaakt, het soort man dat zich niets laat wijsmaken, of in elk geval niet van plan is om iets van verbazing te laten merken, maar hij is vriendelijk, alert en behulpzaam zonder in de weg te lopen, en hij heeft ook niet gevraagd waarom ik al die moeite doe. Hij zegt dat hij onhandige en onbevallige kinderen bevallig heeft zien worden op hun dieren. Hij heeft dat ook bij gewonde soldaten gezien die opnieuw moesten leren rijden. Soms gaat het om een verwonding aan het been of het bekken, maar hij zegt dat hij ook mannen heeft meegemaakt aan wie aan de buitenkant niets te zien was, maar die iets aan hun hoofd hadden, mannen die niet meer wisten hoe ze hun handen omhoog moesten doen totdat ze teugels in hun handen kregen. Ik vraag hem wat hij van dit alles denkt.

Hij haalt zijn schouders op. 'Mensen houden van paarden,' zegt hij. 'Dat zit in ons bloed. Ik ben het gelukkigst op een paard, u niet? Zelfs als ik alles zou vergeten, dan zou ik nog kunnen paardrijden. Mijn vader was net zo. Aan het eind van zijn leven een brabbelende gek, ongeveer zoals die daar,' – hij wijst naar Arrhidaeus – 'maar hij zat als een generaal te paard. Bent u ook niet het gelukkigst als u paardrijdt?' vraagt hij weer.

Ik kan het niet over mijn hart verkrijgen om te zeggen dat dat voor mij niet echt opgaat. Ik vraag me af waar de rest van zijn leven zich afspeelt, wanneer hij niet in de stallen is, wat voor kamer, wat voor vlees, wat voor slaap, wie hij in zijn bed berijdt. Ik zeg tegen Arrhidaeus dat hij eraan moet denken om zijn hakken naar beneden te houden en kijk toe terwijl de knecht hem aan een lijn door de piste leidt. Doorlopen, heeft de kleine man geleerd, en stoppen; een herculische prestatie in een week tijd. Op de rug gezien maakt Arrhidaeus een voorname indruk, en ik geniet van zijn stem die bevelen geeft. Ik heb zijn verzorger opgedragen om hem dagelijks in bad te stoppen en om zijn wasgoed schoner te houden; ik heb tegen de kleine etterbak gezegd dat ik hem zal verplichten de prins om te kleden als hij niet de juiste kleren aanheeft. Ik zorg ervoor om het steeds over hem te hebben als 'prins'. Ik vind het heerlijk om mijn eigen stem deze bevelen te horen geven en vraag me soms af waarom ik eigenlijk zo'n hekel aan de verzorger heb. Hij heeft een baan die ik zou verafschuwen, en het is niet meer dan logisch dat hij geen hoge dunk heeft van iemand als ik die slechts een paar uur per dag wat liefhebbert in iets wat zijn levenswerk is. Ik vraag me af wat zijn ambities zouden zijn als hij niet elk uur van de dag zou moeten doorbrengen in het gezelschap van een idioot. Ik vraag me af wat hij doet wanneer ik hem aflos. Ik zal hem een keertje stiekem moeten volgen om daarachter te komen.

Na het rijden laat ik Arrhidaeus zien hoe hij zijn dier moet roskammen. In het begin is hij nogal ruw en moet ik hem leren over de textuur van de paardenhuid en wat de gevoelige plekken zijn. Hij vindt het nog steeds eng om Moor uit de hand te voeren, en ondanks de zalfjes die ik de verzorger heb gegeven zit hij nog steeds onder de korstjes en schilfers.

'Hij eet het op,' zegt de verzorger wanneer ik Arrhidaeus later terugbreng naar zijn vertrekken. 'Hij likt het er gewoon af. Stopt u er soms honing in? Dat zou het verklaren.'

Hij is bezig de kamer aan kant te maken; hij veegt de vloer, klopt het beddengoed uit, maar misschien heeft hij ons horen aankomen en maakt hij er alleen maar een vertoning van. Hij heeft het eten al klaargezet voor Arrhidaeus, die er meteen met beide handen op aanvalt, ons allebei negerend.

'Hij heeft er iedere winter last van,' vervolgt de verzorger voordat ik iets vernietigends kan zeggen. 'Ik heb al eerder een honingkompres geprobeerd. Op zijn voeten ook. Maar zodra het warmer wordt heelt het meteen. Ik verbind het als het bloedt, maar verder laat ik het gewoon aan de lucht genezen. De voeten ook. Vandaar de sandalen, en ik laat hem zoveel mogelijk op blote voeten lopen. Frisse lucht lijkt het beste te helpen.'

'Lees je?'

Hij verstijft. 'Dat heeft u me al gevraagd. Ik heb met hem aan zijn letters gewerkt. Vraag maar aan hem, dan kunt u het zelf zien.'

'Ik bedoel voor jezelf.'

'Boeken?'

Ik knik.

'Hoezo?'

En dat is mijn beloning. Hij is achterdochtig, pijnlijk achterdochtig omdat hij pijnlijk graag wil wat ik hem misschien wel en misschien niet zal aanbieden.

'Ik heb mijn bibliotheek bij me,' zeg ik. 'Ik vroeg me af of je er misschien iets uit zou willen lenen terwijl ik uit ben met de prins.'

'Ik heb me al afgevraagd of ik niet beter met jullie mee kan gaan,' zegt hij. 'Zodat ik weet hoe het verder moet wanneer u weer weg bent.'

Eindelijk. We hebben beleefdheden uitgewisseld, ten langen leste, en kunnen nu gaan proberen vat op elkaar te krijgen.

'Ik ben hier nog een paar dagen,' zeg ik. 'Ik zal morgen iets voor je meebrengen. Waar houd je het meest van? Poëzie, geschiedenis, dierengedrag?'

Hij lacht geringschattend, hij denkt dat ik een grapje maak ten koste van Arrhidaeus en wil het spelletje meespelen.

'Iets over opvoeding misschien,' zeg ik.

Hij haalt de blik van zijn gezicht. Daar gaat onze wapenstilstand.

'Ik begrijp het niet,' zegt hij terwijl hij het moment uit zijn handen ziet glippen. 'Hij is nietswaardig, nutteloos. Uitgerekend u zou dat moeten begrijpen. Ik dacht dat uitgerekend u dat wel zou snappen. Ik snap niet dat u met hem om kunt gaan. Dat moet u toch pijn doen? U, die weet wat het menselijke brein allemaal kan, moet dat toch onverdraaglijk vinden? U bent minstens honderd keer slimmer dan ik, en er zijn dagen dat ik denk dat ik gek word. Dat voel ik gewoon. Of beter gezegd, dat hoor ik. Het is alsof ik iets over de muren hoor kruipen, vlak achter mijn hoofd, iets wat steeds dichterbij komt. Een groot insect, een schorpioen misschien. Een voortsnellend droog geluid, zo klinkt gekte me in de oren.'

Gedichten dus. Hij is per slot van rekening nog jong, verliefd op zijn eigen melancholie, genoodzaakt te piekeren over zijn eigen verspilde intelligentie. Maar dan zie ik dat hij huilt; er glanzen tranen in zijn ogen. Hij draait zich weg omdat hij niet wil dat ik hem op zijn ergst meemaak. Ik vraag hem hoe lang hij al de metgezel van de prins is. Hij haalt beverig adem en zegt dat dat er niet toe doet.

'Hoe oud ben je?'

'Twintig.'

Net zo oud als mijn neef. 'Waar slaap je?'

Hij haalt zijn schouders op. 'Hier.' Hij voegt eraan toe: 'Daar. Op de grond.' Hij wijst naar een muur. Hij moet 's avonds een strobed uitrollen en dat overdag weer opbergen om de prins meer speelruimte te geven. De tranen zijn alweer teruggesijpeld, door zijn ogen, zijn neus, en hij is weer net zo nukkig als altijd. Het is mij niet onbekend, de plotselinge huilbuien en de vreemde scheiding tussen wat het gezicht doet en wat de geest misschien aan het doen is. Zelf kan ik huilen onder het werken, het slapen en het baden, en soms word ik 's nachts wakker met de slakkensporen ervan nog op mijn gezicht.

Arrhidaeus is klaar met eten en trekt aan de arm van de verzorger, die gehoorzaam knielt en de po onder het bed vandaan vist. Hij zet hem achter een scherm voor Arrhidaeus. De jongen heeft zijn broek al uitgetrokken en leegt zichzelf net zo luidruchtig als hij eet, grommend en knorrend. Het kost hem hoorbaar moeite. De stank is enorm. Ik moet er maar weer eens vandoor.

'Pythagoras,' zegt de verzorger.

Ik knik; mijn eigen duisternis begint aan me te vreten en ik moet nu echt weg. Ik zal hem mijn Pythagoras brengen.

'Ik wilde eigenlijk gaan studeren...' zegt hij.

Maar ik kan het niet meer aanhoren. Ik ben de kamer al uit en de gang door, steeds sneller lopend, me concentrerend op het tegelpatroon, nadenkend over de geometrie van sterrenvormen.

Ik ben niets waard. Die wetenschap is mijn weer, mijn privéwolkenvelden. Soms laaghangend, zwart en zwaar; soms hoog en voortijlend, de witte zorgeloze kudde van een mooie zomerdag. Ik zeg het soms tegen Pythias, een dringende mededeling uit de hel: ik ben niets waard. Ze zegt niets.

Ik zou de opvoering eigenlijk moeten bijwonen als gast van Philippus, maar Carolus vraagt me om samen met hem achter het toneel te gaan staan zodat ik zijn tekst kan vasthouden, hem kan helpen met de rekwisieten en al met al een kalmerende invloed kan uitoefenen. 'Op hen, niet op mij,' zegt hij. 'Ze zijn inmiddels aan je gewend. Vertel eens, waarom zijn zelfs slechte acteurs zo zenuwachtig?' Wanneer ik mijn mond opendoe om antwoord te geven, zegt hij: 'Ach, houd je mond. Dat was een retorische vraag. Je hoort jezelf wel graag praten, hè? Hier, houd vast.'

Het is het hoofd van Pentheus, een tweede lompenbal, aangezien de jongen ervandoor is gegaan met de eerste en niet meer terug is geweest. Deze is tenminste wat steviger vastgebonden en zal niet meer zo snel loslaten, hoewel het gezicht nog even grof is: starende zwarte ogen, twee derde van een driehoek als neus, een rode mond, een enkele rode jaap bij de keel.

'En deze ook.' Carolus geeft me een handvol stokken die zijn omwikkeld met klimop. Zelf draagt hij het gewaad van Pentheus; net als de jongen is ook de acteur verdwenen en niemand lijkt te weten wat er van hem is geworden. Bij mezelf denk ik dat Carolus me vooral nodig heeft om de acteurs aan te sporen wanneer hij zelf op het toneel staat. Philippus heeft het in elk geval druk met zijn nieuwste gast, Alexandros, de broer van Olympias. Hij heeft jaren in Pella gewoond als pupil van de koning terwijl Philippus wachtte tot hij volwassen werd. Nu heeft hij hem net tot koning van Epirus benoemd en dit is zijn eerste staatsbezoek aan het hof dat hij zo lang zijn thuis heeft genoemd. Hij heeft het gezicht van zijn zuster – blozend, roestbruin, donkere ogen – en Philippus mag hem graag. Van achter de flappen kan ik hen gestaag zien drinken, met hun hoofden naar elkaar toe gebogen terwijl ze praten en veelvuldig lachen. Ik denk niet dat ze veel aandacht voor het toneelstuk zullen hebben.

Ik stop het hoofd onder mijn arm en ga klaarstaan om de stokken te overhandigen aan het koor dat in ganzenpas voorbij-loopt. Mijn handpalmen tintelen van opwinding; ik ben de hele dag al door het dolle heen. Ik houd ervan om het stuk te kunnen volgen vanaf deze plek achter het toneel, om te kunnen zien wat er allemaal bij komt kijken. Ik houd ervan om de binnenkant, de achterkant, de onderkant van wat dan ook te kunnen zien, om te kunnen zien wat gewoonlijk ongezien blijft.

'En.' Carolus heft zijn hand en laat hem dan weer zakken.

De muziek begint.

Ik weet niet precies wanneer de jongen stilletjes naast me komt staan. Ineens zie ik hem staan, met zijn blik op het toneel gericht, net zo opgetogen als ik. Mijn hoofdbeweging ontgaat hem niet, hij kijkt me aan en we beginnen allebei te glimlachen. Nu is het echt. Hij pakt het hoofd onder mijn arm vandaan om me te helpen, en ik knik, als om te zeggen dat ik hem een teken zal geven wanneer het moment is aangebroken om het aan de acteur te overhandigen.

'Kijk, daar heb je haar,' zeggen de acteurs die het koor spelen als uit één stem. 'Daar zie ik Agaue. Haar ogen. Zie haar ogen. Ze staren. Ze is bezeten. Neem haar op in ons midden, ze is vol van de god en zijn vervoering.'

Ik knik. De jongen geeft het hoofd aan de acteur die Agaue speelt en die er vervolgens mee het toneel op snelt. Dan een ogen-blik lang stilte. Een aarzeling. Carolus, naast me, kijkt scherp op van zijn tekst en fluistert boos: 'Vrouwen uit het oosten.'

Ik kijk naar de jongen. Hij gooit het hoofd dat hij van me heeft afgepakt in de lucht, vangt het op en kijkt nadrukkelijk naar het toneel.

'Vrouwen uit het oosten,' fluistert Carolus wat luider.

'Vrouwen uit het oosten – Bacchanten,' zegt Agaue.

Ik herinner me dat de acteur die Pentheus speelde steil haar had, maar een krullende baard, en een moedervlekje onder zijn linkeroog. Ik herinner me dat omdat ik nu naar zijn hoofd kijk, zijn hoofd dat in de armen ligt van de acteur die Agaue speelt.

'Weet u wie wij zijn?' vraagt er een uit het koor. De anderen, die naar het hoofd staren, hebben hun tong verloren. 'Weet u wie u bent? Onze ware aard?'

'Kijk, het is een leeuwenwelp. Ik heb hem gevangen. Ik heb hem zonder valstrik gevangen. Kijk,' zegt Agaue. Zijn stem heeft een schrille klank gekregen en zijn ogen kijken glazig. Hij is verdoofd van schrik.

In het publiek praat Philippus niet langer met zijn gast. Met opgetrokken wenkbrauwen staart hij naar het toneel. Nu heeft hij ineens wel belangstelling.

Na afloop schudt Carolus almaar zijn hoofd. 'Dat was de beste klotevoorstelling die ik in mijn hele kloteleven heb gezien.'

Het hoofd is verdwenen; hij heeft het in de doek laten wikkelen waarin de jongen het had meegenomen en een toneelknecht moet het nu weggooien.

'Ik heb het gecauteriseerd, precies zoals u zei,' zegt de jongen. 'Het werkte.'

'Klotesnotaap,' zegt Carolus.

'Ik dacht dat ze het misschien niet zouden doen als ze het van tevoren wisten,' zegt de jongen. 'Ik zat te denken aan wat u zei over dat dingen er echt moesten uitzien en dat u altijd klaagde over dat het allemaal zulke slechte acteurs waren. En toen dacht ik, wat als ze niet zouden hoeven acteren? Wat als ze alleen maar zichzelf hoefden te zijn?'

De acteurs zijn er allang vandoor. Achter het toneel stinkt het naar pis en kots: medelijden en angst. Carolus zal toch nog de was moeten doen.

'Hij is gisteravond gestorven,' vervolgt de jongen. 'Ik zei toch dat hij ziek was. Volgens mij gebeuren dingen altijd met een reden, denkt u ook niet?' Voor het eerst ziet hij er – niet twijfelachtig misschien, maar ongeduldig uit. 'Wat?' Hij kijkt van Carolus naar mij en weer terug. 'U weet best dat het perfect was. Wat nou?'

Vanochtend, voor de opvoering, werd ik ontboden bij Philippus. Ik trof hem aan op een binnenplaats, omringd door houten staken van verschillende lengtes, een soldaat bestokend die hem afweerde met een schild. De reusachtige lansen van de wachters waren me al opgevallen; ik had echter aangenomen dat ze puur ter decoratie waren, maar nu zag ik de koning in de weer met grof gesneden takken van dezelfde lengte.

'Mijn eigen uitvinding,' zei hij. 'De *sarissa*. Kijk, en hier heb je een Thracische lans, en een Illyrische, en nog een paar andere. De sarissa is nog weer eens een derde langer. Zie je wat daar de gevolgen van zijn?'

Dat zag ik, maar ik had meer belangstelling voor de natuurkunde. Ik tilde er eentje op. 'Hij is zwaarder.'

'Niet zoveel. Dat extra gewicht hef je weer op door een kleiner schild.'

Onder zijn toeziende blik plaatste ik een paar stoten.

'Je bent het bijna verleerd,' zei hij na een tijdje. 'Maar in elk geval heb je andere kleren aangetrokken.'

Hij stelde me voor aan de soldaat, die een van zijn oudere generaals bleek te zijn, Antipater. Kort haar, kort baardje, vermoeide blik. Wanneer Philippus op oorlogspad gaat is Antipater de regent. Terwijl de eerste regen van de dag de binnenplaats bespikkelde gingen we gedrieën onder een zuilengalerij zitten en dronken met water aangelengde wijn. Onder het praten dacht ik aan de jonge Philippus. We hadden samen gespeeld, misschien wel op deze binnenplaats. Ik meende me een worstelpartijtje te herinneren, de geur van zweet en gras; sterk, persoonlijk, zoet. Ik kon me niet herinneren wie er had gewonnen.

'Hij biedt je zijn trouw aan en vraagt je om hulp,' zei ik, doelend op Hermeias.

Philippus herlas langzaam het verdrag dat ik voor hem had meegenomen terwijl een schildknaap de verschillende lansen naar een droge plek bracht. Ik stelde me Philippus voor op het slagveld, loerend naar iets nieuws wat hij aan zijn verzameling kon toevoegen, en wanneer hij dat gevonden had, zonder omhaal de bezitter ervan dodend. Was dat ook niet een vorm van wetenschap bedrijven?

'Drink,' beval Philippus zonder op te kijken toen ik wat ging verzitten.

Ik dronk. Als geleerde omringd door geleerden was ik vergeten hoe langzaam sommige mensen lazen. Na een hele tijd begon Philippus over zijn ambities te praten.

'Ik mag die vriend van je wel,' zei hij met het verdrag wapperend. 'Hij is pienter, een doordouwer.'

'Dat zal ik met alle plezier aan hem overbrengen.'

'Jij niet. Iemand anders. Ik heb jou nu nodig.'

Ik keek naar de schildknaap, een donkere jongen met kroeshaar en lichte handpalmen. Hij was van ver gekomen, uit Egypte misschien, of Ethiopië. Wie weet hoe vaak hij van hand tot hand was gegaan alvorens hier te eindigen, tussen deze speren en stropoppen. Philippus had het over Athene. Athene was oud, Athene was in verval, Athene lag op sterven, maar Athene was ook de sleutel. Antipater zat met zijn voeten plat op de grond en zijn handen plat op zijn dijen star naar de ruimte tussen zijn knieën te staren. Hoewel hij de lans behendig had weten te ontwijken vroeg ik me af of hij soms ergens pijn had. Maar Athene, dat was goed. Toen Philippus had gezegd dat hij me nodig had was ik even geschrokken.

'We hadden gehoopt dat de Academie na Plato's dood naar jou zou gaan,' zei hij. 'Dan zou je enige invloed hebben gekregen. Die Speusippus, die er nu zit, bevalt me niks.'

Ik begreep het niet; Plato, mijn leermeester, was al vijf jaar dood. Had Philippus me vijf jaar geleden dan in de gaten gehouden? 'Speusippus is zijn neef,' zei ik. 'Mij bevalt hij ook niet.' Met zijn kleine handjes en zijn slappe gedrag en zijn slappe kleine geest. Hij schreef dialogen, net als zijn oom, waarin de uitdager steevast verward ineenschrompelde onder het onbezorgde gevraag van zijn vraagsteller. Ik heb hem een keer gezegd dat hij niet bang moest zijn om een discussie aan te gaan waar hij niet meteen een uitweg uit zag. Ik meende hem behulpzaam te zijn, maar na die opmerking beschouwde hij me, op zijn eigen slappe manier, als zijn tegenstander.

'Hij schrijft me brieven,' vertelde Philippus. 'Waarin hij me raad geeft. Hij vergelijkt me met de god Herakles. Hij ziet de gekste overeenkomsten tussen ons.'

Antipater en ik lachten precies hetzelfde lachje, klein en droog; we vingen elkaars blik op en wendden ons hoofd weer af. Zo snel al vrienden.

Philippus, snel genoeg van geest om niet al te lang te blijven stilstaan bij zijn eigen grappen, schudde zijn hoofd. 'Maar als Speussipus doodgaat zullen ze vanzelf weer bij jou terechtkomen. Hij is toch al op leeftijd? Want dat is het soort macht dat ik nodig heb. Niet alles is met speren op te lossen. Mij beschouwen ze als een soort barbaar, maar jou beschouwen ze als een van hen. Tegen militaire macht zullen ze zich als een koppige ezel verzetten, maar jij zou daar wel een poot aan de grond kunnen krijgen. Hoofd van de Academie, voor dat soort dingen hebben ze ontzag. Plato gebruikte zijn functie als een diplomaat, hij manipuleerde en beïnvloedde politici. Er werd door koningen naar hem geluisterd.'

'Net zoals jij naar Speussipus luistert?'

'Jij bent geen verwijfde paljas. Nou ja, je bent geen paljas, punt uit. Naar jou zullen ze wel luisteren als het zover is. En in de tussentijd heb ik hier een baan voor je.'

Nee. 'Hier?'

'Je kunt mijn zoon lesgeven.'

De regen haperde even en viel toen weer neer.

'Dat is je te min?'

'Natuurlijk is dat me te min,' antwoordde ik. 'Ik heb werk te doen.'

'Maar hij mag je nu al. Dat heeft hij me zelf verteld.'

'Arrhidaeus?'

Antipater hief zijn hoofd.

Philippus keek even verwonderd. Toen klaarde zijn gezicht op. 'Nee stomkop, Alexander.'

Na de voorstelling lig ik in bed naar mijn vrouw te kijken die de lange gouden spelden uit haar haar haalt en de scherpe gespen uit haar tuniek. Wat zijn er veel pinnen voor nodig om haar bij elkaar te houden. Terwijl de mannen in het theater waren heeft zij de avond wevend doorgebracht met Olympias en haar vrouwen. Ze vertelt dat er een mand aan de voeten van de koningin stond, en dat Olympias, toen ze Pythias ernaar zag kijken, haar gebaarde te komen. In de mand zat een slang die niet groter was dan een armband. Toen het eten kwam voerde Olympias hem van haar eigen bord, heel klein gesneden stukjes vlees, iets wat je aan een baby zou geven. De vrouwen spraken enthousiast over het eten en over de verschillende manieren waarop je bonen en vlees kon bereiden. Ze lieten zien wat hun lievelingsstukken waren door zichzelf lachend op hun romp en benen te slaan zodat mijn arme Pythias uiteindelijk haar bord van zich af moest duwen. Het enige prettige moment van de avond was volgens haar toen de jongen, Alexander, vroeg langskwam om zijn moeder een kus te geven. Dat moet dus voor de voorstelling zijn geweest. Toen hij werd voorgesteld aan Pythias begroette hij haar vriendelijk, met grote hoffelijkheid en charme, en hij rook, zei ze, heel schoon en aangenaam naar specerijen. Ik kon het niet over mijn hart verkrijgen om haar over het hoofd te vertellen. Hopelijk komt ze het nooit te weten.

'We doen wat we doen,' zegt ze opnieuw.

'Je kunt toch niet geen mening hebben? Je moet er toch iets van vinden? Als we blijven kan dat weleens voor jaren zijn.'

'Heb je een keus dan?'

Ik zeg niets.

'Ze zijn onbeschaafd,' zegt ze. 'Stuk voor stuk. Hun lichamen stinken. De vrouwen verrichten slavenwerk. Ze hebben slechte wijn. De koningin' – ze kijkt me aan over haar schouder – 'is knettergek.'

'Ze zullen de wereld regeren.'

'Daar twijfel ik niet aan.' Ze stapt naast me in bed en gaat op haar rug liggen.

Ik leun op een elleboog om haar aan te kijken. 'Ik wilde je meenemen naar Athene,' zeg ik. 'Daar zou je je wel thuis hebben gevoeld.'

'Ik voelde me thuis in Mytilene.'

Omdat ze op kregelige toon praat zeg ik niets, maar raak ik haar heup aan. Ze spreidt haar benen. Alweer droog. Ze krimpt ineen wanneer ik haar aanraak. Ze zegt nog iets over mijn beslissing en stelt nog een paar vragen. Wanneer ik mijn tong op het granaatappelzaadje leg verstrakken de pezen in haar kruis als snaren. Medelijden en angst, verlossing, opluchting. Mijn tong aan het werk. Een substantie als eiwit.

Die nacht droom ik over Stageira. Wanneer ik wakker word ga ik lange tijd bij het raam zitten, met een deken om me heen, terugdenkend aan die tijd. Ik was een ongelukkig kind, eenzaam, en bang wanneer mijn vader 's nachts werd weggeroepen of op reis was, wat vaak voorkwam. Hij was de enige arts voor veel van de kleine kustplaatsjes, en naarmate zijn reputatie groeide werd hij van steeds verder weg opgeroepen, naar steeds grotere steden. De tweeling mocht nog bij onze moeder slapen, maar ik had niemand. Ik doorstond 's nachts verschrikkelijke angsten totdat mijn moeder me de truc leerde om me te concentreren op iets wat nabij was – de lengte en textuur van de haren van het bont waarop ik sliep of het verloop van mijn polsslag of het getij van mijn adem in mijn lichaam – en op die manier afleiding te zoeken. Ze zei dat zij dezelfde truc had toegepast voor hetzelfde probleem. Het duurde niet lang of ik paste het overal toe; waar ik ook ging, ik sloeg dwangmatig aan het observeren en analyseren en categoriseren tot er niemand meer met me wilde praten vanwege alle vragen die ik stelde en alle inzichten die ik te berde bracht. Aan jongens van mijn eigen leeftijd vroeg ik: *Is het jullie weleens opgevallen?* Aan volwassenen vroeg ik: *Weet u ook of...* Het duurde niet lang of ik was altijd alleen; ik zwom met mijn ogen open, ik ving insecten, ik las mijn vaders boeken, sneed in mezelf om het bloed te bestuderen, maakte plattegronden, tekende boomblaadjes over, bracht de sterren in kaart. Dat alles hielp een beetje, maar niets hielp echt. Op de ergste dagen bleef ik in bed liggen, niet bij machte te praten of te eten tot de duisternis optrok.

'Het is een vreemde jongen,' hoorde ik mijn vader tegen mijn moeder zeggen, op een van de steeds zeldzamere keren dat hij thuiskwam. 'Ik maak me zorgen om hem. Niet om zijn gezondheid, maar om zijn geest. Ik weet niet of hij te veel discipline heeft of te weinig. Hij gaat naar plekken waar ik hem niet kan volgen, in zichzelf.'

'Hij mist je,' zei mijn moeder.

Ik let nu wat beter op Alexander. De dag voor Philippus' vertrek naar Thessaloniki, vroeg in de zomer bij zonsopkomst, gaan we jagen. Ik draag mijn op een na beste kleren en maak ongewapend mijn opwachting op de trage, betrouwbare Moor. Philippus en zijn entourage van schildknapen en in paarse capes gestoken metgezellen dragen het volledige veldtenue. Op de grond onder hun rijdieren is het één grote werveling van honden. Na een paar beledigingen – er wordt geopperd dat ik eigenlijk een halter om mijn middel zou moeten dragen, als een jongen die nog nooit een dier heeft gedood – krijg ik een reservespeer en -schild en laten ze me verder aan mijn lot over. We rijden naar het koninklijke park, waar de feestelijkheden beginnen met het offeren van een gillend speenvarken waar het bloed uit spuit. Het is een dag vol pracht en praal en etiquette, een dag die ik beleef als een reeks bevroren beelden, als een steeds opnieuw geslagen serie munten, glinsterend in de zon. Philippus en profil, met helm op. Een hond die op zijn achterpoten gaat staan terwijl zijn eigenaar de riem losmaakt. Een speer die op een schouder balanceert. Een wild zwijn dat over een open plek in het bos dendert. Alexander die van zijn paard stapt en zijn mes uit de schede trekt. Het zwijn dat een speer die te ondiep in zijn flank is gestoken van zich af probeert te schudden, daarbij de schedel van een hond vertrapt en er vervolgens weer vandoor gaat. De hond, met één spastische poot. De hond dood. Een wijnzak die van hand tot hand gaat. Alexander die zijn paard zoekt.

Philippus begint hem te plagen. Hij biedt hem een nerveus paard aan en daagt hem uit het te berijden. Ossenhoofd heet het dier, naar de witte vlek op zijn voorhoofd. De jongen draait het paard naar de zon om het te verblinden en kan het zo eenvoudig bestijgen. Philippus, dronken, maakt een sarcastische opmerking. Vanaf de rug van het oorlogspaard kijkt de jongen op zijn vader neer alsof hij bedekt is met vuil. Dat is de munt die ik het langst in mijn zak meedraag, het beeld waar ik bezorgd steeds weer met mijn duim overheen glijd.

Ik zou hem kunnen helpen, net als zijn broer. Ik zou hier mijn boterham kunnen verdienen. Ik zou kunnen blijven.

2

Toen ik veertien was kwam mijn vader thuis met de mededeling dat we naar de hoofdstad zouden verhuizen omdat hij tot hofarts was benoemd. Aan zijn reizen kwam abrupt een einde en de laatste paar weken bleef hij in Stageira, zich voorbereidend op de verhuizing en nog slechts patiënten uit de buurt behandelend. Terwijl mijn moeder en zus en de bedienden zich bezighielden met het opladen van de karren gaf ik me over aan ontijdige aanvallen van nostalgie; ik dwaalde van de rotsen naar de kust, zwom wat en vroeg me af of we ooit zouden terugkeren. Ik was bang voor Pella, voor een landschap dat ik niet kende, voor het idee niet meer alleen te kunnen zijn, meer dan in dit dorp de ogen van mijn ouders op me te voelen. Ik was bang voor mijn vader. Hoewel ik hem als klein jongetje vreselijk had gemist vond ik hem nu streng, afstandelijk, en ik wist ook dat ik hem vaak teleurstelde. Zijn aanmoedigingen kwamen in karige doses, en vaak lukraak; waarom was het wel zinvol om de geboorte van een nest jonge hondjes te bekijken, maar vruchteloos en onzinnig om de wiskundige verhouding tussen de lengte van de snaar van een lier en de toon die hij voortbracht te berekenen?

Hij waardeerde me het meest wanneer ik hem op zijn rondes

vergezelde en hem hielp met de patiënten, wanneer ik weinig zei en bij elk visite wist welk poeder voor welke kwaal moest worden gebruikt, en wanneer ik de aforismen die hij me leerde correct oplepelde: gebruik een vloeibaar dieet om koorts te behandelen; vermijd in de zomer meelspijzen; het is beter als een koortsaanval op een stuip volgt dan als een stuip op een koortsaanval volgt; purgeren mag alleen in het begin van een ziekte, nooit op het hoogtepunt; tandjes krijgen kan koorts en diarree veroorzaken; medicijnen kun je aan zwangere vrouwen het veiligst toedienen in de vierde tot de zevende maand van de zwangerschap, daarna moeten de doses worden verlaagd; korrelige urine wijst op steenvorming in de blaas; eunuchen lijden niet aan jicht; vrouwen zijn nooit tweehandig; enzovoort, enzovoort, enzovoort.

Mijn vader was een man van oorzaak en gevolg; hij had geen geduld met dilettanten die ziektes met gebeden of tovenarij probeerden te genezen. Dat er, om koorts te bestrijden, een steen om de pols werd gebonden accepteerde hij bijvoorbeeld alleen maar wanneer de steen in het verleden had bewezen bij twee of drie andere patiënten te werken. Hij hechtte geloof aan de medicinale eigenschappen van tegengestelden: kou om hitte te genezen, zoetigheid om gal te genezen, enzovoort. Hij gebruikte kruiden, en offerandes waren natuurlijk eveneens gebruikelijk, hoewel hij daar niet mee te koop liep en zelfs een keer weigerde om een man met koorts te behandelen wiens familie zich had geruïneerd door uit zijn naam een os te kopen en te slachten. De hysterische verkwisting wekte mijn vaders afschuw op en (daar ging het hem waarschijnlijk meer om) deed hem eraan twijfelen of ze de minder betoverende, meer pragmatische voorschriften van hem wel zouden opvolgen. De man in kwestie stierf. Mijn vader had ook een hekel aan de methode die bekendstond als incubatie, waarbij een patiënt in zijn eentje een nacht moest doorbrengen in een tempel, in de verwachting dat de god hem in een droom zou laten zien hoe hij genezen kon worden. Mijn vader noemde dat godslastering. Hij leerde me om gevallen te analyseren, om de voortgang van een ziekte op de moderne manier dag na dag in kaart te brengen, hoewel hij de voorkeur leek te geven aan problemen waar slechts één visite voor nodig was. 'Erin en eruit,' placht hij tevreden te zeggen na een of andere spectaculaire eenmalige behandeling; ik heb een keer gezien hoe hij een ontwrichte schouder weer terug in de kom duwde in dezelfde tijd die het hem kostte om de man te begroeten. Hij had een speciaal talent voor bevallingen, hoewel hij een bijzondere hekel had aan genezeressen en vroedvrouwen slechts met tegenzin tolereerde. Hij vertelde me dat ze zich voornamelijk bezighielden met hekserij en dat ze irrationeel en onbetrouwbaar waren en waarschijnlijk meer schade aanrichtten dan wanneer een vrouw haar eigen primitieve dierlijke instinct volgde. Hij sprak over het algemeen in dit soort termen over vrouwen – heksen, beesten. Toch was hij het zachtaardigst bij barende vrouwen; hij sprak dan zacht, bemoedigend, maar niet neerbuigend; hij begroette elke druipende paarse pasgeborene met een kalme vreugde en hield hem op tegen het licht in een privéritueel dat alleen ik als zodanig herkende omdat ik het zo vaak had gezien.

De eerste operatie waar ik getuige van was voerde hij uit op een meisje uit ons dorp, dat al twee dagen weeën had. Hoewel we maar een paar minuten lopen bij haar vandaan woonden was ze, tegen de tijd dat we bij haar kwamen, al half buiten bewustzijn, en de familie was al bezig het huis voor te bereiden voor haar dood; bij de voordeur hadden zich buurvrouwen verzameld, in de hoop te worden ingehuurd voor het rouwen, en bij de deur van de ziekenkamer kwamen we langs een dienblad vol oliën en witte lappen, plus een muntstuk voor de veerman, dat in haar mond moest worden gestopt zodra ze dood was. Mijn vader onderzocht haar snel, bevoelde haar buik en zei dat de baby met de voetjes naar voren lag en klem zat. Hij haalde snel het bed af, kleedde het meisje uit en vroeg om schone lakens. Ik staarde naar haar dikke buik en probeerde me voor te stellen hoe het er daarbinnen uitzag. Ik was tien en had nog nooit een naakte vrouw gezien. 'Zie je het?' vroeg mijn vader onverwacht.

Ik dacht dat hij me was vergeten. Ik wist dat hij bedoelde of ik me de positie van de baby door de huid heen kon voorstellen, en ik antwoordde dat ik het niet zeker wist. De natte lakens werden door schone vervangen.

'Op die manier kan ik de voortgang van de vloeistof volgen, de kleur en de hoeveelheid, enzovoort,' zei mijn vader rustig, alleen tegen mij, alsof dit alles – het meisje dat op sterven lag, de huilende familieleden, de echtgenoot reeds sprakeloos, roerloos op een stoel in de hoek, overmand door verdriet – slechts bedoeld was als een privéles voor mij. 'Heb je mijn messen meegenomen?'

Een retorische vraag. Het was mijn taak om iedere morgen voordat we op pad gingen zijn instrumenten bij elkaar te zoeken en die 's avonds, wanneer we weer thuis waren, schoon te maken, en hoewel we over het algemeen wel enigszins wisten bij welke patiënten we in de loop van een bepaalde dag visite zouden afleggen – bijvoorbeeld een bevalling, een breuk, een paar koortsgevallen in hetzelfde huis, een baby met uitslag, een oudje dat bloed opgaf – had mijn vader me geleerd om niet alleen mee te nemen wat ik dacht dat we nodig zouden hebben, want dan zouden we ongetwijfeld voor een verrassing komen te staan en iets nodig hebben wat er niet was. Het resultaat ervan was dat de tas die ik op mijn rug droeg zo zwaar was dat ik er krom van liep, maar ik was verstandig genoeg om me niet te beklagen. Katoenen doeken en verband, wollen kussentjes, spalken en wondgaas, gips, kommetjes en ampullen om vloeistof en andere afscheidingsproducten in op te vangen, metalen staafjes voor cauterisatie, een tablet en schrijfstift om aantekeningen te kunnen maken, een verzameling kruiden en medicijnen voor de meest voorkomende aandoeningen (thuis was er een uitgebreidere apotheek), tongspatels, tourniquets, scharen, scheermessen, bronzen buisjes voor aderlatingen en een kleine amfoor met moeraswater en bloedzuigers erin. Ook nog een geldbuidel met losse munten om te kunnen wisselen wanneer we werden betaald.

Ik rolde de bundel open en pakte de leren hoes met messen die ik regelmatig sleep, maar hem nog nooit had zien gebruiken. 'Derde van links,' zei hij over zijn schouder. Hij had vier mannen bijeengeroepen en liet hun zien hoe ze het meisje moesten vasthouden, elk van hen bij een ledemaat. Het mes dat ik uit de schede haalde was niet veel kleiner dan een eetmes, hoewel het niet het allerkleinste lemmet had. Ik gaf het hem. ('Ogen en oren,' had hij over de eerste twee messen verteld toen ik hem er een keer naar vroeg.)

Het meisje kwam bij bewustzijn door de snede, een jaap zo lang als mijn hand, van de navel naar het schaamhaar. Eerst leek het gewoon een kras, maar toen begon het te bloeden. Mijn vader duwde er met zijn vinger in en trok het mes toen nog een keer over dezelfde streep, om de snede dieper te maken. Het meisje lag inmiddels te gillen dat hij het eruit moest halen, meteen.

'Snel,' zei mijn vader met een blik op mij. 'Als je het wilt zien.'

Ik wilde het inderdaad zien. Door het bloed en het gele vet heen zag ik het hoofdje. Toen haalde mijn vader de baby er via de snede uit. De baby bewoog niet. De navelstreng was dik en slijmerig, van een onvlezig grijs. Mijn vader hield de baby in één hand en wees met de andere in het meisje, lichaamsdelen benoemend die ik tussen al het bloed niet goed kon onderscheiden.

Een vroedvrouw kwam aanlopen met een schone doek; hij gaf haar de baby zodat hij de navelstreng kon doorknippen. Gelukkig kende hij haar al – een competente, niet-emotionele vrouw van ongeveer zijn leeftijd. Zij was degene die de familie ervan had weten te overtuigen dat hij erbij moest worden gehaald omdat haar eigen vakkundigheid niet toereikend bleek te zijn. Zonder zijn instructies af te wachten veegde ze met haar pink het mondje van de baby schoon en zette toen haar mond aan het neusje om het bloed en het slijm eruit te zuigen. Met lippen die rood zagen van het bloed, als van een roofdier dat aas heeft gegeten, gaf ze een stevige tik op de paarse billetjes van de baby, die eerst begon te slikken en toen te krijsen.

'Mooi zo.' Mijn vader keek verbaasd op van de navelstreng die hij had afgebonden om het bloeden te laten stoppen. 'Er zit ook een kleine naaigarnituur in, zo eentje als je moeder gebruikt,' zei hij tegen me, maar ik had het al gepakt. Met korte, strakke steekjes naaide hij de buik van het meisje dicht, een nauwgezet karweitje dat werd bemoeilijkt door haar gegil en gekronkel. In een hoek van de kamer kotste de echtgenoot dunne gele gruwel op de grond. Ik moest van mijn vader een prop watten tegen de snede houden om het bloed te stelpen dat erdoorheen bleef sijpelen terwijl hij zijn handen al naar de baby uitstak. Dit alles had slechts een paar minuten geduurd.

'Een jongetje,' zei de vroedvrouw. Ze gaf hem de baby.

'Een prachtig jongetje.' Mijn vader hield het ingezwachtelde bundeltje op naar het licht en bracht het toen naar beneden, naar het hoofd van de moeder zodat ze hem kon zien. Haar blik gleed ernaartoe en bleef er hangen. Mijn vader knikte naar een van de slaven, die haar arm losliet zodat ze het haar van het kind kon aanraken. Toen we weggingen bloedde ze nog steeds.

'Het kind zal blijven leven,' zei mijn vader onderweg naar huis. We zaten allebei onder het bloed, vooral mijn vader, en ik droeg de bebloede instrumenten in een aparte tas om de rest van de uitrusting schoon te houden. 'De moeder zal sterven, vannacht of morgen. In dit soort gevallen ben je ze meestal allebei kwijt. Dus al met al goed werk.'

'Wat als u de snede met was had verzegeld om het bloeden te stoppen?' vroeg ik.

Mijn vader schudde zijn hoofd. 'Je hebt er talent voor. Ik was vandaag trots op je. Maar was zou in de wond komen en haar van binnenuit doodmaken. Heb je de nageboorte gezien?'

Dat had ik: een plak van dezelfde grootte en textuur als een runderlever, waar aan een kant een membraan uit bungelde. Mijn vader had de nageboorte eruit getrokken voordat hij de snee hechtte en haar aan een andere vrouw gegeven, die haar, gewikkeld in een doek, had meegenomen.

'Je moet nooit vergeten om de nageboorte eruit te halen,' zei hij. 'Door de buik, zoals we vandaag hebben gedaan, of, als het een normale bevalling is, door de vagina. Als je haar erin laat zitten gaat ze rotten en dan zal de vrouw sterven. Soms kun je een snee maken om de vagina iets groter te maken, maar dat werkt het beste als het hoofdje van de baby er al aankomt. Vandaag zou ons dat niet verder hebben geholpen.' We waren thuis. 'Deze kant uit.' Mijn vader nam me mee achterom. 'We zullen ons wassen voordat je moeder ons kan zien. Dat is beleefder.'

Die avond zag mijn vader dat ik probeerde om de binnenkant van de buik van het meisje te tekenen. 'Door het bloed was het moeilijk te zien,' zei ik.

Mijn vader keek naar de tekening, maar bood niet aan me te helpen. 'Je leert het door te voelen. De ligging van de baby, de diepte van de snede, de stukjes nageboorte als ze kapot is gescheurd. Je vingers worden je ogen.'

'Heeft u weleens op de verkeerde plaats gesneden?'

'Natuurlijk,' zei mijn vader.

'Maar we zijn vanbinnen allemaal hetzelfde.' Om niet ongevoelig of godslasterlijk over te komen probeerde ik voorzichtig uit te drukken wat ik wilde zeggen. 'Ik bedoel, mannen zijn hetzelfde als mannen en vrouwen zijn hetzelfde als vrouwen. De organen zitten toch altijd op dezelfde plaats?'

'Ja, min of meer wel. Geloof ik. De grootte kan variëren. Je weet dat een werkslaaf grotere spieren heeft dan een dame zoals je moeder. Op dezelfde manier kunnen organen in grootte variëren, afhankelijk van hun gebruik. De maag van een dikke man en de maag van een uitgehongerde man zullen er niet hetzelfde uitzien.'

'Maar ze zullen nog steeds min of meer op dezelfde plek zitten, toch?'

Mijn vader keek onzeker.

'Of weet u dat niet?'

Hoewel hij nu boos keek zat ik mijn gedachte al te dicht op de hielen om haar nog in mijn mond te kunnen houden.

'Als je het lichaam van iemand open zou kunnen snijden, van iemand die dood is, om binnenin te kijken, dan zou je een tekening van alle onderdelen kunnen maken en dan zou je het precies weten,' zei ik. 'Dan zou je daaraan kunnen refereren wanneer je een levende patiënt zou moeten opereren en dan zou je minder risico lopen om fouten te maken.'

'Nee.' Mijn vader keek me aan zoals hij wel vaker deed, alsof er net zwarte vogels uit mijn mond waren gevlogen. 'Zo gaan wij niet met onze doden om.'

Ik wist ook wel dat we niet zo met de doden omgingen. Ik dacht aan het meisje, wier baby mijn vader die dag had gehaald, het meisje dat zou sterven, of misschien al wel was gestorven, en aan de plattegrond van alles van haar, verzegeld onder haar huid. Wij hadden haar gedood door dat zegel te verbreken.

'Ze zou sowieso zijn gestorven,' zei mijn vader ten antwoord op mijn onuitgesproken vraag waarvan ik me niet eens bewust was geweest, en toen riep hij mijn moeder, die meteen een bezorgde blik in haar ogen kreeg toen ze me zag.

De volgende dag hoefde ik mijn vader niet op zijn ronde te vergezellen en ik bracht mijn dag in het water door, zogenaamd terloops gadegeslagen door mijn moeder en haar dienares, die een picknickplek hadden ingericht op mijn lievelingsstrand.

'Het is niet eerlijk,' zei mijn zusje Arimneste. Ze was acht, twee jaar jonger dan ik, en het was haar sinds kort verboden om nog te zwemmen; ze had de leeftijd bereikt waarop ze haar kleren moest aanhouden. Ze liep blootsvoets langs de branding, met slordig opgehouden rokken die ze af en toe expres door het water sleurde om te laten merken hoe groot haar teleurstelling was. Toen ik nog een paar passen dieper de zee in waadde riep ze: 'Ik wil ook komen kijken!'

'Dan zou je toch moeten overgeven.'

'Ik heb ook niet overgegeven toen Ajax en Achilles werden geboren.' Haar jonge katjes. 'Ik vind het interessant.'

Ze was groot voor haar leeftijd, net als ik, en ze had ook mijn ogen. Haar tweelingbroertje, Arimnestus, hing sinds kort rond met een stel jongetjes uit het dorp; ze stookten vuurtjes en martelden insecten, en Arimnestus deed daarbij net alsof hij en Arimneste nooit onafscheidelijk waren geweest. Arimneste was een wildebras die neerkeek op de dorpsmeisjes en het liefst met haar tweelingbroertje had meegedaan. Mijn vader was tot overeenstemming gekomen met een collega van hem, een veelbelovende jonge arts die naar de naam Proxenus luisterde, maar de bruiloft zou pas over enkele jaren plaatsvinden. Ik wist dat ze eenzaam was.

'Trouwens, jij hebt zelf ook overgegeven,' zei ze. 'Je had jezelf gisteravond eens moeten zien. Je was helemaal groen.'

'Mensen kunnen niet groen worden,' zei ik.

'Welles. Je was hier groen.' Ze raakte haar wang aan.

Mijn nieuwsgierigheid won het echter van mijn overgevoeligheid, en het duurde niet lang of ik droeg de instrumenten van mijn vader alweer voor hem.

Ondanks mijn vaders afkeuring waren kleine dieren niet veilig voor me. Ik had al talloze schaaldieren, vissen en muizen ontleed, en ook een keer een hond die ik dood op het strand had aangetroffen. Mijn tekeningen verstopte ik, gewikkeld in wasdoek, in een gat onder een rots boven de vloedlijn. De hond was het mooist geweest; er had nog voedsel in de buik gezeten en poep in de darmen. Toen ik klaar was had ik het karkas verbrand opdat niemand het verminkte dier zou vinden en weten dat ik het had gedaan.

De laatste operatie die mijn vader uitvoerde voor onze verhuizing naar de hoofdstad was die op een man die leed aan hoofdpijnen en attaques die vooraf werden gegaan door een verscherpt gezichtsvermogen. Op het hoogtepunt van de ziekte viel hij op de grond, hij schopte met zijn benen, sloeg met zijn armen, klemde zijn kaken op elkaar en er kwam schuim uit zijn mond. Na afloop bewaarde hij geen enkele herinnering aan de aanval. Zijn familie had de gebruikelijke behandelingen geprobeerd: rituele reinigingen, tot de goden zingen, amuletten in zee gooien, niet baden, geen zwart of geitenleer dragen, geen gekruid eten en niet de ene hand op de andere leggen.

'Onzin,' zei mijn vader. 'Ze willen gewoon de enige goede behandeling vermijden. Niet dat ik het hun kwalijk kan nemen, maar zeg nou zelf.' Hij sloeg zijn ene hand op de andere om het verboden gebaar te laten zien. 'Volstrekte onzin. Daar zit een vrouw achter, dat kan ik je nu al vertellen.'

'Wat is die behandeling dan?' vroeg ik.

'Slijm,' antwoordde mijn vader. 'Bij jou en mij vloeit het slijm op natuurlijke wijze vanuit de hersens naar beneden en wordt zo door het lichaam verspreid. Maar bij dit soort mensen zijn de normale doorgangen geblokkeerd zodat het in de bloedvaten terechtkomt waardoor er geen lucht meer in de hersens kan komen. En het is koud, snap je, en die plotselinge afkoeling van de bloedvaten veroorzaakt de aanvallen. Als er te veel slijm is zal het bloed bevriezen en zal hij sterven. Of als het slijm wel het ene bloedvat in gaat, maar niet het andere, dan zou één deel van het lichaam weleens blijvend beschadigd kunnen worden. In de winter lijdt de patiënt het meest, wanneer het zowel buiten als binnen koud is. Voorts moeten we rekening houden met de wind. Noordenwind is het gezondst, want hij haalt de vocht uit de lucht. Zuidenwind is het ergst. Hij verduistert de maan en de sterren, maakt de wijn donkerder en brengt vocht met zich mee. Vandaag staat er geen wind, dus die factor speelt nu geen rol.'

Ik wist dat hij oplepelde wat hij de avond ervoor had gelezen, zowel om zijn geheugen op te frissen als om mij te onderwijzen. De heilige ziekte, zo werd ze genoemd, hoewel mijn vader het eens was met de schrijver van de verhandeling, die meende dat de goden er net zomin aansprakelijk voor waren als voor een loopneus. Slechte genezers beweerden dat alleen maar om hun eigen onkunde of onvermogen om een genezing te bewerkstelligen te verhullen. Mijn vader gaf echter toe dat het een van de moeilijkste ziektes was om te behandelen.

'Wat is die behandeling dan?' herhaalde ik mijn vraag.

'We moeten het slijm bevrijden.'

Bij het huis werden we begroet door de broer van de man. 'Zal hij pijn lijden?'

'Hij lijdt nu ook al pijn,' antwoordde mijn vader.

In de slaapkamer van de man stalde hij zijn gerei uit. Het waren drie stenen instrumenten die ik niet eerder had gezien. Ze maakten geen deel uit van zijn vaste uitrusting.

'Ik weet het,' zei hij, mijn gedachten lezend. 'Maar deze zijn te zwaar om iedere dag mee te sjouwen, en bovendien doe je dit toch nooit zonder voorbereidingen.'

'U zult de duivel bevrijden,' zei de man vergenoegd vanuit zijn bed. Hij leek op zijn broer, een grote, tonronde man met een kaalgeschoren hoofd en een vriendelijk gezicht waarmee hij in betere tijden waarschijnlijk goed kinderen aan het lachen kon maken. De broers hadden dezelfde joviale, komische oogopslag, misschien wat uitgesprokener bij de man in bed, die bovendien een beetje sliste. Ik dacht dat het een gevolg van de attaques was, maar mijn vader wist wel beter.

'Laten we hopen op een bevrijding.' Ondanks al zijn onge-duld en strengheid hoedde mijn vader zich ervoor om een pati-ënt tegen te spreken of anderszins van slag te brengen. 'Een ogenblikje graag.'

In de gang hoorde ik hem aan de broer vragen of de patiënt had gedronken.

'Helemaal niet!' zei de grote man.

'Ik ruik het aan zijn adem,' zei mijn vader. 'Ik heb het nog zo verboden.'

'Het was tegen de pijn.' Ik hoorde dat de man huilde.

Mijn vader droeg hem op beneden te wachten. Weer in de ka-mer pakte hij uit de grote tas die hij zelf had gedragen iets wat leek op een klemschroef.

'Och hemeltje,' zei de zieke man.

Met behulp van een slaaf plaatste mijn vader het hoofd van de zieke man in de klem die hij langzaam begon aan te draaien. 'Schud eens met je hoofd,' zei hij steeds tegen de man, en pas toen dat niet meer lukte was mijn vader tevreden.

'Hij zit strak,' zei de man.

Mijn vader stopte een leren bit in de mond van de man en zei dat hij hem daar moest houden. Hij pakte het mes dat ik voor hem ophield en kerfde snel een X op de geschoren schedel van de man. De man schreeuwde het uit. Mijn vader nam een van de stenen instrumenten, een boor, en zette de punt ervan in het midden van de X, waar hij de huidflappen had opengelegd.

'Nee, nee, nee!' schreeuwde de man.

Mijn vader wees naar de grond en ik pakte het bit en stopte het terug in de mond van de man. Door zijn neus snuivend knaagde hij er fanatiek aan terwijl zijn ogen in hun kassen rolden.

Het duurde lang, langer dan ik me wil herinneren, zelfs nu nog. Mijn vader had de tijd om me te vertellen hoe het instrument heette, een schedelboor, en om de ouderdom van de methode op te hemelen, een methode die zelfs al werd toegepast door de genezers uit de oudheid. Het bloed vloeide rijkelijk, zoals altijd bij schedellichtingen, en de man scheet zichzelf meer dan eens onder.

'Je moet het me zeggen als je misselijk wordt,' zei mijn vader tegen hem, maar de man was inmiddels te ver heen om nog een woord te kunnen uitbrengen.

Ik wist dat mijn vader hoopte het slijm in één grootse stroom te kunnen bevrijden, maar tegen de tijd dat hij het puntje van de boor terugtrok was het al wel duidelijk dat dat niet zou gebeuren. We tuurden allebei hoopvol in het zwarte gaatje, maar mijn vader was niet van plan om er een kaars bij te houden om het beter te kunnen zien, want hij was bang dat dat de hersens zou verhitten. Hij legde uit dat het bekend was dat een snelle opeenvolging van verhitting en afkoeling tot attaques leidde. Even leek hij niet goed te weten wat hem te doen stond, misschien hoopte hij nog steeds op die plotselinge vloeiing, maar toen kwam hij in actie en wees hoopvol naar het glanzende spul dat tijdens de operatie uit de neus van de man was gestroomd. Hij gaf de slaaf die op de benen van de patiënt had gezeten de opdracht om de wond te verbinden, trok het bit uit de mond, en klopte de man hartelijk op zijn schouder alvorens de kamer te verlaten.

Beneden troffen we de broer aan, bewusteloos aan de keukentafel, met een kroes wijn naast zijn hoofd. Vlak bij hem stond
een vrouw, met haar armen over elkaar geslagen. Haar haar was
hennarood en ze droeg een mooie linnen jurk en heel veel sieraden. Ze had een harde blik in haar ogen.

'We zijn klaar,' zei mijn vader ten overvloede.

'Hebben jullie de duivel gezien?' vroeg ze. Ik nam aan dat ze
de vrouw van de gezonde broer was.

'Nee,' antwoordde mijn vader.

Ze overhandigde hem een kleine, rinkelende geldbuidel, zijn
loon.

'Kom,' zei hij tegen mij. Hij had zijn vrouw gevonden.

'Hij zou sowieso niet zijn doodgegaan zolang ik voor hem
zorgde,' zei ze. Ze merkte dat hij haar niet mocht en voelde de
behoefte om terug te slaan.

Mijn vader reageerde niet en keek haar ook niet meer aan; hij
sloeg een arm om mijn schouders en nam me mee het huis uit.
Toen we de volgende ochtend vertrokken leefde de zieke man
nog steeds.

Drie dagen later, aan het eind van een nazomerse dag, arriveer-
den we in de stad waar de lucht trilde van de hitte en, zoals we later ontdekten, van de koorts. Mijn moeder en Arimneste trokken sluiers voor hun neus en mond tegen de stank. Mijn moeder
deed haar ogen dicht; Arimneste hield de hare open. Arimnestus
weigerde bij de vrouwen te zitten en zat bij mijn vader en mij,
ons ergerend met zijn voortdurende geboer. Hij was alvast aan
het oefenen.

De straten waren uitgestorven; er kwam niemand de huizen
uit zetten bij het horen van het geratel van onze hoog opgeladen
karren over de kinderkopjes. Ik had nog nooit een plaats gezien

die groter was dan een dorp, laat staan een stad, laat staan de hoofdstad van een koninkrijk, en ik voelde me echt een boerenkinkel met mijn ogen op steeltjes en mijn mond die openhing. Er lagen dieren op straat, voornamelijk ratten, maar ook een paar schurftige honden. Ik sprong van de kar om ze beter te bekijken.

'De pest,' zei mijn vader, opkijkend van zijn boek. Ik begreep dat mijn belangstelling deze keer zijn goedkeuring kon wegdragen. Zijn blik ving de mijne en ik zag zijn aanmoedigingen – *kijk maar, kijk maar, en zeg me wat je ziet.* Ik tilde een rat op aan zijn staart; het vlees, vol maden, droop ervan af. De kant waarop hij had gelegen was zo zacht geworden als rottend fruit. Ik schudde eraan om te zien hoe het lichaam van de kleine ribbenkast droop.

'Wat denk je, zou dat ook bij een mens kunnen gebeuren?' vroeg mijn vader.

Ondanks mezelf moest ik glimlachen, een glimlach die hij vreemd genoeg beantwoordde. We schudden tegelijkertijd ons hoofd. Het was een wonder!

Ons huis bleek kleiner te zijn dan dat in Stageira en chic ingericht. Mijn vader had het gekocht van de zoon van een regeringsbeambte die onlangs, tijdens de epidemie, was gestorven. Ik vroeg me af in welke kamer zijn lichaam van zijn botten was gedropen toen ze hem op de plank hadden getild om hem naar buiten te kunnen dragen. Mijn moeder trok zich met een bars gezicht samen met haar vrouwen terug in de keuken, om tien minuten later glimlachend weer tevoorschijn te komen. Kwaliteitspannen, deelde ze ons mee. Mijn vader nam de grootste kamer in gebruik als apotheek en studeerkamer en wees de tweeling en hun verzorgster twee zonnige kamers toe die uitkeken op de bloementuin; mij wees hij een alkoof vlak bij de keuken toe. Hij zei dat ik hem er in de winter dankbaar voor zou zijn dat ik zo dicht bij de haardstede kon slapen. Mijn moeder wierp me een blik toe alsof ze wilde zeggen dat we wel een plekje voor mijn spullen zouden vinden en waarschijnlijk ook een gordijn zouden ophangen om me wat privacy te verschaffen; dat was veel voor één blik, maar we waren jarenlang min of meer op elkaar aangewezen geweest en begrepen elkaar zonder woorden. Ik was zo opgewonden over het vooruitzicht de stad te gaan ontdekken dat ik me niet teleurgesteld kon voelen over de slaapregeling. Die avond aten we het laatste eten voor onderweg op, allemaal gedroogd voedsel. De vrouwen zouden de volgende ochtend naar de markt gaan.

Ik kondigde aan dat ik die dag in mijn eentje aan de wandel wilde.

Mijn vader wees me terecht. 'De jongens gaan met me mee naar de koning,' zei hij. 'We worden verwacht.'

'Maar,' zei ik.

Mijn vader keek me bedroefd aan, pakte mijn bord en stuurde me naar mijn alkoof waar ik lag te luisteren naar de bedrijvigheid van het uitpakken dat tot diep in de nacht duurde. Ik hoorde het gemopper van mijn vader die zich desondanks neerlegde bij wat mijn moeder allemaal regelde en wentelde me een paar uur in mijn haat voor hem. Mijn moeder had die uitwerking op hem; bij haar werd hij krachteloos en zwak, en hij onderwierp zich maar al te graag aan haar leiding. Zijn handen leken vanaf zijn polsen te verslappen zodat hij zelfs geen boek meer kon optillen, tenzij zij het hem had gebracht. Als ze hem om iets vroeg veranderde hij in een onnozel kind. Is dit zeep, vroeg hij dan terwijl hij kwam aanzetten met een flesje olie. Wanneer ze dan later zelf het gezochte had gevonden slaakte hij een dierlijke grom van blijdschap. De tweeling en ik waren het erover eens dat dit gedrag bijzonder irritant was en zelf probeerden we zo min mogelijk op onze moeder te steunen om zo snel mogelijk onafhankelijk te worden. De arme vrouw. Hoewel er geen enkel kwaad in haar stak was ze wel overdreven georganiseerd, schoon en netjes, en ze was dol op haar kleine koninkrijkje. Ze wilde dat we zonder haar allemaal hulpeloos waren, maar alleen mijn vader voldeed aan die eis. Wij kinderen gaven er de voorkeur aan wreed te zijn.

De volgende ochtend werd ik al vroeg wakker. In mijn alkoof lag ik een tijdje te luisteren naar de straatventers die onze pas aangekomen karren hadden gezien en vlak voor onze poort bleven staan – *vers brood, geitenmelk, de allerbeste melk* – en toen stond ik op. De bronzen spiegel van mijn moeder, die nog niet in haar kamer was opgehangen, stond tegen een muur te midden van de warboel aan meubelstukken en onuitgepakte kratten. Er niet aan gewend om mezelf te zien bleef ik staan en nam een paar houdingen aan: één voet naar voren, hand op de heup, kin omhoog, nog hoger. Was dit een deftige stadsjongen? Of dit misschien?

Door het zetje van mijn vader viel ik tegen een ijzeren blaker aan. Ik had hem niet horen komen aanlopen.

Toen mijn moeder me aan het ontbijt zag verschijnen hapte ze naar adem. Alhoewel het bloeden was gestopt was mijn oog opgezet en begon het al te verkleuren.

'Het stelt niks voor,' zei ik. 'Ik ben gestruikeld.'

'Kom, jongens.' Mijn vader schoof zijn ontbijtbord weg.

Hij had niets gegeten; ik ook niet. Uit de manier waarop hij naar zijn eten had zitten staren zonder een hap te nemen had ik opgemaakt dat het niet zijn bedoeling was geweest me pijn te doen.

'Geef jullie moeder een kus.'

'En mij ook,' zei Arimneste. Toen ik me naar haar toe boog fluisterde ze: 'Neem me straks mee naar buiten. Van moeder mag dat wel, als ik met jou ga.'

Ik reageerde niet.

Arimnestus rende meteen voor ons uit, blij en opgewonden, als een kleine jachthond aan alles snuffelend.

'Zenuwachtig,' zei mijn vader tegen mij, slechts dat ene woord tijdens onze wandeling naar het paleis. Een vaststelling, een vraag, een verontschuldiging.

Ik pakte zijn arm om mijn evenwicht te bewaren terwijl ik naar een niet-bestaande kiezel in mijn sandaal zocht. Hij keek naar mijn voet en wendde toen discreet zijn blik af terwijl ik het kleine verzinsel eruit peuterde.

De koning, Amyntas, glimlachte toen hij mijn vader zag. Het was alsof je een brok graniet zag glimlachen. Ik zag dat deze beweging van het gezicht hem pijn deed, zag de scheut van pijn in zijn ogen. Ik zag dat bijna elke beweging hem pijn deed. Hij had op verschillende tijdstippen over zijn hele lichaam verwondingen opgelopen en had nu voortdurend pijn. Mijn vader knielde neer en begon zijn tas uit te pakken.

'Dus dit zijn je zonen,' zei Amyntas.

'Mijn zonen,' bevestigde mijn vader.

'Sportief zeker?' zei Amyntas. 'Houden zeker van vechten?'

Mijn vader stuurde ons weg om met de schildknapen te gaan spelen.

Arimnestus ging er meteen vandoor met een paar jongens van zijn eigen leeftijd alsof hij ze al zijn hele leven kende. Dat was een talent van hem.

'Hoe kom je daaraan?' wilden de oudere jongens weten, doelend op mijn blauwe oog.

'Gevochten,' zei ik.

Opgetrokken wenkbrauwen, flauwe lachjes.

'Laat hem met rust,' riep een stem. 'Mijn vader is bevriend met zijn vader.'

Philippus was nog geen jaar jonger dan ik, klein, sterk, met blozende wangen en een heldere, open blik. De schildknapen

maakten ruimte voor hem. Met zijn vinger tikte hij vriend-
schappelijk op mijn wenkbrauw. 'Doet dat pijn?'

Ik besef ineens dat ik toen degene was met één oog en hij degene met twee; een eeuwige grap tussen ons. Ik heb hem toen
vast ook een tik willen geven of hem meppen of iets vernietigends zeggen, maar ik stond daar alleen maar, met een oog dat
stroomde als een waterval tot ik niets meer kon zien, maar ik
voelde wel de tranen over één wang rollen. Hij lachte vrolijk en
nodigde me uit om samen met hem en zijn metgezellen naar de
sportzaal te gaan.

'Mijn vader zei dat ik hier moest blijven wachten,' zei ik.

Wat schrijf ik toch veel aan ogen toe – mijn moeders ogen,
mijn vaders ogen, en nu de zijne – maar ik durf te zweren dat hij
me aankeek alsof hij wilde zeggen dat hij ook zo'n vader had, dat
hij het begreep en me zou helpen. Hij tikte me nog een keer aan,
min of meer op dezelfde plek, met zijn knokkels deze keer, zo
hard dat de wond openging en weer begon te bloeden.

'Kom,' zei hij toen ik aarzelde. 'Kom. We zullen dat toch moeten laten schoonmaken.'

De schildknapen waren al vooruitgelopen. Ik zag alles door
een rood gordijn.

'Het is hier vlakbij,' zei hij.

Ik was nog nooit in een sportzaal geweest. De verzorger wilde
mijn oog verbinden, maar mijn vader geloofde in schoon water
en drogen aan de lucht. Volgens hem ging een wond zweren
wanneer je hem afdekte. De verzorger depte stevig tot het bloeden stopte en zei toen dat ik niets wilds moest doen, anders zou
de wond weer opengaan. De andere jongens waren al druk bezig, ook mijn broer, met worstelen en over de matten rollen,
waarbij hun stemmen werden weerkaatst door het hoge stenen
plafond. De paar oude mannen die er waren geweest toen we
binnenkwamen, vertrokken zuchtend naar de baden.

Philippus keek goedkeurend rond in zijn wereld. 'Je hebt nog nooit van je leven gevochten,' zei hij. 'Je hebt helemaal nergens schrammen en toen ik je sloeg deinsde je niet eens achteruit. Je zag het niet eens aankomen. En je hebt ook niet geprobeerd om me terug te slaan.'

'Kun jij zwemmen? Ik heb een plek nodig waar ik kan zwemmen. Iedere dag.'

Hij vroeg of ik snel was en ik zei nee.

'Meen je niet.' Hij lachte. 'Misschien word je ooit nog weleens mijn arts.'

'Nee. Kun je nou zwemmen of niet?'

'Je lijkt wel achterlijk. Ja, ik kan zwemmen. Neuk jij meisjes of jongens?'

'Allebei,' zei ik.

'Is dat je vader?'

Hij stond in de deuropening te wachten.

'Zeg hem eens dat ik je zomaar heb geslagen,' zei Philippus. 'Ik wil weleens zien wat hij doet.'

Ik merkte dat mijn vader naar mijn wenkbrauw staarde toen ik naar hem toe liep, en dat hij me pas op het allerlaatste moment in de ogen keek. 'Alles goed?'

'Ik heb hem zomaar geslagen,' vertelde Philippus. Hij had vlak achter me gelopen.

Mijn vader pakte hem bij de elleboog en tilde zijn arm een paar keer op, alsof het een vleugel was. 'Laat eens zien.'

Philippus trok de stof van zijn schouder en stond toe dat mijn vader met zijn vingers onder zijn jukbeen voelde. Ik keek over mijn vaders schouder naar het litteken.

'Voortreffelijk,' zei mijn vader. Hij gaf Philippus een zachte pets op zijn hoofd en liep weg. Ik volgde hem.

'Ik ga morgen zwemmen,' riep Philippus ons achterna. 'Mag hij mee?'

Zonder om te kijken stak mijn vader een open hand op: ja.

Het litteken was een kleine witte klontering geweest, iets wat eerder wees op een penetratie dan op een openrijting. Toen ik hem ernaar vroeg vertelde mijn vader dat het tijdens een oefening was gebeurd, een speerwond, en dat Philippus van geluk mocht spreken dat het niet een vinger of twee ernaast was geweest, welke kant uit dan ook – gewricht, keel, hart.

Het was een vreemde vriendschap, die van ons, waarin respect en minachting nauwelijks van elkaar te onderscheiden waren. Ik was slim, hij was hard: dat is wat de wereld zag, en wat wij zagen en leuk vonden en niet leuk vonden aan elkaar. Ik was in de verste verte niet zijn beste vriend, maar hij had wel zoveel belangstelling voor mij dat ik een vertrouwd gezicht werd op het paleis, waar ik uiteindelijk ook zijn vader nog een paar keer ontmoette. Het soldatenleven was Amyntas niet in de koude kleren gaan zitten; hij zat onder de littekens, zijn knieën waren kapot en hij had een holle blik in zijn ogen. Hij zei (net als iedereen) dat hij mijn vader in mij zag, en ik nam aan dat hij bedoelde dat ik net zo groot, serieus, rustig, streng en bedroefd was. Philippus beweerde dat ik geen moment mijn mond kon houden. Ik leerde hem zwemmen met zijn gezicht onder water en zijn ogen open, en hij leerde mij om mijn lengte tegen hem te gebruiken wanneer we samen worstelden. Hij was nooit gemeen tijdens het vechten.

Gek genoeg mocht mijn vader hem graag. Gek, omdat Philippus helemaal niets van een studiehoofd had, dol was op geweld, een grof gevoel voor humor had en een vroeg ontwikkeld gevoel voor seksualiteit dat hij niet eens probeerde te verbergen. 'Let goed op hem,' zei mijn vader meer dan eens. 'Je hebt de unieke kans om van nabij een koning in wording te aanschouwen.' Hij kon soms erg hoogdravend doen. Hij keurde onze vriendschap (niet het juiste woord, maar het enige dat ik heb) goed en moedigde onze omgang aan. Meestal vond ik het ook niet erg. Mijn vader had het druk in de stad, zijn prestige als lijfarts van de koning zorgde ervoor dat ook de hovelingen en ambtenaren hem wilden, dus ik werd meestal aan mijn lot overgelaten. Arimnestus kreeg samen met de schildknapen les. Arimneste was voornamelijk in de tuin aan het werk of zat te fluisteren met een paar meisjes uit gegoede families, die mijn moeder voor haar had gevonden, terwijl ze aan het weven waren voor hun uitzet. Ze verzorgden snoezige picknicks op de binnenplaats en gilden dan van het lachen als ik langsliep, waarbij de blik van Arimneste net iets langer op me bleef rusten dan die van de andere meisjes. Ik heb haar nooit mee de stad in genomen.

Ik bracht veel tijd door met in mijn eentje wat rondzwerven, en soms dacht ik dan aan schrijven, hoewel ik niet wist wat ik wilde schrijven, waar ik moest beginnen. Toen ik aan mijn moeder opbiechtte dat ik overwoog om een grootse tragedie te schrijven streelde ze mijn haren en zei dat ik dat vooral moest doen. Ze moet het er met mijn vader over hebben gehad, want niet lang daarna werd ik in zijn kamer ontboden om te praten. Of beter gezegd, om te luisteren.

'Ik heb een leermeester voor je gevonden,' zei mijn vader.

Dat klonk in principe als iets wat wel prettig kon zijn; iemand om mee te praten over de dingen waar ik belangstelling voor had. Hoewel ik er ook een beetje misselijk van werd. Iemand die door mijn vader was uitgekozen zou waarschijnlijk erg op mijn vader lijken, en ik had geen zin in iemand die de baas over mijn tijd zou worden. Ik wilde geen gids.

'Je bent niet geschikt om soldaat te worden,' vervolgde hij. 'We moeten nadenken over wat we van je gaan maken.'

Ik voelde me hierdoor wel enigszins beledigd. Ik was lang, kon goed paardrijden, en de worstellessen van Philippus hadden mijn coördinatiegevoel verbeterd. Ik kon onder water heel lang mijn adem inhouden en mijn ogen en oren waren (tenminste toen) zuiver en scherp. Ik wist niet precies of mijn adem kunnen inhouden relevant was voor een soldaat, maar het was een atletische prestatie die wel wat respect verdiende vond ik. En bovendien, als ik dan geen soldaat kon worden, dan zou ik toch zeker net als mijn vader arts kunnen worden? Vanwege welke tekortkoming, wilde ik weten, was ik daarvoor gediskwalificeerd?

'Geen tekortkoming.' Een speling van het licht misschien, maar op mijn vaders gezicht verscheen ineens die droeve uitdrukking die soms ook maakte dat hij in bed bleef, net zoals dat mij wel overkwam. 'Je bent goed op weg om te worden wat ik ben. Ik dacht alleen dat het je verveelde.'

En ik schaamde me omdat dat inderdaad zo was.

'Hij heet Illaeus,' vertelde mijn vader. 'Er is een keer een toneelstuk van hem opgevoerd op het festival van Athene. Je moeder zei dat je belangstelling daarnaar uitging.'

En dat maakte het natuurlijk officieel: ik zou toneelschrijver worden en er zouden toneelstukken van me worden opgevoerd tijdens het festival van Athene. De enige manier om mijn schaamte te overwinnen over het feit dat hij weet had van mijn ambitie (op zijn best half gevormd), was om die ambitie volledig te omhelzen.

'Hij verwacht je morgenmiddag en zegt dat je niet te vroeg moet komen. Blijkbaar werkt hij 's ochtends aan zijn stukken.'

Ik zag ingehouden goedkeuring, maar ook afkeuring. Het drong langzaam tot me door dat mijn vader niet goed wist wat hij van die Illaeus moest denken en zich afvroeg of hij er wel goed aan deed om mij naar hem toe te sturen. Ik vroeg me af wat hij buiten mijn weten om nog meer had geprobeerd om nu zo'n risico te durven nemen.

De herfst maakte plaats voor de winter, en de volgende dag

begon schemerig en grijs; een lage lucht met een voorbode van sneeuw. Ik vond het fijn; het was weer eens wat anders dan regen. Als die man 's ochtends werkte, dacht ik bij mezelf, dan moet ik dat ook gaan doen, en ik ging in een hoek van de keuken zitten met een schrijftablet en stift. Ik schreef niets. Na het middagmaal trok ik mijn warmste kleren aan en ging op weg naar het huis waarvan mijn vader me het adres had gegeven. Het was in een arm deel van de stad; vanaf ons huis een lange wandeling heuvelafwaarts. Ik kwam langs een man in lompen die op straat zat te schijten en naar me lachte toen ik naar hem keek en nog een keer toen ik mijn blik afwendde. Uit het kleine hoopje steeg damp op. De huizen waren klein en armzalig en ik wist dat de gezinnen daarbinnen samen met hun kinderen en dieren in één ruimte sliepen. Mijn geest ging hun voordeur door, naar de volle geuren en geluiden van die gedeelde slaap. In Stageira waren ook boeren die in de winter zo leefden. Ik had nog nooit een kamer met iemand gedeeld.

Ik vroeg een kind naar het huis van de geleerde, Illaeus, en ze wees naar een stenen hut die precies op alle andere leek.

'Hij eet je op,' zei ze.

Ik had haar taxerend naar mijn wollen kleren zien kijken en wist dat ik haar een muntstuk zou moeten toegooien, maar ik had alleen de geldbuidel die mijn vader me had meegegeven voor de geleerde.

'Zak,' zei ze toen ik bij haar wegliep. Ze kon hooguit een jaar of vijf zijn geweest.

Ik roffelde met mijn knokkels op de houten deurpost, schoof het zware gordijn opzij en liep naar binnen. Het was er donker, op een olielamp op een tafel in de verste hoek na (zo ver was het nu ook weer niet, een paar stappen maar). Aan de tafel zat een man. Ik kon alleen zijn omtrek zien, geen details, ook niet van de kamer. Mijn ogen waren nog niet aan het donker gewend.

'Daar heb je onze uitblinker,' zei de man.

Ik vroeg hem waar ik de geleerde Illaeus kon vinden.

'Dat is toch interessant. Je weet dat je hem hebt gevonden, maar toch vraag je het. Is dat nu een goede manier om een relatie te beginnen?'

Ik besefte dat mijn vader deze man nog nooit had ontmoet, anders zou ik hier nu niet zijn. Ik vroeg me af wie er had bemiddeld. Hield diegene mijn vader soms voor de gek, hield hij mij voor de gek? Ik zag nu dat de tafel voor hem leeg was. Hij dronk niet-aangelengde wijn uit een kroes die hij koesterend vasthield op zijn kruis en geen enkele keer op tafel zette. Het was redelijk warm in de kamer. De muren waren dik ingezwachteld met lappen om de warmte binnen te houden, en om het bed en de stoelen waren nog meer lappen en kussens gewikkeld. Een flauwe warmte en alleen maar zachte oppervlakken: het veilige nest van een drinker. In de hoekhaard, waarvan ik eerst dacht dat hij niet brandde, zag ik toch nog zwakjes wat nagloeien, een witte hitte die als een spinnenweb over de sintels lag.

'Blijf je nog even, uitblinker?' vroeg hij. 'Of heb ik mijn pispot voor niks geleegd?'

Ik zag nu dat hij nog niet zo oud was als mijn vader, hoewel zijn gezicht diepe rimpels vertoonde, vooral om de mond, als smokwerk; zijn haar lag als een witte borstel op zijn hoofd. Maar de huid van zijn wangen verraadde hem; ik had van mijn vader geleerd dat ik daarop moest letten: glad, roze. Bij een vrouw van zijn leeftijd zou het op een laatste restantje ijdelheid wijzen. Hij had een diepe, maar niet luide stem. Ik ging op een stoel zitten.

'Kan hij ook praten?' vroeg hij aan zijn kroes, waarna hij nog een slok nam.

'Misschien heeft mijn vader u op het verkeerde been gezet. Ik ben geen toneelstuk aan het schrijven.'

'Dat is een hele opluchting.'

'Wat doet u precies voor werk?'

'Een kletskop,' merkte hij op tegen zijn wijnkroes. 'Ineens een kletskop geworden. Volgens mij bevalt het concept werken hem wel.'

Ik knikte.

'Hij wil zijn eigen werk doen. Zijn er problemen op te lossen?'

'Misschien. Niet echt. Ik weet het niet.'

'Waarom dacht je dat je een toneelstuk aan het schrijven was?'

Ik vertelde hem dat ik slecht sliep omdat mijn hoofd zo vol zat en dat ik had gedacht dat het misschien zou helpen om iets op te schrijven, om mijn hoofd leeg te maken.

'Maar er zijn wel meer dingen waar je over kunt schrijven,' zei hij. 'Het hoeven geen toneelstukken te zijn.'

Ik zei dat ik dacht dat het voor mij misschien beter was om over een van die andere dingen te schrijven.

'Prima. En heb je iets bij je om op te schrijven?'

Ik haalde mijn tablet onder mijn kleren vandaan.

'Beschrijf deze kamer, met alles erin. Mij, als je daar klaar voor bent. Niets weglaten.'

'Waarom?'

'Jij bent de enige die het zal lezen. Je bent nog steeds zenuwachtig. Ik wil dat je rustig wordt. De volgende keer gaan we echt beginnen. We zullen wat van die drukte uit je hoofd halen zodat je je de volgende keer kunt concentreren. Wat van al die drukte, wat van al dat geklets. Daar lig je soms wakker van, hè? Heb je soms dorst?' Halfslachtig hield hij de wijnkroes voor me op.

'Nee.'

'Een keurig jongmens.' Hij nestelde de kroes weer in zijn kruis. 'Zo, dan gaan we beginnen.'

Ik zat lange tijd te schrijven tot ik, zelfs in de hut zonder ramen, merkte dat het donker werd. Mijn maag rammelde.

'Misschien dat je morgen zelfs wel je cape uittrekt.' Hij had nog een paar lampen ontstoken en het vuur weer opgepord, en boven de vlammen hing, aan een haak, een pruttelende pot, bonen zo te ruiken. Ik had er helemaal niets van gemerkt.

Toen ik naar buiten wilde lopen gaf hij me een muntstuk uit de geldbuidel die hij van mij had gekregen. 'Als je buiten op straat een jongen ziet staan, geef hem dit dan en zeg hem dat Illaeus honger heeft. Maar het moet wel een jonge zijn, hoor. Niet als hij de baard in de keel heeft gehad, zoals jij.'

In de steeds donkerder wordende straat zag ik een jongen van de leeftijd van mijn broertje, die op straat een spelletje met kiezelstenen zat te spelen; hij gooide ze op stapels en gaf zichzelf nog meer stenen wanneer hij scoorde. 'Ken je Illaeus, die daar in dat huis woont?' Ik wees.

Hij hield zijn hand op. Ik gaf hem het muntstuk en liep weg, terug de lange heuvel op, zonder nog om te kijken.

Ik bleef drie jaar bij hem. Ik kwam meer over hem te weten – dat hij in Athene had gewoond, dat hij daar had gestudeerd bij een groot man die Plato heette, dat hij zelf, korte tijd, ook een uitblinker was geweest – en ik kwam niet meer te weten dan ik die eerste dag al te weten was gekomen: dat hij een dronkaard was met een voorkeur voor jonge jongens, dat hij mij en mijn vader niet mocht, maar ons geld wel hard nodig had voor wijn en seks. Hij kon niet buiten die twee dingen. Op sommige dagen was hij te dronken om les te kunnen geven, en ik zat dan in het halfdonker naar hem te luisteren terwijl hij bazelde over zijn roemrijke jeugd en over alles wat hem was aangedaan en wat hij nooit was vergeten; een lang gekoesterde wrok die hem hiernaartoe had gebracht, naar deze plek, waar hij zou sterven. Andere keren had hij het over Plato, die nog steeds in Athene zat en nog steeds jonge jongens lesgaf, wonderkinderen, zoals hij ook was geweest. 'Misschien ga jij op een goede dag ook wel naar hem toe, uitblinker,' zei hij, en dat idee leek zich nog tijdens het spreken in hem vast te zetten, want hij kwam er nog een paar keer op terug wanneer hij nuchter was en dan zei hij dat hij een aanbevelingsbrief naar hem zou schrijven, dat Plato zich hem vast wel zou herinneren en hem serieus zou nemen. 'Ik kan hier niet eeuwig mee doorgaan,' placht hij te zeggen, en ik geloofde hem – hij had last van zijn longen en had op het laatst twee kroezen op tafel staan, eentje voor de wijn en eentje voor de wijnkleurige klodders die hij opgaf. Hij was echter nooit zo dronken dat ik kon wegglippen zonder dat hij me een muntstuk gaf waarmee ik een kind voor hem moest regelen. Op een keer vroeg hij zelfs om een meisje. 'Verandering van spijs,' zei hij lachend om de verbazing op mijn gezicht. 'Je moet van alle vruchten op de wereld hebben geproefd. Nieuwsgierigheid is het eerste kenmerk van een intelligente geest.'

Ik vond een prostituee van mijn leeftijd, een jaar of vijftien was ik toen, wier gezicht opklaarde toen ik haar benaderde, maar weer betrok toen ik haar de situatie uitlegde. Ze zei dat het muntstuk niet genoeg was. Ik wilde weglopen.

'Niet genoeg voor die ouwe zak, bedoel ik,' zei ze. 'Voor jou wel.'

Een paar maanden daarvoor was mijn zusje met Proxenus getrouwd en was ze bij hem in Atarneus gaan wonen, waar ze nu, op haar dertiende, haar eerste kind verwachtte. Arimnestus had zich door zijn training met de schildknapen ontwikkeld tot een gespierde jongen met een lok haar over zijn ogen en een lome grijns, een jongen die het jargon van de soldaten sprak. De mensen vonden hem aardig. De mensen, de meisjes.

'Waar?' vroeg ik.

Ze nam me mee naar een hut een paar deuren verderop. Een oude vrouw die met een stok in de haard zat te poken stond op en liep weg toen we binnenkwamen. Ik moest van het meisje op bed gaan liggen en daar zoog ze aan me tot ik helemaal week werd en de kamer begon te tollen van gelukzaligheid. Mijn vader had me verteld dat mijn vingers zwart zouden worden als ik aan mezelf zat en dat mijn moeder dan meteen zou weten wat ik had gedaan, en ik had hem op zijn woord geloofd. Een hele tijd dacht ik dat het meisje me aan het vermoorden was op een manier waar ik nog nooit van had gehoord. Ik dacht dat ik doodging, dat ik al dood was. Toen ik eindelijk weer overeind kwam glimlachte het meisje schoorvoetend, met één kant van haar mond.

De volgende dag zei Illaeus niets over het meisje dat niet was komen opdagen of het muntstuk dat hij niet terugkreeg.

Ik heb nog niet verteld wat hij me onderwees. In het begin geschiedenis, geometrie, wat astronomie. Hij had boeken die hij verstopte, in een gat in de grond of achter de lappen op de muur of misschien wel heel ergens anders, dat wist ik niet. Wanneer ik binnenkwam lagen er altijd een paar voor hem op tafel. Hij gaf me opdracht om iets te lezen en dat daarna samen te vatten. Geheugenoefeningen, zei ik op een keertje laatdunkend (ik was er namelijk goed in), maar hij wees me terecht: aandachtsoefeningen. Op een keer vroeg hij me of ik het eens was met een bepaalde passage uit Herodotus, over de slag bij Marathon. Ik zei dat het me weinig zinvol leek om het ermee eens of oneens te zijn; het was geschiedenis, feiten.

'Uiteraard.' Het duurde een jaar voordat hij me dezelfde vraag nog een keer stelde, over dezelfde passage.

'Een aandachtsoefening,' zei ik.

'Ja, schep maar weer op, wijsneus. Soms moet ik gewoon kotsen van je.'

'Niet waar.' Ik wist dat hij me langzamerhand wel, nou ja, misschien niet echt mocht, maar in elk geval waardeerde. Hij werd boos wanneer ik traag was met een antwoord en glimlachte wanneer ik er snel mee was.

'Nee, dat is ook niet zo,' beaamde hij. 'Ik word er moe van, dat is het. Ik had niet gedacht dat mijn leven zo zou eindigen. En dan bedoel ik niet jou, jij bent een goede jongen.'

Ik merkte dat de les ten einde liep en liet mijn hand aarzelend over de Herodotus glijden.

'Ja, ja, je mag hem lenen. Toen ik zo oud was als jij was ik ook gek op boeken. Maar je weet dat je niet mag eten bij het lezen?'

Dat wist ik; dat had mijn moeder me geleerd tijdens een van de lange periodes van afwezigheid van mijn vader, toen ze me voor de eerste keer weifelend zijn bibliotheek binnen had gelaten. Niet eten, geen vouwen maken, geen boeken mee naar buiten nemen, schone handen, niet te dicht bij de lamp en alles weer terug op dezelfde plaats waar ik het had gevonden.

Mijn vader was degene die de inscriptie opmerkte. 'Moet je eens zien,' zei hij. 'Plato. Er zijn maar een stuk of tien, twintig jongens die bij hem mogen studeren. Die Illaeus, heeft hij het vaak over zijn tijd daar?'

'Niet zo vaak,' zei ik. 'Niet echt. Hij lijkt... verbitterd.'

Mijn vader fronste. Dat was niet wat hij wilde horen. 'Misschien moet je hem ernaar vragen. Hem uithoren. Vraag hem naar zijn eigen werk. Smeer hem een beetje stroop om de mond. Jij kunt soms erg onvriendelijk overkomen, misschien voelt hij dat.'

'Ik ben niet onvriendelijk!'

'Verbitterd.' Het was alsof het woord nu pas tot hem doordrong. 'Ik vraag me af waarom hij daar weg is gegaan. Ik heb gehoord dat degenen die daar hebben gestudeerd vaak blijven om er zelf les te gaan geven. Zou jij zoiets leuk vinden?'

'Lesgeven?' Ik was ontzet.

'Nee, dat dacht ik al.' Hij gaf me het boek terug. 'Voorzichtig hiermee. Ik wil niet dat hij me om een nieuw boek komt vragen omdat jij het in een plas hebt laten vallen.'

'Ik ben heus wel voorzichtig met boeken!'

'Schreeuw niet tegen me,' zei mijn vader. 'Verbittering wordt veroorzaakt door een overvloed aan gal. Misschien moet hij meer melk drinken als tegenwicht voor de uitwerking van dat lichaamssap. Ik denk dat ik jou maar hetzelfde voorschrijf, anders eindig je nog met eenzelfde soort karakter. Ik zie daar nu al de voortekenen van.'

Vanaf toen dronk ik iedere dag geitenmelk, die me iedere middag op een klein dienblad door een slaaf werd gebracht, meestal wanneer ik aan het leren was. Het werd een van de rituelen in ons huishouden. Ik moest de melk meenemen naar de binnenplaats, de beker leegdrinken, de begeleidende walnoten (kleine hersentjes voor mijn grote kleine hersens) opeten en het blad teruggeven aan de slaaf die rechtstreeks met de lege beker naar mijn vader ging, als bewijs dat ik zijn voorschriften opvolgde. Ons huishouden stikte van dit soort plechtigheden, en geleidelijk aan werd me duidelijk hoeveel ervan ronduit absurd waren.

Gelukkig kon ik het paleis bezoeken wanneer de beperktheid van het wereldje van mijn ouders me dreigde te overweldigen. Niemand dwong Philippus om geitenmelk te drinken als remedie tegen mogelijke verbittering en boven zijn kamer hing ook geen donkere wolk van teleurstelling wanneer hij een boek op de verkeerde plank terugzette.

'Je bent net op tijd,' zei hij de keer daarop dat ik bij hem langsging.

Vanwege mijn vaders prestige aan het hof mocht ik gebruikmaken van de sportzaal van het paleis en wanneer ik om gezelschap verlegen zat was gaan sporten mijn excuus. Toen hij me daar aantrof was ik net kniebuigingen aan het doen met een verzwaarde bal; ik deed het zonder al te veel enthousiasme, maar hij had het respect van een soldaat voor iedere vorm van sport en wachtte tot ik met mijn oefening klaar was.

Toen zei hij: 'Mijn nieuwe wapenrusting is klaar. Kom mee kijken als je klaar bent.'

'Ik ben klaar.'

Hij nam me mee naar de wapenzaal, waar zijn nieuwe uitrusting op een tafel lag uitgespreid: helm, borstschild, zwaard, schild, speer, scheenplaten, sandalen. In het borstschild en het schild waren sterrenuitbarstingen verwerkt. Een cadeau van zijn vader, vertelde hij. Zijn oefenuitrusting was hem sowieso te klein geworden. Ik keek toe terwijl hij zich insnoerde en vastgespte; alles paste precies. Ik wilde er een grapje over maken, over dat hij vast urenlang had moeten stilstaan terwijl ze zijn maten opnamen, net als een vrouw voor wie een jurk moet worden gemaakt, maar ik wist dat hij er niet om zou kunnen lachen.

'Het is schitterend,' zei ik gemeend. Hij zag er op-en-top als een strijder uit, met de helm naar beneden getrokken en het volmaakt passende neusstuk; alles blonk en het nieuwe leer kraakte. Zijn blik was volkomen kalm, en ik dacht aan de vijand die oog in oog met deze mooi uitgedoste man zou komen te staan en dan als laatste die blik zou zien: kalm, taxerend, maar wel met een vleugje geduldige humor erin. Ook mij keek hij nu zo aan.

'Jij houdt niet van vechten, hè?' zei hij. 'Jij zou al deze spullen niet willen hebben. Echt niet.'

'Ik zou niet weten wat ik ermee moest doen. Voor mij zou het een soort verkleedpartijtje zijn.' Ik wist dat ik op het punt stond hem te beledigen. 'Zie jij mij al met een zwaard in de weer? De enige die dan gevaar zou lopen ben ikzelf.'

'Dat is waar.' Voorzichtig zette hij zijn helm af – voorzichtig met de helm, bedoel ik, niet zozeer met zijn hoofd – en hij legde hem op tafel. 'De toekomst is niet ver weg meer, dat snap je toch wel?'

Het was zo'n vreemde opmerking uit zijn mond dat ik meteen dacht dat iemand anders die onlangs tegen hem had geplaatst en dat hij die wijsheid alleen maar herhaalde. Zijn vader? Ik wist dat er voortdurend schermutselingen waren met de onbeduidende bergkoninkjes in Illyrië, die probeerden vanuit het zuiden Macedonië binnen te dringen. Philippus zou waarschijnlijk in zijn splinternieuwe uitrusting die kant uit gaan, om wat bloed te vergieten en te laten zien wat hij waard was. Een leven in vlees, en nooit een greintje twijfel.

'En jij?' vroeg hij nu. 'Hoe ziet jouw toekomst eruit?'

Ik gaf geen antwoord. Bij hem vergeleken was ik een kind, of een oude man, zo verlamd door het denken dat ik niet eens een zin kon vormen.

'Je zou nog steeds bij het leger kunnen gaan.'

Dat was nu die eigenaardige vriendelijkheid van hem, dat hij mijn smart zag en me er niet mee om de oren sloeg, zoals iedere andere leeftijdgenoot van ons zonder enig nadenken zou hebben gedaan.

'Je zou als arts kunnen gaan,' vervolgde hij. 'Je vader heeft je toch opgeleid? Je legt toch nog steeds visites met hem af?'

'Af en toe. Maar volgens mij wil hij dat ik ga lesgeven.'

'Waarin?' Hij stak een vinger in zijn oor en wroette erin, me aankijkend met een blik die scepsis uitdrukte, of gewoon pijn veroorzaakt door zijn eigen nagel. Misschien dacht hij wel helemaal niet aan mij en luisterde hij ook niet naar mijn antwoord. Seks en boeken, dat was het enige dat ik van de toekomst verlangde. Uiteindelijk diep vanbinnen misschien toch een Illaeus.

'In alles,' zei ik. 'In zwemmen.'

Hij lachte. 'Wanneer gaan we weer?'

'Nu.'

Hij deed zijn uitrusting uit en we liepen naar het strand, een lange wandeling. We zwegen. Ik wist dat hij zich meer op zijn gemak voelde in grotere, joligere groepen. Wanneer we alleen waren hadden we meestal weinig om over te praten, hoewel hij dat soort situaties nooit vermeed; ik denk dat hij aardig voor me probeerde te zijn. Op mijn beurt probeerde ik niet al te veel te praten, ik wilde zijn vriendschap niet voor lief nemen en zijn geduld op de proef stellen. Het sneeuwde weer, heel licht; hoge, ijle slierten die 's nachts zouden overgaan in zware sneeuwval waarbij tegen de ochtend alles behalve de zee bevroren zou zijn. Alles was zacht en grijs, en de geluiden klonken gedempt en gezwollen. Onze adem dampte in de koude lucht. De zon was een witte schijf, ver weg, kil. Ik begon me bij onze gewone rots uit te kleden.

'Verdomme, nee zeg,' zei Philippus, maar toen ik gewoon doorging kleedde hij zich ook uit.

Het water was heel even warm en toen schroeiend koud; steeds als ik stopte om na te denken over waar ik mee bezig was, brandde het ringen om mijn enkels, mijn kuiten, mijn knieën, mijn dijen. Ik had in geen weken gezwommen. Vlak voor mijn duik had ik naar Philippus gekeken, die naakt, tot aan zijn knieen in het water, met zijn handen op zijn heupen, de horizon overzag. We bleven er niet lang in. Na afloop droogden we ons af met onze mantels en liepen rillend terug naar de stad, met de doorweekte overkleding over onze armen.

De eerstvolgende keer dat ik hem zag was in de lente, bij wedstrijden. Philippus was net teruggekeerd van een barre winterveldtocht in Illyrië; ik had net mijn eerste boek af, een verhandeling over inheemse schaaldiersoorten. Ik had zoveel mogelijk variëteiten proberen te vinden die ik had beschreven en gecategoriseerd; ik had een poging gedaan om ze in families onder te brengen en hun gewoontes beschreven, waarvoor ik lange, eenzame uren had doorgebracht op winterse stranden, starend in rotspoelen. Het geheel was verlucht met illustraties die ik zelf had getekend. Dat laatste was nog het moeilijkst geweest, maar van Illaeus had ik het trucje geleerd om ruitjespapier te gebruiken om de afmetingen kloppend te krijgen. Hij had ook een kopiist aanbevolen om een fraaie kopie te maken, iemand wiens handschrift en materialen beter waren dan de mijne – een klein, grijnzend mannetje met vooruitstekende tanden in weer net zo'n bedompte hut. En de materialen waren inderdaad beter. Toen het af was gaf ik mijn vader het boek cadeau.

'Wat mooi,' was zijn reactie. 'Mooi papier. Egyptisch toch?'

Ik werd er niet door ontmoedigd. Van Illaeus had ik alles net zo vaak moeten corrigeren tot iedere zin bondig en helder en noodzakelijk was. Hij had me gevraagd of ik van schaaldieren hield, of ik ze sierlijk vond, en ik had geantwoord dat ik dacht van wel. Dan moest ik er ook elegant over schrijven, had hij gezegd, en dat was alles wat er werd gezegd over de verdedigbaarheid van mijn onderneming. Hij vroeg me niet om een kopie van het boek, maar pakte wel een spiraalvormig schelpje dat ik had meegenomen uit Stageira en op een dag voor me op tafel had gelegd tijdens het werken.

'Ik houd deze,' had hij gezegd, en dat was dat geweest.

Het was een heel kleine schelp, gekronkeld als een oor, roze als een tepel, met een romige tuitlip; een volmaakte beloning, en ik verzette me er dan ook niet tegen. Ik had opeens mijn boek, en dat was me meer waard.

De wedstrijden waren ter ere van Amyntas, die onlangs was gestorven – van ouderdom, een buitengewone prestatie in het Macedonische vorstenhuis – en om de troonsbestijging van Philippus' oudere broer Perdiccas te vieren. Philippus en ik waren toentertijd zestien, en zo zagen we er ook uit, elk van ons op zijn eigen manier. Ik was mijn vader, zelf ook niet een van de kleinsten, voorbijgeschoten, en had een mooi, strak, pluizig baardje waar mijn moeder graag een tikje op gaf. Een paar weken daarvoor was het zwemseizoen weer in volle hevigheid losgebarsten en ik was nog wat gespierder geworden, hoewel ik bij Philippus

vergeleken nog steeds een slungel was. Ik bezocht zijn worstel-
en speerwerpwedstrijden, die hij beide won.

Na afloop nam mijn vader me mee naar de tempel van Herakles om te offeren voor toekomstig militair succes, en daarna
stelde hij voor om naar het badhuis te gaan. Ik wist dat hij me
met zijn doktersoog helemaal naakt wilde zien, iets wat ik steeds
vaker probeerde te voorkomen. Hij wilde de kleur van mijn huid
zien, de stand van mijn gewrichten, de spankracht van mijn
spieren, het formaat van mijn penis. Hij wilde iets vinden wat
hij kon repareren.

'Je had best mee kunnen doen,' zei hij zodra we ons allebei
hadden uitgekleed.

Ik zat met mijn rug naar hem toe het vuil van mijn benen te
schrapen met een gewette steen terwijl hij zijn blik over me heen
liet glijden.

'Misschien deze zomer,' vervolgde hij.

'Waarmee dan?' Mijn vraag was retorisch, smalend bedoeld.
Na het eerste moment kon ik al niet meer naar hem kijken; hij
was inmiddels een oude man, flets, kalend, met oudemannen-
tieten en tussen zijn benen een grijzend, hangend geval waar ik
liever niet een al te helder beeld van kreeg.

'Met hardlopen.'

'Dat is belachelijk. U heeft me zelfs nog nooit zien hardlopen.'

'Je hebt er het lichaam voor. Niet voor een sprinter, nee, maar
wel voor lange afstanden. Misschien moeten we er maar eens
over nadenken.'

Ik voorzag weer zo'n regime van hem, een trainingsroutine,
samen met mijn geitenmelk en mijn noten en mijn lessen bij Illaeus. 'Nee.'

'Denk er nog maar even over na,' zei mijn vader.

Ik dacht erover na; ik dacht aan het feit dat mijn vader sportwedstrijden vroeger nooit belangrijk had gevonden, en dat hij zich, hoe langer we in Pella waren, steeds meer voor me begon te schamen. Met Arimnestus was alles in orde; Arimnestus was moedig en sportief en gek op paarden; Arimnestus zou een betrouwbare metgezel van de prins zijn. Maar ik was niet het soort zoon dat de mannen hier hadden, en iets in mijn vader had het begeven, als een kapotte vloer, zodat hij niet meer kon zien dat ik heel erg op hem leek en dat de plannen die hij met me had helemaal niet bij mij pasten. Het enige dat hij zag was dat ik anders was dan de andere jongens in Macedonië, en dat was een probleem. Voor het eerst drong tot me door dat het weleens nodig zou kunnen zijn om weg te gaan uit Pella, weg bij mijn vader, als ik tenminste niet wilde eindigen als legerarts – achter het roemrijke leger van Philippus aan hobbelend, zijn rotzooi opruimend – die ooit vierde was geworden bij een langeafstandswedstrijd alvorens een verbitterde geile bok te worden, een misantroop, een dronkaard.

Mijn wereld was echter klein, en het enige dat ik kon bedenken, was terugkeren naar Stageira. Ik maakte vage plannen om daar te gaan boeren en schrijven en zwemmen en er een meisje te vinden om mee te trouwen, een meisje dat net zo aan me zou zuigen als de prostituee had gedaan, voor een regelmatige verlichting.

Ik dacht niet meer aan Illaeus' opschepperij over de grote leermeester in Athene tot mijn laatste dag bij hem, hoewel ik niet wist dat het mijn laatste was. Hij vertelde me dat hij antwoord had gekregen op zijn brief.

'Wat voor brief?' vroeg ik.

In plaats van antwoord te geven overhandigde hij me de brief en zei dat ik hem aan mijn vader moest geven. Hij had het waszegel boven een kaars opnieuw verzegeld. 'Beloofd?' zei hij.

Ik zag zijn hand omhooggaan, naar mijn haar of mijn schouder, en ging snel weg voordat hij een muntstuk zou vinden. Onlangs had ik hem, op aanraden van mijn vader, gevraagd wat voor werk hij deed; ik had eindelijk genoeg moed verzameld, en hij had simpelweg geantwoord dat hij een toneelstuk aan het schrijven was, dat hij al zolang hij in Pella was aan hetzelfde stuk schreef, dus al meer dan tien jaar.

'Dan is het vast heel erg lang,' zei ik.

'Niet echt.'

Ik wilde hem vragen hoe het heette of waar het over ging, maar we stapten over op andere onderwerpen en ik heb hem er nooit meer naar gevraagd. Het was een eenvoudig gesprekje, maar daarna veranderde er iets tussen ons, alsof we op de een of andere manier vertrouwelijk waren geweest en hij zich nu kwetsbaar voelde tegenover mij. Dat gevoel beviel me niets. Voor mijn les ruimde hij niet altijd meer zijn tafel op, en soms zag ik, wanneer ik binnenkwam, de volgekrabbelde bundels liggen met hun boze doorhalingen en aantekeningen. Hij keek me dan verlegen aan, erkennend dat hij had toegestaan dat ik het zag, om vervolgens alles weg te bergen met die broze handen van hem waar ik altijd een beetje misselijk van werd.

Thuis las mijn vader de brief zwijgend terwijl ik naar hem keek. Het was weer zomer, en het stof om zijn hoofd kreeg een schemerachtige, gouden gloed. Dat jaar had de pest weer hevig toegeslagen en mijn vader was moe van zijn lange dagen met de doden en stervenden. Hij greep de brief iets te hard beet. Inmiddels had ik wel begrepen waar hij in grote lijnen over ging: een plek op de Academie van Plato, met kost en inwoning, een plek in de vorm van mijzelf, die in de legendarische stad voor me werd vrijgehouden.

'Hij had niet mogen schrijven zonder mij eerst te raadplegen,' zei mijn vader. 'Geen sprake van dat je daarnaartoe gaat.'

De volgende dag bleef hij in bed liggen. Ik nam aan dat hij last had van zwarte gal.

'Ik wil ernaartoe,' zei ik tegen mijn moeder. Ik had haar op de binnenhof gevonden, waar ze kruiden knipte. 'Hier heb ik niks te doen.' Ze reageerde niet. Toen ik wat beter keek zag ik dat de fijne huid om haar ogen was verwoest door tranen. 'Wat is er?' 'Ik moest deze van je vader halen.' Ze doelde op de kruiden. 'Voor hemzelf. Hij heeft...' Haar vingers gingen fladderend naar haar oksel. 'Twee. Twee maar. Hier. En hier.'

'Wat voor kleur?'

'Rood, het zijn net blaren.'

'Komt er vocht uit?'

Ze schudde haar hoofd. 'Dat is een goed teken, hè? Dat ze niet bloeden?'

Ik wist niet wat ik moest zeggen. Ze zag het aan mijn ogen en rende het huis in, mijn vaders kamer in, met haar vuisten vol groen, en verbood iedereen om binnen te komen. Diezelfde dag nog werd ik naar het paleis gestuurd om bij de schildknapen te gaan slapen. Arimnestus, die samen met mij in quarantaine was, begreep er niets van. Ik deed net alsof ik het ook niet begreep.

Twee dagen later werden we bij de koning geroepen. Ik wist dat Philippus weinig ophad met zijn oudere broer. Perdiccas had in zijn jeugd les gehad van een van de studiegenoten van Il-laeus, een man die Euphraeus heette en die nog steeds veel invloed bezat aan het hof; hij organiseerde wat Philippus kakdiners noemde, met voorgeschreven gespreksonderwerpen en zo min mogelijk drank. Perdiccas was groter dan Philippus, magerder, bleker, een matige strijder, die altijd met zijn vingers trommelde op welk boek hij dan ook aan het lezen was en waar hij snel naar terug wilde keren. Acht jaar later zou hij omkomen in Illyrië tijdens de aftocht van zijn leger, vierduizend doden, Philippus een koninklijke puinhoop nalatend.

'Het spijt me,' zei de koning.

Arimnestus begon te huilen en vroeg om onze moeder.

'Het spijt me,' zei Perdiccas, de lezer-koning weer, tikkend op zijn Homerus. Ik moest mijn ogen tot spleetjes knijpen om te kunnen zien wat hij las.

Arimneste kwam over uit Atarneus, samen met haar echtgenoot Proxenus en hun zoontje. Ze nam de zorg voor het huishouden en voor Arimnestus op zich en bekommerde zich om de bedienden, de maaltijden en om het verdriet van haar tweelingbroer. Mijn zus had kruiden verbrand om de lucht te reinigen van de pest en in alle hoeken en gaten lag as die in onze kleren ging zitten en in ons eten, maar dat was goed. De as moest zich op een natuurlijke wijze verspreiden, anders zou het desinfecteren niet werken. Arimneste was een echte matrone geworden, voller, druk en efficiënt, en ze ontweek mijn blik. Iemand – een van de slaven – moest haar hebben verteld dat ik niet had gehuild. Ik woonde inmiddels in de studeerkamer van mijn vader, waar ik was omringd door zijn geur – vaag kruidig vanwege zijn apotheek, vaag zurig vanwege zijn oude lichaam – en zijn boeken. De mijne nu. Ik legde alles in stapels om me heen, waarbij perkamentrollen zich ontrolden en losse blaadjes op de grond dwarrelden, en las iedere dag tot diep in de nacht. Er waren boeken bij die ik nog nooit had gezien, medische boeken onder de zwarte vlekken, natuurbeschrijvingen en toneelstukken, vulgaire satires waarvan ik nooit had gedacht dat mijn vader ervan zou houden. Af en toe moest ik even een luchtje scheppen en dan ging ik naar de keuken om een appel of een stuk brood te eten. De bedienden meden me. Iedere keer dat ik iets begon te voelen dook ik weer in de boeken en bleef zo lang mogelijk onder.

'Heb jij geen verdriet?' vroeg Proxenus aan me.

Hij was een fatsoenlijke man, een harde werker die mijn zus goed behandelde en onze vader had bewonderd. Mijn droge ogen maakten hem woest. Toen ik terugkeerde van een wandeling – ik maakte nog steeds wandelingen, gevoelloos, in een poging mezelf uit te putten om te kunnen slapen – trof ik hem aan in mijn vaders studeerkamer, in mijn vaders stoel. Toen ik niet reageerde wapperde hij met een vel papier dat ik herkende.

'Hier heb je een brief. Als voogd kan ik niet toestaan dat je in Pella blijft.'

Vanwege toenemende militaire verliezen zouden Philippus en negenenveertig van zijn metgezellen binnenkort als onderpand naar Thebe vertrekken, een ingewikkelde diplomatieke regeling om de volgzaamheid van Macedonië veilig te stellen. Philippus zou de komende drie jaar vertoeven in het huis van de grote Thebaanse generaal Pammenes, en zich daar in de stad die befaamd was om zijn infanterie, cavalerie en militaire leiderschap bekwamen in de kunst van het oorlog voeren. Hij zou iedere dag hun falanxexercitie op het oefenterrein bijwonen. Proxenus was bang dat ik zou worden gepromoveerd tot gijzelaar nummer eenenvijftig, want qua afkomst was ik daar belangrijk genoeg voor en ook verkeerde ik vaak genoeg in het gezelschap van de prins om ervoor in aanmerking te komen. Ik was niet opgewassen tegen een soldatenleven en zou mijn eerste winter daar waarschijnlijk niet overleven. Als ik in leven wilde blijven zou het verstandig zijn om weg te gaan uit Pella voordat de Thebaanse escorte zou arriveren.

Arimnestus zou bij Proxenus en Arimneste blijven, in elk geval tot hij volwassen was. Ze zouden zo snel mogelijk vertrekken. Ik wist dat de tweeling mij niet nodig had en dat Proxenus niet wilde dat ik zijn huis zou verzieken door te lang naar mensen te staren en zijn bibliotheek in bezit te nemen. Het werd tijd dat ik alleen nog maar mezelf tot last was.

Ik vertelde hem dat ik naar Athene wilde.

'Je zult altijd welkom bij ons zijn in Atarneus,' loog hij. 'Misschien na je studie.'

'Dat zou ik fijn vinden,' zei ik.

Toen ik het aan Philippus vertelde noemde hij me een klootzak, en daarna feliciteerde hij me en zei dat ik niet mocht vertrekken zonder nog een laatste keer in het paleis op bezoek te komen. Ineens ging alles heel snel en vertrok ik eerder dan ik zelf wilde. Geen kwestie van weken, maar van dagen. Arimneste en haar meiden naaiden kleren voor me, fijn geborduurde zomerkleren. En toen brak de dag van vertrek al aan. Proxenus en de tweeling zouden met me meerijden en me in Athene installeren en vervolgens doorreizen naar hun eigen huis. Hun voorbereidingen namen nog veel meer tijd in beslag dan de mijne, en op de middag van die laatste drukke dag ging ik naar het paleis.

'Ik heb iets voor je.' Philippus gaf me een geïllustreerd boek met pornografische verzen. Hij had het in de paleisbibliotheek gevonden, zei hij, en hij dacht niet dat zijn broer het zou missen.

Ik bedankte hem terwijl ik me afvroeg waar ik het onderweg zou kunnen verbergen. Mijn kist was al gepakt en op de kar geladen. Ik vroeg hem, voor de laatste keer op onze oude manier, of hij wel zeker wist dat hij er zonder kon.

'Het is maar een boek, stomkop. Denk je nou echt dat ik daarvoor een boek nodig heb?' Hij greep in zijn kruis. Hij herhaalde dat gebaar toen we de volgende ochtend wegreden – samen met een paar schildknapen kwam hij me uitzwaaien – en lachte daarbij zijn ontwapenend vrolijke lach. Ik had het boek uiteindelijk diep weggestopt in de hals van een reusachtige amfoor vol zoete rozijnen, die mijn liefhebbende zus me als provisie voor de komende winter had meegegeven.

3

Pythias zegt dat ze het niet erg vindt om in het paleis te wonen, maar ik wil iets voor onszelf nu we toch in Pella blijven. De lakei weet wel iets, een eenvoudig huis van één verdieping, verstopt achter de voorste rij herenhuizen aan de zuidkant van de markt. Bij de bezichtiging leidt de weduwe van de eigenaar ons rond, een snotterende jonge vrouw in een indigoblauwe rouwsluier. Ze dribbelt voor ons uit, van kamer naar kamer, waarbij ze tegelijkertijd zowel dingen probeert op te ruimen als uit zicht te houden. De lakei verzekert me ervan dat ze bij familie terechtkan; ik vraag niet verder naar de details. Het huis heeft een protserige hal (een mozaïekvloer waarop Zeus naar een nimf lonkt), een kleine binnenplaats en een armetierig tuintje met daaromheen een zuilengalerij, en aan de achterkant het woongedeelte, waaronder een kamer voor mijn boeken, een kamer voor de vrouwen, de slaapkamers en een klein altaartje dat ik aan de goede zorgen van Pythias zal toevertrouwen. Callisthenes is oud genoeg om voor zijn eigen onderkomen te zorgen. Wanneer ik dat tegen hem zeg aarzelt hij even, dan slikt hij en knikt. Hij redt zich wel.

Ik stapel mijn dierenkooien tegen de muur op het zuiden, hoewel de helft van mijn exemplaren – net zo teergevoelig als toneelschrijvers – al gestorven is door de vochtige kou. Ik maak mijn opwachting aan het hof en neem van de markt geschenken mee voor Pythias, mooi zwart-wit aardewerk en een rol lichtpaarse stof. Ik laat bollen planten in de tuin en zorg ervoor dat er meubels komen.

'Dus we gaan ons hier echt vestigen?' vraagt Pythias. Ze lacht me met haar ernstigste gezicht uit.

Maar ze is in elk geval gelukkig, of minder ongelukkig. Het huis bevalt haar, het is groter dan het huis dat we in Mytilene hadden, en bovendien is ze ook in haar sas met het aanzien dat ze hier geniet. Ik geloof dat ze er ook een beetje van schrikt. In Mytilene was ze gewoon wie ze was, maar hier is ze gewild. De echtgenotes van de koning vechten om haar voor hun naaikransjes. Ze vragen haar om advies over kapsels en kleren en eten en volgen haar raad op. Ik heb haar geleerd dat ze, mocht ernaar worden gevraagd, moet uitleggen dat onze slaven als familie voor ons zijn. Ze zijn al jaren bij ons, we zorgen voor hen en zullen hen nooit verkopen; je verkoopt je eigen familie niet. Heel werelds, heel chic, heel origineel. De vrouwen zijn danig onder de indruk.

'We zullen hier nog goed werk verrichten, wacht maar af,' zeg ik tegen haar. 'We zullen een beschavende invloed hebben. Wanneer we weggaan zullen we hebben meegeholpen aan het vormgeven van de toekomst van een groots rijk.'

'De prins, bedoel je,' zegt Pythias. 'Ik mag die jongen wel. Hij heeft iets puurs.'

Ik omhels mijn modieuze vrouw, houd haar iets te lang vast en ruik haar schone haar. Die jongen is mijn volgende project, mijn eerste menselijke project. Een probleem, een test, een plicht; een metafoor waar mijn leven van afhangt. Een jongen van dertien. En Philippus heeft me Athene beloofd, een beloning in goud voor wanneer mijn tijd hier erop zit.

'Lief en puur,' beaam ik.

Nu het leger is vertrokken is het stiller in het paleis. Volgens de Macedonische traditie moet de koning bij de veldslag aanwezig zijn om zich de gunst van de goden te verwerven. Ongetwijfeld erg vermoeiend voor Philippus, en angstaanjagend voor de achterblijvers. Je voelt je bijna als een kind dat alleen is thuisgelaten terwijl zijn ouders naar een belangrijk diner zijn en de hele avond zullen wegblijven. In de vertrouwde vertrekken klinken de echo's op de een of andere manier anders en lijkt de tijd te veranderen in stroop.

Jongens, stuk voor stuk gekleed in de zwart-witte livrei van een hofjonker, komen in ganzenpas de zaal in lopen die mij is toegewezen. Het zijn er minstens dertig, allemaal gewapend. Ik kijk Leonidas aan.

'Zijn metgezellen,' zegt de oudere man bars.

Alexander is er niet bij. 'Ben ik soms een kindermeisje?' vraag ik.

Leonidas haalt zijn schouders op.

Ik vraag wie de beste vrienden van de prins zijn. Leonidas wijst een mooie jongen met een lichte huid en donkere ogen aan die Hephaistion heet, een jongeman van mijn neefs leeftijd, die Ptolemaeus heet, en nog een paar anderen.

'Goed,' zeg ik. 'Jullie naar links, alsjeblieft, en de rest naar rechts.' Bij jongens uit Athene zou dit met veel geduw en gedoe gepaard gaan, maar deze Macedonische jongens zijn snel en zwijgzaam, efficiënt als gedrilde soldaten. 'De rechterkant kan gaan.'

De jongens aan de rechterkant, onder wie de allerkleinsten, kijken van mij naar Leonidas en weer terug.

'Waar moeten ze dan heen?' vraagt Leonidas.

Ik haal mijn schouders op.

Leonidas wijst naar de deur en blaft dat ze terug moeten naar de barakken. Ze rennen weg.

Ik heb nu alleen nog de vier oudsten voor me die in de houding staan. Als filosoof zonder militaire rang weet ik niet goed of ik wel het gezag heb om op de plaats rust te roepen. Ik zet de met een doek bedekte kooi die ik bij me heb op tafel. Leonidas trekt zich achter in de zaal terug.

'U mag nog niet beginnen,' zegt Hephaistion. 'Alexander is er niet.'

'Wie?' vraag ik.

Ik haal de doek weg. In de kooi zit de kameleon, maar na drie weken Pella is hij uitgemergeld en op sterven na dood. Het ontleden van een dier vereist een zorgvuldige voorbereiding, anders stroomt het bloed op het moment van de dood de ingewanden in. Je moet het dier eerst uithongeren, leg ik uit, en het daarna wurgen, zodat de aderen niet aangetast worden. Gelukkig heeft deze het net lang genoeg volgehouden. Ik maak de bovenkant van de kooi los en leg beide handen om de leerachtige hals. Het dier biedt nog zwak verzet en doet zijn bek een paar keer open en dicht. Wanneer het dood is pak ik het eruit en leg het op tafel. De kooi zet ik op de grond.

'Zo,' zeg ik. Ik leg het op zijn rug. Normaal gesproken zou ik zijn poten spreiden en met spelden vastzetten, maar ik ben bang dat de jongens hun belangstelling dan verliezen. Met een knikje geef ik te kennen dat ze allemaal een poot moeten vasthouden. 'Laten we het hart proberen te vinden,' zeg ik. Met een scherp mes snijd ik de buik open en klap de huidflappen opzij zodat de ingewanden zichtbaar worden. De jongens verdringen zich om me heen, maar ik zeg er niets van.

'Dit hier is de luchtpijp. Voel maar bij jezelf.'

De jongens raken hun keel aan.

'Zien jullie die beweging, de samentrekking rond de ribben? In het membraan, hier.'

Beweging achter in de zaal. Ik kijk niet op.

'Dit zal nog enige tijd doorgaan, zelfs na de dood.'

De jongens maken plaats voor Alexander, die bij de tafel komt staan.

'Jullie zien dat er weinig vlees aan zit. Een beetje bij de kaken, hier, en daar bij het begin van de staart. Wijs me het hart aan.'

Alexander wijst in het lichaam van de kameleon.

Ik bal plotseling een vuist en houd die voor zijn gezicht. In zijn ogen verschijnt een flakkering van verbazing. De jongens om me heen verroeren zich niet. 'Je hart is zo groot,' zeg ik tegen Alexander. Met wat voor mij altijd het tweede mes van links, oren zal blijven – de schim van mijn vaders grip is in het houten heft gesleten – snij ik het bebloede hartje van de kameleon los en ik houd het voor hem op. Hij pakt het langzaam aan, kijkt me aan en stopt het in zijn mond.

'Het spijt me dat ik te laat was,' zegt hij. 'Ik was bij mijn moeder.'

Het klinkt als sjpijt uit zijn volle mond. Uit een mondhoek sijpelt bloed, alsof hij net een rode vrucht heeft gegeten. Hij kauwt en kauwt en slikt dan moeizaam.

'Dat geeft niet,' zeg ik. 'Moet je overgeven?'

Hij knikt, maar schudt dan zijn hoofd.

'Zullen we dan maar eens naar de hersens kijken?'

Dankzij het ijverige geprik en gesnij van de jongens is er van de hersens algauw niet veel meer over dan iets wat op eten lijkt. Alexander is bekomen van zijn aanval van humeurigheid of boetvaardigheid of prikkelbaarheid of wat het dan ook was en is druk doende stukjes hersens aan zijn mes te rijgen en die af te smeren aan de arm van de jongen die naast hem staat. Een andere jongen gooit wat van de hersens in Alexanders haar. Ze zijn nu allemaal aan het ginnegappen, ze duwen en trekken en maken schijnbewegingen met hun besmeurde messen, normaal jongensachtig gedrag dat ik oneindig veel liever zie dan hun griezelige militarisme.

We gaan verder met de longen, de nieren, de gewrichtsbanden, de darmen, de prachtige poppenbotjes van de ruggengraat. Alexander werpt af en toe een steelse blik op me en wanneer onze blikken elkaar kruisen kijken we allebei snel de andere kant uit. Per slot van rekening is wat wij hebben een soort huwelijk, gearrangeerd door zijn vader. Ik vraag me af wie van ons de bruid is.

'Wie kan me vertellen wat een kameleon is?' vraag ik.

'Een dier.'

'Een hagedis.'

Ik neem de ontleedmessen van de jongens weer in en veeg ze langzaam, nauwgezet schoon, zoals ik van mijn vader heb geleerd. 'Toen ik niet veel ouder was dan jullie nu had ik een leermeester die veel belangstelling had voor wat dingen waren. Voor wat echt was, zou je kunnen zeggen, en voor wat' – ik gebaar naar de restanten van de kameleon – 'vergankelijk was, wat zou sterven en verdwijnen. Hij meende dat er twee werelden bestonden. In de wereld waarin we zien en horen en voelen, in de wereld waarin we leven, zijn de dingen tijdelijk en onvolmaakt. Zo zijn er bijvoorbeeld heel veel kameleons in de wereld, maar de ene heeft een lamme poot, van de andere is de kleur onregelmatig, enzovoort. Toch weten we dat het allemaal kameleons zijn; ze delen iets wat ze allemaal hetzelfde maakt. We zouden kunnen zeggen dat ze allemaal tot dezelfde idee behoren; hoewel ze in hun details verschillen delen ze allemaal dezelfde idee, de idee van een kameleon. En het is, meer dan de kameleon zelf, die idee die volmaakt en onveranderlijk is. Hetzelfde zouden we kunnen zeggen van een hond of een kat, van een paard, van een mens. Of van een stoel, of van een getal. Elk daarvan bestaat in een wereld van ideeën, volmaakt en onveranderlijk.

Hoewel de theorie van mijn leermeester vernuftig was riep ze ook veel problemen op. Bijvoorbeeld: hoe kunnen we de ideeën waarnemen als wij uit deze wereld komen en zij niet? En als twee gelijke objecten dezelfde idee delen, moet er dan niet nog een idee zijn waar ze alle drie deel van uitmaken? En dan nog een vierde idee, een vijfde, enzovoort? En hoe zit het met veranderingen? Hoe kan een volmaakte, onveranderlijke wereld de ideale idee zijn van déze wereld, waarin we worden omringd door veranderingen?'

Buiten klinkt het geluid van een bel, gevolgd door dat van schreeuwende en rennende jongens die op weg zijn naar hun volgende les.

'Meester.' De jongens salueren naar me, een voor een.

Wanneer het Alexanders beurt is raak ik even mijn mondhoek aan. Hij aarzelt en veegt dan met de muis van zijn hand het geronnen bloed van zijn mond. Ik knik en hij loopt weg.

Leonidas komt weer tevoorschijn uit zijn hoekje. Hij is een grote oude man met een verweerd gezicht, een strijder die te lang heeft geleefd. Hij ziet er moe uit. 'Dat met die hagedis vonden ze mooi.'

Samen pakken we mijn spullen in en scheppen de ingewanden in een schaal.

'Ze konden je niet helemaal volgen,' zegt Leonidas. 'Ik neem aan dat je dat weet. Dat van die metafysica gaat hun verstand te boven. Bovendien weet ik niet of het hun wel van nut zal zijn, zelfs al zouden ze het begrijpen.'

'Dat weet ik ook niet.'

'Het is tot dusverre lastig geweest om leermeesters voor hem te behouden. Hij –'

'Ja,' zeg ik.

'Hij jaagt ze angst aan.'

Ja.

Leonidas nodigt me uit voor het eten. Het is een eenvoudig maal, sober zelfs – brood en een klein kaasje, wat verschrompeld fruit en water.

'Ik houd van het soldatenrantsoen,' zeg hij. 'Daar ben ik nu eenmaal aan gewend. Wat een feestmaal, hè?'

In het sarcasme hoor ik iets verontschuldigends doorklinken.

'Plato zou het ermee eens zijn geweest. Hij at alleen maar fruit en groente, geen vlees, en hij hield er Spartaanse gewoontes op na: koud water, een hard bed, eenvoudige kleren. Ik ben heel lang een volgeling van hem geweest.'

'Nu niet meer?'

'Hij noemde me het Brein. Toen ik me niet meer klakkeloos bij alles wat hij zei neerlegde, zei hij dat het in de aard van het veulen zat om tegen zijn vader aan te schoppen.'

'Aha,' zei Leonidas.

Het duurt heel even voordat tot me doordringt dat hij dat zegt omdat hij het echt grappig vindt.

Voordat ik het paleis verlaat werp ik nog even een blik in het theater, in de hoop op een drankje en een korte nabeschouwing van de dag met Carolus. Gelukkig heb ik geen geluid gemaakt. Alexander staat in zijn eentje op het toneel te declameren, maar ik kan niet verstaan wat hij zegt. Hij brengt abrupt een vuist naar zijn ogen en laat hem dan weer zakken. Steeds opnieuw maakt hij dat gebaar, iedere keer met een andere gezichtsuitdrukking: glimlachend, dreigend, sarcastisch, vragend. Hij lijkt er moeite mee te hebben om te besluiten welke uitdrukking het meest logisch is. Mijn handen tintelen net zo erg als die avond dat ik achter het toneel stond. Wat is het: plezier, opwinding, schaamte om mijn eigen amateuristische theatrale gedrag?

Stilletjes sluip ik het theater weer uit.

Ik ben niet zijn enige leermeester. Er zijn mannen als Leonidas die hem de krijgskunsten bijbrengen: wapentuig en paardrijden, strijden, de choreografie van een veldslag. Het zijn allemaal soldaten, sportmannen, en ik kan weinig belangstelling voor hen opbrengen. Maar er zijn ook anderen: een musicus, want moge de goden ons bijstaan, de jongen is een getalenteerd fluit-speler; een meetkundige met een grauw gezicht; en een veelzij-dige grappenmaker genaamd Lysimachus, een stuk jonger dan ik en ook een stuk charmanter.

Aan het eind van de eerstvolgende les, terwijl de jongens weglo-pen, komt Lysimachus naar me toe om zich voor te stellen. Ik had niet gezien dat hij er ook was en voel mijn gezicht verstrakken. Hij heeft alleen maar goede woorden voor me over; voor mijn boeken, mijn reputatie, mijn welsprekendheid, mijn omgang met de jon-gens, zelfs voor het leer van mijn sandalen, duidelijk van een goe-de kwaliteit, van een goede smaak. Hij plant zijn achterste op de rand van de tafel waaraan ik zit zodat hij op me neer kan kijken. Hij heeft één teen op de grond en wiebelt met zijn andere voet lus-teloos in de lucht, waarbij zijn eigen sandaal een beetje heen en weer glijdt. Hij ziet er nieuw uit. Ik vraag me af of ik hem soms ook een complimentje moet maken over zijn schoen.

'De kunsten,' antwoordt hij op de vraag die ik stel in plaats van het compliment te geven.

Hij lijkt zeer ingenomen met zijn eigen antwoord. En wat een verrassing: hij is groot en jong en joviaal, gespierd, en ik heb hem uit de verte al te paard gezien, bij oorlogsspelen met de prins en de schildknapen. Hij is geen teer popje.

'Een beetje toneel, poëzie, geschiedenis. Ik ben blij dat je er-over begint. Ik ben blij dat je mijn zorgen deelt. Je hebt geen idee hoe geruststellend dat voor me is. En ik was nog wel zo bang dat dit een moeilijk gesprek zou worden.'

'Hoezo?' vraag ik.

Het blijkt dat hij bang is dat we elkaar voor de voeten zullen lopen, pedagogisch gezien, en dat de prins daar het slachtoffer van zal worden. Een briljante leerling, maar wel een uitdaging, dat vond ik toch zeker ook? Die wel wat extra begeleiding kon

gebruiken, die op de achtergrond wel wat extra's verdiende?
'Ik ben me er niet van bewust dat ik iets achter zou houden,'
zeg ik. 'Ethiek, politiek en metafysica zijn mijn hoofdvakken. En
wat ik verder nog gepast vind. De koning heeft me geen restric-
ties opgelegd.'
'Prima!' zegt hij. 'Weet je, het leek me – en je moet het gewoon
zeggen als je het aanmatigend vindt – maar het leek me een goed
idee om op regelmatige basis de ontwikkeling van de prins te bespreken. Om een weg uit te stippelen, snap je? Onze invloedsge-
bieden af te bakenen? Verdeel en heers, als je begrijpt wat ik bedoel.'
'Nee, dat begrijp ik niet.'
'Absoluut,' zegt hij. 'Absoluut. Denk er maar even over na. Hij
is op een ontvankelijke leeftijd, het sap begint nog maar net te
stromen. En we willen niet dat hij in de war raakt, hè? Dat hij het
ene van mij hoort, en het andere van jou. We hebben een klik, hij
en ik. Hij wil altijd dolgraag weten wat ik ergens van vind. Leuk
praatje trouwens dat je vanochtend hield. Geen gebrek aan zelfvertrouwen, hè?'
Een vijand rijker dus.

Ik weet nooit goed hoeveel Arrhidaeus precies begrijpt, maar ik
besluit zijn aandoening zoveel mogelijk te negeren en tegen
hem te praten zoals ik tegen elke jongen van zijn leeftijd zou
praten. Wanneer ik hem vertel dat ik nog heel vaak bij hem op
bezoek zal komen lacht hij zijn plotse lieve lach en ik vraag me af
of hij het wellicht heeft begrepen. We zijn net bezig Moor en Juweeltje op te tuigen voor een rit over de velden wanneer een
groep jongens, onder wie Alexander, de stallen binnenkomt. De
jongens pakken hun eigen tuig om zich voor te bereiden op hun
les. Alexander kijkt even naar Arrhidaeus en wendt dan zijn blik
weer af.

'Wat bent u aan het doen?' vraagt hij aan mij.

'Ik geef de prins les.'

Hij bloost, een trekje dat hij van zijn moeder moet hebben geërfd, net als zijn lichte huid en rossige haar.

'Ga je veel met je broer om?'

'Zo moet u hem niet noemen.'

'Nou, ga je veel met hem om?'

Alexander weigert naar Arrhidaeus te kijken die inmiddels is opgestegen en de teugels strak vasthoudt terwijl hij met onverholen plezier naar zijn jongere broer kijkt, met zijn mond iets open. 'Mijn broer is gestorven toen ik drie was. Hij was vijf.'

'Wat gek dat niemand me dat heeft verteld,' zeg ik, in een poging hem een lach te ontlokken, maar hij hapt niet toe. 'Waarom ga je niet met ons mee uit rijden? Ik denk dat het je zal verbazen wat hij allemaal kan. Hij is heel anders dan je je hem waarschijnlijk herinnert.'

'Dan ik me hem waarschijnlijk herinner?' zegt Alexander. 'Ik had altijd samen les met hem. Ik ken hem beter dan u hem kent. Hij kwijlt, hij schijt zichzelf onder. Hij loopt op twee benen in plaats van op vier – maar dat kunnen goed afgerichte hondjes ook. En nu leert u hem nog meer trucjes. Weet u, volgens mij doet u dat helemaal niet om hem te helpen. Volgens mij doet u het om te bewijzen dat u het kunt. Volgens mij heeft u vast ook geprobeerd om uw paard te laten praten. Volgens mij heeft u vast ook een afgerichte vogel thuis. Een vogel die naar u toe hipt en dan een of ander trucje doet, knikken of met zijn vleugels flapperen, en dan geeft u hem een zaadje en vindt u zichzelf een heel goede leraar. Volgens mij is dat beest daar' – hij wijst naar zijn broer – 'gewoon weer een extra blaadje aan uw lauwerkrans. Een uitdaging.'

Hij heeft een rood hoofd en ademt zwaar. Dit is het langste gesprek dat we tot nu toe hebben gevoerd. De haat, of misschien is het slechts afkeer – laten we zeggen dat het afkeer is, dat is iets waar ik wat mee kan – heeft een vuur in hem doen ontbranden.

'Iedere leerling is zowel een uitdaging als een blad aan mijn lauwerkrans.' Ik doel op hem en wil ook dat hij dat weet. 'Ik houd wel van een uitdaging. Jij niet? Als hij kwijlt en schijt als een beest in menselijke gedaante, zou het dan niet de moeite waard zijn om hem een beetje meer op ons te doen lijken als dat zou kunnen? Om hem er wat verzorgder uit te laten zien, hem te leren wat duidelijker te praten en dan eens te horen wat hij te melden heeft?'

'Tja, wat zou een hond zeggen? Geef me eten, krab me.' Alexander schudt zijn hoofd. 'Vroeger liep hij altijd achter me aan. Ik zorgde voor hem en leerde hem hoe dieren heten, ik leerde hem zingen, dat soort dingen. Ik leerde hem om pootjes te geven en te apporteren omdat iedereen daar zo om moest lachen, maar zelf hoefde ik er nooit om te lachen. Hij zal nooit oorlog kunnen voeren of goed kunnen paardrijden of op reis gaan. Hij blijft hier totdat hij een oude man is en zal dag in dag uit dezelfde dingen blijven doen. Geef me eten, krab me. Ik word er gewoon misselijk van.'

Arrhidaeus gromt wat. Hij wil graag vertrekken en dat deelt hij me mee.

'Hij lijkt zich jou niet te herinneren,' zeg ik.

Alexander kijkt naar hem en wendt dan zijn blik weer af, alsof hij iets pijnlijks heeft gezien, of in de zon heeft gekeken. 'Ik heb tegen mijn vader gezegd dat ik hem niet meer bij me in de buurt wil hebben. Niet tijdens lessen, niet bij maaltijden. Ik wilde hem nooit meer hoeven zien.'

'En hoe oud was je toen?'

'Zeven,' antwoordt hij. 'Dat weet ik nog omdat het rond de tijd van mijn eerste jacht was. Arrhidaeus, pak!'

Het hoofd van de oudere jongen schiet omhoog, op zoek naar wat hij moet pakken.

'Hij herinnert zich me,' zegt Alexander.

'Je bent een gemeen rotjoch, hè?'

Hij zet grote ogen op.

'Leonidas zegt dat iedereen bang voor je is. Ik ben niet bang voor je, maar je gedrag stemt me wel droevig. Je zou zogenaamd zo briljant zijn. Dat zegt iedereen: je vader, Lysimachus, iedereen die ik aan het hof leer kennen zegt tegen me dat het een hele eer is dat ik jouw leermeester mag zijn. Maar weet je wat ik zie? Een doodnormaal joch. Ik richt vogels af, jij rukt vliegen hun vleugels uit. Ik heb nog niets van je gezien dat je op welke manier dan ook bijzonder maakt. Op sportgebied weet ik het niet, en dat interesseert me ook niet. Ik heb het over je geest, je persoonlijkheid. Een doodgewone jongen met veel te veel privileges. Een gewelddadig, arrogant joch. Hoe kun jij in vredesnaam weten wat jouw bewonderenswaardige broer wel of niet kan?'

Nu ademen we allebei zwaar.

'Houd op met me te beledigen,' zegt hij kalm.

'Houd jij op met mij te beledigen. Je komt te laat op de les, als je al komt. Je maakt je huiswerk niet. Ik heb niet de indruk dat je ook maar iets probeert te begrijpen van wat ik je leer. Ben je nou echt zo stom of doe je alleen maar alsof?'

'U moet hier nu onmiddellijk mee ophouden.' Hij fluistert bijna.

'Want anders?'

'Op zo'n tien passen achter u staan drie cavaleristen. Als die horen hoe u tegen me praat zullen ze u vermoorden. Niet omkijken. Doe maar alsof we grapjes maken.'

Kalmpjes woel ik even met mijn hand door zijn haar.

'Ik begrijp uw lessen niet,' zegt hij. 'Ik begrijp niet waar ze toe dienen. Misschien ben ik wel dom. Glimlachen. Ze komen hiernaartoe.'

'Je bent een echte toneelspeler, hè?' mompel ik met een stijf lachje.

'Ik moet wel.'

De officieren lopen langs ons heen; ze salueren voor Alexander, kijken mij onderzoekend aan en negeren Arrhidaeus, die, onwetend van dit alles, op Moor aan zijn dikke lippen zit te pulken.

'Dank je,' zeg ik wanneer ze buiten gehoorsafstand zijn.

Alexander kijkt naar zijn broer op mijn paard. 'Ik kan u geen vragen stellen waar de anderen bij zijn. Ze mogen niet weten dat ik het niet begrijp. Wanneer ik koning ben zullen ze zich dat herinneren en dan hebben ze geen respect voor me.'

'Privélessen dus. Ik zal het met Leonidas regelen.'

Hij knikt.

'Mag ik, voordat je weggaat, nog even snel iets ophelderen? Mijn lessen zijn bedoeld om je op andere manieren te laten denken dan anderen. Om je wereld te vergroten. Niet deze wereld' – mijn gebaar omvat de stallen, het paleis, Pella, Macedonië – 'maar de wereld hier binnen.' Ik tik tegen mijn slaap.

'Ik dacht dat u niet in twee werelden geloofde.'

Ik wijs naar hem. Hij lacht nu echt, ingenomen met zichzelf, en rent naar de andere jongens toe die inmiddels onder het toeziend oog van een van de officieren staan, hun rijleraar. Alexander bestijgt Ossenhoofd, en de jongens rijden in ganzenpas de binnenplaats af en de ring in.

'Kijk, Arrhidaeus.' Ik wijs Alexander na. 'Kijk eens hoe mooi rechtop hij zit en hoe netjes hij zijn hakken naar beneden houdt.'

'Beneden.' Arrhidaeus wipt ongeduldig een paar keer op en neer, want hij wil rijden.

Carolus zegt dat ik het verkeerd zie. 'Het komt helemaal niet door de vader, het komt door de moeder. Olympias neemt zoveel ruimte in zijn hoofd in beslag dat het een wonder mag heten dat haar handen niet uit zijn oren steken. Hij lijkt heel veel op haar, dat lijdt geen enkele twijfel.'

We zijn bij mij thuis. De zomer loopt ten einde, we hebben het avondeten net op en praten over het eigenaardige gedrag van de prins. 'Het is net alsof hij in zijn hoofd al koning is,' zeg ik. 'Nooit zwakte vertonen. De schaamteloosheid, de theatrale gebaren. Maar ook zijn hersens. Philippus is niet achterlijk.'

'Olympias ook niet.' Carolus ligt languit op zijn bank, met zijn wijnkroes tussen zijn lange vingers. 'Het is toch nauwelijks te geloven dat ze ooit een mooie vrouw is geweest? Dat ze niet zo streng en uitgedroogd was als nu?'

'Een gedroogde abrikoos.'

'Het is een lastige huid, die van roodharigen.' Carolus sluit zijn ogen. 'Ik heb het bij acteurs gezien. Roodharigen worden sneller oud dan anderen. Een donkere huid ziet er om de een of andere reden langer jong uit. Weet jij hoe dat komt?'

'Meer olie?' gok ik.

'Hoe dan ook, Alexander lijkt qua uiterlijk op haar. Ik zie niets van Philippus in hem terug.'

'Vind je hem aantrekkelijk?'

Carolus aarzelt geen seconde. 'Ik vind ze allemaal aantrekkelijk, vriend. Hoewel hij net dat beetje extra heeft, ja. Misschien gewoon om wie hij is, de macht die hij heeft, of zal krijgen. Onwillekeurig wil je hem toch op zijn knieën zien. Jij niet?'

Ik schud mijn hoofd.

'Jawel, jij ook,' zegt Carolus. 'Je weet het alleen nog niet.'

'Lysimachus wil het wel. Ken je Lysimachus, zijn geschiedenisleraar?'

Carolus knikt. 'Altijd oppassen in de buurt van grote dieren die krols zijn.'

'Bij jou draait alles om seks, hè?'

Hij lacht. 'Niet alleen bij mij. In Athene was ik een beetje een buitenbeentje, dat moet ik toegeven, maar hier ben ik helemaal op mijn plaats. Het zit in de lucht, in de aarde, in het water. Alles is ervan doordesemd. Maar waarom vertel ik je dit eigenlijk? Jij komt hiervandaan. Je weet het.'

Ik schud weer mijn hoofd. 'Toen was dat niet zo. Misschien dat macht maakt dat dingen veranderen. Toen ik jong was bezat Macedonië niet de macht die het nu heeft. In mijn herinnering was het hier niet zo... zo verhit.'

'Nou ja, hoe het ook komt, ze vieren het, ze laten er mensen onder lijden, ze doen er zaken mee. Ze regeren ermee. Heb je gehoord van de bevordering van Pausanias?'

Ik knik. Pausanias was een soldaat die naar verluidt de koning zo grondig diende dat hij de volgende dag tot officier werd benoemd. Niet de Philippus die ik me herinner, maar ik ben dan ook lange tijd weggeweest. Wie zal het zeggen?

'Misschien komt het omdat ze hier hun vrouwen opsluiten,' zegt hij. 'Waar is die vrouw van jou trouwens? Ze heeft niet eens met ons meegegeten.'

'Ze dacht dat je dat liever had.'

'Dan dacht ze dat verkeerd.' Carolus gaat rechtop zitten. 'Ik mis het, praten met vrouwen. Laat haar ophalen, dan kunnen we eens horen wat zij ervan vindt.'

Ik stuur een slaaf om haar te gaan zoeken. 'Waarvan vindt?'

'Van onze jongen.'

Pythias verschijnt een paar minuten later met een bord vol zoetigheden, dat ze op de vloer naast Carolus' bank zet. 'Echtgenoot,' mompelt ze.

Ik klop naast me op de bank. 'We hadden het over de prins.'

Carolus zegt: 'We hadden het over de liefde.'

Ze gaat zitten en staat toe dat ik haar handen tussen de mijne neem. 'Ik vond hem erg aardig, die ene keer dat we elkaar hebben ontmoet.'

'Aardig waarom?' wil Carolus weten.

Pythias antwoordt: 'Hij maakte zo'n tere indruk.'

Carolus en ik proesten het uit.

'Teer en droevig.' Ze fronst, verontrust, maar ook vastbesloten.

Carolus pakt haar hand en drukt er een kus op. 'Vergeef het ons, schoonheid. Wij lopen gewoon over van valsheid.'

'Ik niet,' zeg ik.

'Ik geloof meteen dat hij goed is in sport,' zegt Pythias. 'Maar dat is niet wat ik bedoel. Lachen jullie me uit als ik hem eenzaam noem? Hij leek me een eenzaam klein jongetje, jonger dan zijn leeftijd, met die verschrikkelijke schreeuwlelijk van een moeder van hem. Ik had gewoon zin om hem te knuffelen en hem in zijn oor te fluisteren: "Kom maar een tijdje bij mij wonen. Ik zorg wel voor je."'

'Echt?' vraag ik.

Carolus leunt naar voren. 'Echt waar?'

Ik vind het fijn om de knopen uit dingen te kammen, om naar de wereld om me heen te kijken en het gevoel te hebben dat ik met mijn kam de hele boel ontwar, stukje bij beetje. Dit stukje is afkomstig van de chaos, en ook dat stukje hier, en dat stukje daar. In Mytilene hield ik me bezig met biologie, in het bijzonder die van het zeeleven. Hier, in Pella, wil ik iets nieuws.

Ik voel de gedachten samenklonteren en een constellatie vormen waarvan ik de innerlijke logica nog moet doorgronden, vormen waarvan ik de harmonie nog moet horen. Het komt door dat boekje over toneel dat ik in elkaar heb geflanst voor Carolus: iets over zijn vader en mijn vader, over de ziekte van Illaeus en die van mij, en over mijn twee jonge prinsen, en dan vooral over Alexander. Tijdens onze privélessen is hij een ander kind, gespannen, gevoelig. Hij lacht zelden. Hij stelt onophoudelijk vragen en schrijft de antwoorden op. Meestal vinden deze lessen laat in de avond plaats, om ze geheim te houden; hij offert zijn slaap op om de schijn te wekken dat het hem allemaal moeiteloos afgaat. Hij is boos, nieuwsgierig, hoogdravend, charmant, gedreven. Hij is een komedie of een tragedie, het een of het ander. Maar welke van de twee?

Ik ben tot de slotsom gekomen dat mijn neef een komedie is. Hij heeft een huis in de stad gevonden en zijn bezigheden gaan me nu minder aan. Wanneer ik bij hem langsga voor een simpel etentje verbaas ik me over de afstand die er tussen ons is ontstaan, tussen zijn studentikoze slonzigheid en zijn nauwgezette zorg voor mij, zijn oudere gast. Het huis stinkt. Bovendien heeft hij een minnaar gevonden – zo vertelt hij me wanneer we languit op banken liggen te eten op de binnenplaats, in een dwarreling van herfstbladeren – en hij werpt de jongen cadeaus toe alsof hij een bewegende schietschijf is.

'Drie paar winterschoenen!' pocht Callisthenes.

'Heel nuttig,' zeg ik. 'In elk geval zit je niet de hele dag gedichten te schrijven.'

'Wel bloemen te plukken,' zegt hij.

'Echt waar?'

Callisthenes slaat een hand voor zijn ogen en lacht om zichzelf.

'Voordat ik het vergeet,' zeg ik. 'Ik moest van Pythias vragen of je genoeg voedsel hebt ingeslagen voor de winter. Ze zegt dat je nu al moet gaan denken aan pompoenen en bonen, dat je die nu alvast in huis moet halen, nu ze er nog zijn. Ik denk dat ze wel een lijstje voor je kan maken, als je wilt.'

'Pompoenen en bonen,' zegt hij. 'Die lieve tante van me. Heeft ze dat biertje nou al gedronken?'

'Een beetje respect graag,' zeg ik.

Hij begint weer te lachen.

Na het eten wil hij het over politiek hebben; roddels, wil ik zeggen, hoewel politiek ook een soort theater is, en ik bedenk ineens dat we misschien wel tot nuttige inzichten kunnen komen voor het nieuwe werk dat ik overweeg te gaan schrijven. Het karakter van stadstaten, de logica van hun oorlogen, het gelijktijdige besef van het toevallige en het onverbiddelijke. Philippus is nog steeds in Thracië. Athene voert strijd met Cardia, op Chersonesos, waar de Atheense graanschepen langs moeten. Wanneer het nodig is zal Philippus, o zo redelijk en vol wroeging, Cardia steunen. Demosthenes uit daar nu al, vloekend en tierend, zijn ongenoegen over in de Atheense Volksvergadering. Ik zeg tegen Callisthenes dat het algemeen bekend is dat Demosthenes zijn toespraken van tevoren uitschrijft en niet in staat is om twee woorden achter elkaar uit te spreken wanneer hij die niet voor zich op papier heeft. Ik vertel dat hij de gebaren van toneelspelers heeft bestudeerd, dat hij als jongeman een ondergrondse kamer voor zichzelf bouwde waarin hij zich kon oefenen in gebaren maken en in declameren en dat hij, om zich te concentreren, de helft van zijn hoofd kaalschoor zodat hij zich zou schamen om naar buiten te gaan en zichzelf aldus dwong om thuis te blijven en te werken. Callisthenes houdt zijn hoofd scheef en opent zijn mond om een vraagteken te zetten bij het belachelijke van dit alles, maar ik zeg dat het daar niet om gaat. Waar het om gaat is dat deze man toestaat dat deze verhalen over hem worden verteld, dat hij er trots op is. Ik verzin er een woord voor, gewoon om het gesprek op te peppen, *cassandreren*. Hij cassandreert over Philippus, zeg ik tegen mijn neef, als een toneelspeler die op een prijs hoopt.

'Alexander volgt ook lessen in retorica, bij die vriend van je, die regisseur,' merkt Callisthenes op. Hij is begonnen mijn lessen met de jongens bij te wonen, en omdat hij jonger is vertrouwen ze hem meer toe dan mij. 'Maar hij moet alles uit zijn hoofd leren. Van Carolus mag hij geen aantekeningen gebruiken.'

Er rijst een vermoeden bij me op, als een bobbeltje op de oppervlakte van mijn geest. 'Die jongen van jou,' zeg ik. 'Is dat soms een van de schildknapen?'

'Natuurlijk.' Callisthenes ligt op zijn rug naar de hemel te staren. 'Net een kleine harem, die schildknapen. Veel van de metgezellen maken gebruik van ze. Zijn familie komt ergens uit het noorden vandaan. Hij is verschrikkelijk eenzaam. Hij vindt al die aandacht fijn.'

'Je hebt je dus over je onbehagen heen gezet. Over de hebzucht en platheid van de Macedoniërs.'

'Onbehagen.' Een stomp woord om mee te steken, maar hij probeert het toch. Hij wil er niet aan herinnerd worden.

'Dus Alexander heeft les bij Carolus.'

'Officieus natuurlijk.'

Natuurlijk.

De eerste sneeuw van het seizoen komt fluisterend, aan het eind van een grijze middag, terwijl ik naar huis loop na mijn wekelijkse verplichte bezoek aan het hof. Ik tref de slaven mompelend met elkaar aan, en ontdek algauw de reden: Pythias zit in een hoekje van een van onze logeerkamers, een van de weinige kamers zonder ramen, met een sluier over haar hoofd getrokken.

'Wat is dat?' Ze houdt haar armen boven haar hoofd en maakt met haar vingers een beweging alsof ze iets op haar schoot sprenkelt.

Ze heeft de hele middag op me zitten wachten; ze weigert naar buiten te gaan, ze wil er niet door aangeraakt worden tot ik een verklaring heb gegeven die ze aanvaardbaar vindt.

'Sneeuw,' zeg ik.

De meeste slaven, allemaal geschenken van Hermeias, hebben ook nog nooit sneeuw gezien. Ik zeg dat ze onder de zuilengalerij moeten gaan staan en naar mij moeten kijken terwijl ik blootshoofds de binnenplaats op loop. Ik laat de sneeuw op mijn armen en lichaam neerdalen, houd mijn hoofd achterover en steek mijn tong uit. Het lijkt van nergens te vallen, stukjes pure kleurloosheid die van de hemel afschilferen en naar beneden zweven, inmiddels al wat dikker. Ze kijken naar me. Pythias is de eerste. Ze stapt onder de zuilengalerij vandaan en houdt haar hand op om wat van het spul te vangen. Ze komt naar me toe lopen. De slaven volgen langzaam en het duurt niet lang of we staan allemaal op de binnenplaats en laten de sneeuw op onze gezichten vallen en onze kleren nat worden.

'Waarom sturen ze dat?' vraagt Pythias.

Iedereen kijkt me aan. *Ja, inderdaad, waarom?*

'Wie, liefste?' Hoewel ik best weet wat ze bedoelt.

'De goden.'

Een gesprek waar we al een paar keer omheen hebben gedraaid; en nu is het weer zover. Ze duwt me soms expres die kant uit volgens mij; hoewel ze me er niet op de man af naar durft te vragen is het is wel een bron van zorg voor haar, zoals een groot bot dat voor een klein hondje is. 'Het' zijnde mijn ongewone godsdienstige overtuigingen (noch mijn terminologie, noch de hare, maar wel een terminologie waar we het schoorvoetend over eens zouden kunnen worden ter wille van de discussie, mochten we die ooit hebben, wat niet het geval is). Pythias is godvruchtig, ze zorgt voor het huisaltaar, bezoekt tempels, neemt bepaalde rituelen in acht wanneer er rituelen zijn die in acht moeten worden genomen – geboortes, sterfgevallen, bruiloften. Ze offert uit dank, uit boetedoening en om iets voor elkaar te krijgen; ze is (hoewel ze dat voor mij verborgen probeert te houden) bijgelovig (zelf zou ze zeggen vroom), en ziet voortekenen waar ik slechts de natuurlijke schoonheid en vertrouwde vreemdheid van de wereld zie. In feite ben ik niet ongodsdienstig; ik kan net als zij in vervoering raken van een rookpluim trekvogels, maar dan om mijn eigen redenen.

'Het wordt niet door de goden gestuurd,' zeg ik. 'Het hoort bij het mechanisme van de wereld. Wanneer de lucht koud genoeg is, verandert de regen in sneeuw. De regen bevriest. De wateratomen hechten zich aan elkaar vast en worden hard.'

'Maar waarom dan?'

Ze wil horen dat Apollo op een keer dit of dat met een nimf heeft gedaan en dat de sneeuw daarvan het gevolg is. Ik kan het haar niet geven. Goddelijkheid zit voor mij in die pluim vogels, in de sterrenpatronen, in de terugkeer van de seizoenen. Ik houd van al die dingen en kan er tranen van vreugde om huilen. De werkelijkheid van getallen bijvoorbeeld. Ik zou wel kunnen huilen als ik te lang nadacht over getallen, over hun prachtvolle opbouw. Ik zou nu kunnen huilen om de schoonheid van de hemel die zich over mijn binnenplaats verspreidt, de koude warmte in onze wangen, de blik in de ogen van mijn slaven, die van angst is veranderd in vreugde. Wanneer Pythias mijn gezicht ziet steekt ze haar hand naar me uit.

'Om het genot ervan,' breng ik moeizaam uit. 'Zodat we naar binnen kunnen gaan en ons warmen aan het vuur en af en toe naar buiten kijken, naar de sneeuw en dan voelen dat –'

'Het is al goed,' zegt ze. 'Kom, dan gaan we naar binnen.'

'... en voelen dat...'

'Het is al goed,' herhaalt ze omdat ik inmiddels echt sta te huilen, en niet per se van vreugde, hoewel ook die onderdeel is van het smaakje.

'Waarom denk je dat zij het hebben gestuurd?' wil ik van haar weten.

Ze houdt haar gezicht op naar de hemel. Er dwarrelen sneeuwvlokjes in haar haren en op haar wimpers. Ik staar hulpeloos naar haar halslijn.

'Om ons aan hen te herinneren,' antwoordt ze, en daar valt niets tegen in te brengen.

'Meester.'

Ik draai me om naar de slaaf, haal een keer diep adem en adem uit. 'Tycho.'

Tycho glimlacht wanneer hij ziet dat ik me probeer te vermannen. We kennen elkaar al erg lang. 'Er staat een jongen bij de poort.'

Pythias tilt haar rokken op van de grond die steeds witter wordt en loopt snel naar binnen.

'Je meesteres gaat al brood halen in de keuken. Zeg hem dat hij zo wat krijgt.'

'Hij ziet er niet uit als een bedelaar.'

'Een boodschapper?'

Tycho haalt zijn schouders op. 'Hij vroeg naar de meesteres.'

Op straat haasten de mensen zich voort door de sneeuw, met gebogen hoofd. Niemand lijkt te bemerken dat Alexander in zijn eentje bij mij voor de poort staat. Hij draagt sandalen en een tuniek; geen mantel, geen hoofdbedekking.

'Kind, waar is je bewaker?' vraag ik.

'Daar ben ik aan ontsnapt.'

Tycho maakt de poort open en ik neem de prins snel mee naar de binnenplaats, waar Pythias net komt aanlopen met een homp brood.

'Is die voor mij?'

Pythias trekt werktuiglijk haar sluier aan. 'Majesteit.' Schrik, vreugde.

'Ik ben u gevolgd vanaf het paleis,' zegt de jongen tegen mij. 'Ik wilde weten waar u woont.' Hij pakt het brood van Pythias aan, neemt een hap en kijkt kauwend om zich heen.

'Tycho en ik zullen je terugbrengen naar het paleis.'

'Nee.' Hij slikt het brood door. 'Het is nu te donker. Dat is niet veilig. U zult morgenvroeg mijn bewaker moeten laten halen.'

'Wil je vannacht hier blijven?'

'Carolus zei dat u dat vast niet erg zou vinden.'

Pythias maakt een buiging en trekt zich terug in het huis.

'Ik rammel van de honger.' Hij werpt het hoofd in de nek, net als ik heb gedaan, en staart naar de hemel. 'Ik ben gek op sneeuw.'

'Ze zoeken je vast. Ik zal Tycho nu naar het paleis sturen om je bewaker op te halen.'

'Maar ik wil hier blijven. U kunt me uw gastvrijheid niet weigeren.'

'Je ouders maken zich vast zorgen.'

'Ze maken zich nooit zorgen wanneer ik bij Hephaistion ben,' zegt de jongen. 'Zijn familie is erg loyaal aan ons.'

'Denken ze dan dat je daar bent? Bij Hephaistion?'

Onze haan kraait één keer; Pythias laat er geen gras over groeien.

'Maakt u zich nu maar geen zorgen. Ik ben hier helemaal veilig, en u ook. Ik heb niks slechts meegenomen.' Hij kijkt nog eens om zich heen, naar de potten winterprei en uien op de binnenplaats en naar de verlichte ramen. 'Mooi,' zegt hij. 'Gezellig.'

'Je hebt het vast koud.' Hij rilt. Het is inmiddels donker geworden, een donkerblauw achter de lichtplassen van de toortsen. 'Wil je mijn studeerkamer zien?'

'Ik wil Pythias zien.'

Ik neem hem mee naar de keuken, waar Pythias alle vrouwen in huis bij elkaar heeft getrommeld om een maaltijd te bereiden. De haan ligt op de snijplank; het bloed uit zijn hals druipt in een schaal. Het vuur laait hoog op; het is hier warm. Wanneer Pythias merkt dat we van plan zijn te blijven laat ze twee stoelen bij de haard zetten. Voor de stoel van Alexander zet ze een teiltje warm water neer.

'Trek je sandalen uit,' zegt ze.

Terwijl hij zijn voeten weekt en de vrouwen met de pannen rammelen neem ik Tycho terzijde.

'Is het beter om een wapen bij me te hebben?' vraagt hij wanneer ik ben uitgesproken.

'Je hoeft alleen maar waakzaam te zijn.'

Hij begeeft zich naar de poort om daar de nacht wakend door te brengen, gehuld in een paardendeken.

In de keuken zit Alexander een bordje kaas te eten. Het duurt even voordat tot me doordringt dat hij mijn beste sneeuwwitte wollen hemd aanheeft.

'Zijn kleren waren doorweekt,' fluistert Pythias achter me terwijl ze mijn elleboog even aanraakt. 'Ik wist niet wat ik hem anders moest geven. Het duurt nog een uur voordat we kunnen eten, en hij had dat brood zo snel op.'

'Je hebt er goed aan gedaan.' We blijven even samen in de deuropening staan, allebei hetzelfde denkend: dat we een zoon ook zo zouden aanbidden, dat we ons dan met dezelfde fronsende tederheid zouden bekommeren om zijn eten en zijn kleren. Ik waag het erop een blik op haar gezicht te werpen, maar zij kan, wil, me niet aankijken, en ze haast zich terug naar haar vrouwen, lichtelijk blozend. Het is hier warm.

'Die kleren van u,' zegt Alexander wanneer ik tegenover hem ben gaan zitten. 'U lijkt niet ijdel, maar Pythias liet me uw klerenkist zien toen ze dit zocht. Als u wat van die kleren verkocht zou u een groter huis kunnen kopen. Bent u erg gevoelig voor hoe dingen aanvoelen?'

'Of ik wat ben?'

'Ik vroeger wel. Volgens mijn moeder kon ik als baby niet tegen ruwe stoffen. Dan werd mijn huid rood en moest ik de hele tijd huilen. Leonidas heeft al mijn mooie spullen van me afgepakt. Hij zei dat mijn babyhuid gehard moest worden, dat ik anders geen soldaat kon worden. Ik vind dat u mooie kleren heeft.'

'Dank je. Ik vind ze ook mooi.' Pythias' werk, alles even verfijnd, verfijnd, verfijnd. Van haar heb ik geleerd wat goede smaak is. Ze heeft me in een fatje veranderd, maar de laatste tijd heb ik haar noodgedwongen gekwetst door ruwere kleren op de markt te kopen. Dat ze me aan het hof plagen met mijn verwijfdheid is één ding, maar dat dat op straat ook gebeurt is heel wat anders, en ik ben ongewapend. 'Wil je soms nog wat kaas? Of brood? Pythias zegt dat het nog een uur duurt voordat we kunnen eten.'

'Wijn?'

Ik schenk voor ieder van ons een kroes wijn in, met water aangelengd voor hem, puur voor mij. 'Het was nergens voor nodig om me te volgen. Je had gewoon kunnen zeggen dat je op bezoek wilde komen. Dan hadden we ons kunnen voorbereiden.'

'Maar dan zou ik niets interessants hebben gezien.' Hij kijkt goedkeurend om zich heen. 'Zou u me dan uw keuken binnen hebben gelaten? Zou ik dan uw kleren dragen? Zou ik uw slaapkamer hebben gezien? Waar slaap ik vannacht?'

'Buiten, in de sneeuw.'

Hij grijnst.

'Dus Carolus zit hierachter?'

Pythias knielt naast ons neer. 'Wilt u vanavond een bad nemen, majesteit?'

'Ja graag.'

Ze staat op en trekt zich terug om dat te gaan regelen.

'U bent te oud voor haar,' zegt Alexander.

'Ja.'

'En ze is ook veel te deftig gekleed.'

'Ja.'

'U wordt toch niet boos op me, hè?'

Ik haal mijn schouders op. 'Wil je dat dan?' De versomberende stemming, even een halt toegeroepen door de schok van zijn komst, dreigt weer bezit van me te nemen.

'Denkt u dat ze gelukkig is?'

Ik sluit mijn ogen.

'Dat vraag ik me vaak af bij mensen,' zegt Alexander. 'Het is een manier om te kunnen begrijpen waarom ze doen wat ze doen. Dat heb ik van mijn moeder geleerd. Ze zegt dat je gelukkige mensen niet moet vertrouwen.'

'Wat heb je nog meer van die ongelukkige moeder van je geleerd?'

Hij kijkt naar Pythias, aan de andere kant van het vertrek.

'Ik neem tenminste aan dat je moeder ongelukkig is,' voeg ik eraan toe. 'Anders zou ze het niet zo ophemelen.'

'Over u zegt ze aardige dingen,' zegt Alexander.

We eten in de grote kamer, Pythias behangen met sieraden, onze adem dampend in de kou. Het gesprek krimpt ervan in. De slaven komen en gaan met schalen eten. De haan, te kort gestoofd, is taai en draderig; de wijn is koud.

'Hoe gaat het met Carolus?' onderbreekt Pythias de stilte.

'Hij hoest.'

Pythias kijkt naar mij.

'Ik zal hem wat laten brengen,' zeg ik gehoorzaam.

'Uw vader was arts,' zegt Alexander.

'Toen we klein waren, heeft hij het leven van jouw vader gered. Een speerwond opgelapt.'

Alexander raakt zijn sleutelbeen aan. *Hier?*

Ik knik.

'Daar zou je toch niet aan doodgaan,' zegt Alexander. 'Iedereen die ik ken, heeft er eentje, van het exerceren. Maar wilt u me niet wat over geneeskunde leren? Als onderdeel van mijn studie?'

'Wil je soms helpen bij bevallingen?'

Hij bloost. Pythias fronst.

'Voor op het slagveld,' zegt hij. 'Verwondingen.'

Ik haal mijn schouders op. 'Ik wil je het kleine beetje dat ik weet wel leren. Wonden hechten waar mannen vechten, zei mijn vader altijd.'

Pythias schuift haar bord weg. Nou ja, ze had hier niet eens moeten zijn, maar Alexander stond erop. Ongetwijfeld ook weer Carolus' idee.

'Wilt u het nagerecht of wilt u nu in bad?' vraagt ze aan de prins.

'Of een nagerecht in bad?'

Ze glimlacht kort, zuinigjes, om zijn tegen beter weten in hoopvolle gezicht. Ik denk aan mijn prostituee van lang geleden, die ondanks alles moest lachen om het ontzag van mannen voor de veelheid aan genot in de wereld.

'Het is niet dat hij geen grenzen kent,' zeg ik later tegen Pythias wanneer de jongen eenmaal bij de keukenhaard is geïnstalleerd in de grote bronzen kuip, met zijn bord appels met honing, en we de kamer inspecteren die de slaven voor hem in gereedheid hebben gebracht, de kamer waarin Pythias zich voor de sneeuw had verstopt. 'Hij weet precies waar de grenzen liggen. Het is meer dat hij ze per se wil overschrijden. Hij probeert gewoon hoever hij kan gaan, kijken wat er gebeurt. Bijvoorbeeld door mij hiernaartoe te volgen.'

'Ik heb je vernederd. Het eten was vreselijk slecht.'

'Ik betwijfel of hij dat heeft gemerkt. Heb je gezien hoe hij at? Alsof hij in geen dagen fatsoenlijk had gegeten.'

'Ja, dat zag ik.' Met de zoom van haar jurk stoft ze een tafeltje af. 'Ik dacht erover om een bordje fruit voor hem klaar te zetten, voor het geval hij vannacht wakker wordt.'

'Doe dat.'

'Volgens mij is die andere kamer toch mooier, die met het raam.'

'Deze is veiliger. Warmer. En hier is hij ook dichter bij ons.'

Ze aarzelt. 'Hoe voel jij je?'

Ik schud mijn hoofd, stenotaal die ze begrijpt. Op de deurpost het geroffel van knokkels, tweemaal: Pythias' meid.

'Meesteres,' zegt het meisje. 'Hij vraagt naar u.'

'Naar mij?' zegt Pythias. 'Waar is hij dan?'

'Nog steeds in bad.'

'Snotaap.' In gedachten wens ik Carolus onheil toe. Wat nu?

'Hij probeert me te beledigen. Ik ga wel.'

Weer dat zuinige lachje. 'Als er al iemand beledigd wordt ben ik dat,' zegt Pythias. 'En het is nog maar een kind. Als hij inderdaad uitprobeert hoever hij kan gaan zoals je zegt... Laten we dan maar eens gaan kijken wat hij wil.'

'Wat hij denkt te willen.'

Ze blijft een hele tijd weg. Ik smoor langer dan de haan: eerst in de logeerkamer, waar ik het bont opborstel dat we op zijn bed hebben gelegd, kussens opschud, aan lampen pruts; en daarna in mijn eigen, grotere slaapkamer waar ik kan ijsberen.

Wanneer ze terugkomt wuift ze zwijgend mijn woorden weg en zegt: 'Hij ligt nu in bed. Hij vraagt naar jou.'

Ik schud mijn hoofd en trek een gezicht. 'Snotaap.'

Zijn kamer is warm en baadt zich door alle lampen in een gouden gloed; meer lampen dan de twee die ik had geknipt. Hij ligt onder het bont, rozig en glimlachend, zijn ogen rond en donker als die van een klein kind dat voor mij wakker probeert te blijven.

'Alles in orde hier?'

Hij knikt glimlachend.

Ik leg even een hand op zijn voorhoofd. 'Zal ik wat van die lampen voor je uitblazen?'

'Dat doe ik zo meteen zelf wel.'

Ik keer terug naar mijn kamer, waar Pythias rechtop in bed zit. 'En?' vraag ik.

'Ik ben niet aangetast in mijn eer.'

'De goden zij dank.' Ik stap bij haar in bed. 'Laat me eens raden. Hij wilde praten?'

'Hij wilde weten wat er precies in de stoofpot zat. Hij wilde het aan zijn moeder vertellen.'

'Haar vertellen dat hij hier was?'

'Volgens mij wordt niet alles wat hij haar vertelt doorverteld aan Philippus. Eerlijk gezegd geloof ik dat er helemaal niets wordt doorverteld aan Philippus.'

'Dus zo zit dat.'

Ze knikt.

'Moeilijk voor hem.'

'Volgens mij wel.' Ze gaat op haar rug liggen terwijl ik mijn onderzoek doe, allemaal kippenvel in de kou. 'Volgens mij vond hij het gewoon prettig om tegen iemand te kunnen praten terwijl hij een bad nam. Misschien zat zijn moeder vroeger wel bij hem. Hij heeft zichzelf geolied en aangekleed.'

Ik raak mijn sleutelbeen aan. 'Had hij daar een litteken?'

'Ik heb erop gelet. Nee.'

Ik blaas de lamp uit.

'Hij vroeg me of ik gelukkig was,' zegt Pythias.

'Dat heeft hij mij ook gevraagd, over jou. Wat heb je gezegd?'

'Hij vroeg of ik het fijn zou vinden om vaker uitgenodigd te worden op het paleis, om er eens uit te zijn. Hij zei dat hij dat wel met zijn moeder kon regelen. Ik zei nee, dank je wel.'

'Dat meen je niet.'

Een korte stilte. 'Was dat dan verkeerd?'

'Niemand mag zijn moeder. Denk je soms dat hij dat niet weet? Dat had je hem niet nog een keer in hoeven wrijven.'

'Ik heb tegen hem gezegd dat hij hier altijd welkom is.'

Ik sla tegen mijn voorhoofd.

'Maak je niet druk,' voegt ze eraan toe. 'Hij zei dat het te moeilijk was om daar weg te komen.'

'De goden zij dank.'

Ze ligt met haar rug naar me toe. Ik wind een krul van haar lange haar om mijn vinger, het deel van haar dat ik kan aanraken zonder dat ze het merkt.

'Hij vroeg me naar Atarneus. Hoe het daar was toen ik klein was, het landschap en het weer en de mensen die ik kende. Hij vroeg me naar mijn moeder.' Wanneer ik haar borst aanraak deinst ze terug. 'Zo meteen hoort hij het nog.'

Ik ga weer op mijn eigen plek liggen. 'Welterusten dan maar.'

'Welterusten.'

Wanneer ze slaapt sta ik op en ga naar buiten. Het sneeuwt nog steeds, dikke, snelle, stille vlokken. Er ligt een heel gewicht aan sneeuw op Tycho's hoofd en schouders. Hij verheft zich als een beer onder zijn grote deken wanneer ik zijn schouder aanraak.

'Ga maar naar bed,' zeg ik. 'Ik neem het over.'

Hij gaat naar binnen, maar komt niet veel later alweer terug met een tweede deken. De rest van de nacht zitten we naast elkaar te kijken naar het niets dat langstrekt.

Waar moet ik precies op letten? heeft hij me uren geleden gevraagd toen ik hem opdroeg de wacht te houden.

Ik weet het niet precies, heb ik geantwoord. *Gewoon kijken of er misschien iemand is die heeft gezien dat hij alleen was.*

Na een seizoen waarin ik de jongens slechts sporadisch les heb hoeven geven, met daartussendoor de verplichtingen van het hofleven en mijn eigen studie – ik begin eindelijk enige regelmaat te krijgen – word ik door Antipater ontboden voor een privégesprek. Philippus is nog steeds in Thracië.

'Vertel me eens over de prins,' zegt Antipater.

We zitten in een van de kleinere vertrekken, met een kiezelsteenmozaïek van de schaking van Helena onder onze voeten.

Met mijn teen kan ik het stof van een roze tepel vegen. Vanaf de eerste sneeuw ben ik al zwaar verkouden, en steeds als ik mijn neus snuit komen er grote strengen groen snot uit. Ik veeg mijn hand stiekem af aan mijn mantel en hoop maar dat Pythias de korsten niet ziet wanneer ze mijn was verzamelt.

'Hij is hoogst intelligent en verontrustend gedisciplineerd.'

Antipater lacht. 'Toen hij klein was verstopte zijn moeder altijd snoepjes in zijn bed, maar Leonidas doorzocht zijn kamer net zolang tot hij ze had gevonden en gooide ze dan weg. Hij is van mening dat het goed is voor de jongen om altijd een klein beetje honger te lijden.'

Aha. Ik vraag me af of hij daarom zo klein is.

'Leonidas liet hem 's nachts marcheren om een eind aan het bedplassen te maken. En het heeft nog gewerkt ook. Het staat wel vast dat Leonidas goed voor hem is geweest.'

Ik vraag me af of ik de oude leermeester soms heb beledigd en daarom op het matje ben geroepen.

'Ik heb van Leonidas gehoord dat de prins die Lysimachus aanbidt,' zegt Antipater. 'De man die zichzelf Phoinix noemt en Alexander Achilles. Wat maakt dat dan eigenlijk van Philippus?'

'Peleus.'

'Peleus.' Antipater fronst. 'Nou ja, doet er niet toe. Ik vermoed alleen dat zijn moeder er ook bij betrokken is en al die onzin aanmoedigt. We hebben geen estheet nodig, we hebben een soldaat nodig. We hebben een koning nodig.' Hij lijkt even afgeleid door de vloer en tuurt met een scheef hoofd naar een rangschikking van ledematen. 'Goed dan. Philippus heeft me opdracht gegeven om jou de tempel van de Nimfen in Mieza ter beschikking te stellen, en van nu af aan zul je Alexander daar lesgeven. Alexander en, laten we zeggen, nog een stuk of tien anderen. Hij zal zijn hele leven met deze jongens doorbrengen, dus we kunnen de band die hij met hen heeft niet helemaal doorsnijden.'

Ik knik.

'Ik houd de moeder hier wel in bedwang, en Lysimachus mag hem daar niet opzoeken. Dat zal ik hem zelf vertellen. De prins mag je graag. Hij vindt je bijna even slim als zichzelf. Slimmer dan de rest in elk geval, dat spreekt.'

Mieza is een halve dag rijden hiervandaan, hetgeen betekent dat we daar zullen gaan wonen. Ik ken de plaats vaag; er zijn blijkbaar grotten en in de zomer zou het er ook koeler zijn dan in Pella. Wat er verder nog is weet ik niet. Pythias zal zich in haar eentje moeten zien te redden tijdens mijn afwezigheid. Misschien vindt ze dat wel fijn.

'Leonidas heeft het lichaam gedrild,' zegt Antipater. 'Jij zult de geest drillen.'

Ik beloof dat ik mijn best zal doen.

'Vergeet niet dat Philippus grootse plannen met je heeft. Hij rekent op je. Over niet al te lange tijd zul je zijn man in Athene zijn, de Macedonische hersens in de schedel van Athene.'

Ik buig mijn hoofd.

We hebben het nog even over de veldtocht in Thracië, een veldtocht die naar het schijnt langer zal duren dan Philippus ooit van plan is geweest.

'Wilden, die Thraciërs,' zegt Antipater. 'Vechten als beesten.'

Ik begrijp dat dit een compliment is.

'Hij zal er wel overwinteren.'

Antipater lijkt me niet iemand die zomaar wat voor de vuist weg kletst, en ik vermoed dat hij me test. Ik houd er wel van om getest te worden. 'Zou hij zijn eigen land echt zo lang in de steek laten?' vraag ik. 'Een oorlog met Athene lijkt me onvermijdelijk. Het verbaast me dat hij niet beter in de gaten houdt wat er achter zijn rug gebeurt.'

'In de steek laten?' zegt Antipater.

'Hij zou hier beter iemand kunnen achterlaten, zodat ze wat

adempauze krijgen. Een van zijn betere generaals, bijvoorbeeld Parmenion.'

Antipater fronst. 'En wat ben ik dan, een knuffelkonijn?'

'Een leeuw van Macedonië. Alexanders meest waardevolle adviseur.' Alexander is inmiddels oud genoeg om als hoeder van het koninklijke zegel te kunnen dienen, maar het is me nu duidelijk wie hier de ware macht heeft. 'En daarom kunnen ze het niet riskeren om je ten strijde te laten trekken, mocht het zover komen.'

'Val dood.' Hij klopt op mijn schouder. 'Zorg jij nu maar voor onze jongen.'

'Mieza,' zegt Pythias uitdrukkingsloos. Ik laat het haar op een kaart zien. 'Goden nog aan toe.'

'Ik kom je af en toe opzoeken.'

Haar gezicht verhardde zich wat toen ze de afstand zag, maar het is een verharding die ik niet kan ontcijferen: ongenoegen, angst, teleurstelling, of een masker voor een wat prettiger emotie? Opluchting, hoop?

'Het is een ingewikkelde regeling waarvan iedereen volgens mij uiteindelijk wel genoeg zal krijgen,' zeg ik.

Een paar dagen later vertrek ik 's ochtends te paard, met zo min mogelijk bagage en alleen, gewoon omdat ik het prettig vind om alleen te zijn. Het landschap is mooi, idyllisch, met beekjes, grasland en valleien met hier en daar een stenen huisje en schapenweides omheind met bramenstruiken.

Net buiten het dorp Mieza het grote tempelcomplex met zijn vele altaren en heiligdommen en bescheiden woonvertrekken. De tempelwachters wijzen me mijn kamer, een strenge kleine cel, bed, tafel, stoel. Ik vraag om veel lampen. Leonidas heeft de kamer naast de mijne; de jongens, zo wordt me verteld, hebben een eigen slaapzaal, buiten gehoorsafstand. De wachters zijn oude mannen die onze aanwezigheid gelaten ondergaan; ze doen me denken aan Pythias. Wie zal zeggen wat zich in die hoofden afspeelt, in die geheime huizen? Ze scharrelen wat rond, ons mijdend, hoe ouder hoe schuwer, schuw als herten. Eén keer hoor ik, als ik 's avonds laat aan mijn tafel zit te werken met al mijn lampen aan, een man lachen. Eén keer kom ik een wachter tegen die een dienblad draagt, met daarop de restjes van een maal; hij komt een gang uit waarvan ik dacht dat hij onbewoond was. 'Boetelingen,' vertelt hij kortaf wanneer ik hem vraag naar andere gasten. 'Ze leven in afzondering.' En één keer, wanneer ik een hoek omsla, loop ik Lysimachus tegen het lijf. Hij loopt door zonder me te groeten. Ik vraag me af wie ik hiervan op de hoogte moet stellen – de wachters, Antipater, de onlangs teruggeroepen Parmenion (dus toch!), Philippus zelf – en besluit helemaal niemand iets te zeggen.

Maar het is een bekoorlijke plek, vooral in de lente, wanneer ik buiten les kan geven. Stenen zitplaatsen, beschaduwde wandelingen, druipgrotten met stalactieten, die ik kan gebruiken voor mijn verhaaltjes voor de jongens, metaforen waar we in en uit kunnen klimmen. Mijn oude leermeester was erg gecharmeerd van de metaforische waarde van grotten. Langzaamaan begin ik plezier te krijgen in mijn levensritme hier, het op en neer reizen naar de stad, deze of gene vertrouwde rots, de jongens hier, mijn vrouw daar, altijd een warm maal dat op me wacht, een min of meer luxueus bad. Uiteindelijk geef ik er de voorkeur aan om bij Pythias te zijn. Toch ga ik niet zo vaak terug als ik van plan was, en soms verstrijken er maanden waarin we elkaar niet zien. Een rit over harde rijp maakt plaats voor een rit over teer lentegroen, en pas dan dringt tot me door hoe lang geleden het is. Ze maakt me nooit een enkel verwijt. Ze weeft, ze tuiniert; ze leest af en toe, zegt ze wanneer ik ernaar vraag. O niets, gedichten.

Ik weet niet goed wat ik ervan vind dat ze van mijn bibliotheek gebruikmaakt en ik vraag me af of ze de eetregel kent. De eerstvolgende keer dat ik terugkeer naar Mieza ga ik met de kar zodat ik de belangrijkste exemplaren kan meenemen. Voor haar laat ik een paar eenvoudige, gepaste boeken achter terwijl ik me voorneem om wat nieuwe voor haar te kopen als goedmakertje voor mijn bezitterigheid. Ze bedankt me terwijl ze naar het inladen van de kar kijkt, maar ik kan er niets aan doen. Op de terugweg naar Mieza ben ik voortdurend in de weer met de oliedoeken die de kratten afdekken en ik kan me pas weer ontspannen wanneer mijn verzameling een veilige plaats heeft gevonden in mijn kamer, waar ik haar met niemand hoef te delen.

Privélessen zijn hier onmogelijk; het zou onmogelijk zijn die geheim te houden, dus meteen vanaf het begin besluit ik om het rustig aan te doen en slechts termen te gebruiken die alle jongens gemakkelijk kunnen begrijpen. Aldus volgt er een soort pastoraal intermezzo, waarin ik de jongens berg op berg af leid, steeds minder vaak gevolgd door de meedogenloos oplettende Leonidas, om naar planten en dieren te kijken, naar rotsformaties, om de wind en de zon en de kleuren van de wolken te bestuderen. Ik leg het fenomeen van de regenboog uit, een ingewikkeld denkproces dat naadloos overgaat in een meetkundeles terwijl ik uitleg waarom er slechts één helft van een regenboog zichtbaar kan zijn. Ik leg het fenomeen van aardbevingen uit als een zware wind die opgesloten zit onder de grond en wanneer ik dat beeld toepasselijk doortrek naar de menselijke darmen word ik beloond met een middag van scheten latende jongens die 'Aardbeving!' roepen. Ik heb het over de zoutheid van de zee, en ook hierbij leg ik een verband met het lichaam; want net zoals het eten het lichaam zoet in gaat en een zout en bitter eindproduct vormt in een pispot, zo komen regen en rivieren in de zee terecht waar ze zich verspreiden en een soortgelijk zoutig eindproduct achterlaten. Ik vertel ze niet dat ik tot deze analogie ben gekomen na van mijn eigen warme pis te hebben geproefd. We brengen een vrolijke ochtend door met het bestuderen van de loop van een rivier terwijl ik hun vertel over de grote ondergrondse reservoirs die volgens sommigen de bron van al het water in de wereld vormen. Wanneer ik over aardrijkskunde praat vraagt Alexander steevast naar het Oosten en dan vertel ik hem wat ik heb gelezen over Egypte en Perzië. Hij zet grote ogen op wanneer ik het heb over de rivier die zijn oorsprong vindt in het Parnassusgebergte, vanwaar je de buitenzee kunt zien die als een krans om de hele wereld loopt.

'Daar ga ik naartoe,' zegt hij.

Ik vertel over de Nijl, en Alexander zegt dat hij daar ook naartoe gaat. Op een keer, wanneer ik het heb over zout en zilt en het filteren van zeewater, leg ik uit dat, als je een lege aardewerken kruik zou nemen, de opening ervan zou verzegelen zodat er geen water in kan komen en hem dan een nachtje in zee liet liggen, het water dat erin gesijpeld is zoet zal zijn omdat de klei het zout zal hebben gefilterd.

'Heeft u dat uitgeprobeerd?' vraagt Alexander.

'Ik heb erover gelezen.'

Dit gesprek blijft echter door mijn hoofd spoken. Iedere keer dat Alexander zweert dat hij een of ander ver land zal bezoeken, en Hephaistion zweert dat hij dan meegaat, en de anderen gehoorzaam zweren dat ook zij van de partij zullen zijn, denk ik aan die kruik die in zee ligt te dobberen, de kruik waarover ik alleen maar heb gelezen.

Op een warme middag neem ik de jongens mee het bos in, achter de tempel, en laat ze jacht maken op insecten, en dan met name bijen. Ik heb een ontleedplank en messen meegenomen, aardewerken kruikjes om de exemplaren in te verzamelen en een boek om mezelf mee te vermaken terwijl ik wacht op hun terugkomst.

Al binnen een halfuur besef ik dat ik een fundamentele fout

heb gemaakt. Het geschreeuw en gelach van de jongens is al lang geleden weggestorven en ik weet dat ik ze ben kwijtgeraakt aan de zoete, verslavende hitte van de middag. Ze zitten me ongetwijfeld ergens uit te lachen, waar ze dan ook zijn. Boompje klimmen, zwemmen in de rivier. Wat maakt het uit.

Ik loop een stukje het bos in, ze zonder al te veel overtuiging roepend, en sta verbaasd wanneer ik Hephaistion en Alexander op een zonovergoten plekje tussen de bomen aantref. Alexander staat doodstil terwijl Hephaistion naar hem mept.

'Ze willen hem maar niet met rust laten,' zegt Hephaistion wanneer ik dichterbij kom. Een stuk of vijf bijen hebben de kleinste van de twee jongens tot doelwit gekozen en schieten zoemend op hem af terwijl Hephaistion ze probeert weg te slaan, maar er tegelijkertijd ook eentje in een houten beker wil vangen.

'Ik trek ze aan,' zegt Alexander. 'Van kleins af aan al. Volgens de astrologen van mijn vader is dat een gunstig voorteken.'

'Het komt waarschijnlijk door je geur,' zeg ik.

Ik zie dat het nest zich in een boom in de buurt bevindt en wijs ernaar.

'Ik heb er genoeg van,' zegt Alexander.

Ik besef dat hij bang is, maar dat niet wil laten merken. 'Kom.' Ik leid hem langzaam weg. 'Als je rustig blijft raken ze niet opgewonden.'

Ik neem de jongens mee terug naar de plek waar ik mijn spullen heb achtergelaten en zeg dat ze even moeten wachten. Ik ga weer naar de boom met het nest erin en zoek op de grond tot ik een dode bij heb gevonden. Ik schep hem op een blaadje en neem hem mee naar de jongens.

'Je zou je gevleid moeten voelen,' zeg ik tegen Alexander. 'Bijen hebben een heel goede neus, en ze mijden alles wat verrot ruikt. Ze houden alleen van zoet.'

Hephaistion geeft Alexander een stomp op zijn arm. Alexander stompt terug.

'Kijk.' Ik laat de dode bij op de plank vallen. 'Uit hoeveel delen bestaat het lichaam?'

'Drie,' antwoorden de jongens.

'De kop.' Ik raak elk deel met het puntje van mijn vaders kleinste mesje aan terwijl ik vertel hoe het heet. 'Het middengedeelte, dat bij dieren de borst is. En hier de maag. Een bij blijft gewoon leven als je zijn kop of maag er afsnijdt, maar niet als je het middengedeelte weghaalt. Bijen hebben ogen en kunnen ruiken, maar voor zover we weten hebben ze geen andere zintuigen. Ze hebben wel steekorganen.'

'Vertel mij wat,' zegt Alexander meesmuilend.

'Vier vleugels.' Ik raak ze voorzichtig met het puntje van het mes aan. 'Er is geen enkel insect met twee vleugels dat een steekorgaan heeft. De bij heeft geen schild voor zijn vleugels. Kennen jullie een insect dat dat wel heeft?'

'Vliegende torren,' zegt Hephaistion.

Ik voel de zon op mijn hoofd; mijn zweetdruppels zijn als speldenprikjes. De jongens raken de dode bij bijna met hun hoofd aan. De hitte ligt wijnachtig op mijn tong. Zo voorzichtig mogelijk maak ik een sneetje in de bij. 'Bloed?' vraag ik.

De jongens schudden hun hoofd.

'En waar komt hun geluid vandaan?'

'Van de vleugels,' zegt Alexander.

'Een goede gok.'

'Fout,' zegt Hephaistion.

'Rot op,' zegt Alexander.

Ik laat hun de pneuma zien en het membraan dat de hypozoma heet en leg uit hoe de wrijving tussen die twee het zoemgeluid veroorzaakt. De pneuma is als de long van een ademend wezen – hoewel ik er meteen op wijs dat insecten niet echt ademhalen – en het opzwellen en inzakken van de pneuma, die groter is tijdens de vlucht, zorgt voor een harder geluid bij het vliegen. De hypozoma, leg ik verder uit, is het membraan waardoor het insect zichzelf afkoelt, aangezien bijen en nog wat andere soorten – krekels, wespen, vliegende torren – van nature warme dieren zijn. Ik vertel hun ook dat er insecten bestaan die in vuur kunnen leven, want in alle andere elementen – aarde, lucht, water – komen ook dieren voor, dus logischerwijs moeten ze bestaan.

'Ik heb nog nooit insecten in vuur gezien,' zegt Alexander, en ik vertel hem dat dat komt omdat ze erg klein zijn.

Wanneer we terugkomen bij het tempelcomplex ligt er een brief op me te wachten waarin mc wordt meegedeeld dat Hermeias van Atarneus is overleden. Ik schrijf onmiddellijk aan Pythias. Ik vertel haar niet hoe het is gebeurd: dat haar voogd door de Perzen in een hinderlaag werd gelokt, gevangengenomen, gemarteld en vermoord. In plaats daarvan schrijf ik dat Hermeias ineens ter aarde stortte. Ze schrijft terug, wil dat ik offer en vraagt me om een lofzang te schrijven.

Beter dan goud, is de zon diepbedroefd bij zijn heengaan, gewijd aan de Dochters der Nagedachtenis, enzovoort, enzovoort. Tja. Ik heb hem gedood neem ik aan, of in elk geval het verdrag dat ik voor Philippus heb meegenomen. Het is nooit echt een geheim geweest. Demosthenes gaat in Athene als een kwijlende hond tekeer tegen de oostwaartse plannen van Philippus. De Perzen tolereerden Hermeias zolang hij bleef waar hij was, netjes opgeborgen op zijn eigen grondgebied, maar toen hij zijn klauwen begon uit te slaan, *nog één dorpje maar, en dit snoepje ook nog,* toen hij zich begon op te werpen als de beschermheer van Philippus tegen zijn beschermheren, tja. Ik masseer mijn handpalm met mijn duim terwijl ik met mijn wijsvinger tussen de botjes boven op mijn hand voel, mezelf voor de gek houdend over de pijn (zou je daar niet ergens, op de een of andere manier, netjes een spijker door-heen kunnen slaan?). Schuldgevoel is niet het goede woord. Als ik de boodschapper niet was geweest, dan zou iemand anders dat wel zijn geweest. Maar hij is altijd goed voor me geweest, hij wilde van me leren, hij heeft me mijn vrouw geschonken. Dat was ongetwijfeld anders geweest als ik een stad had gewild. Ik zie zijn blik voor me, steeds scherper, terwijl het hem langzaam begint te dagen. Misschien had hij me dan nog wel meer gemo-gen. En hij was zulk aangenaam gezelschap: hij las echt in zijn vrije tijd, hij vond het echt fijn om rustig te praten over wat hij had gelezen, vond het echt fijn om zich te koesteren aan de war-me avonden in Atarneus, nippend van een kroes van zijn eigen donkerrode wijn, gemaakt door zijn eigen onderdanen van zijn eigen sappige druiven, luisterend naar het gebulder van zijn ei-gen golven en het loeien van zijn eigen geliefde ossen, kijkend naar zijn eigen vogels die patronen weefden in de aromatische geur van zijn eigen hemel boven zijn hoofd, onderwijl pratend over ideeën over vorm en inhoud en de mystieke werkelijkheid van het Goede. Zijn haar krulde een beetje; zijn neus was ooit ge-broken, op een aantrekkelijke manier; zijn stem was vreemd hoog en onnatuurlijk voor zijn bouw (waarschijnlijk de oorzaak van de geruchten dat hij castraat zou zijn); nadat hij Pythias aan mij had geschonken negeerde hij haar totaal (Pythias bevindt zich hier ook ergens, in mijn verwarde modderpoel aan emoties, Pythias en het lef van Hermeias, of het gebrek daaraan. Het is nu nacht, en zij slaapt daar in Pella, en hier in Mieza slapen de jon-gens, en ik zit hier herinneringen op te halen en te schrijven in het beverige licht van de lamp, mijn kleine luchtbel in het don-ker. Die arme Pythias.) Maar ik ben bij hem weggegaan, en dat is wat me vannacht dwarszit. Hij leidde een vol leven en heeft mij er het goede en het aangename van aangeboden, maar ik ben er-voor weggelopen. Hij begreep wat ambitie was en zou hebben gelachen om wat ik nu van mezelf probeer te begrijpen. Hij zou zeggen dat ik van iets simpels iets ingewikkelds maak. Een ambitieus man wil naar Athene, zou hij hebben gezegd: zout de zee!

Ik herlees de lofzang die ik net heb geschreven. Morgen naar de kopiist en hem dan verspreiden. Het is als tegen de pluis van een paardenbloem blazen; het zal niet lang duren voordat een van die bladzijden in Athene neerdaalt, en dan zal mijn naam met een klikje op zijn plaats vallen. Ze zullen Philippus beschouwen als iemand die op manoeuvre is om zijn meest oostelijke steunpunt ooit in handen te krijgen, daarmee de basis leggend voor een grote Perzische veldtocht. Ik, in mijn bescheiden hoedanigheid (liefde voor Hermeias = liefde voor Macedonië), zal worden beschouwd als zijn helper. Helper van het Macedonische imperialisme. En welke staat, zelfs een staat als Athene, is daar veilig voor?

Zie je wel, zullen ze zeggen, dat zijn Macedonische bloed toch weer in hem is gaan gisten? O, hij is niet meer degene die we ons herinneren. Eigenlijk heeft hij er nooit echt bij gehoord, hè? O nee.

Ik herinner me de eerste keer dat ik Hermeias ontmoette, bij een diner in Athene toen ik nog studeerde. Hij bracht me de groeten over van Proxenus en de tweeling en informeerde naar mijn werk. Na afloop zijn we samen gaan wandelen, de draad van ons gesprek steeds verder uittrekkend tot diep in de nacht, een lange streng als een lange streep die op een landkaart werd getrokken, van Athene naar Atarneus, naar Mytilene, naar Pella, naar Mieza, alsof die, als ik me omdraai, er nog steeds was en ik hem terug zou kunnen volgen tot die nacht lang geleden toen een machtig man me uitnodigde een keer bij hem op bezoek te komen, en ik vol verwachting naar die toekomst uitkeek.

Aan het eind van de oogsttijd, bij vollemaan, neem ik de jongens mee sterrenkijken. Ze zijn slaperig en stil, gehuld in hun dekens, terwijl boven onze hoofden de sterren ronddraaien. Ik leid ze een lage heuvel vlak bij de tempel op, waar ze van mij op hun rug in het gras moeten gaan liggen. Een paar van hen krullen zich meteen op tot een bolletje en gaan weer slapen; een paar anderen mopperen over de kou en de vochtige grond. Alexander neemt zijn gebruikelijke plaats naast mij in. Terwijl de maan hun gezicht in een melkachtig bleek licht hult moeten de jongens me de sterrenstelsels aanwijzen die ze kennen.

'En wat ziet u?' vraagt Alexander na een tijdje.

Ik vertel hem over de concentrische sferen die samen het heelal vormen: de aarde in het midden, de maan in de sfeer daaromheen, dan de planeten, en dan, in de buitenste sfeer, de onveranderlijke sterren.

'Hoeveel sferen bestaan er?' vraagt Alexander.

'Vijfenvijftig. Dat is een wiskundige vereiste. Ze bewegen; in elke maand is de hemel anders. Dat weet je zelf ook. Dat komt door de omwenteling van de sferen. Iedere omwenteling in een sfeer leidt tot beweging in de sfeer ernaast. De buitenste sfeer wordt in beweging gezet door de onbewogen beweger, of, zo je wilt, god. En elk van de vijfenvijftig kleinere sferen heeft, behalve de beweegkracht die hij van de naastgelegen sferen ontvangt, zijn eigen kleinere onbewogen beweger.'

Ik hoor dat hij langzamer ademt, maar hij heeft zijn ogen nog wijd open. Tijdens mijn uiteenzetting heeft hij de hele tijd naar boven gekeken.

'Ik kan de sferen niet zien,' zegt hij. 'Kun je ze ooit zien?'

Ik leg uit dat ze van kristal zijn gemaakt.

'Lysimachus zegt dat als ik naar Perzië ga daar de hemel anders is,' zegt Alexander. 'Hij zegt dat daar nieuwe sterren zijn die nog geen mens heeft gezien, maar dat ik ze wel zal zien. Hij zegt dat mijn grootste veldslagen zullen worden vastgelegd in de stand van de sterren. Die van mijn vader zijn nooit vastgelegd, en dat zal niet gebeuren ook.'

'Misschien gaat Lysimachus wel met je mee naar Perzië,' zeg ik.

'Vanzelfsprekend. En u?'

'Zie je mij al ten strijde trekken op Moor?'

Ik voel hem naast me grijnzen, hoewel hij nog steeds naar de lucht kijkt.

'Je zult me mooie brieven sturen,' zeg ik. 'Brieven die duizend jaar zullen bestaan zodat de denkers later voor altijd weten dat jij één van ons was.' Dat bevalt hem wel. Maar dan vraag ik: 'Wat denk je daar te vinden?'

'Oorlog.'

Zijn antwoord stelt me teleur en dat zeg ik ook. 'Er is meer dan dat. Zoveel meer. Wil je echt alleen voor de opwinding van het oorlog voeren zo ver met je leger opmarcheren? Om een beetje op je paard naar je verslagen vijand te gaan zitten kijken? Om een beetje – ik weet niet eens precies wat je doet – met je zwaard te zwaaien en de ledematen in het rond te zien vliegen?'

'U weet niet precies wat we doen,' herhaalt hij mijn woorden.

'Ik weet wat je vader van je verwacht. Huldeblijken, cijnzen. Al die rijke steden en satrapieën langs de kust. Ze zijn het gewend om aan vreemdelingen te betalen; het maakt hun niet uit of ze het geld aan je vader of aan iemand anders geven. Maar jij, wat verwacht jij?'

'U heeft er gewoond. Zegt u het maar.'

'Ik heb er familie en vrienden gevonden. Ik heb er gevonden wat ik zocht en wat ik dacht te vinden.' En ik heb er mijn ogen tot spleetjes geknepen om alles aan de rand ervan niet te hoeven zien: het vuil, de zicktes, de mensen zonder kunst of wiskunde of beschaafde muziek, die 's avonds, om hun vuren, zitten te mompelen in hun lelijke taal en hun vieze eten naar binnen werken en hun bekrompen beestachtige gedachten denken over eten en seks en schijten. Smerig, slaafs, onbeschaafd. Dat vertel ik ook aan de prins; ik wil dat hij de waarheid weet over het door hem zo geromantiseerde land.

'Weet u wat ik zou doen?' Hij steunt nu op zijn ellebogen. 'Ik zou bij hun vuur aanschuiven en naar hun muziek luisteren en hun eten eten en hun kleren dragen. Ik zou met hun vrouwen gaan.'

Ik hoor aan zijn stem dat hij bloost, hoewel ik het niet kan zien. *Gaan met* – een innemend onschuldig eufemisme voor een gezonde Macedonische jongen. Hij houdt van Hephaistion.

'Ik zou echt niet zo ver reizen en dan mijn ogen dichthouden.'

'Je weet niet waar je het over hebt.' Ik vertel hem over Hermeias.

'Ja, maar dat heb je met oorlog,' zegt hij. 'U wilt een heel land haten omdat u één vriend heeft verloren?'

'En jij wilt een heel land liefhebben om je leermeester te ergeren?'

'Ja.'

'Nee, dat is niet grappig. Je denkt dat je daar gewoon naartoe kunt gaan, een beetje aanschuiven bij hun vuur en doen alsof je er thuis bent? Dan zul je ze toch eerst moeten verslaan.'

'Dat is ook het plan.'

'Je zult hun wereld moeten vernietigen alleen maar om er binnen te komen. Wat is het dan nog waard?'

'Ik ben niet zoals u. Ik ben niet zoals mijn vader. Ik wil de dingen niet op de ouderwetse manier blijven doen. Ik zit vol ideeën. Al mijn soldaten zullen zich moeten scheren, en weet u waarom? Zodat de vijand tijdens het gevecht geen houvast zal kunnen vinden bij hun baard. Mijn vader zou daar nooit opkomen. Ik zal me net als zij kleden om hun vertrouwen te winnen. Perzië.

Ik ben niet bang voor Perzië. Ik hoef helemaal niet te weten wat ik er zal aantreffen voordat ik er ben.'

Het is onvermijdelijk dat ik aan mijn eigen raad aan Speusippus denk. Dus dat was echt jeugdige overmoed? Ergerde Speusippus zich net zo aan mij als ik me nu aan mijn eigen leerling erger? Is dit een geval van boontje komt om zijn loontje?

'Artabazus.' Hij wijst naar me alsof hij een punt heeft behaald.

Philippus' troetel-Pers, een afvallige satraap en vluchteling, die sinds een paar maanden aan het Macedonische hof verblijft dankzij een of andere ruzie met zijn eigen koning. Uitgekookt, charmant. Hij heeft me een condoleancebrief geschreven vanwege Hermeias.

'Ik vind hem aardig,' zegt Alexander. 'Hij heeft me heel veel over zijn land verteld. U kunt toch geen hekel hebben aan Artabazus?'

'Een prachtig zeeleven.'

Alexander kijkt me aan, in afwachting van de clou.

'Ik heb er eens een inktvis gevangen. Met een net, dat ik daarna heel langzaam naar de kust heb getrokken. Ik hield het net heel losjes vast om de inktvis niet te beschadigen. En daarna heb ik de inktvis langzaam en voorzichtig uit het water getild en op het zand gelegd. Hij ging dood.'

'En de les is?' vraagt Alexander.

'Dat je je wereld weliswaar groter maakt door hem te veroveren, maar dat je daarbij altijd iets verliest. Je kunt ook iets leren zonder het te veroveren.'

'Ja, u wel,' zegt hij.

Thuis laat ik de lofzang aan Pythias zien en ik zeg tegen haar dat ik een etentje wil geven; een paar vrienden en collega's en wat nieuwe gezichten, onder het genot van eten, wijn en een goed gesprek. Ik zeg tegen haar dat het net zoiets moet worden als de gemeenschappelijke etentjes uit mijn studententijd, toen iedereen wat te eten meenam om met elkaar te delen, maar dat weigert Pythias. Ze zegt dat gasten in haar huis geen eten meenemen en dat ze Tycho zal opdragen om iedereen die dat toch probeert de deur te wijzen.

'Jouw huis?' Ik ben verheugd. 'Jouw huis!'

Ze zal zelf het menu samenstellen en toezien op de bereiding. Ze wil kip en geit en geld voor alle andere dingen: een diner als een militaire operatie. 'Mijn huis. Je hoeft me alleen maar te vertellen wanneer en hoeveel. Ik heb er minstens een maand voor nodig.'

'Ik zat juist te denken aan overmorgen.' Ze verwachten me terug in Mieza.

Ze schudt haar hoofd. 'Een maand. We moeten schoonmaken. We hebben nog niet echt goed schoongemaakt sinds we hier wonen. Misschien drie weken, als ik er een extra meisje bij zou hebben.'

'Dus daar was je op uit.'

'Ik ben helemaal nergens op uit. Wat je wilt. Dan wordt het over een maand, en geen dag eerder.'

Ik stel een lijstje op: Callisthenes natuurlijk; Carolus, de oude acteur; Antipater; Artabazus omdat ik hem nog iets verschuldigd ben voor zijn condoleancebrief en omdat mijn laatste gesprekje met Alexander me dwarszit; Leonidas; Lysimachus; en – na enig nadenken, als experiment – de norse verzorger van Arrhidaeus, Philes.

De volgende dag ga ik met Callisthenes naar de markt. We lopen langs de kramen en bekijken fruit, vishaken, lederwaren en messen. Ik ben al een beetje begonnen na te denken over de conversatie – een symposium over toneel lijkt me wel wat, want dan hoeft Carolus niet het gevoel te krijgen dat het hem boven zijn pet gaat, en dan kan Lysimachus op onschuldige wijze opscheppen, en dan kan Artabazus zien hoe beschaafd we zijn en heeft Antipater een avondje vrij van de oorlogen, en de jonge Philes hoeft er alleen maar met open mond naar zitten luisteren. En Leonidas; wie zal zeggen wat de oude Leonidas zal doen. Eten misschien. Bij een sieradenkraam koop ik, gadegeslagen door een dikke huurling die wordt betaald om de tent te bewaken, voor Pythias een agaat van het formaat en de koraalrode kleur van haar pinknagel, met daarin een Herakles ter grootte van een mier gegraveerd. Ze houdt van kleine hebbedingetjes, ringen en parfumflesjes en snuisterijen die ze bewaart in een bewerkt sandelhouten doosje dat in mijn handpalm past, een geschenk van Hermeias. Het is een reactie op de Macedonische praalzucht, vermoed ik. De laatste tijd geldt: hoe kleiner hoe beter.

De slavenhandel is nieuw voor Pella, nog niet zo groot, bedoeld voor vreemdelingen zoals ik, en meestal is er ook niet veel te koop. Vandaag hebben we echter geluk: er is net een nieuwe lading aangekomen uit Euboea. De slavenhandelaar is een joviale kletsmajoor die winst ruikt en in afwachting daarvan rustig de tijd neemt. Hij vertelt ons over de reis per schip, een ruwe reis met veel zeeziekte maar geen doden. Hij heeft wat soldaten, Thraciërs, oorlogsgevangenen, goed voor werk op het land, maar ze hebben een blik in hun ogen die niet veel goeds voorspelt. Hij heeft ook drie jonge kinderen, twee broertjes en een zusje, en je moet wel een hart van steen hebben om ze van elkaar te scheiden, zegt hij. Ze zitten elk een stuk brood te eten (een mooie voorstelling van de slavenhandelaar), ze zijn smerig, maar hebben een heldere blik in hun ogen; het meisje is een jaar of drie, de oudste jongen acht of negen. Een hart van steen, inderdaad, maar wat een hart dat niet van steen is met hen aan moet is een vraag die ik vandaag niet wil beantwoorden. Hij vraagt ons wat we zoeken. Een meisje voor mijn vrouw, zeg ik tegen hem. Huishoudelijk werk, keukenhulp, niets al te zwaars.

'De meisjes heb ik hier.' Hij neemt ons mee naar een tent achter de hokken. 'Zo heb ik er minder last van. Als jullie even wachten, dan haal ik ze eruit.'

'We kunnen ook wel even naar binnen gaan. Dat is gemakkelijker voor je.'

'Ik breng ze wel naar buiten.'

'Er is daar iets gaande,' zegt Callisthenes zodra de slavenhandelaar binnen is.

Hij komt met vijf meisjes aanzetten. 'Gaat uw gang,' zegt hij tegen mij, en tegen de vrouwen: 'Laat hem jullie gebit zien.'

Ze ontbloten glimlachend hun tanden en Callisthenes en ik bekijken ze gehoorzaam. Eentje hoest er wanneer ik haar tong wil zien. De voorkant van haar tuniek zit onder de bloedspetters. Ik stuur haar terug naar binnen. De slavenhandelaar kijkt zonder iets te zeggen toe. Ik laat ze knielen, springen, hun tenen uitstrekken, hun armen heffen. Een meisje dat rilt stuur ik weg.

'Hij wil ze jong,' zegt de slavenhandelaar tegen Callisthenes.

De jongste van het stel bevalt me inderdaad het best; ze is ook de kleinste, met magere benen, een platte borst en ongewoon licht, krullend koperkleurig haar, lichtgroene ogen en een melkwitte huid bespikkeld met sproetjes op de neus. Ze is echter geen agaat en ik weet niet zeker of dit soort kleinood mijn vrouw wel zal bevallen.

'Hoe heet je?' vraag ik haar eerst in het Macedonisch en daarna in het Grieks.

Ze zegt niets.

'Kelten,' zegt de slavenhandelaar. 'Ik heb ze van een man die ze heeft geruild voor zout. En hij had ze weer van een man die ze van hun eigen volk had. Een of andere ruzie met een naburig dorp, en dat van hen heeft verloren. Vast een ruzie over wie van hen de mooiste geitenvellen had om hun vrouwen in uit te dossen of zo. Ze komen uit het verre noorden, van de eilanden. Hebben jullie weleens van die plaatsen gehoord? Barbaren natuurlijk, maar op hun manier trots. De mannen zijn strijders en ik heb gehoord dat hun vrouwen dat ook zijn. Ze wassen zich niet, ze scheren zich niet, ze eten honden, zijn gezond als een paard en bijna net zo groot. En dan heb je het alleen over de vrouwen. Deze is nog niet helemaal volwassen. Nog een jaar of twee en dan zal ze net zo'n monster zijn als de anderen. Ik heb ook wat mannen gehad, maar die was ik snel kwijt. Net ossen, fantastisch voor het werk op het land. Haren tot hier.' De slavenhandelaar geeft een klap op zijn eigen kont. 'De mannen, bedoel ik. Allemaal rooien, net als die daar.' Hij wijst op mijn kleine meisje. 'Trouwens, weten jullie dat dat echt is? Trek er maar een paar uit, dan kun je de wortels controleren als jullie me niet geloven. In elk geval al een leuk gespreksonderwerp voor met de buren. Twaalf, dertien jaar, schat ik zo. Valt moeilijk te zeggen bij die lui. U zou haar eerste eigenaar zijn. U kunt haar precies zo opleiden als u zelf wilt.'

Callisthenes knikt naar haar voet, die dik in het verband zit.

'Mag ik even kijken?' Ik buk me. Ze werpt een blik op de slavenhandelaar, maar ik hoef het verband er niet eens af te halen, want ik ruik al dat het koudvuur is. Dat ze daarmee heeft weten te springen, mag een wonder heten. Ik stuur haar terug.

'Kan niet zeggen dat ik het erg vind,' zegt de slavenhandelaar. 'Misschien houd ik haar zelf wel. Spreekt alleen maar koeterwaals. En ze bijt nog ook. Ik ben gek op haar.'

'Je moet die voet laten behandelen. Misschien moet hij er wel af.' Mijn vader zou hebben aangeboden om het zelf te doen. Ik heb zijn zagen nog ergens liggen. Maar ik? Ik vraag niet eens wat er is gebeurd. Ben ik nu de meest wereldse van ons tweeën of was hij dat? Er zijn er nog twee over: een groot meisje, uit hetzelfde dorp als het kleine meisje, gok ik, met hetzelfde roestkleurige haar en een wat minder aantrekkelijke spikkeling over haar hele huid – bij nader inzien huiduitslag, schilferig en bloedig bij de haarlijn – en een wat oudere met een stuurse blik, die me aankijkt alsof dat haar manier van spugen is.

'Kun je koken?' vraag ik aan haar.

'Val dood.' Hoewel ze Grieks spreekt met een zwaar accent is ze wel te volgen. Ze is donker, niet rossig, maar ik heb haar daarnet tegen een van de anderen horen mompelen. Of ze delen dezelfde taal of ze is gestoord.

'Wat kun je zoal koken?'

'Voor jou gif. Voor je vrouw, je kinderen. Morgen allemaal dood.'

Ze heeft een goed gebit; ik kan haar adem ruiken terwijl ze praat, en er is geen sprake van rotting. Ze is stevig, met stevige heupen en een gezonde gelaatskleur. Ze staat met beide benen op de grond, haar handen losjes tot vuisten gebald. Ze kijkt me recht in de ogen. Ik mag haar wel.

'U mag iedereen,' zegt Callisthenes.

Haar haar is doorspekt met grijs en ze is diepgebruind; ik zie blekere lijnen in de rimpels om haar ogen. Ooit gelukkiger tijden, misschien. 'Wat is haar verhaal?'

'Ik snap niet waarom u dat nog vroeg,' zegt Callisthenes wanneer we wat later naar huis lopen. 'Ze vertellen je toch alleen maar wat ze denken dat je wilt horen. Zag u niet hoe blij hij was dat hij van haar af was?'

'Denk je dan dat ik daarin trapte?'

De vrouw loopt een paar passen achter ons. De slavenhandelaar heeft nog aangeboden om haar polsen samen te binden zodat ik haar als een paard zou kunnen meevoeren, maar dat heb ik afgewezen. Als ze het op een lopen zet zal Callisthenes haar wel vangen en dan weten we meteen waar we aan toe zijn.

'Misschien toch wel een beetje,' zegt Callisthenes.

'Val dood,' zegt de vrouw. 'Hij koop gedaan. Ik koken zoals jij zeggen.'

'Zij koken zoals jij zeggen.' Callisthenes wendt zich tot de vrouw. 'Wat was er in de tent aan de hand?'

Ze haalt haar schouders op, maakt een losse vuist van één hand en pompt er met een vinger van haar andere hand in. 'Klant.'

'En waar kom jij vandaan?'

Ze noemt een naam, een keelklank die ik haar niet kan nadoen. Ze lacht wanneer ik het probeer.

'Bossen?'

'Zee. Echte zee. Koud, niet als hier.'

'Ergens in het noorden,' zegt Callisthenes behulpzaam.

'Ver.' Ze negeert hem, kijkt naar mij en ziet dat ik het echt wil weten. 'Jij niet verder kunnen. Van rand vallen.'

'Van het land of van de zee?'

'Zee over rand naar hel stromen,' legt ze uit.

Het is amusant om te zien hoe Athea - zo heet ze - en Pythias elkaar de maat nemen.

'Dank je wel.' Pythias' gezicht klaart op van verbazing.

'Val dood,' zegt Athea.

Soms vergis ik me in Pythias; ze is minder zwak dan ik denk.

'Niet zo onbeleefd jij,' zegt Pythias. 'In dit huis zijn we aardig voor elkaar. Als je onvriendelijk tegen me doet zal je nieuwe meester je terug moeten brengen naar de markt en ik kan je nu al zeggen dat het er waar je dan ook terecht zult komen een stuk minder vriendelijk aan toe zal gaan dan hier. Zal ik je dan nu het huis en de keuken laten zien, en waar je slaapt? Is die van jou?' Ze doelt op een rammelende zak die Athea heeft meegenomen uit de tent van de slavenhandelaar, spulletjes samengepakt in een doek die ze bij de oren vasthoudt.

'Ha ha ha,' zegt Athea. 'Iedereen zo aardig. Goed. Misschien vanavond beste vriendinnen, ja? Misschien morgen iedereen toch weer wakker worden, ja?' Ze knipoogt naar me.

'Het is hier vast beter,' zeg ik onhandig. Ik bedoel beter dan waar ze hiervoor dan ook is geweest, maar ze maakt alleen maar een wegwerpgebaar naar mij en mijn geruststellingen en loopt dan achter Pythias de kamer uit.

Callisthenes maakt hoorntjes van zijn vingers en doet alsof ze met elkaar in botsing komen.

'Ze is verschrikkelijk,' zegt Pythias die avond na het eten. We zitten op de binnenplaats terwijl de schemering valt en de slaven om ons heen aan het opruimen zijn. Een van onze laatste maaltijden buiten; het is inmiddels herfst, het koelt snel af en het zonlicht is van een doorzichtiger goud. Tijdens deze laatste portie gulle dagen overal blekere kleuren, een bleker roze bij zonsopkomst, het groen dat langzaam uit de bomen trekt. De regen komt eraan. Overal hangt nu de geur van rook en vuur. We zijn alleen, maar we horen hen bezig in de keuken, het gekletter van hun werk en hun stemmen, pratend en af en toe lachend. Pythias lijkt tevreden. Ze heeft rozige wangen, misschien van de wijn.

'Ze heeft een van de meisjes aan het huilen gemaakt door haar alleen maar aan te staren. Ze zei tegen me dat mijn huis smerig was en dat Macedoniërs beesten zijn. Ik heb haar verteld dat we geen Macedoniërs zijn.'

'Wat zei ze toen?'

Pythias moet meer dan anders hebben gedronken, anders zou ze nooit hebben gezegd wat ze vervolgens zegt: 'Ze zei dat ze ons probleem kon genezen.'

Ze bloost, en ik ga ervan uit dat het allemaal niet al te ernstig is. 'En wat voor probleem is dat dan wel?'

'Ze heeft me laten zien wat ze in die bundel had zitten. Stenen, botten, gedroogde kruiden. Ze is een soort heks, dat denkt ze zelf tenminste. Ze zegt dat ze wel vaker mensen zoals wij heeft geholpen.'

'Nou, daarvoor hebben we haar ook gekocht.' Ik neem aan dat ze me uiteindelijk wel zal vertellen wat dat probleem van ons dan wel is volgens de diagnose van Athea de knorrige heks.

'Morgen laat ik haar met de grote kamer beginnen. Ik neem aan dat je het diner daar wilt geven. Er staan nog steeds tonnen en kisten in van de verhuizing. Daar zullen we een andere plek voor moeten zien te vinden. De vloer moet geschuurd worden, en de muren en het plafond ook. Heb je eigenlijk al eens goed naar de plafonds hier gekeken? Zwart, allemaal zwart van de lampen. Volgens mij zijn ze nog nooit schoongemaakt.'

'Stenen en botten en kruiden?'

'Je hebt een heks gekocht,' zegt ze giechelend.

'De slavenhandelaar vertelde me dat ze een Scythische genezeres was. Hij zei dat ze uit haar dorp is verbannen toen er een kind doodging dat aan haar zorgen was toevertrouwd. Ze was onderweg naar het volgende dorp, waar ze bij familie terecht hoopte te kunnen, toen ze door een leger werd opgepakt. Ze wist niet welk leger, ze sprak hun taal niet. Toen ze werden verslagen is ze samen met de andere oorlogsgevangenen verkocht. Hij zei dat ze daarna als kokkin heeft gewerkt in het huis van een rijke man in Byzantium, maar dat ze heeft geprobeerd te ontsnappen en toen aan de slavenhandelaar is verkocht. Hij zei dat hij al een paar keer heeft geweigerd om haar te verkopen omdat de kopers haar op het land wilden laten werken terwijl hij wist dat ze meer kon.'

Een mislukte genezeres; Callisthenes had het meteen goed gezien. Pythias misschien ook, ik weet het niet. Soms heb ik het gevoel dat ze al mijn zwakke plekken kent, soms dat ze helemaal niets weet.

'Dat lijkt te kloppen,' zei Pythias. 'Ze zegt zelf dat het kind te laat naar haar toe is gebracht. Ze kon niets meer doen, maar toch gaven ze haar de schuld. Ze moest haar eigen familie, haar eigen kinderen achterlaten. Ze weet niet bij wie ze nu zijn. Ze is op strooptocht geweest voor het leger totdat ze werden verslagen, en daarna heeft ze een maand op de slavenmarkt doorgebracht tot ze werd verkocht. De rijke man was een vrek die oud vlees kocht omdat dat goedkoop was, en toen iedereen ziek werd nadat ze een maal voor hen had gekookt noemden ze haar een gifmengster. Ze hebben haar teruggebracht naar de markt en verkocht aan de man van wie jij haar hebt gekocht. Ze vertelde dat hij rondreisde en zijn brood verdiende met goedkope spullen voor weinig geld verkopen. Hij zei nooit nee. Hij was alweer weg voordat de koper ontdekte dat hij troep had gekocht. Volgens mij heeft hij haar niet alleen voor het lichte werk aangeboden. Ze zei dat hij haar had verteld dat als hij haar in Pella niet zou verkopen, hij haar nog liever zou vermoorden dan haar nog een dag langer te eten te moeten geven. Ze zei dat ze zich er net bij neer had gelegd om te sterven toen jij opdook.'

'Werd dat gezin ziek, of zijn ze gestorven?' vraag ik.

'Ze zegt dat ze eigenlijk vroedvrouw is. Ze hadden het kind helemaal niet naar haar toe moeten brengen, het had een dokter nodig, maar er was geen dokter. Ze had geen flauw idee wat ze voor hem kon doen. Ze zegt dat ze tegen de vrouw van de rijke man heeft gezegd dat het vlees niet goed was, maar dat die vrouw haar toen heeft geslagen. Ze zegt dat ik meer fruit moet eten en dat jij geen hete baden zou moeten nemen, en dat we meer rekening moeten houden met de maancycli.'

'Ze heeft je heel wat verteld voor een eerste dag. Wil je dat wel, meer fruit eten?'

Het is inmiddels nacht en ik heb de lampen een poosje geleden weg laten halen. We zitten in het donker terwijl de slaven wachten tot we klaar zijn zodat ze kunnen opruimen en dan zelf ook naar bed kunnen gaan.

'Ik vind fruit lekker,' zegt ze.

Ik kan haar gezicht niet zien.

Ik stuur haar naar bed en blijf nog een tijdje in mijn eentje zitten. Athea komt zelf onze laatste schalen en wijnkroezen opruimen. Ik vraag me af of ze ons heeft afgeluisterd, hoewel we zachtjes hebben gepraat. Een heks, dus je weet het nooit.

'Alles goed?' vraag ik.

'Naar bed gaan.'

Ik zeg dat ze een lamp naar mijn bibliotheek moet brengen. Ik wil nog een tijdje werken.

'Naar bed gaan jij.'

Ik zeg dat ze een lamp naar mijn bibliotheek moet brengen.

'Wat werk jij doen?'

'Ik schrijf een tragedie,' zeg ik.

'Val dood. Jij niet mij willen vertellen, ik niks zijn, dan niet vertellen. Je vrouw me andere keer vertellen misschien. Zij praten fijn vinden.'

Mijn vrouw vindt praten fijn? 'Goedheid. Het goede leven. Wat het betekent om een goed leven te leiden, en de manieren waarop je die goedheid kwijt kunt raken.'

Ik verwacht dat ze zal gaan lachen, of iets sarcastisch zeggen, of weer dat ik kan doodvallen, maar ze doet er het zwijgen toe. Dan zegt ze: 'Ik knoflook geven aan jouw vrouw, ja?'

'Ik weet het niet. Is dat goed? Waar heeft ze knoflook voor nodig?'

'Jij geen dokter zijn?' Ze lijkt ingenomen met zichzelf, alsof ze me de loef afsteekt met deze informatie die ze ergens denkt te hebben opgeduikeld. 'Jij weten waarvoor. Ik verbaasd jij zelf niet proberen. Verlegen misschien. Is niet erg. Ik haar uitleggen.'

'Leg het mij maar uit.'

Ze neemt me onderzoekend op, zich afvragend of ik haar voor de gek houd of echt niet weet waar ze het over heeft. 'Wat dokter jij,' zegt ze zonder enige boosheid. 'Jouw vrouw knoflook in doen. 's Morgens haar adem ruiken.'

Dat dacht ik al. 'Waarin doen?'

'Hier.' Ze legt een hand op haar kruis. 'Waar neuken. Daar de knoflook doen. Een teentje, is genoeg. Als haar adem ruiken, dan doorgangen open. Niet, geen baby voor jou.'

'Dat heb ik al vaker gehoord. Maar dan met ui.'

Ze wuift het weg. 'Nee, nee, nee. Knoflook. Sterker. Ook beter passen.'

'En als de doorgangen dicht zijn?' Ik voel me net mijn vader.

'Dan ken je zeker wel een toverspreuk om ze open te krijgen?'

'Ik geen toverspreuk kennen. Eerst wij dit proberen, dan wij verder zien.'

'Athea,' zeg ik. 'Luister. Mijn vrouw heeft gelijk; in dit huis zijn we vriendelijk tegen elkaar. Maar je bent hier nog maar een dag. Er is geen "wij". We hebben je niet ingehuurd als genezeres. We hebben geen enkel probleem waar jij je mee zou moeten bemoeien. Ik wil niet dat je hierover met mijn vrouw praat. Niet over knoflook. Niet over toverspreuken. Als je dat wel doet breng ik je terug naar de markt. Wat dat betreft had mijn vrouw ook gelijk.'

'Is stom.' Ze haalt haar schouders op.

'Misschien wel. En ga nu doen wat je is opgedragen.'

Ze kookt inderdaad zoals 'jij zeggen'. Vanavond was het bonensoep, brood, kaas, olijven en wat kleurige smeersels in kleine schaaltjes die we hebben leeggegeten en in een wankele stapel opgestapeld, onderwijl onze vingers aflikkend.

'Zijn die van ons?' heb ik aan Pythias gevraagd, doelend op de schaaltjes.

'Athea heeft ze in een van de kratten gevonden. Ze vroeg of ze ze mocht gebruiken.'

De soep zat vol groente, kruiden en een of ander zacht, donkergroen blad dat verschrompelde in het vocht, maar wel zijn volle kleur behield. Ze had ook een mergpijp voor de soep gevonden. Er zaten geen zandkorreltjes in het brood dat nog steeds warm was; in de witte kaas had ze in een bloempatroon walnoten gedrukt, en in de sardientjes, die nog heel waren, zaten wonderbaarlijk genoeg geen graatjes. De heks hanteert het mes met een vaardigheid die mijn vader de chirurg waardig zou zijn.

'Dit heb ik al gelezen,' zegt Alexander.

We zijn in Mieza, in de keuken, en zitten naast elkaar voor de haard. Niet mijn favoriete plaats om boeken te delen, maar hij heeft onlangs bij sport iets verrekt in zijn been en ze hebben hem verteld dat hij de spier moet laten zweten totdat hij er weer mee kan hardlopen. Hij laat zijn hiel rusten op de stang waaraan de pannen hangen, met mijn Homerus op schoot. Ik maak me zorgen om het boek – sintels, roetdeeltjes – maar tot dusverre beschermt hij het aardig en doet hij voorzichtig. Aandoenlijk om te zien.

'Dat weet ik,' zeg ik. 'Jij bent Achilles, je vader is Peleus. Dus dan zou Hephaistion jouw Patroclus zijn, hè? En wie is dan je Odysseus?'

'Ptolemaeus. Die is slim.'

Bij het geluid van wat geschreeuwde bevelen kijkt hij automatisch naar de deur. Ik heb hem vandaag alleen; zijn kameraden worden gedrild tussen de knisperende bladeren die uit de herfstlucht vallen. Het ergert hem dat hij niet bij hen is. Verdomme nee, het ergert hem dat hij niet in Thracië is, bij zijn vader, die daar koningen afzet en steden sticht.

'Moet ik het echt nog een keer helemaal lezen?' vraagt hij.

'Je hebt het samen met Lysimachus gelezen. Je hebt het niet met mij gelezen.'

Hij wil iets gaan zeggen, maar bedenkt zich. Ik vraag me af of Lysimachus misschien met zijn oor tegen de deur gedrukt staat.

'Laten we het over het eerste deel hebben, het thema,' zeg ik.

'Kun je dat voor me samenvatten?' We zullen eens zien of de prins dit als een geheugenoefening of als een aandachtsoefening beschouwt.

'Het is het negende jaar van de Trojaanse Oorlog.' Hij staart nog steeds naar het raam. 'Agamemnon heeft een meisje toegewezen gekregen, Chryseis, als oorlogsbuit. Haar vader, een priester van Apollo, biedt hem een hoge losprijs voor haar, maar die weigert Agamemnon. Apollo daalt neer als de nacht...' Hij stopt even, om mij de tijd te geven hem te bewonderen; een geheugenoefening dus; ik zeg niets. '... en belegert de troepen net zolang tot Agamemnon gedwongen is toe te geven. Maar omdat hij zijn eigen buit moet opgeven eist hij van Achilles zijn meisje Briseis op. Achilles, die voelt dat dit onrechtvaardig is, weigert te strijden totdat hij haar terugkrijgt.'

'Heel goed. En zo kibbelen ze nog drieëntwintig delen door.' Nu heb ik wel zijn aandacht weten te vangen. '"Briseis met de mooie wangen". Denk je dat Achilles verliefd op haar is? Of voelt hij zich in zijn eer aangetast? Of is hij alleen maar kleingeestig en pompeus en pedant?' vraag ik.

'Waarom niet alles tegelijk?' Hij verlegt zijn been op de stang en krimpt even ineen. 'Er is me iets opgevallen aan u, Priamus. U vindt het toch niet erg als ik u Priamus noem? U doet me aan hem denken, de droevige oude koning die niet vecht en moet smeken om de lichaamsdelen van zijn zoon zodat hij hem na zijn nederlaag een echte begrafenis kan geven. Het is me opgevallen dat u vaak zegt: Aan de ene kant' – hij gebaart met zijn linkerhand naar links – 'maar aan de andere kant' – hij gebaart met zijn rechterhand naar rechts – 'en wat we dan eigenlijk zoeken is een soort samensmelting van die twee.' Hij brengt zijn handen bij elkaar. 'Maakt u zich geen zorgen dat u misschien te netjes bent?'

'Ik maak me er geen zórgen om. Netheid is toch een deugd?'

'Een vrouwendeugd.'

'Ook die van een soldaat. Netheid is een ander woord voor discipline. Laat ik het zo zeggen. Wat denk je, is het verhaal een komedie of een tragedie?'

Hij steekt zijn beide handen weer uit en doet alsof hij jongleert.

'Nou? Het moet toch het een of het ander zijn, vind je ook niet?' zeg ik.

Hij haalt zijn schouders op.

'Vond je er dan helemaal niets aan?'

'Eindelijk,' zegt hij. 'Eindelijk een vraag waarvoor u het antwoord niet al zelf heeft bedacht. Sommige stukken vond ik wel mooi. De veldslagen. Achilles. Ik ben gek op Achilles. Ik wou dat ik groter was.'

'Mannen verzwakken. Dat is een natuurwet. In de tijd van Achilles waren de mannen groter en sterker. De grootsheid krimpt bij iedere generatie een beetje verder in. We zijn schaduwen vergeleken bij onze voorvaderen.'

Hij knikt.

'Je zou het als een komedie kunnen lezen: de kibbelende goden, de kibbelende koningen. De krijgslieden die elkaar negen jaar lang de koppen inslaan. Negen jaar! De kluchtige krachtmeting tussen Paris en Menelaos. De stijlfiguur van de persoonsverwarring wanneer Patroclus zich voordoet als Achilles. Dat zijn toch allemaal onderdelen van de komedie?'

'Ik heb me het hele boek door kapotgelachen,' zegt hij.

'Ja, ik weet dat je gevoel voor humor hebt.' Ik was eigenlijk van plan om een toespeling te maken op Carolus' uitvoering van Euripides, op het hoofd, maar hij kijkt me nu zo pienter en verwachtingsvol aan, hengelend naar een complimentje, dat ik weifel. Wat een behoeftig monstertje is het ook. Zal ik doorgaan met hem raadsels voor te leggen om van hem een nog pienterder monster te maken, of zal ik hem menselijk maken?

'Ik heb zitten werken aan een korte verhandeling over litera-
tuur, over de literaire kunstvormen. Tragedie, komedie, epiek.
Omdat ik me afvroeg of het allemaal wel zin heeft. Wat is de zin
ervan? Waarom zouden we niet gewoon op een simpele manier
vertellen hoe iets ons ter ore is gekomen, zonder de gaten op te
willen vullen?'
Hij hijst zijn been van de stang en masseert de spier even. 'Ik
heb iets gelezen. Ik heb het meegenomen uit de paleisbibliotheek. Wacht.'
Hij loopt hinkend weg, naar zijn kamer neem ik aan. Alleen
hinkt hij niet echt, hoewel hij dat vast wel wil. Hij probeert zijn
verwonding te maskeren en gewoon te lopen. Een leider moet in
de strijd nooit enige zwakheid tonen, anders zou hij misschien
zijn eigen troepen ontmoedigen en die van de vijand aanmoedi-
gen. Heeft hij dit zelf bedacht of heeft iemand het hem geleerd?
Het is iets wat een koning een koning zou leren; ik hoop dat hij
het van Philippus heeft.
Buiten adem komt hij terug. Zodra hij de kamer uit was heeft
hij dus met zijn zere been gerend. Het boek dat hij me wil laten
zien ken ik goed, het is er een van mijn oude leermeester, het
boek waarin hij tekeergaat tegen de verderfelijke invloed van de
kunsten op een fatsoenlijke samenleving.
'Maar weet u, hij kan toch niet menen wat hij zegt?' Alexander is weer gaan zitten. 'Want hij gebruikt het toneel om zijn ar-
gumenten kracht bij te zetten. Een nepdialoog tussen nepmen-
sen, met een achterdoek en zo. Dus dan heeft hij daar zelf toch
ook een truc voor nodig?'
'Dat klopt. Dat klopt helemaal.'
'Om de aandacht van de lezer te trekken. Omdat dat leuker is
om te lezen dan een droge verhandeling.'
'Inderdaad.' Ik denk aan mijn eigen vroege pogingen om de
dialoogvorm te gebruiken. Omdat ik er geen talent voor had ben

ik er weer mee gestopt. 'Maar ook is het volgens mij zo dat je meer voelt als het op die manier wordt gebracht. Je geeft meer om de personages, over hoe de dingen verlopen. En dat is natuurlijk het doel van alle literaire kunstvormen. Je kunt op een toegankelijke manier ideeën overbrengen, op een manier die de lezer of toeschouwer laat voelen wat er wordt verteld, en niet alleen laat horen.'

'Dat ben ik met u eens.' Hij drijft de spot met me, maar niet onvriendelijk.

'Ik heb ook een boek gelezen waarvan ik me afvroeg of het je zou interesseren.'

'Het interesseert me.'

Ik geef het hem.

'Dun,' zegt hij.

'Hooguit een middagje lezen. Ik hoop dat je je ermee zult vermaken. Het is van dezelfde schrijver. Het speelt zich af tijdens een diner.'

'Majesteit, meester.' In de deuropening verschijnt een dienaar met een verslagen blik in zijn ogen. 'Bezoek.'

'Ga weg,' zegt Alexander.

'Waag het niet me weg te sturen, kleine snotaap.' Olympias loopt rakelings langs de dienaar die achteruitdeinst alsof hij zich ergens aan brandt. 'Geef je moeder een kus.' Olympias, van top tot teen in wit bont, met zilveren sterretjes in haar haar, brengt een geurige vlaag kou mee van buiten.

Alexander kijkt haar aan, maar hij staat niet op.

Ze buigt zich naar hem toe om haar wang tegen de zijne te drukken. 'Lekker warm ben je. Ik heb je geschreven dat ik zou komen. Lees je mijn brieven dan niet? En niet liegen, hè? Ik weet heel goed dat niemand me verwachtte. Die dienaar kijkt alsof hij een spook heeft gezien. Dag heer,' voegt ze eraan toe, tegen mij. 'Wat staat er vandaag op het programma?'

'Homerus, majesteit. Wat een onverwacht –'

'Niet voor mij,' zegt Alexander. 'Ik zit al tijden op u te wachten.'

'Lief van je.' Ze pakt een stoel en zet hem bij de haard zodat we een kringetje vormen. 'Gaat u maar weer zitten,' zegt ze tegen mij. 'En ga verder. Ik zal u niet onderbreken.'

'Daar geloof ik niks van,' zegt Alexander.

'Mag ik u vragen waaraan we dit te danken –'

'U heeft dit te danken aan het feit dat hare majesteit zich in Pella dood verveelt en haar kleine jongen mist. Ik zie hem al zo weinig, en dan stuurt die onverlaat van een echtgenoot van me hem ook nog helemaal hiernaartoe. Dionysos zelf heeft tegen de hakken van mijn kleine pony geblazen om me vaart te geven. Nee hoor, de dienaren zijn er ook. Ik heb ze buiten laten staan. We zijn met behoorlijk veel, en we hebben ook aardig wat bagage bij ons.' Haar blik glijdt naar het plafond, iets wat haar zoon misschien van haar heeft. 'Ik heb eten bij me,' fluistert ze.

'Ik houd van u,' zegt Alexander.

'Dat is je geraden. Want verder doet niemand dat. Hoor je nog weleens wat van je vader?'

'U mag me dat niet vragen, dat weet u toch?'

Ze rolt met haar ogen. Spottend doet hij haar na. De hele voorstelling is schokkend: de woede, de laaghartigheid, de groteske intimiteit, hun bereidheid het voor een publiek op te voeren, voor mij.

'En nu wegwezen jij,' zegt de moeder tegen de zoon, alsof ze mijn gedachten kan lezen. 'Ik wil even onder vier ogen met je leermeester praten. Ga een kamer voor vannacht voor me regelen.'

Wanneer hij weggaat neemt hij alle drie de boeken mee.

'We hebben echt eten meegebracht. Konijnen en taarten en van alles. De jongens zullen me anderhalf uur lang op handen dragen. Wat een verschrikkelijk oord.'

'Ja,' zeg ik.

'Hoe gaat het met hem?'

'Volgens mij verveelt hij zich.'

'Ja.' Ze werpt weer een blik op het plafond. 'Hij is de enige niet. Maar ik neem aan dat u de bestaande talenten verder zult ontwikkelen?'

'Natuurlijk.'

'Natúúrlijk.' Ze trekt een gezicht terwijl ze me na-aapt. 'Heeft dan echt iedereen een hekel aan me? We hebben het hier niet over Arrhidaeus. We hebben het over mijn zoon. Míjn zoon. Wanneer ik thuiskom zal de wereld te klein zijn omdat ik zonder toestemming hiernaartoe ben gekomen, gewoon om heel even mijn kind te kunnen zien. Het zal in de verslagen vermeld worden: Olympias heeft paardgereden. Sluit haar op! U weet dat ze dat zullen doen. Me opsluiten in mijn vertrekken. Dat hebben ze wel vaker gedaan. De vorige keer was het een maand omdat ik naar het exercitieterrein was gegaan om te kijken hoe hij gedrild werd. Ik wilde alleen maar zien hoe hij eruitzag op dat grote beest van hem. Ik droeg een sluier, maar toch wisten ze dat ik het was. Dat weten ze altijd. Ik snap er niks van.'

'Waarom bent u gekomen, majesteit?'

'Ik moest hem gewoon zien. Dat beest denkt dat hij me in een doosje kan stoppen. Hij –'

'Moeder.' Alexander verschijnt in de deuropening. 'Zal ik u anders mijn kamer geven? Dan slaap ik wel bij Hephaistion.'

Met de zoom van haar mantel veegt Olympias langs haar ogen. 'Dat zou ik heel fijn vinden. Heb ik al verteld dat ik eten bij me heb? Konijnen en taarten en van alles?' Ze begint te huilen. 'Denkt u dat ze me deze keer laten blijven? Voor één nachtje maar?'

'Deze keer?'

'Ze heeft het vorige maand ook geprobeerd,' zegt Alexander.

'Op een uur rijden van Mieza heeft Antipater haar toen inge-
haald. Waarom gaat u niet even liggen, moeder? Voor het geval
dat u vanavond toch weer moet terugrijden.'
    'Maar jij blijft dan toch wel bij me zitten, hè?'
    Vanbuiten klinken geluiden op: een alarmbel, mannen die
schreeuwen. Met haar armen om zich heen geslagen begint
Olympias huilend op en neer te wiegen.
    'Weg jullie,' zeg ik. 'Ik houd Antipater wel even aan het lijntje.
En nu weg.'
    Alexander loopt voorop, nu wel zwaar hinkend.
    'Je bent gewond,' zegt Olympias. 'Kom, leun maar op mij.'
    Hij pakt haar arm beet, en ze strompelen de kamer uit. Het
afgaan van de koninklijkheid.

De tafels zijn afgeruimd en de deur staat op een kier om wat frisse lucht binnen te laten. De mooie dagen van begin herfst behoren al een tijdje tot het verleden en windvlagen jagen regen-
druppels naar binnen die de veranda donker maken. De regen
slaat neer en het is iedere dag wat kouder. De herfst loopt vlek-
kerig uit in de winter. De muzikanten, een paar fluitisten, zijn
klaar voor vanavond en worden in de keuken uitbetaald in eten.
Pythias, in haar nieuwe gewaad, heeft samen met mij de gasten
bij de deur begroet en is daarna weer verdwenen. Ik ben de enige
die zich nog bewust is van haar aanwezigheid, in de boenwas op
de vloer, in de afgeknipte lonten van de lampen, in de bloemen-
slingers aan de lateien, in de dikke nieuwe kussens op de banken, in de verfijndheid van de doordachte opeenvolging van de
gerechten. Op haar eigen kalme manier heeft ze vanavond heel
veel van mijn geld uitgegeven. Ik heb Carolus naast mij neerge-
zet, en de anderen in een zorgvuldig bedachte volgorde na hem,
met Callisthenes als laatste; ik heb even met hem gesproken en
hij begrijpt dat dat niet is om hem te kleineren. Na een nogal

wankel begin lijkt het te werken, hoewel Carolus tot nu toe weinig heeft gezegd en regelmatig in zijn mouw hoest. Eerst dacht ik dat hij verlegen was, maar ik vraag me nu af of hij niet ziek is. Hij drinkt zonder te eten en volgt het gesprek weliswaar braaf, maar met een doodse blik in zijn ogen. Antipater en Artabazus hebben reeds de degens gekruist over de buitenlandse politiek van de koning en zijn plannen met Perzië; Philes en Callisthenes hebben een tijdje met elkaar zitten fluisteren als twee schoolkinderen die voor het eerst met de volwassenen mogen meeeten. Leonidas ging zich echter met het gesprek tussen Antipater en Artabazus bemoeien en voer uit tegen de laatste, en het duurde niet lang of iedereen was aan het lachen. Ik had dat niet van Leonidas verwacht; ik geniet, ik leer nu al nieuwe dingen. Lysimachus is simpelweg niet komen opdagen.

Daar komen de slaven met kroezen wijn en schalen water. Het officiële gedeelte van de avond, mijn lievelingsgedeelte, begint nu.

'Geen jongleurs?' vraagt Antipater droogjes. 'Geen meisjes?'

Vanavond niet. De slaven geven iedere gast een kroes en zoals de rituelen voorschrijven nippen we ter ere van de goede demon van de niet-aangelengde wijn. Vervolgens een lofzang op Dionysos en dan beveel ik om de wijn aan te lengen met het water. 'Twee op vijf?' vraag ik voor de vorm. De standaardverhouding; ik wacht niet op de instemming van mijn gasten. Op de Academie zou iedereen hebben geknikt; hier staren mijn gasten me alleen maar aan. De kroezen (nieuw, weer Pythias) worden rondgedeeld en de wijn ingeschonken; de slaven lopen in een kringetje door het vertrek, beginnend bij Carolus en eindigend bij Callisthenes, die aan de andere kant van de deuropening tegenover mij zit.

Op nog meer dienbladen worden de nagerechten binnengebracht: kazen, taarten, gedroogde vijgen en dadels, meloenen en amandelen, maar ook kleine schaaltjes met gekruid zout die binnen ieders handbereik worden gezet. Alles is in mooie piramides opgetast, zelfs het zout, en onwillekeurig zoek ik in de hellingen van deze lekkernijen naar de vingerafdrukken van mijn vrouw. Ik vind het jammer om deze bouwwerkjes van huisnijverheid neer te halen puur uit verlangen naar een kruidig nootje. Daarom pak ik een dadel uit het wat stabielere metselwerk van dadels, en terwijl ik bij mezelf mijn openingswoorden voorbereid roept Callisthenes: 'Oom?'

'Neef?' zeg ik.

'Houdt u van me, oom?'

'Hoezo, wat heb je gedaan?'

Gelach.

'Ik moet me vanavond bij u verontschuldigen,' zegt hij. 'Ik moet me bij iedereen verontschuldigen. Maar ik kan het gewoon niet.'

'Wat niet?' vraagt Antipater.

'Het praatje,' zegt Callisthenes. 'De toespraak. Ik heb te veel gedronken en ik geloof niet dat ik de woorden aan elkaar kan rijgen. Vergeven jullie het me? Ik trek me gewoon terug, misschien...' Hij gebaart vaag naar de deur.

Hij heeft zijn rol met verve vervuld. Op deze manier kan iedereen die niet wil spreken – ik had daarbij in eerste instantie aan Leonidas gedacht – zich samen met Callisthenes terugtrekken en in de belendende kamer zonder gezichtsverlies zoetigheden gaan eten. Ik heb echt aan alles gedacht.

'Toespraken?' zegt Antipater. 'Ik dacht dat dat een grapje was.'

'Ik begreep dat gedeelte al helemaal niet,' zegt Artabazus. 'Maar ik dacht dat dat kwam omdat ik een stomme buitenlander ben.'

'Maar het stond in de uitnodigingen.' Antipater, Artabazus

en Leonidas zijn al in de benen gekomen en volgen Callisthenes de kamer uit. 'De tragedie,' zeg ik, de woorden van de uitnodiging herhalend en mijn stem verheffend boven het geluid van hun vertrek. 'Het goede leven. Wat het inhoudt om een goed leven te leiden en de manieren waarop dat goede verloren kan gaan.'

'Houd je mond,' zegt Carolus. Alleen hij en Philes zijn er nog. 'Ze kennen dat soort dingen hier niet. Ze voelen zich voor schut staan.'

Ik kijk naar Philes, die een wanhopige blik op Carolus werpt.

'Die jongen plast nog in zijn broek als je hem dwingt een toespraak te houden,' zegt Carolus. 'Laat nou maar.'

Ik bedenk dat Alexander waarschijnlijk de enige is die zou hebben genoten van de avond zoals ik me die had voorgesteld, de enige die echt zijn best zou hebben gedaan.

'Hoe gaat het met je boek?' vraagt Carolus. 'Je tragedie voor beginners.'

'Ook komedie. Ik heb besloten dat ik ze allebei moet behandelen.'

Uit een andere kamer klinkt lawaai op, een stem die zich verheft, gelach, en dan Tycho die me in het oor fluistert: 'Lysimachus, meester.'

'Lysimachus,' zeg ik, want aankondiging of niet, hij komt de kamer al binnen zetten.

Mijn andere gasten volgen hem op de hielen en nemen hun plaatsen weer in, er – terecht – van uitgaand dat het officiële gedeelte van de avond dood en begraven is. Tja, ik was zelf degene die een studentenetentje wilde. Dus wie ben ik om ineens op formaliteiten te staan?

'Dus hier zit je,' zegt hij. 'Wie woont er hiernaast? Daar ben ik eerst naar binnen gegaan. Volgens mij heb ik de vrouwen de stuipen op het lijf gejaagd. Ze zeiden dat jullie allemaal hier waren. Ik heb de huizen door elkaar gehaald. Het spijt me. Bloemen voor de vrouwen. Ik zal ze ze morgen sturen. Ze houden toch wel van bloemen? Nog voorkeur voor een speciale kleur? O, dat is aardig van je.' Callisthenes is wat opgeschoven om plaats te maken op zijn bank. Lysimachus laat zich met een plof vallen en kijkt om zich heen. 'Leuk, heel leuk.' Hij lacht opnieuw naar me, hij is dronken.

'Wil je wat eten? Ik zal je een bord laten brengen uit de keuken.'

'Ik neem wel wat te drinken, als dat mag. Ik moet de boel een beetje op peil houden. Wie weet wat er allemaal kan gebeuren als het peil ineens zakt. Ik heb die vrouwen ook al de stuipen op het lijf gejaagd. Hier geen vrouwen?'

'Nee,' zeg ik.

'Dacht ik al. Jongens dan? Hij is gek op jongens.'

Iedereen kijkt naar me.

'Op één jongen in het bijzonder,' zegt Lysimachus. 'Nou ja, niks mis mee. We hebben dat allemaal weleens gehad. Op alle gebieden een voortreffelijke smaak. Altijd. Maar in dit geval een beetje hopeloos.'

Ik zeg tegen Tycho dat hij hem een bord eten moet brengen.

'Hij aanbidt hem,' vervolgt Lysimachus. 'Arme man. Je had ze in Mieza moeten zien toen hij dacht dat ze alleen waren. Ik weet het, ik weet het, ik had daar niet moeten zijn. Maar ja, als de prins het wil...'

'Ik meende je daar al een paar keer te hebben gezien,' zeg ik. 'Je had je voor mij niet hoeven verstoppen, hoor.'

'Echt dol op hem,' zegt Lysimachus. 'O goden, wat windt hem dat op. Moet je hem nou eens zien. Toch een beest, net als wij allemaal. Maar maak je geen zorgen, ik heb het aan niemand verteld die het erg zou kunnen vinden.'

'Geen dreigementen, alsjeblieft,' zeg ik. 'Neem wat te eten.'

Hij pakt het bord aan van Tycho. 'Geit!' Hij lacht en begint te eten.

Ik ben me ervan bewust dat mijn gasten naar me kijken.

'Ik zou hem zo neuken,' zegt Lysimachus met volle mond. 'Hij ruikt zo lekker. Heb je dat al gedaan?'

Ik ben me vooral bewust van de blik van Antipater. 'Zo is het genoeg,' zeg ik.

'Lekker romig en strak en akelig in de war,' zegt Lysimachus. 'Ik zou hem neuken tot hij niet meer wist wat voor of achter was.'

'We hebben het niet over iemand die ik ken,' zegt Antipater.

En dan vertrekt iedereen. Ik loop met hen mee naar buiten.

'Ik ben dronken,' zegt Lysimachus luid tegen Antipater, tegen mij. 'Ik bedoelde er niets mee. Bovendien ben je oud genoeg om zijn vader te kunnen zijn.'

'Dat is zo,' zeg ik.

We kijken elkaar aan.

'Maar je bent zijn vader niet,' zegt hij wat zachter.

'Dat weet ik.'

'Ik houd van hem,' zegt hij, zo zacht dat alleen ik het kan horen.

Ik knik.

'Misschien zou je –' begint hij, maar dan pakt Artabazus, die glimlachend naar me buigt om zijn dank uit te drukken, hem bij zijn elleboog en troont hem voorzichtig mee.

'Ik weet waar hij woont, het is vlak bij mij,' zegt Artabazus. 'We lopen samen op. Duizendmaal dank.'

'Jij ook,' zeg ik, doelend op Lysimachus.

Hij knikt, want hij begrijpt het.

Antipater staat hoofdschuddend bij de deur te wachten.

'Ik neem aan dat je het allemaal hebt gehoord,' zeg ik.

'Geen woord. Ik hoor alleen wat ik in de verslagen kan vermelden.'

'Hoe zit het met Olympias?'

Antipater schudt weer zijn hoofd. Twee weken geleden, in Mieza, heeft hij me het uur gegeven waar ik om had gevraagd, maar hij maakte me toen meteen duidelijk dat hij het voor mij deed, niet voor haar. 'Toegewijde leermeesters zijn één ding, bemoeizuchtige koninginnen een ander. Ze leeft een tijdje in afzondering.'

Binnen hangt nog de geur van eten en wijn, en het voelt er bedompt aan na de frisse lucht van buiten. Ik schenk mezelf een laatste kroes in en loop ermee naar onze kamer om even bij Pythias te kijken. Ze heeft op me gewacht en zit te soezen boven haar borduurwerk, aan een tafel vol kaarsen die voor genoeg licht moeten zorgen. Ze schrikt wakker wanneer ze merkt dat ik naast haar ben komen staan. 'Je maakte me aan het schrikken.'

'Wat ben je aan het maken?'

Ze houdt het voor me op, een ingewikkeld borduurwerk, een landschap dat wemelt van de kleine figuurtjes, allemaal in roze en rood. Het is mooi.

Ik ga op bed zitten terwijl zij haar werk weglegt en de meeste kaarsen uitblaast. Ik vertel haar over de avond en zeg dat iedereen vol lof was over het eten en dat Lysimachus net zo lastig was als ik al had verwacht en dat ik haar de speciale groeten van Antipater moest doen en dat het huis er zo mooi uitzag en dat het net was geweest alsof ze bij me in de kamer was omdat overal haar hand in was te zien.

'En waar hebben jullie het over gehad?' Ze weet dat dat het belangrijkste is.

Ik sluit mijn ogen en zie voor me hoe ze naar huis gaan. Antipater, op het laatst struikelend – hij verveelde zich denk ik en heeft daarom meer gedronken dan normaal, of misschien is dat normaal voor hem, zo goed ken ik hem niet – kan naar het paleis, naar een vrouw met wie Pythias op vriendschappelijke voet staat en die ze een paar keer op naaikransjes heeft ontmoet (ouder dan wij, vertelde ze me, ietwat streng en formeel, maar dat kan Pythias heel goed aan; zelf zal ze waarschijnlijk ook zo worden. Bot tegen de dienaressen, iets wat Pythias niet bevalt, maar bescheiden qua kleding en roddels, zoals een vrouw in haar positie betaamt, iets wat Pythias' goedkeuring kan wegdragen). Ik vraag me af of ze het bed voor hem verwarmt, of dat ze aparte kamers hebben. Artabazus de vrijgezel zal beslist niet alleen slapen. Ik weet niet precies hoe ik dat weet, maar ik durf erom te wedden. Hij woont in een voornaam huis vlak bij het hof, het soort huis dat Pythias en Callisthenes verschrikkelijk vinden, te groot voor één man en weelderig ingericht. Hij kan de buitenkant net zo goed met geld behangen, zei Callisthenes. Ik leef me even uit in een fantasietje waarin hij onderweg een jongen of meisje oppikt om zijn bed te verwarmen en stel me zo voor dat hij na een nacht vol losbandigheid fris als een hoentje ontwaakt, met roze wangen en heldere ogen, verlangend naar zijn ontbijt en wat de dag hem verder zoal nog zal brengen. Ook Lysimachus zal naar huis gaan, hoewel hij vrolijk maar beslist afscheid zal nemen van Artabazus omdat hij liever in zijn eentje naar huis gaat. Leonidas zal samen met Antipater naar het paleis lopen. Carolus heb ik een slaaf meegegeven; ik heb nooit gezien waar hij woont, maar ik heb begrepen dat het in een van de armere buurten is, waarschijnlijk in net zo'n krot als Illaeus. Wel genoeglijk, hoop ik. Callisthenes greep Philes bij de arm en heeft hem waarschijnlijk meegenomen naar een plek waar ze verder kunnen drinken en praten. Ik ben ervan overtuigd dat ze in de komende uren alles zullen oplossen waar ik mijn hele leven lang al mijn hoofd over buig.

'Liefde,' zeg ik. 'We hebben het over de liefde gehad.'

Pythias pakt de wijnkroes van me aan om te voorkomen dat ik knoei. 'Ga liggen.'

Ze begint mijn voeten te masseren. Ze gaat met haar duim van mijn hak naar de gevoelige voetholte en kneedt de ballen van mijn tenen een tijdje. Na een poosje staat ze op en ik vraag me af of ze weggaat; ik ben te loom en mijn hoofd zit te vol om mijn ogen open te doen. Maar dan voel ik opnieuw haar gewicht op bed, naast mijn knieën, en ik hoor het geklik van aardewerk tegen aardewerk, een vaatje tegen een schaal. Ze wrijft in haar handen om wat het dan ook is te verwarmen en daarna wrijft ze mijn voeten in met iets glibberigs, een of andere olie. Iets van haar; het ruikt lekker, niet iets uit de keuken. Ik ga op mijn buik liggen zodat ze bij mijn benen kan. Morgenvroeg zal ik veel te lekker ruiken en dan moet ik in bad om die geur kwijt te raken. Wanneer ze bij mijn dijbenen komt spreid ik mijn benen een beetje. Misschien mag ik het straks ook bij haar doen, hoewel ik dat betwijfel. Dit is puur een geschenk. Wanneer ik haar kleine nagels op mijn billen voel moet ik me omdraaien, maar ze blijft langzaam en systematisch doorgaan, heupen, borstkas, schouders, armen, handen, zelfs mijn handpalmen en vingers, elk tot aan het topje geolied. Misschien een of ander ritueel waar ze behoefte aan heeft. Ik wil haar zeggen dat ze een maal maakt van een beschuitje en dat we binnen een minuut klaar zouden kunnen zijn als ze even haar best doet, maar dat kan ze toch met eigen ogen zien? Ik laat het haar voor deze ene keer op haar manier doen. Ze drapeert haar gewaad over mijn gezicht. Wat geflakker her en der door de gaasachtige stof: een paar felle lichtpuntjes van de kaarsen, haar wazige bewegende gestalte boven me en iets wat ik van haar niet mag zien. Wanneer ik mijn handen uitsteek pakt ze ze beet, ze duwt ze op bed en houdt ze daar terwijl ze met haar borsten over mijn borstkas wrijft. Mijn gezicht wordt even gesmoord. Een aarzelend moment tussen haar offerandes en dan laat ze haar gewicht langzaam op me zakken, haar heupen op de mijne. Het is geen gemakkelijke penetratie, er komt veel gerek en geregel van haar kant bij kijken, vingers die haar droge roze plekje openen in een poging het passend te maken, en dan beweegt ze zich te langzaam, een beetje wiegend, niet goed wetend wat ze moet doen. Ik pak haar heupen beet en probeer haar te laten bewegen op de manier die ik wil, maar ze hapt naar adem, een scherpe sis van afkeuring, of misschien zelfs pijn. Een roerloos ogenblik en dan probeert ze het opnieuw, het frustrerende, voorzichtige wiegen dat lang niet hard genoeg schuurt. Ik haal de stof van mijn gezicht om haar te kunnen aankijken, en ze stopt weer.

'Dit werkt niet,' zegt ze.

'Het gaat goed.' Het kaarslicht is flatterend en ze is mooier dan ooit, met het haar dat los over haar schouders hangt en de lokken die aan haar borsten likken. Ik steek mijn handen ernaar uit, naar de kleine borstjes met hun amandelvormige topjes, en deze keer staat ze het toe. Ze ziet er vastbesloten uit, nog net niet wreed. Ik besluit niet naar haar gezicht te kijken.

'Harder,' zeg ik tegen haar. 'Alsof je meel maalt.'

Het komt er strenger uit dan de bedoeling was, maar ik heb bedacht dat dit spel me weleens zou kunnen bevallen. 'Neuk mij eens een keer.' Het feit dat ik de woorden hardop uitspreek in plaats van ze te denken raakt verstrengeld met het genot van het klaarkomen, maar tot mijn ongeloof stopt ze voor de derde keer en maakt zich van me los. 'Wat?'

'We moeten het normaal afmaken, anders pakt het niet.'

Normaal. Ze wil op haar rug gaan liggen, maar ik sta het niet toe. We eindigen met haar gezicht naar beneden en doen het op de harde manier, terwijl ik met een hand haar beide handen klemzet. Ik kom klaar als een beest. Wanneer ik me van haar losmaak draait ze zich op haar rug, trekt haar knieën keurig op en blijft zo lange tijd liggen. Misschien huilt ze zelfs wel. Mijn vrouw heeft haar licht opgestoken bij een heks.

Beter dan dit zal onze seks nooit worden. Mijn vader heeft me een keer uitgelegd dat het mannelijke sperma een krachtig distillaat van alle lichaamssappen is, en dat die sappen, als ze warm worden en in beroering gebracht, schuim produceren, net als bij het koken of bij zeewater. Het sap of het schuim gaat van de hersens naar de ruggengraat, van daaruit via de aderen naar de nieren en dan via de testikels de penis in. In de baarmoeder worden de afscheidingsproducten van de man en de afscheidingsproducten van de vrouw vermengd, hoewel de man genot ontleent aan het proces en de vrouw niet. Toch is het voor een vrouw gezond om regelmatig geslachtsgemeenschap te hebben, om zo de baarmoeder vochtig te houden en het bloed te verwarmen.

Ik word ziek, de gebruikelijke kwaal. Hij besluipt me langzaam, zoals altijd, zo langzaam dat ik mezelf kan wijsmaken dat het deze keer niets voorstelt, alleen vermoeidheid, de spanningen van het paleis waardoor ik niet kan slapen en die me hoofdpijn bezorgen en aan mijn geheugen knagen, die alle kleur uit de hemel halen en de warmte uit de wereld. Ik word kortaf en val uit tegen de slaven die daar onbewogen onder blijven. Dat zal wel komen omdat ze het vaker hebben meegemaakt, en bovendien stelt het deze keer niets voor, gewoon vermoeidheid, gewoon spanningen.

'Het komt door dit akelige klimaat,' zegt Pythias. 'Altijd regen, altijd donker. Ik heb er zelf soms ook last van.'

'Hoe voel je je dan precies?' Het ongeduld waardoor ik tegen de slaven uitval maakt dat ik me bij haar overdreven formeel, overdreven beleefd en opzettelijk dom gedraag. Ik zit er niet op te wachten om te moeten horen dat ik aan een vrouwenkwaaltje lijd en ik zit er al helemaal niet op te wachten dat Athea na een paar woorden van haar meesteres om me heen scharrelt, me de les leest en me allerlei kuren voorschrijft, en zodoende kracht ontleent aan mijn zwakte.

'Moe,' zegt Pythias. 'Bedroefd. Op de een of andere manier zwak, in mijn denkvermogen. Ik vergeet dingen, ik kan niet de energie opbrengen om alle dingen te doen die ik normaal op een dag doe.'

'Ik voel me nu al beter. Met iemand die in mijn lijden deelt. Er worden geen boeken meer geschreven, er wordt niets meer genaaid. Wat een troost om te weten dat ik niet de enige ben.'

'Doe niet zo gemeen,' zegt ze.

'Liefste.' Ik heb onmiddellijk berouw, maar ze is de kamer al uit. Toch kan ik niet aanvaarden dat wat ik heb niet op de een of andere manier uniek is, een aandoening die nog geen naam heeft. Lang geleden heeft mijn vader bij mij een overmaat aan zwarte gal vastgesteld, wat een deel van de tijd wel klopt, maar geen verklaring is voor al die andere momenten waarop ik gewoonweg geen slaap nodig heb en de boeken zichzelf lijken te schrijven en de wereld tot in de verste uithoeken beschilderd lijkt met kleuren en heerlijkheden, een soort gloeiende, goddelijke bezieling. En het is ook geen verklaring voor de zweepslag waarmee de ene toestand overgaat in de andere, van zwarte melancholie naar gouden vreugde. Hoewel de melancholie altijd de meest overheersende van de twee toestanden is geweest, iets wat verergert naarmate ik ouder word. Misschien zal ik op een dag helemaal geen last meer hebben van mijn humeurigheid, zoals mijn moeder het noemde, en zal ik simpelweg in een constante toestand van verbittering en ellende geraken, een pijn die weliswaar niet lichamelijk is, maar daarom nog niet minder zwaar te dragen.

Na een afwezigheid van zo'n anderhalf jaar is Philippus teruggekeerd uit Thracië; niet de gelukkigste thuiskomst, en over een week of twee zal hij alweer vertrekken met zijn versterkingen, daarbij de troepen die hem het langst gediend hebben achterlatend voor een welverdiende winter thuis. Aan het hof krijgen we de bijzonderheden te horen. De steden Perinthus en Byzantium hebben, waarschijnlijk daartoe aangezet door Athene, geweigerd om Philippus' inspanningen in Oost-Thracië te ondersteunen. Terwijl de Atheners de kust afstroopten met hun vloot viel Philippus Perinthus aan. De stad, gebouwd op een lange smalle landtong, was moeilijk aan te vallen via land, en Philippus' vloot was zwak. Een beleg dus, en de kans om de splinternieuwe Macedonische roterende en pijlen afvurende katapulten uit te proberen. De katapultaanvallen werden dag en nacht uitgevoerd, in ploegendienst. Er werden stormrammen gebruikt; er waren soldaten die tunnels groeven onder de stadsmuren en er met stormladders overheen probeerden te komen; er werden torens van vijftien man hoog gebouwd om over de muur heen op de vijand te kunnen schieten. Toen er eindelijk bressen in de muren waren geslagen stroomden Philippus' troepen de stad in, waar ze tot de ontdekking kwamen dat er nog een tweede muur was, die de bevolking van Perinthus had opgetrokken terwijl de Macedoniërs bezig waren zich een weg door de eerste te bikken en te boren en te wurmen en te mieren.

Opnieuw een beleg, nu voor de tweede muur. Daarachter stonden rijen huizen die alleen toegankelijk waren via smalle, steile straatjes en die een gemakkelijk doelwit vormden. Gedurende het beleg ontving Perinthus geld, wapens en graan van Byzantium en een paar Perzische satrapieën. De Atheense vloot hield alles van een afstandje in de gaten. Philippus, die een hevige strijd voorzag, trok onverwacht de helft van zijn troepen terug om zich naar Byzantium te spoeden dat zich minder goed kon verdedigen vanwege de steun aan Perinthus. Maar op de een of andere manier ontsnapte ook deze stad aan een snelle nederlaag. Bij een tweede verrassingsaanval veroverde Philippus de Atheense graanvloot die toen door de Bosporus voer, op de terugweg vanuit de Zwarte Zee. Een mooi succes dat de Macedonische schatkist vulde en de moraal van de manschappen een oppepper gaf; het gevolg ervan was echter een openlijke oorlog met Athene, hoewel er niet meteen vijandelijkheden uitbraken. Het beleg van Byzantium begon nu in ernst en duurde het grootste deel van de herfst en de winter, tot in de lente van het jaar daarop. Het beleg volgde hetzelfde scenario als daarvoor; de stad, gesteund door zijn bondgenoten in de streek en ook openlijk door Athene, wist zich staande te houden. Toen leed de Macedonische oorlogsvloot zijn eerste grote nederlaag en uiteindelijk moest Philippus eieren voor zijn geld kiezen en zich terugtrekken.

'Verveel ik je soms?' zegt Philippus.

Ik schrik op. Toen ik vanochtend wakker werd moest ik huilen bij het besef dat ik wakker was en een hele dag voor me had. Pythias werd ook wakker, maar ze deed alsof dat niet zo was terwijl ik mijn ogen droogde. Mijn tranen zullen haar vast vervelen, in elk geval af en toe.

'Nee. Ik dacht na over het probleem.'

Thracië dit, Alexander dat, ik kon wel weer huilen om de stomheid van alles. Moest hij Alexander meenemen naar Thracië? Was dat het probleem? Eerlijk gezegd heb ik geen flauw idee wat zijn vraag was.

'Mag ik een voorstel doen?' bemoeit Lysimachus zich ermee.

Ik ben dankbaar en probeer hem dat met een blik te laten merken. Per slot van rekening is hij ook een geleerde; misschien lijdt hij wel aan een soortgelijke kwaal. Misschien herkent hij het en wil hij me helpen. Een vriendelijk bedankje voor de uitnodiging voor het etentje.

'Kunnen jullie verdomme niet eens opschieten?' zegt Philippus. 'Het lijkt verdomme wel of jullie allebei je tong hebben verloren!'

'Ik zou hem hier laten,' zegt Lysimachus. 'Hij is hier in goede handen, en bovendien op een kwetsbare leeftijd; het metaal is net aan het harden, als u begrijpt wat ik bedoel. Beter om niet te rommelen met het hardingsproces.'

'Hè?' zegt Philippus.

'Mijn geachte collega hier heeft een bewonderenswaardige invloed op hem gehad.' Lysimachus buigt naar me. 'Een bewonderenswaardige invloed. Ik heb nog nooit zoiets meegemaakt met een jongen. Ik heb niet eerder meegemaakt dat een leermeester zo'n uitwerking heeft op een leerling. Ik kijk soms naar ze, wanneer ze met hun hoofd over iets gebogen zitten en dan zou je bijna denken dat ze vader en zoon zijn. Zo voortreffelijk gemodelleerd naar de geest van de grote man, als u begrijpt wat ik bedoel. Ik weet niet of er meer mensen zijn die net als ik beseffen hoe intiem ze zijn geworden. Als u hem nu van hem losrukt zal hij die wond de rest van zijn leven met zich meedragen. De geest is zich net aan het ontwikkelen. En wat is er nu belangrijker dan de geest?'

Philippus kijkt me aan. Ik kijk naar Antipater. Antipater schudt nauwelijks merkbaar zijn hoofd.

'Hij wil heel graag wat van de wereld zien,' zeg ik.

Philippus kijkt me aan.

'Hij is de intelligentste leerling die ik ooit heb gehad.'

Philippus kijkt me aan.

'Ik voel me niet goed. Neemt u me niet kwalijk.' Ik verlaat het hof met de dolksteek van Lysimachus in mijn rug.

Tien dagen later komt een dienaar me vertellen dat ik mijn spullen moet pakken; Mieza zit erop. Alexander moet terug naar het hof; zijn militaire opleiding is verwaarloosd; we zijn in oorlog met Athene; voorlopig weet hij genoeg van filosofie. Lysimachus' dolk heeft zijn uitwerking niet gemist, hoewel Philippus uiteindelijk zonder zijn zoon is teruggekeerd naar Thracië. De prins zal wel teleurgesteld zijn. De jongens zijn ineens verdwenen en wij, de oude mannen, hun gevolg, nemen de tijd voor het inpakken, vooral ik, twee jaar aan boeken en specimens en manuscripten, terwijl de tempelwachters net zo onverstoorbaar toekijken als altijd. We zijn een storm die eindelijk weer wegtrekt uit hun leven. Er wordt me meegedeeld dat mijn lessen met de prins voortgang zullen vinden in Pella, maar minder intensief, minder vaak, aangezien andere verplichtingen tijd in beslag zullen nemen.

Pythias onthaalt me met een duur maal en later een verlegen neukpartij in mijn eigen bed, een echo van onze laatste paring, een onverwacht genoegen dat ik zelfs in mijn voetzolen voel. Ik ben weer thuis.

Op verzoek van Pythias ga ik naar de tempel van Dionysos om de god te danken voor haar zwangerschap. Ik geef de wachter geld voor een zuiver wit lam.

'De god verheugt zich,' zegt de wachter.

Het is een dure keuze – deze dingen worden doorverteld – en ik besluit er een beetje van te genieten, van de luxe ervan. Het mes gaat erdoorheen alsof het boter is. Een snee door de keel, donker bloed dat in bronzen schalen wordt opgevangen, gevolgd door amateuristisch gehak om uit de dij wat vlees los te maken van de pezen zodat dat in het vuur kan worden gegooid. Een wachter gaat ervandoor met de rest van het karkas. De wachters hebben geluk vandaag, hun buiken hebben geluk.

Ik ben me net aan het wassen wanneer ik Philes zie neerknielen voor een iets groter dan levensgroot beeld van de god. Het is een prachtig beeldhouwwerk in wit marmer. De lange krullen van de god zijn verstrengeld met klimop. De torso is gespierd, maar slank, de heupen smal, de benen krachtig, de voeten bloot.

De gelaatsuitdrukking is die van ingehouden pret, iets wat je niet direct zou verwachten van de god, en is ook altijd goed voor mijn stemming wanneer ik me genoodzaakt voel hiernaartoe te komen. De verzorger is vurig aan het bidden, met gesloten ogen, en hij wiegt wat op en neer terwijl de tranen hem over de wangen stromen.

'Hallo,' zegt Arrhidaeus.

'Wat ben je aan het doen?' Wanneer hij zijn wastablet voor me ophoudt, zeg ik: 'Nee, je moet het me vertellen. Je moet woorden gebruiken.'

'Tekenen.'

Ik heb meer tijd voor hem nu zijn jongere broer bezigheden elders heeft. Ik kijk naar wat hij me wil laten zien, iets wat op een gezicht lijkt: een cirkel in elk geval, met ogen en een streep die een neus voorstelt, wat krullen, en nog een streep voor de mond.

'Er moeten nog oren bij.'

Fronsend gaat Arrhidaeus gehoorzaam aan het werk en al snel zitten er aan de zijkanten van de cirkel kleinere cirkeltjes.

'Hoe heet hij?'

De prins lacht, maar hij wil het me niet vertellen.

'Kun je het voor me opschrijven?'

'Nee,' zegt hij brutaal.

Ik laat hem het alfabet opzeggen, wat hem inmiddels gemakkelijk afgaat. 'Met welke letter begint hij dan?'

'Paard,' zegt hij. Dus we hebben het over de manieren waarop je een paard kunt tekenen, de onderdelen die daarvoor nodig zijn: romp, hoofd, benen, manen, staart.

'Voor de romp zou ik eerder een ovaal dan een cirkel tekenen.' Ik kijk over zijn schouder. 'Als van een ei. Waar is je verzorger vandaag?'

'Badhuis.'

Sinds de uitnodiging voor het etentje gedraagt Philes zich vriendelijker tegen me. Dat kan ook haast niet anders, maar ik merk dat ik ook anders over hem ga denken, minder hard. Ik heb een plannetje met hem, een ideetje dat ik wil uitproberen. Niet vandaag of morgen meteen, maar wel gauw, denk ik.

Ik zeg tegen Arrhidaeus dat hij zijn lier moet pakken. Hij doet alsof hij het niet hoort en buigt zich nog dieper over zijn tekening. Zijn lichaam is schoner en sterker; zijn taalgebruik is verbeterd, net als zijn behendigheid – vandaar het tekenen, waar ik al een tijdje op heb aangedrongen – maar hij lijkt beangstigend genoeg een hekel aan muziek te hebben. Wie heeft er nu een hekel aan muziek? Goed, hij is onhandig en kan met zijn dikke vingers zelfs na weken oefenen de simpelste akkoorden nog niet spelen, wat ik vergeeflijk vind, maar mijn aandringen lijkt zijn reactie op alle vormen van muziek te beïnvloeden; hij deinst achteruit wanneer ik zelf een beetje op de lier tokkel en zelfs als hij iemand in het voorbijgaan hoort zingen. Hij heeft een hekel aan datgene wat hij niet onder de knie kan krijgen; daar is waarschijnlijk een les uit te trekken, hoewel ik zou willen dat hij kon genieten van een mooie melodie, dan zou ik al tevreden zijn.

'Is het echt nodig?' heeft Philes me bij een eerdere les gevraagd toen Arrhidaeus ineengedoken en snotterig in een hoekje zat, met het instrument kapotgegooid op de stenen vloer. 'Hij kan niet eens ritmisch klappen en hij zingt als een koe die kalft.'

'Ik ook,' zei ik, maar iets van wat de verzorger zei beviel me wel. 'Kom mee jullie, dan gaan we een eindje wandelen.'

Net als altijd duurden hun voorbereidingen eindeloos lang, maar toen we eenmaal buiten waren vroeg ik aan de verzorger om te klappen op de maat van zijn voetstappen. Ik deed hetzelfde. Arrhidaeus negeerde ons. Hij is een kleine slimmerd geworden, hij weet precies wanneer iets als een les is bedoeld, en dit was zijn manier om zich daartegen te verzetten. Ik pakte zijn hand en sloeg ermee tegen de mijne op de maat van onze voetstappen. Dat stond hij wel toe.

'Begin hiermee,' zei ik tegen de verzorger. 'Dan pakken we het instrument later wel weer op, als het volgens jou kan.' Ik had inmiddels ontdekt dat ik alles van hem gedaan kon krijgen zolang ik hem maar als gelijke behandelde, zolang ik maar deed alsof mijn ideeën van hem afkomstig waren en zolang ik hem maar opwarmde tot hij zacht als boter werd. Het duurde niet lang voordat hij Arrhidaeus zover had gekregen dat hij kon klappen, iets wat we ook te paard oefenden, maar verder waren we nooit gekomen met onze muzieklessen. Maar toch.

'Genoeg getekend, Arrhidaeus,' zeg ik vandaag tegen hem. 'We gaan nu muziek maken.'

'Nee.'

Ik probeer het tablet uit zijn handen te pakken, maar hij verzet zich. Hij staat op en geeft me een duw zodat ik mijn evenwicht verlies en op mijn achterste val. Natuurlijk komt precies op dat moment Philes terug. Hij staat in de deuropening, met zijn haar nog olieachtig nat van het baden, naar ons ellendige tafereeltje te kijken.

'Wil je me alsjeblieft overeind helpen, Arrhidaeus?' vraag ik. 'Laten we er maar van uitgaan dat dit een ongelukje was, hè?'

Opgetogen geeft hij me zijn hand en hij trekt me net zo hard omhoog als hij me op de grond heeft geduwd. Strijdersbloed, denk ik bij mezelf. Bovendien ben ik zelf degene geweest die heeft voorgesteld om hem te laten trainen in de sportzaal.

'Wat is er gebeurd?' Philes, bezorgd als een vrouw, komt verder de kamer in lopen. 'U heeft zich toch niet bezeerd?' Hij komt vlak bij me staan en doet alsof hij mijn kleren fatsoeneert en het stof eraf klopt terwijl ik schouderophalend achteruitdeins, met mijn handen wapperend als een man die wordt belaagd door insecten.

Arrhidaeus, onze clowneske voorstelling negerend, pakt zijn lier en tokkelt een akkoord dat ermee door kan; hij kijkt net zo ernstig als toen hij over zijn tablet gebogen zat. We blijven stokstijf staan.

'Nog een keer,' zeg ik.

Hij plaatst zijn vingers opnieuw op het instrument en weet er hetzelfde akkoord uit te krijgen. Hij heeft dus iets onthouden.

'Zullen we gaan zingen?' zeg ik.

We maken alle drie een idioot opgewekt lawaai; we klappen in onze handen, klakken met onze vingers terwijl de prins zijn ene aarzelende akkoord tokkelt en Philes en ik als koeien zingen (hij is geen haar beter dan ik). We zingen *de boot, de boot, de boot en de zilveren zee* tot een paleiswacht zijn hoofd om de hoek van de deur steekt om te kijken wie er zoveel pijn heeft en dan ondanks zichzelf moet lachen om de narrige verzorger, de idiote prins en de grote filosoof die zich gedragen als mensen die domweg vrolijk zijn.

Op een ochtend tref ik Callisthenes aan in het badhuis. Hij zit zichzelf fanatiek met puimsteen te boenen.

'Heeft u het al gehoord?' vraagt hij. 'Alexander is vanochtend uitgereden. Een opstand in Maedi. Er is vannacht een boodschapper gekomen.'

De jongeman lijkt verkwikt, oftewel door zijn geboen, oftewel door dit heftige nieuws.

'Hij is nog een kind,' zeg ik.

'Nou, niet echt meer.' Mijn neef draait de steen bedachtzaam om in zijn hand. Hij heeft natuurlijk gelijk: Alexander is zestien. 'Ik heb gehoord dat Olympias er niet zo blij mee is,' zegt hij.

'Een beetje respect graag.'

'De koningin had liever gehad dat hij Maedi aan de generaals had overgelaten. U had hem moeten zien uitrijden op Ossenhoofd, in volledige wapenrusting. Hij zag er nu al als een koning uit.'

'Waarom heeft niemand mij dat verteld?'

Weer kijkt mijn neefje verbaasd, bedachtzaam, geamuseerd en innemend redelijk tegelijk. 'Hoezo? Als hij geen toestemming krijgt van zijn moeder moet hij die maar aan een filosoof vragen?'

Ik voel een heet, zoet schuldgevoel opborrelen in mijn borstkas en vraag me af of schuldgevoel soms ook een lichaamssap is en, mocht dat zo zijn, waar zijn klier zich dan bevindt.

'We zijn nog voor de hanen opgestaan om ze te zien uitrijden.'

'Had je soms mee willen gaan?'

'U had ze eens moeten zien,' herhaalt mijn neef fronsend terwijl hij in één moeite door de vraag ontwijkt, hem beantwoordt en de vraagsteller de oren wast. Ook hij is nog jong.

Alexanders troepen nemen Maedi opnieuw in en stichten er op de koop toe ook nog een kolonie die ze Alexandropolis noemen. Ietwat aanmatigend, want Philippus leeft nog, maar in Thracië waren al een Philippi en een Philippopolis, en de goede man zelf wilde zijn zoon vast maar al te graag tegemoetkomen na zijn eerste succesvolle militaire operatie. Een paar weken na mijn gesprek met Callisthenes woon ik aan het hof de begroeting bij van de overwinnaars, waarbij Alexander een ingetogen indruk maakt; na de rituele offerandes vertrekt hij onmiddellijk weer. Ik kan niet dicht genoeg bij hem komen om te zien of hij een of andere ziekte heeft opgelopen tijdens zijn reis of dat hij gewoon moe is vanwege alle opwinding.

Wanneer ik thuiskom bemerk ik dat Pythias een lam heeft laten slachten ter ere van de jongen.

'Je houdt dus toch van hem,' zeg ik.

Pythias heeft inmiddels een dikke buik, en haar lethargie heeft plaatsgemaakt voor een volhardende ijver terwijl ze voorbereidingen treft voor de komst van het kind. Onder het praten streelt ze kalmpjes haar buik. Athea praat niet meer met me, ze weigert me zelfs aan te kijken. Als ze er al iets mee te maken heeft gehad, dan wil ik dat niet weten.

'Er wordt beweerd dat hij helemaal niet Philippus' kind is,' vertelt ze me.

'Vrouwenpraatjes.'

'Ook van mannen.'

'Goed dan. Wie is de vader dan wel volgens de lasterpraatjes?'

Pythias fronst ernstig haar voorhoofd. 'Zeus, of anders Dionysos. Dat zegt Olympias zelf.'

Ik lach. 'Gesproken als een ware Macedonische.'

Laat die avond wordt er aan de poort geklopt. Tycho haalt me op uit mijn studeerkamer waar ik net wilde stoppen met werken. De rest van het huishouden ligt al op één oor. Een boodschapper in de livrei van het paleis deelt me mee dat Antipater me nodig heeft.

'Nu?'

'Iets medisch.'

Het paleis heeft artsen, het leger heeft artsen. De boodschapper heeft een paard voor me bij zich, vanwege de spoed en de kiesheid, dus ik hoef niemand te wekken om Moor voor me te zadelen. Dan moet het om Antipater zelf gaan, of om de prins, en het moet iets beschamends zijn. Ik doorzoek mijn geheugen naar wat mijn vader me heeft geleerd over ziektes van de pik en tot ergernis van de boodschapper ren ik terug naar de studeerkamer om een van de oude boeken van mijn vader op te halen.

'Eindelijk,' zegt Antipater. 'Hoewel het grootste gevaar volgens mij al is geweken. Een uur geleden, toen ik de boodschapper naar je toe stuurde, zag hij er beroerder uit.'

Ik vraag of er bloed in de urine zit of dat hij een branderig gevoel heeft bij het plassen.

'Wat?' zegt Antipater. 'Ik maak me geen zorgen om zijn pis, ik maak me zorgen om zijn arm. Alexander heeft hem een houw met een vleesmes gegeven. Hij dacht dat hij weer in Maedi was.'

Hij neemt me mee naar een kamer waar Hephaistion zit, met een doek strak tegen zijn arm gedrukt.

'Wonden hechten waar mannen vechten,' zegt hij met een flauw lachje als hij me ziet. Hij begint te huilen.

'Rustig maar, jongen. Laat me eens kijken.'

Antipater, die goede soldaat, heeft hem al gewassen; er is niet veel wat ik nog kan doen. Het bloeden is vrijwel gestopt. Het is een lange, gemene snee, behoorlijk diep. Ik raad aan om het verband om de wond te houden en schrijf papaverzaad voor tegen de pijn.

'Houd op met huilen,' zegt Antipater tegen hem.

'Ik hoef geen papaverzaad,' zegt Hephaistion. 'Komt het wel weer goed met hem?'

'Waar is hij?' Ik stop de verbandspullen en de schaar weer in mijn vaders oude tas. 'Ik kan maar beter ook even bij hem gaan kijken.'

We brengen Hephaistion terug naar zijn kamer, naast die van de prins.

Antipater legt even een hand op het hoofd van de mooie jongen. 'Ga slapen. En houd verdomme eens op met dat gehuil. Het komt wel goed met de prins.'

'Dank u, heer,' zegt Hephaistion.

'Wat is er gebeurd?' vraag ik zodra Antipater de bewaker heeft weggestuurd.

'Wij noemen dat een soldatenhart.' Hij schudt zijn hoofd. 'Dan denken ze dat ze weer op het slagveld zijn. Ik was er al bang voor. Hij gedraagt zich vreemd sinds ze terug zijn. Schrikt van geluiden, van alles wat metalig klinkt. Een doodse blik, te veel drinken.'

'Het verbaast me dat je hem in zijn eentje hebt laten gaan.'
Antipater kijkt me aan. 'Alexander heeft me niets gevraagd. Ik wilde hem ervanlangs geven, maar Philippus was in zijn brieven zo trots als een pauw. Dus wat kan ik doen? Ik ben zijn vader niet.'

'Dus je hebt dit eerder meegemaakt.'

'Meestal tijdens lange campagnes, wanneer we aan de verliezende hand zijn. Het had deze keer niet horen te gebeuren. Ze hebben Maedi vrijwel zonder slag of stoot ingenomen. Goed, het was zijn eerste echte veldslag, maar hij is Philippus' zoon. Hij is hiervoor opgeleid.'

'Zou daar iets kunnen zijn gebeurd? Iets ongewoons? Iets wat hij je niet heeft verteld?'

'Ik kan alles horen wat jullie zeggen, hoor,' zegt Alexander door de deur.

We gaan naar binnen. Het is netjes in de kamer; het bed is opgemaakt, de boeken staan op een rij. De restanten van een maal op de tafel, waaraan twee stoelen staan; een laat avondmaal voor twee. Die arme, lieve, trouwhartige Hephaistion. Er ligt geen bestek meer.

'Gaat het goed met hem?' Alexander is bleek maar lijkt zich onder controle te hebben.

'En met jou?'

Hij maakt een geluidje, een klakje met de tong, ergernis. 'Ik ben moe. Ik neem aan dat het toegestaan is dat ik moe ben. Ik was gewoon even in de war. Het is maar een sneetje toch? Hij weet heus wel dat ik hem nooit iets zou aandoen. Wat is dat voor een boek?'

Ik heb het boek samen met mijn vaders tas op tafel gelegd, naast zijn eten. Ik laat het hem zien.

'Dus je dacht dat het daarom ging?' zegt Antipater.

'Wat moet ik anders denken als ik midden in de nacht mijn huis word uit gesleurd?'

'Dat is walgelijk.' Alexander slaat een bladzijde om. 'En dat ook.'

'Toen je weg was, heb je toen klappen op je kop gekregen?'

'Nee.' Hij staat toe dat ik hem snel even onderzoek. Wat blauwe plekken en krassen, en pijn in één knie wanneer ik erop druk.

'Dit komt toch niet in de verslagen, hè?'

'Dat Hephaistion gewond is geraakt tijdens de gevechten?' Ze kijken elkaar even aan. Alexander knikt even. *Dank u.*

Weer in de gang vraag ik: 'En, komt het in de verslagen?'

Antipater leidt me weg van de deur. 'Iedere soldaat die ik ernaar heb gevraagd zegt dat hij het uitmuntend heeft gedaan. Alles volgens het boekje. Ze zeiden dat hij zijn speer wierp alsof hij op het sportveld was, gewoon heel mooi. Hij had ook op de achtergrond kunnen blijven en het aan zijn mannen overlaten, maar hij heeft de leiding genomen. Bij iedere aanval stormde hij als eerste naar voren. Dat is alles wat zijn vader hoeft te weten, en dat is ook wat ik hem heb verteld. Dat andere zullen we maar aan de zenuwen wijten omdat het zijn eerste keer was. Ik hoef zeker niet met je mee naar de deur te lopen?'

'Een soldatenhart,' zeg ik. 'Heb jij daar weleens last van gehad?'

Antipater beent de gang uit. 'Nooit,' roept hij, zonder zich om te draaien.

Zoals ik al had gehoopt is Hephaistion nog wakker. 'Heeft hij het u niet verteld? Misschien wilde hij niks zeggen met Antipater erbij. Hij heeft een jongen gedood die zich wilde overgeven. Hij had zijn wapens neergegooid en lag op zijn knieën om zijn moeder te roepen. Daar moet hij steeds aan denken. Heeft u soms wat van dat papaverzaad voor me? Ik wil het toch wel.'

Ik kijk in mijn tas. 'Maar niet te veel, hoor. Je wordt er slaperig van.'

'Het is niet voor mij, maar voor Alexander. Hij heeft steeds hoofdpijn.'

Ik doe hem voor hoe je het zaad moet malen en welke dosering er nodig is, en draai dan een voorbeeldportie in een stukje papier. 'Dus hij voelt zich schuldig omdat hij die jongen heeft gedood.'

'Nee, hij heeft ervan genoten. Hij zegt dat het de mooiste doding van de hele veldslag was.'

'Vergelijkt hij ze dan met elkaar?'

'O, dat doen we allemaal.' Hephaistion beweegt voorzichtig zijn arm. 'Maar volgens mij is hij later nog teruggegaan om iets met het lijk te doen.'

'Weet je ook wat?'

'Nee, ik mocht niet mee van hem.'

Ik geloof hem.

'Maar toen is het begonnen. Na wat hij met die jongen heeft gedaan, nadat die al dood was.'

Drie jaar na het begin ervan is de Thracische veldtocht van Philippus ten einde. Callisthenes en ik gaan met duizenden anderen de stad in om het terugkerende leger te begroeten. We zien Alexander naar zijn vader lopen, met in zijn handen een kom wijn die Philippus aanvaardt als het traditionele plengoffer voor een koning die terugkeert naar zijn stad. Wanneer ze elkaar omhelzen begint iedereen te juichen. Ze draaien zich om en lopen samen verder naar het paleis, waarbij Philippus zijn arm om Alexanders schouders heeft geslagen. Sinds mijn nachtelijke bezoekje aan het paleis heb ik geen roddels meer over Alexander gehoord – behalve dan de gebruikelijke speculaties over hem en Hephaistion: doen ze het nu wel of niet met elkaar? – en ik ben ook niet opgeroepen om les te geven. Het eerste schrijf ik toe aan Antipaters ijzingwekkende discretie, het laatste aan mijn leerling zelf. Ik heb hem naakt gezien, de zachte, witte plekken; zacht of verrot. We hebben allebei tijd nodig om dat te vergeten.

We blijven nog lange tijd kijken naar de optocht die na hen volgt. Het nieuws over Philippus' lange terugtrekking uit Thracië, na de teleurstellingen van Perinthus en Byzantium, is hem voorgegaan.

Een veldtocht in Scythia heeft niet alleen ongeveer twintigduizend krijgsgevangenen opgeleverd, vrouwen en kinderen, maar ook twintigduizend stuks fokpaarden, schapen en runderen. Op weg naar huis heeft het leger van Philippus nog strijd moeten leveren met de Triballiërs, gehinderd door al deze levende bagage, en ze waren dan ook genoodzaakt een groot deel ervan achter te laten. Het was een wrede strijd. Philippus kreeg een speer in zijn dij en heeft een tijdlang vastgepind onder zijn dode paard gelegen. Hij werd korte tijd dood gewaand en het is nu duidelijk te zien dat hij hinkt. Een representatieve verzameling Thracische vrouwen en kinderen en ganzen en eenden en zwangere paarden en Triballische gevangenen trokken aan ons voorbij. Onderweg heeft Philippus ook een zesde echtgenote opgepikt, Meda, een Ghetische prinses, en daar loopt ze dan, in een blauw gewaad en op sandalen, te midden van deze grote rommelige menigte gevangenen en soldaten en paarden, een blondje voor zijn verzameling. Ik moet denken aan hoe ik de Thracische vrouwen lang geleden heb beschreven voor Pythias, maar voor zover ik kan zien heeft ze geen tatoeages. Pythias zal echter ongetwijfeld binnenkort met haar moeten naaien en dan kan ze me daarover uitsluitsel geven.

De uitnodiging blijft echter uit. Ik word daar op een avond door Pythias op gewezen wanneer we aanstalten maken om naar bed te gaan. 'Ik ben al in geen tijden meer op het paleis uitgenodigd,' zegt ze. 'Niet door Olympias of door wie dan ook. En ik heb Antipaters vrouw een briefje gestuurd met de vraag of ze zin had om langs te komen, maar daar heb ik nooit antwoord op gekregen. Heb ik iets verkeerd gedaan?'

Ik leg de muis van mijn hand op mijn voorhoofd, in een poging een opkomende hoofdpijn te onderdrukken. 'Ze beschouwen ons als Atheners.'

Ze lacht. 'Wat? Ik ben daar zelfs nog nooit geweest.'

'Nou ja, mij dan, en jou als verlenging daarvan. We zijn in oorlog. Ik was hier al bang voor.'

'Dat meen je niet.' Ze ziet mijn gezicht. 'Nee, dat meen je echt niet. De koning vertrouwt het je toe om zijn erfgenaam te onderwijzen. Als Philippus niet twijfelt aan jouw loyaliteit, waarom zouden de anderen dat dan wel?'

'Jij denkt dat de rede het wint van het gevoel. Je verkeert te lang in mijn gezelschap.'

Ze pakt mijn hand en drukt hem op haar buik; de baby schopt. Haar gezicht is een blije vraag.

'Ja,' zeg ik. 'Daar.'

'Het duurt niet lang meer.'

'Denk je?'

Ze trekt haar neus op. 'Veel zwaarder kan ik toch niet worden?'

'Reden temeer dus om die tocht naar het paleis niet te maken. Misschien houden ze gewoon rekening met jouw toestand... Baby,' voeg ik er streng aan toe, 'houd op met je moeder zo te stompen.'

'Nee, het voelt fijn.' Ze schuift wat heen en weer in bed om een prettige houding te vinden. 'Deze keer is het anders, hè? Een oorlog met Athene zal anders zijn dan alle andere oorlogen. Als Philippus verliest –'

Ik houd mijn handen voor mijn oren.

'Als Philippus wint –'

'Wanneer.'

'Wanneer Philippus wint –'

'Dat is het dan.'

'Dan heerst hij over de hele wereld?'

Ik buig me naar haar toe om haar buik te kussen.

'Toch?'

'Dit is geen veldslag met de Triballiërs. Philippus zou deze keer weleens meer kwijt kunnen raken dan een paar duizend ganzen. Deze keer is het een eindspel. Een eindspel...'

'Ik snap het.'

'Het is een slechte tijd om met Athene geassocieerd te worden, al is het dan maar in de verte. We zouden krokussen moeten planten.'

Pythias trekt haar wenkbrauwen op.

'Philippus heeft de slag tegen de Thessaliërs in een krokusveld gewonnen. Ze worden als patriottisch beschouwd.'

'Krokussen,' zegt Pythias.

'Bij de poort, waar de mensen ze kunnen zien.'

'En dat is de oplossing?' vraagt ze.

Begin herfst kan ze elk moment bevallen en wordt mijn aanwezigheid in huis niet meer op prijs gesteld. Ik zeg tegen Athea dat ik wel vaker bevallingen heb meegemaakt, als assistent van mijn vader, maar ze wuift me weg. 'Jij flauwvallen.'

'Niet waar.'

'Jij vrouw zien, allemaal bloed, daarbeneden open als vlees. Jij haar nooit meer neuken.'

'Zelfs al mocht dat zo zijn, dan begrijp ik nog niet wat jij ermee te maken hebt.'

Ze lacht. 'Beetje vertrouwen, ja? Ik weten hoe. Als probleem, ik jou laten halen. Beter voor jou, beter voor haar. Zij niet schreeuwen, huilen, persen waar jij bij zijn. Snap je?'

Ik snap het. Het klinkt zelfs logisch, slim zelfs. Mijn vader vond dat slaven slaven moesten behandelen en vrijen vrijen, maar hij had nog nooit een heks gehad, en zeker niet eentje op wie zijn vrouw gesteld was en die ze vertrouwde. 'Je moet me onmiddellijk laten halen als er problemen zijn.'

'Ja, ja, ja.' Ze duwt me weg, letterlijk; ze legt haar handen op mijn arm en duwt me weg.

Ik begrijp ineens dat ze gelukkig is. Dit is haar werk, dit is wat ze kan, wat ze wil en wat ze niet mocht doen. Ze zal geen fouten maken.

Net wanneer ik de straat op loop, overwegend om even bij mijn neef langs te gaan, komt er een boodschapper aan om te zeggen dat de prins me verwacht voor een les.

'Wacht even,' zeg ik tegen de boodschapper. Ik haast me het huis weer in om wat spullen te pakken.

In het paleis, op de binnenplaats waar ik gewoonlijk lesgeef, zijn de prins en Hephaistion aan het worstelen. Ze gaan elkaar zwijgend en meedogenloos te lijf. Ik schraap zacht mijn keel, maar alleen een paar van de jongere schildknapen kijken me even aan om dan meteen hun blik weer af te wenden. Ik wandel langzaam om de binnenplaats heen, onder de galerij door, waar de schildknapen zich hebben verzameld om het gevecht gade te slaan. Door het woud van schildknapen heen vang ik hier en daar een glimp op van het seksueel getinte gegrabbel van hun aanvoerders: een voet die zich om een enkel haakt, een onverwachte valpartij, een stagnatie waarbij Hephaistion probeert om Alexander, die er als een schildpad bij staat, door hard met zijn borstkas tegen zijn rug te duwen op de tegelvloer te werpen waarvan het mozaïek de zestienpuntige sterrenuitbarsting van het Macedonische koninklijke huis uitbeeldt.

'Een machtsstrijd,' mompel ik tegen Ptolemaeus, die zoals gewoonlijk iets apart staat van de jongere jongens. Alexanders neef reageert niet. Ik heb al vaker geprobeerd me op een ander niveau met hem bezig te houden dan met de andere schildknapen, een niveau dat beter past bij zijn leeftijd, door kalme terzijdes en ironische opmerkingen te plaatsen, maar Ptolemaeus is trouw aan de prins en laat zich niet van hem losweken. Hij duldt mijn droge grapjes met de hoogstnoodzakelijke beleefdheid en maakt zich dan, net als nu, subtiel uit de voeten, zonder enige vorm van verontschuldiging. Toch weet ik dat hij intelligent is en ik vraag me af waarom onze geesten niet eendrachtiger klinken, zoals de snaren van een eenvoudig instrument. Van Leonidas weet ik dat Ptolemaeus zich graag verdiept in de logistiek van de oorlog en dat hij ooit een goede tacticus zal worden. Misschien voelt de jongeman de gretigheid waarmee ik elke hartstocht van de geest probeer aan te wakkeren en er mijn steentje aan bij te dragen, hoewel mijn kennis op dat speciale gebied misschien tekortschiet. Plotseling dringt tot me door dat hij me arrogant vindt, of bezitterig. Ik geef toe dat ik al hun hartstochten wil bespelen, dat ik ze glad wil strijken en opfrissen, zoals een slaaf dat met het wasgoed doet, en op die manier mijn sporen achterlaten.

'Ahem,' zeg ik wat harder nu. 'Zullen we dan maar beginnen?'

'Griek,' zegt een stem, een en al onbeschaamdheid, en de belediging wordt opgenomen in een koor van gejoel en gejouw. 'Griek! Griek!'

'Volgens mijn moeder niet,' zeg ik.

De jongens gniffelen.

'Het is waar.' Hephaistion lijkt zijn stem niet eens te hoeven verheffen, hoewel zijn borstkas op- en neergaat. Alexander en hij hebben zich van elkaar losgemaakt en draaien weer om elkaar heen; ik denk dat hij zijn mond alleen maar heeft opengedaan om met zijn nonchalance zijn tegenstander uit te dagen. 'Hij komt uit Macedonië. Uit Stageira.'

'Hij komt uit Athene,' roept een andere stem, en het gejoel begint opnieuw.

Ik verlang ineens erg naar de onderdrukkende aanwezigheid van Leonidas.

'Wat zit er in dat potje, Stageiriet?' vraagt Ptolemaeus vanuit zijn hoekje.

'Mijn vader heeft Stageira van de kaart geveegd.' Alexander komt ineens overeind uit de verveelde gebukte houding die hij had aangenomen om Hephaistions strakke omhelzing op te vangen. 'Als stront van zijn schoenen.'

De schildknapen maken ruimte om hem door te laten.

'Wat zit er in dat potje?' vraagt hij.

Ik kiep het potje leeg in een grote, ondiepe schaal die ik daarvoor van huis heb meegenomen. Pythias en ik en de dienaren hebben er onlangs nog een stoofgerecht uit gegeten. De kleine zwarte beestjes kruipen over elkaar heen, ze klauteren omhoog en vallen dan weer langs de ondiepe zijkanten omlaag. Ik sla tegen de bodem van het potje om de laatste mieren en de brokjes aarde die ik hun als tijdelijk huis heb gegeven eruit te laten vallen.

'Mieren,' zegt Alexander. Zijn belangstelling is niet langer die van een jongen voor hun gekrioel en smerigheid, maar die van een man voor de metafoor die zal volgen.

'Vertel me eens wat je over mieren weet,' zeg ik.

Terwijl Alexander praat ben ik me bewust van Hephaistion die in de galerij met een handdoek het gouden zweet van zich afdroogt, grapjes makend met twee oudere schildknapen die zich ook een beetje afzijdig houden van de les. Opmerkelijk gedrag, want de lieftallige Hephaistion lijkt nauwelijks voor zichzelf te kunnen denken. Wanneer hij merkt dat ik naar hem kijk betrekt zijn gezicht. In wezen is het een lieve jongen en het ondeugende of manipulatieve dat hij nu uitstraalt past helemaal niet bij zijn karakter. Ik vraag me af waar ze ruzie over hebben gehad.

'Inderdaad,' zeg ik tegen Alexander, die aan het einde is gekomen van zijn korte declamatie over de minderwaardigheid en onbetekenendheid van mieren en er al wat kalmer uitziet. Zoals het hem opwindt om zijn lichaam te gebruiken, zo kalmeert het hem om zijn geest te gebruiken. 'Maar tegelijkertijd lijken ze ook op mensen, voor wie dat wil zien.'

De man en de jongemannen en jongens staren allemaal in de schaal, naar de krioelende massa.

'U heeft er een handje van, Athener,' zegt Alexander met zijn dromerigste stem, 'om iedere les te beginnen met mij de les te lezen.'

'Het was het eenvoudigst om mieren te verzamelen voor wat ik in gedachten had. Ik had net zo goed wespen kunnen nemen. Of kraanvogels. Ik zou met liefde een vlucht kraanvogels voor je hebben meegebracht, als ik daarvoor de vallen zou hebben.'

Alexander zegt niets. Hij wacht af.

Ik leg uit dat deze dieren met mensen de behoefte delen om samen te leven, om samen hetzelfde doel na te streven: ze bouwen onderkomens, delen voedsel en werken hard om hun soort te laten voortbestaan.

'Wonen wij soms op een mierenhoop?' vraagt Alexander. 'Of in een of ander ondergescheten kraanvogelnest? Nou, Athene zag er vast heel chic uit.'

'Maar het verschil, het verschil is dat de mens onderscheid kan maken tussen goed en kwaad, tussen rechtvaardig en onrechtvaardig. Dat doet geen enkel ander dier. En dat ligt ten grondslag aan een staat, net zoals het ten grondslag ligt aan een huishouden.'

'Wetten.' Ptolemaeus lijkt het interessant te vinden.

'Athene had toch ook de allerbeste wetten?' Alexander geeft het niet op. 'De meest rechtvaardige? Het lijkt me dat ze van alles het beste hadden. Wat zult u er een heimwee naar hebben.'

'Inderdaad, soms wel, wanneer mijn leerlingen vermoeiend zijn. Het is de ideale staat.'

Het geluid van twintig schildknapen die even vergeten om uit te ademen.

'Macedonië is de ideale staat,' zegt Alexander.

'Macedonië is een koninkrijk, geen staat. In de ideale staat neemt elke burger deel aan het leven van de polis, aan de rechterlijke macht en aan de bevordering van het goede en rechtvaardige. Natuurlijk heeft iedere staat zijn eigen grondwet die bepaalt hoeveel en wat voor soort vrijheid iedere burger mag bezitten. Ik zou jullie kunnen vertellen over Sparta of over Thebe, over hun verschillende grondwetten. Ik zou jullie kunnen vertellen over het staatsbestel waarin de middenklasse het machtsevenwicht bepaalt. Hoewel misschien niet ieder individu even goed is of even geschikt om te leiden is de bekwaamheid van een verzameling individuen altijd groter dan de som van zijn delen. Denk maar aan een diner waaraan iedereen bijdraagt, dat is veel plezieriger dan een diner waarvoor slechts één persoon de kosten draagt. In dat verband zou ik het over Athene kunnen hebben.'

'We zijn in oorlog met Athene.' Ptolemaeus komt dichterbij staan. 'Misschien kunt u het beter over Macedonië hebben.'

'Ik zou het dan net zo goed over de monarchie kunnen hebben.' Ik wals over de onderbreking en de waarschuwing die erin doorschemert, namelijk dat ik me op glad ijs begeef, heen. 'Wanneer één familie alle andere in voortreffelijkheid overtreft, is het dan niet juist dat die familie regeert?'

'Is dat een vraag?' wil Alexander weten.

'Wat zijn de doelen van de staat? Ik opper er twee: onafhankelijkheid en vrijheid.'

Ptolemaeus, die inmiddels vlak naast me staat, kiepert de schaal met mieren om. In het geschreeuw van de jongens is pret vermengd met afkeer terwijl de mieren over hun handen en voeten en kleren heen op de vloer tuimelen.

'Vrijheid.' Ptolemaeus haalt zijn schouders op terwijl hij het zand van zijn handen veegt. 'Chaos.'

'Je zei de beste uit zeven,' roept Hephaistion ineens, met de typisch verkeerde timing van een zeer slechte, maar vastberaden toneelspeler. 'We staan pas op drie twee. Ben je al op adem gekomen of heb je nog meer tijd nodig?'

Hun aanvaring, zoals die op mij overkomt, herinnert me eraan dat mannen ook vlees zijn. De geluiden van het gevecht verdrinken in het gejuich van de jongens, en ik red snel mijn schaal voordat hij kapot kan vallen. Vandaag hebben ze geen respect voor me; de les is afgelopen. Terwijl ik me voorbereid op mijn vertrek vang ik Ptolemaeus' blik op.

'Was Stageira mooi?' vraagt hij niet al te onvriendelijk.

Ik dank hem voor zijn belangstelling.

'Eerlijk gezegd weet ik best dat het daar mooi was.' De jongens schreeuwen en wervelen om ons heen, en Alexander en Hephaistion stappen van worstelen over op een vuistgevecht, dat vuiler en echter is. 'Ik was erbij toen ze –'

'Ja, dat vroeg ik me al af.'

'U zou alleen voorzichtiger moeten zijn.' Ptolemaeus kijkt even naar de schildknapen en dan weer naar mij met zijn eerlijke, koele, open blik, meelevend, maar zonder uit te zijn op vriendschap. 'Niemand heeft zin om nu te moeten luisteren naar de gloriedaden van Athene. We zijn in oorlog.'

'Heb ik dan reden om de jongens te vrezen?'

'De jongens,' zegt hij. 'De jongens, hun vaders.'

'Heb je nog nieuws over het leger gehoord?' Philippus is weer op campagne. Het was de bedoeling dat hij zou worden tegengehouden door Thermopylae, zoals zoveel indringers in het verleden, maar de legers van Athene en Thebe waren vergeten om de achterafwegen te versterken, en Philippus heeft toen simpelweg voor de lange route gekozen. Onlangs heeft hij de stad Elateia ingenomen, op twee à drie dagmarsen verwijderd van Attica en Athene.

'Diplomatieke toenaderingen tot Thebe,' zegt Ptolemaeus.

'Sluit je bij ons aan tegen Athene, of blijf op zijn minst neutraal en laat ons ongehinderd door jullie gebied trekken. Hoewel ik heb gehoord dat Demosthenes zelf in Thebe is, in afwachting van het moment waarop hij het verkooppraatje van de Atheners kan houden.'

'Je hoort wel veel.'

'Ja.'

'Het verbaast me dat je er niet bij bent.'

'Antipater heeft me gevraagd om hier te blijven.'

We kijken naar het gevecht.

'Hij voelt zich al een stuk beter,' zegt Ptolemaeus.

Ik dank hem voor de informatie.

Thuis word ik opgewacht door Tycho die me vertelt dat Pythias het leven heeft geschonken aan een dochter. Wanneer ik bij haar kom ligt ze te slapen tussen schone lakens, met haar haren gekapt. De baby is al gebaad en ligt ingebakerd in een mand naast haar te slapen. Athea is in de keuken brooddeeg aan het kneden, alsof dat het echte werk is, werk dat ze vandaag noodgedwongen even heeft moeten onderbreken om een kind op de wereld te helpen zetten.

'Makkelijk,' zegt ze voordat ik iets kan vragen. 'Heel lang maar geen problemen. Eerste is altijd heel lang. Volgende is makkelijker. Mijn meesteres...'

Ze zoekt naar woorden. Ik vraag me af wanneer Pythias van mijn vrouw veranderd is in haar meesteres, wanneer die genegenheid is begonnen.

'Rust?' opper ik.

Ze trommelt met een knokkel op een kookpot. 'IJzer.' Tevreden gaat ze verder met kneden.

'Dank je.'

'Volgende keer makkelijker.' Ze neemt niet de moeite om over haar schouder naar me te kijken. 'Misschien u dan wel mogen kijken.'

Een week na de geboorte draag ik de baby naar het altaar dat Pythias heeft ontstoken om haar te zuiveren. Aan de deuren hebben we wol opgehangen om iedereen te laten zien dat het een meisje is, en we hebben een feestmaal voorbereid, onder toeziend oog van Athea, om haar leven tot dusverre te vieren. Athea is vreselijk bezitterig ten opzichte van het kleine wezentje; ik heb zelfs een keer gezien dat ze de baby uit Pythias' armen nam zodat Pythias moest huilen, maar ik bemoei me er niet mee. Na tien dagen bereiden we nog een feestmaal voor ter ere van de naamdag, waarvoor we wat vrienden uitnodigen. Callisthenes heeft een rammelaar bij zich voor mijn dochter en mooi beschilderde vazen voor Pythias, zoals de traditie wil, terwijl Athea ons allen duister opneemt, in zichzelf mopperend. Haar gezicht klaart alleen op wanneer ze naar de baby kijkt.

De kleine Pythias heeft een kreukel als van een boxer op de brug van haar neus en kijkt me aan met een blik waarvan de slaven zeggen dat die onnatuurlijk kalm en standvastig is, wat een grote wijsheid voorspelt. Andere gunstige voortekenen: een witte bij in de rozemarijn, tijdens de schemering een vlucht zwaluwen die voor de maan langs vliegt, ongewoon warm weer voor de tijd van het jaar en een zoet geurende bries om middernacht, een vonkenregen uit de keukenhaard die eigenlijk al uit had moeten zijn. Deze gebeurtenissen worden in ons huishouden verzameld en als zeldzame munten uitgewisseld. Dit soort wonderbaarlijke evenementen gaan wekenlang door en geraken op een kookpunt wanneer we allemaal uitgeput zijn vanwege slaapgebrek. Ik begrijp dat ieder huishouden met een nieuwe baby in een liefdevol gekkenhuis verandert en verzamel zonder veel ophef en zonder ermee te koop te lopen mijn eigen talismannen: de dunne draad van melk uit de borst van mijn vrouw naar de mond van mijn dochter wanneer ze zich na het voeden van elkaar losmaken; het abrupte fronsen van de baby wanneer ze iets grappig vindt; de manier waarop ze, op momenten van grote nood, haar hele gezichtje in haar moeders borst begraaft, alsof ze daar vergetelheid zoekt. Vrijheid en onafhankelijkheid: het huis is net een schip, Pythias en ik en de dienaren zijn de matrozen, verenigd door onze vastbeslotenheid om onze kleine jengelende vracht te beschermen. Tycho bekleedt een handkar met kussens en schone wol en rijdt kletterend met de baby over de binnenplaats terwijl de bedienden in hun handen klappen en boem boem! roepen om haar te vermaken. Ze glimlacht vreedzaam, met de welwillende aristocratie van een zuigeling. Alles en iedereen behoort haar toe. Wanneer ze haar eerste hapjes honingpap eet kijken de slaven me lachend in de ogen en feliciteren me. Het dringt tot me door dat ze me niet vaak in de ogen kijken.

Om Pythias heb ik me zorgen gemaakt, want ik wist niet of ze door het moederschap boven zichzelf uit zou stijgen of eraan onderdoor zou gaan; haar koele elegantie en afstandelijkheid voorspelden niet veel goeds. Maar haar borsten werden rond van de melk en ze zat op de vloer, zelfs in haar ondergoed, met het kind te tuttelen en tegen haar te koeren. Af en toe huilt ze van uitputting, en zowel zij als de baby is onrustig wanneer er iemand – of ik het nu ben of Tycho – al te lang van huis blijft. We hebben geen enkele vrijheid meer, maar ons plezier in het kind en in elkaar geeft ons wel iets onafhankelijks. Iedereen, ook ik, lijkt aanhaliger, alsof de behoefte om de baby aan te raken, om de donzige diepte van haar schedel of de verrukkelijke mollige teentjes te betasten, besmettelijk is. Hoewel ze maar een meisje is neem ik het op me om op haar opvoeding toe te zien, die, zo vertel ik eenieder die maar wil luisteren, zo vroeg mogelijk moet beginnen. In een ideale staat zal de opvoeding van kinderen de belangrijkste regeringstaak zijn.

'O, de ideale staat,' zegt Pythias. 'Ik neem aan dat ze in een ideale staat ook zal moeten kunnen lezen?' Want ze heeft me betrapt toen ik het alfabet opzij voor de baby die me met grote ogen aankijkt vanuit haar rieten wieg terwijl ze haar knuistjes steeds balt.

'Ik werk met het materiaal dat me ter beschikking staat.'

'Dan neem ik aan dat ze in jouw ideale staat ook een burger zal zijn?'

Ik leg uit waarom dat belachelijk is. De hiërarchie van de staat imiteert die van een huishouden, waar de mannen leiden en de vrouwen en slaven gehoorzamen, precies zoals het de bedoeling van de natuur is.

Thebe heeft de kant van Athene gekozen, wat een niet vaak voorkomende wintercampagne tot gevolg heeft. Philippus maakte een voor hem ongebruikelijke tactische fout door zich niet meteen naar het zuiden te haasten om de pas in te nemen, maar zich afwachtend op te stellen met het idee dat een politieke oplossing nog steeds mogelijk was. De Atheners stormden naar het noorden om de pas in te nemen en een paar maanden lang houden de beide legers elkaar in een houdgreep, met af en toe wat schijnmanoeuvres, maar geen echte strijd. Wanneer het lente wordt grijpt Philippus terug op de oudste truc ter wereld: hij laat een valse brief in handen vallen van de Atheners waarin wordt gesuggereerd dat hij erover denkt om de strijd op te geven en naar huis te gaan. Hij trekt zelfs zijn leger iets terug, maar keert diezelfde nacht nog terug om de pas te bestormen. De Atheners hebben hun verdediging inmiddels laten verslappen, Philippus verovert de pas en de stad, en daarmee is de patstelling beëindigd.

Pythias is de laatste tijd een beetje afwezig; ze kijkt nadenkend en vraagt me om een korte levensbeschrijving van Hermeias te schrijven, als aandenken. Ik doe dat op een ochtend op de binnenplaats terwijl mijn mollige dochtertje op de door de zon verwarmde stenen zit te murmelen en naar haar vingertjes te staren. Ik heb verboden om haar in te bakeren, want ik ben van mening dat dat de spierontwikkeling onderdrukt. En daar zit ze dan vrolijk te murmelen in de zon, een gezonde baby, blozend en welvarend; Hermeias' eigen bloed misschien wel. Ik denk dat de oude vos ondanks zichzelf ontroerd zou zijn.

'Het is prachtig,' zegt Pythias.

'Ik had onze kleine Pythias in gedachten bij het schrijven.'

Ze dankt me nog een keer, trekt dan een gezicht en legt een hand in haar zij. Een ogenblik later roep ik de slaven, met haar in mijn armen. Ze moet naar haar bed worden gedragen waar ze een paar dagen in grote pijn doorbrengt.

'Wat is?' vraagt Athea aan me. Ze heeft me in de gang voor de slaapkamer staande gehouden. Vraagt? Eigenlijk is het meer eisen. Ze kijkt niet blij.

'Ik weet het niet.'

'Ik kijken. Niet weer baby.'

'Ze is niet zwanger, nee.'

'Ik jou zeggen,' zegt ze geërgerd. 'Is ziekte.'

'Ze heeft wat verhoging. En behalve dat ze buikpijn heeft, is ze ook een beetje bleek en zweet ze een beetje. Koele lappen, denk ik, en een licht dieet. Heldere vloeistoffen. We zullen het een paar dagen aankijken.' Ik ben een kleine analyse begonnen, zoals mijn vader zou hebben gedaan; mijn eerste sinds ik een jonge jongen was. Ik ben ook niet blij.

'Ik vrouwen vertellen,' zegt Athea.

Ik weet niet goed of ik haar wel begrijp; ik vraag me af of dat komt omdat we verschillende talen spreken, of er daardoor soms iets verloren gaat. 'Jij bent haar vrouw,' zeg ik langzaam, luid. 'Ik geef jou instructies voor hoe je haar moet verzorgen. Jij bent daar beter voor opgeleid dan de anderen; je moet mijn instructies opvolgen en het me vertellen zodra er verandering optreedt.'

'Nee,' zegt Athea. 'Ik vrouwen vertellen. Ik niet doen met zieken.'

Even weet ik niet wat ik moet zeggen. Dan vraag ik: 'Waar heb je het over?'

'Ik niet doen met zieken.' Om haar woorden kracht bij te zetten slaat ze haar armen over elkaar, waardoor ze me even aan Carolus doet denken.

Voor haar schaamteloosheid zou ik haar kunnen slaan, afranselen, verminken, haar dikke nek doorsnijden. Dat zou ik kunnen doen.

'Ik tegen vrouwen zeggen voor jou,' zegt ze. 'Koele lappen, licht eten. Ik zeggen.'

'Dus je doet niet wat ik je opdraag?'

Ze haalt haar schouders op.

Het is eruit voordat ik het kan tegenhouden: 'Alsjeblieft.'

Ze deinst achteruit. Ik had haar net zo goed kunnen slaan, want nu kan ik haar niet meer houden.

'Stom mens dat je er bent,' zeg ik.

Aan het hof wordt er alleen nog maar over de oorlog gesproken, maar Philippus speelt een ingewikkelder spel en zijn leger lijkt alweer te dralen. Hoewel hij wel de havenstad Naupactus inneemt stuurt hij daarna ambassadeurs naar Thebe en Athene. Ook bereikt ons het bericht dat Speusippus in Athene is gestorven. Aangezien Philippus in een diplomatieke stemming verkeert schrijf ik me onmiddellijk in voor de verkiezingen van hoofd van de Academie, wat ik ook per brief aan Philippus laat weten. 's Avonds zit ik bij het licht van de lampen bij Pythias om haar over Athene te vertellen en in het halfduister probeer ik voor haar een beeld van de stad op te roepen. Ze is een bloem, zeg ik, in de Macedonische modder; haar beschaafdheid zal beter tot haar recht komen in een zuidelijk leven. Het klimaat is er milder, zeg ik tegen haar, niet van die eindeloze winterregens. Toegegeven, de huizen zijn er kleiner, maar wel smaakvoller en eleganter. Er zijn meer verschillende tempels, het eten is aanlokkelijker, het theater ontwikkelder. De beste toneelspelers, de beste muziek ter wereld! En de Academie (slaapt ze? Nee, daarvoor is het te stil in de kamer; ze luistert), de Academie, waar de grootste geesten zich over de grootste problemen buigen, waar je een glimp van orde achter de chaos kunt opvangen. En zo ga ik maar door terwijl ik de schoonheid van het leven schets dat ik daar voor ons zal scheppen, de rust ervan, en uiteindelijk, tegen de ochtend, slaapt ze.

De volgende dag, terwijl ze doorweekt en koortsig in bed ligt, betast ik haar opgezwollen buik, en ze schreeuwt het uit.

'Hoe is meesteres?' Athea houdt me weer staande in de gang, met de kleine Pythias op haar heup.

Ik zal een kindermeisje moeten zoeken. Pythias is te zwak om voor het kind te zorgen, en Athea – Athea, Athea. Ik zal mijn baby niet laten polijsten door zulk grof noordelijk schuurpapier.

'Ga zelf maar kijken.'

De kleine Pythias strekt haar armpjes uit en blèrt tegen me wanneer ik haar niet optil.

Tien dagen later krijg ik antwoord op mijn brief: de Academie bedankt me zeer voor mijn belangstelling en deelt me mee dat ze gekozen hebben voor een Athener, Xenocrates, om leiding te geven aan de school. Hij werkt al lang op de Academie en staat bekend als een wetenschapper, een kundig administrateur en een patriot.

Aan het hof zit Alexander in een kleinere stoel naast de lege troon, met Antipater naast zich. Ze lezen samen de brief van de Academie. Hoewel Alexander sneller leest laat hij dat niet merken. Ik zie dat zijn blik van het papier op zijn schoot valt wanneer hij klaar is, al beweegt hij zijn hoofd niet.

'Ik zal het in de verslagen melden,' zegt Antipater. 'Verder nog iets?'

Ik schraap mijn keel. 'Ik dacht dat we het misschien over een andere tactiek zouden kunnen hebben. Misschien is er een pressiemiddel dat we kunnen gebruiken, politieke druk uitoefenen, iets om ervoor te zorgen dat ze de beslissing terugdraaien...'

'Dit is geen urgente kwestie,' zegt Antipater.

Ik zoek naar iets toegeeflijks in hem. Barse mond, strakke blik. Zijn vrouw wil niet met mijn vrouw naaien. 'Ik ben geen Athener,' zeg ik.

Hij gebaart naar de brief alsof hij wil zeggen: dat wil je wel zijn.

'We zouden Xenocrates kunnen laten vermoorden,' zegt Alexander.

'Verder nog iets?' vraagt Antipater weer.

Gegniffel, gegrinnik. De andere aanwezige mannen zijn of te oud of te jong om te vechten. Ik ben natuurlijk geen van beide.

'Regel dat zelf maar, slijmbal,' zegt een van de ouderen, zo hard dat ik het kan horen. 'Als je het zo graag wilt.'

'En of hij het wil,' zegt een ander. 'Moet je hem eens zien. Hij jankt.'

Overal in de zaal klinkt gefluit.

'Mond houden jullie,' zegt Alexander. 'Ik heb al koppijn.'

Antipater kijkt me aan.

'Ik wil het zelf wel doen,' zegt Alexander. 'Waarom niet? Het is een nuttige post. We kunnen hem daar wel gebruiken.'

'We zullen het er later onder vier ogen over hebben,' zegt Antipater. 'Verder nog iets?'

'Val dood,' zegt Alexander. 'U bent mijn vader niet.'

'Goed, dan hebben we het er nu over,' zegt Antipater. 'Nee. Je gaat niet naar Athene om een of andere honderdjarige intellectueel die liever zijn gradenboog gebruikt dan zijn lul uit de weg te ruimen. Je bent een prins van Macedonië. Aan dat mallotengedoe doe jij niet mee.'

Antipater vangt mijn blik op.

'Xenocrates en ik zijn lang geleden bevriend geweest,' zeg ik. 'We hebben samen gestudeerd.' Ik buig diep voor Alexander. 'Vergeef me mijn emotionele reactie. Mijn teleurstelling maakt me irrationeel. Zullen we het dan maar over de ambassadeurs hebben? Ik had een idee...'

'Ingerukt mars!' zegt Antipater.

Alom gelach in de anderhalve seconde die het me kost om te beseffen dat hij het tegen mij heeft. Alexander deinst weg voor het geluid.

'Ze beledigen u,' zegt Alexander die middag.

We zijn alleen. Hephaistion laat zich niet zien en Alexander heeft de rest van zijn metgezellen met een voor hem ongewone pissigheid weggestuurd. 'Ja, jij ook,' zei hij tegen Ptolemaeus die bij de deur aarzelde. 'Ik heb schoon genoeg van je. Vind je het soms leuk om voor kindermeisje te spelen?'

'Begrijpelijk,' zeg ik. 'Ze hebben mij uitgekozen als vertegenwoordiger van wat ze haten. Het gaat er niet om of dat nu eerlijk is of niet. Hoe gaat het met je hoofd?'

'Ik zou denken dat het daar nu juist wel om ging. U bent altijd een vriend geweest van mijn vader en Antipater, en nu behandelen ze u zo.'

Ik bekijk de reeks antwoorden die hierop mogelijk zijn, zoals een kaartspeler zijn kaarten bekijkt, en besluit er twee à drie tegelijk op tafel te leggen.

'Ten eerste zou ik niet zover willen gaan om mezelf een vriend van je vader te noemen, dat zou te veel eer zijn. Ik ben zijn onderdaan, soms zijn adviseur, en de leermeester van zijn zoon. Je raakt niet zo gauw bevriend met een koning. Ten tweede, als je vader verliest van Athene verliest hij alles. Dat brengt een enorme spanning met zich mee voor hem; het is dus begrijpelijk dat Antipater en hij vijandig staan tegenover iedereen die ook maar in de verte iets met de vijand te maken heeft. Ten derde, je weet zelf ook dat vriendschap een ingewikkelde relatie is, soms zelfs ingewikkelder dan de liefde tussen man en vrouw. Maar ook waardevoller.'

Hij haalt zijn schouders op.

'Nee,' zeg ik. 'Een koning is te allen tijde welbespraakt.'

'Praten, praten, praten. Ik heb er genoeg van. Ik heb genoeg van de lessen en van de diplomatie en van thuis moeten blijven om te slijmen tegen de bezoekers van mijn vader. Weet u wat Carolus me heeft geleerd? Hij zei dat woorden niet de waarheid spreken, alleen het lichaam doet dat. Hij zegt dat wanneer een personage spreekt, dat is om zijn ware bedoeling te verbergen. Woorden zijn de oppervlakte, daar moet je onder kijken. Hij zegt dat de beste toneelspelers met hun lichaam spreken en dat hun gebaren gedenkwaardiger zijn dan hun woorden.'

'Hij had het natuurlijk over toneel.' Hij probeerde de jongen natuurlijk in bed te krijgen.

'Hij had het over het leven. Voor iedereen geldt dat het lichaam waarachtiger is dan woorden.'

'Ik zou Carolus weleens een stelling van Pythagoras willen zien uitbeelden.'

'Ik wil vechten.' Alexander kijkt me somber aan. 'Het doel en de middelen, u heeft het altijd over het doel en de middelen, en waar een ding toe uitgerust is. Dat is uw talent, hè, om een paar kleine ideetjes op een heleboel onderwerpen toe te passen? Tenminste, dat zegt Lysimachus. Heel erg weinig ideeën die u heel erg breed toepast.'

'Lysimachus.'

'Waarom trekt mijn vader niet ten strijde? Waarom roept hij mij niet op? Ik ben ervoor uitgerust om te vechten. Oorlog is het grootste middel naar het hoogste doel, de glorie van Macedonië. Waarom begint hij niet gewoon te vechten?'

'Je vader zoekt op dit moment diplomatieke toenadering...'

Hij spuugt.

'... als slimste middel tot het doel waar jullie allebei zoveel waarde aan hechten, de glorie van Macedonië. Je vader wil Perzië. Hij wil de Grieken niet verzwakken, hij wil het hun niet per se inpeperen. Het is geen vijand die zomaar geofferd kan worden, het is een onvervangbare bondgenoot. Hij heeft hen nodig... Heb je soms weer hoofdpijn?' Ik weet niet of hij me heeft gehoord of niet.

'Ik heb er genoeg van om thuis te zitten. Moet u eens zien wat ik in Maedi heb gedaan, en weet u wat hij tegen me zei?' Een korte stilte, een rimpeling over de heldere oppervlakte van de dingen. Het is de eerste keer dat een van ons het over Maedi heeft. 'Hij zei dat hij, als ik er bij zijn leven nog een keer in mijn eentje op uit zou gaan, mijn achillespees zou doorsnijden en tegen iedereen zou zeggen dat ik over mijn eigen zwaard was gestruikeld. En dan zou ik de rest van mijn leven thuis moeten blijven.'

'Je vader lijdt aan wat we bij een gewone man een overdaad aan trots zouden noemen. Ik weet niet of dat ook mogelijk is bij een koning. We verdoen onze tijd.' Ik ben ineens kwaad en het kan me niet schelen of hij dat merkt. Voor de Atheners ben ik een Macedoniër en voor de Macedoniërs een Athener. Maedi was een groot succes; de Academie is geen prangende kwestie. 'We verdoen elkaars tijd. Jij zou nu bij het leger willen zijn en ik zou in Athene willen zijn en boeken schrijven. Maar helaas, we zitten met elkaar opgescheept. Zullen we dan maar proberen het beste te maken van een vervelende situatie en ervoor zorgen dat we deze les zo snel mogelijk achter de rug hebben zodat we ons allebei weer met onze eigen zaken kunnen bezighouden? Laat me je aantekeningen van de vorige keer zien.'

Ik ben maar één keer eerder zo tegen hem uitgevallen, jaren geleden, in de stallen. Zijn reactie brengt me meteen weer terug naar die tijd. Zijn ogen worden als schoteltjes zo groot, hij geeft me meteen zijn aantekeningen om me tot bedaren te brengen, om ervoor te zorgen dat ik mijn stem niet meer verhef. Ik heb zijn achilleshiel gevonden: iemand die zijn stem verheft wanneer hij hem uitscheldt. Haar stem?

We bespreken het werk dat we zijn begonnen, over ethiek en de deugden. De ethiek is inderdaad een wetenschap, hoewel ze de precisie van een wetenschap als geometrie mist; dat, zoals we van onze bestudering van de metafysica hebben geleerd, alles gericht is op een doel of verdienste; dat zulke doelen in een hiërarchie staan die leidt tot het ultieme menselijke doel: geluk. En wat is geluk dan wel? Genot is oppervlakkig, deugd is verenigbaar met ongeluk, grote rijkdom is enkel een middel tot een verder doel en niet een doel op zich, 'goedheid' is een abstractie, een leeg concept. Geluk is een bezigheid van de ziel in overeenstemming met deugd; een deugdzame daad verlangt zowel een daad als een motief. 'Noem eens een deugd.'

'Moed.'

'Ja. En wat noemen we gebrek aan moed?'

'Lafheid.'

'Ja. En een overdaad?'

'Een overdaad aan moed?'

'Ja, ja. En geef me niet een of ander stom, hoogdravend antwoord om jezelf mee op de borst te slaan. Denk na.'

Snel: 'Onbezonnenheid.'

'Ja. Dus we hebben de uitersten, en in het midden...'

Alexander houdt zijn handen op, met zijn handpalmen naar boven, het gebaar waarmee hij altijd de draak met me steekt.

'Mijn eigen povere hulpmiddelen waarmee ik het universum probeer te ordenen. Je moet zoeken naar het midden tussen twee uitersten, naar het evenwicht. Dat evenwicht zal van mens tot mens verschillen. Er bestaat geen universele standaard van deugd waar je te allen tijde alle situaties mee kunt bestrijken. Je moet rekening houden met de context, met de specificiteit, wat het best is op een bepaalde plaats en tijdstip. Je moet –'

'Dat is interessant.'

'Ja. Dat is waarover ik van mening verschil met mijn eigen leermeester, die de nadruk legt op bijzonderheden in plaats van algemeenheden. Het is qua vorm een minder mooi systeem, het is pragmatischer, maar daardoor ook veel flexibeler en beter toepasbaar, als je –'

'Nee, niet dat gedeelte. Wat u daarnet over het evenwicht zei. U heeft het daar al vaker over gehad, maar...' Weer houdt hij zijn handen op in dat vertrouwde gebaar. Hij staart naar zijn eigen handen, nadenkend deze keer, niet spottend.

'Het lichaam vertelt de waarheid,' kan ik niet nalaten te zeggen.

'U kunt het toch niet menen dat u voor middelmatigheid bent.'

Het liefst zou ik lachen om de manier waarop hij over de stapstenen is gehuppeld. 'Helemaal niet. Matigheid en middelmatigheid zijn twee verschillende zaken. Probeer aan de uitersten te denken als aan karikaturen, misschien dat dat helpt. Het doel, dat wat we zoeken, is datgene wat geen karikatuur is. En dat heeft helemaal niets te maken met middelmatigheid.'

'U.' Heel langzaam steekt hij zijn linkerhand uit. Dan zijn rechter. 'Mijn vader.'

'Karikaturen?' zeg ik, heel voorzichtig, om hem niet te ontmoedigen. Op dit moment lijkt hij heel jong, een klein jongetje dat zijn best doet om het te begrijpen.

'Uitersten,' zegt hij, net zo behoedzaam, nog steeds naar zijn handen starend. 'Alsof mijn vader, als tegenwicht voor een extreme neiging in zichzelf, het tegenovergestelde uiterste in u heeft voorgeschreven, om zo een evenwicht in mij te scheppen.'

'Dat is –'

'Ik zit ook aan mijn broer te denken.'

'Aan wie?'

Hij kijkt me aan.

'Ik bedoel, je hebt me verteld dat je geen broer hebt. Ik heb je nooit meer over hem horen praten sinds die ene keer, hoe lang is dat nu geleden, vijf jaar?'

'Zijn hij en ik uitersten? En waar zou het evenwicht tussen ons dan liggen?'

'Kun je zwemmen?'

'Natuurlijk.'

'Echt?'

'Een beetje.'

'Ik kan het je leren.'

Zwijgend wacht hij op wat er komen gaat.

'Ik was toch al van plan een dagje met je broer naar het strand te gaan. We zouden allemaal samen kunnen gaan.'

'Een zwemles.'

'Een les in matigheid. We hadden het net over trots, en over een overdaad aan trots. Zouden we dat ijdelheid kunnen noemen?'

'Ja.' Ik weet dat hij nu aan zijn vader denkt die hem zijn eer in Maedi niet gunde.

'En gebrek aan trots, een afwezigheid van trots: schaamte.'

Zijn mooie wangen beginnen rood te worden.

'Je schaamt je voor je broer. Dat is toch zo?'

Heel zacht: 'We zijn van hetzelfde bloed.'

'Hij praat. Hij is schoon. Hij stinkt niet. Hij kan paardrijden wanneer je hem leidt. Hij is net een heel klein kind in het lichaam van een volwassen man. Zodra je je over die ongerijmdheid weet heen te zetten wordt het gemakkelijker.'

'U komt ook?'

Eerst begrijp ik niet wat hij bedoelt.

'U laat me niet met hem alleen?'

Ik beloof het hem.

'Het kan zijn dat mijn vader me oproept. Als zijn ambassadeurs in Athene en Thebe falen moet ik misschien wel meteen weg. Misschien morgen al wel.'

'Morgen kan ik sowieso niet,' zeg ik. 'Ik heb morgen wat zaken af te handelen.'

'Overmorgen dan, als mijn vader me niet oproept tenminste.'

Ik stem ermee in.

'Wat voor zaken trouwens? Ik vind dat helemaal niks voor u, zaken. Wat heeft u morgen?'

'Nee,' zegt Pythias.

'Liefste.' We zitten in haar kamer, aan het begin van de avond. Ze zit in bed, ondersteund door vele kussens. Ik ben hier om haar mijn zaak voor te leggen, niet om hem te bepleiten. 'Ze is ongehoorzaam. Ik kan het niet langer dulden.'

'Ze is intelligent en goed in haar werk. Wanneer heeft ze jou dan niet gehoorzaamd? Vertel het me, dan zal ik even met haar praten.'

Ik ben niet van plan het haar te vertellen, niet deze waarheid. 'Ze heeft gedreigd ons te vergiftigen.'

Pythias kijkt me even aan. 'Ze dreigt wel zes keer per dag om iedereen te vergiftigen. Voor ons is dat een teken dat ze gelukkig is. En sinds wanneer gedraag jij je als zo'n tiran tegenover de slaven? Tycho weigert om samen met de anderen te baden, maar hem heb je niet verkocht.'

'Ik heb Tycho al twintig jaar. Als een paard zich niet wil baden, dan dwing je hem daar toch ook niet toe?'

'Tycho is geen paard.'

Ik sta op. Dit gesprek is afgelopen. Ik zeg niet: het is haar taak om zich aan jou te wijden, en die taak kan ze niet uitoefenen. Haar angst is oninteressant. De angst van een havik, van een hond, van een paard doen er niet toe. Zij oefenen de taken uit waarvoor ze zijn opgeleid of ze doen dat niet. Haar rebellie is meer dan alleen maar lastig; het is een belediging voor de natuurlijke gang van zaken. Het zondigt tegen alles waar ik me met mijn gezonde verstand aan vasthoud, stabiliteit en orde, alles op zijn juiste plaats. Ik laat me niet bedreigen.

'Nee!' zegt Pythias wanneer ik naar de deur wil lopen. 'Ze is van mij!'

'Je hebt er nog meer. Die donkere die je zo graag mag, Herpyllis...'

'Je zei dat ze familie waren. Je zei dat we familie niet verkopen.'

'Ze zijn nooit familie geweest. Hoor eens. Luister. Het is de natuurlijke orde der dingen, de natuurlijke doelen waar dingen voor gemaakt zijn. Middelen en doelen. Sommige mensen zijn geboren om slaaf te zijn, anderen om meester te zijn. Soms mengt het leven zich echter in die natuurlijke orde en dan... dan raakt de boel in de war. We hebben ons vergist in Athea.'

'Ik weet niet waar je het over hebt.'

'Ik heb me vergist. Het was niet de bedoeling dat ze slaaf zou zijn. Ze is er niet voor in de wieg gelegd. Ze is niet zo geboren en ze is te onafhankelijk en te koppig om te kunnen accepteren dat haar omstandigheden zijn veranderd. Als ze een man was geweest, dan zou ze een goede arts zijn. Mijn geweten staat me niet toe om haar te houden.'

Pythias kijkt me aan zoals mijn vader me lang geleden aankeek, alsof er iets met me gebeurt, met mijn gezicht, met de woorden die uit mijn mond komen.

'Dat zou onethisch zijn.'

'Maak haar dan vrij.' Pythias schudt eenmaal haar hoofd, fel, alsof ze zichzelf van iets probeert te bevrijden. 'Maak haar vrij en betaal haar voor haar werk. Dan kan ze bij ons blijven als een vrijgemaakte vrouw. Ik weet dat ze dat zou doen. Waar zou ze anders heen moeten?'

'We draaien in kringetjes rond. Ik wil haar niet houden. Ze is ongehoorzaam. Denk je dat daar verbetering in zou komen als we haar als dienares zouden houden in plaats van als slavin? Het zal er alleen maar erger op worden, en het is ook een slecht voorbeeld voor de anderen. Ze zullen nog denken dat we bang voor haar zijn, dat we haar niet durven te vertellen wat ze moet doen, dat we haar niet durven te verkopen. Er zit maar één ding op.' Ik bedenk ineens iets, iets wreeds. De kleine Pythias kan sinds kort lopen. Ze klampt zich vast aan Athea's rok en volgt haar overal terwijl ze met haar diepe stemmetje de naam van de slavin zingt.

'De baby zal haar missen, dat is waar.'

Pythias verroert zich niet.

'En zij zal de baby ook missen. Ze hebben een heel nauwe band, hè, die twee?'

'Ze is een heks.' Langzaam slaat Pythias haar ogen naar me op. 'Ik ben ziek.'

'Dat heeft zij niet gedaan, en ze kan je ook niet genezen.'

'Jij zult me genezen.'

Ik buig, alsof ik het met haar eens ben. Ik wil dit gesprek sowieso niet meer, ik wil weg uit deze kamer.

Op de markt zijn de slavenkramen overvol, wat weinig goeds voorspelt voor mij. De oorlog brengt onzekerheid met zich mee, zorgt ervoor dat iedereen zijn hand op de knip houdt. De markt wordt overspoeld door koopwaar, maar er zijn geen kopers voor. De eerste man die ik benader ziet me komen aanlopen en schudt zijn hoofd al na één blik op haar. De tweede vraagt zonder ook maar naar mij of haar te kijken wat ze doet. Hij kan zijn blik niet van een hanengevecht een paar kramen verderop afhouden.

'Ze kan goed koken. Een goede huisslaaf voor alle werk. Loyaal. Goed met kinderen.' Het meeste is nog waar ook.

'Waarom wilt u haar dan verkopen?'

'Mijn vrouw mag haar niet.'

Met een vermoeide blik bekijkt de slavenhandelaar haar van top tot teen.

'Je weet hoe vrouwen zijn. Wie ze wel of niet mogen kan van de ene op de andere dag veranderen. Daar valt niets tegen in te brengen.'

'Weinig om jaloers op te zijn bij deze.' De blik van de slavenhandelaar glijdt weer terug naar de hanen.

'Val dood,' zegt Athea.

We proberen een andere kraam buiten gezichts- en gehoorsafstand van de eerste. 'Mond houden,' zeg ik tegen haar. Ik had natuurlijk Callisthenes mee moeten nemen, want hij is beter in zaken waarvoor charme vereist is, maar ik schaam me omdat hij achteraf toch gelijk heeft gekregen.

'Of anders wat?'

'Hoeveel?' vraagt de volgende handelaar.

Ik noem een laag bedrag.

'Wat is er mis met haar?'

'Val dood,' zeg ik om Athea de pas af te snijden en haar hopelijk de mond te snoeren. 'Ze is gezond. Ik heb haar alleen niet meer nodig. Bezuinigingen in het huishouden en zo. Besparen op luxe.'

'Gok je soms?' Hij lijkt geïnteresseerd. Hij denkt dat hij me doorheeft. Nou ja, dat moet dan maar.

'Dat gaat je niks aan,' zeg ik op een toon die hem moet doen geloven dat hij het bij het rechte eind heeft. Waarschijnlijk zie ik er ook als een sukkel uit, een zachtaardige, elegant geklede man met zachte handen die met een grijnzende slavin alle kramen af moet en geen kopers kan vinden.

Hij noemt een prijs, nog minder dan de helft van wat ik voor haar heb betaald.

'Ze kan koken,' zeg ik.

'Neem maar,' zegt Athea. 'Hij wel goed lijken.'

De wenkbrauwen van de man schieten omhoog en hij begint te grijnzen. Zijn blik gaat van haar naar mij, alsof hij wacht op wat er gaat komen. Ik neem aan dat hij verwacht dat ik haar zal slaan.

'Daar doe ik het voor,' zeg ik.

De grijns wordt breder. Zelfs in deze markt, zelfs al is ze dan brutaal, is het een goede koop voor hem. Hij betaalt me en maakt de deur van de kooi open. Athea stapt erin. Ik hoop dat ze goed heeft ontbeten.

'Trouwens, ze is een heks,' zeg ik tegen de handelaar om die grijns van zijn gezicht te vegen en er, hopelijk, voor te zorgen dat hij wel twee keer nadenkt voordat hij haar slecht behandelt. Ik sta mezelf niet toe om om te kijken.

Arrhidaeus is groter dan Alexander. De rest van mijn leven zal dat beeld op mijn netvlies gebrand blijven, het beeld van die twee jongens die over de stoffige strandweg met aan weerszijden hoog gras lopen, met de bulderende zee net buiten ons blikveld aan de andere kant van de helling. Ergens in het universum wandelen ze daar nog steeds, op die zonnige weg, alleen. Alexander die langzaam vragen stelt en op de antwoorden wacht. Arrhidaeus die zich naar zijn broer toe buigt. Wij, hun gevolg, lopen achter hen in een steeds dikker wordende staart: voorop de prinsen, dan ik, Philes, dienaressen en bewakers en dragers en paarden en karren om de spullen te dragen van een koninklijk dagje op het strand. Ze zullen paviljoenen opzetten op het zand, met meubels en tapijten, tafels vol brood en fruit, banken, zodat niemand hoeft te voelen hoe het is om op heet zand te slapen, daarna op te staan en je eigen vorm te zien. Alleen Alexanders vrienden ontbreken, hoewel ik niet weet of hij ze heeft thuisgelaten uit schaamte of uit consideratie. Terwijl achter hem het strand wordt omgetoverd in een dorp neemt Alexander zijn broer mee naar de top van een nabijgelegen duin om hun gesprek voort te zetten. Hij maakt er een hele vertoning van. Ik vlei mezelf met de gedachte dat hij dat voor mij doet, dat hij me wil laten zien dat hij zich aan zijn woord kan houden, en dat hij dat op nobele wijze doet, zelfs onder omstandigheden waarvan ik weet dat hij ze afschuwelijk vindt, weerzinwekkend zelfs: de nabijheid van zijn debiele broer. Ik vraag me af waar ze het over hebben. Misschien over het falen van Philippus' diplomatie en Alexanders ophanden zijnde vertrek, eindelijk, naar het leger van zijn vader?

'Prinsen, hier komen.' Ik laat mijn tas in het zand vallen. Philes blijft op de achtergrond, zoals ik hem heb gevraagd. Ontspan je een uurtje, lees een boek, heb ik tegen hem gezegd; ik red me wel. Ik kleed me uit en loop naar de branding. Golfjes van niks vandaag, golfjes die likken aan de gouden kust. Op het hele strand draait iedereen zich om om naar ons drieën te kijken. De prinsen kleden zich ook uit, Alexander op zijn gemak, Arrhidaeus opgewonden; zijn hoofd raakt verstrikt in zijn tuniek en zijn broer moet hem te hulp schieten. Net als ik laten ze hun kleren in het zand vallen. Later zullen we alles wat we op de grond hebben gegooid in keurige stapeltjes terugvinden in een van de paviljoenen, alsof verwijtende moeders zich ermee hebben bemoeid.

Nu staan ze voor me, wachtend op wat ik hun te bieden heb. Ze zien er goed uit in het zonlicht.

'Je moet het als een groot bad zien,' zeg ik, voornamelijk voor Arrhidaeus.

'Ik vertelde hem dat we vroeger altijd samen les hadden,' zegt Alexander.

'Nee,' zegt Arrhidaeus.

Ik pak zijn hand en neem hem tot aan zijn enkels mee het water in, waar hij blijft staan en op zijn hurken gaat zitten.

'Nee.' Het water likt aan hem, zijn billen worden nat. Alexander loopt voor ons uit totdat hij er tot aan zijn middel in staat. Hij houdt zijn armen uit het water als een meisje dat bang is dat haar handen nat worden. Om hem te pesten been ik langs hem heen, ik neem een duik en zwem een paar slagen. Wanneer ik omkijk hebben ze zich nog niet verroerd. Ze kijken naar me.

'Kom,' zeg ik.

Alexander steekt zijn hand uit naar zijn broer om hem verder mee het water in te nemen.

Na het zwemmen loopt Arrhidaeus koppig naar de paviljoenen, op weg naar zijn verzorger. Zoals ik wel vaker bij hem heb gezien is zijn huid grijs geworden, en zijn ogen staan dof. Hij wil een dutje doen. Alexander laat hem maar al te graag gaan en werpt zichzelf in het hete zand. Ik ga naast hem zitten. 'Fijn, om er eens uit te zijn.'

Hij lacht, met zijn ogen dicht tegen de zon.

'Toen ik zo oud was als jij was ik hier altijd te vinden,' zeg ik. 'Ik zou het vaker moeten doen. Op sommige dagen kom ik mijn bibliotheek nauwelijks uit. Ik kan me niet herinneren wanneer ik voor het laatst heb gezwommen. Morgen zal ik het wel voelen,' voeg ik eraan toe, over mijn benen wrijvend. Eerlijk gezegd voel ik het nu al een beetje.

'U doet alsof u duizend jaar bent,' zegt Alexander. 'Als u zin heeft om er eens uit te zijn weet ik nog wel een echt uitje voor u.'

Ik reageer niet. Ik zit te denken aan een masseur en hoop dat mijn pijnlijke spieren me morgen niet van mijn werk zullen afleiden. Een vervelend vooruitzicht.

'Aeschylus heeft bij Marathon gevochten,' zegt Alexander. 'Zelfs Socrates is infanterist geweest. Wat voor smoes heeft u?'

'Een beetje respect graag.' Ik zoek in mijn tas naar een handdoek. Als ik mijn benen niet droog verkrampen ze misschien. Ik heb het idee dat dat nu al gebeurt.

'U zou mee moeten gaan,' zegt Alexander. 'Meemarcheren met het leger, de veldslag meemaken. Wilt u soms sterven zonder ooit een veldslag te hebben meegemaakt? Als een vrouw?'

'Je wilt mij onderwijzen. Je wilt dat ik de leerling word.'

'Ik heb zitten nadenken.' Hij gaat languit liggen en sluit zijn ogen tegen de zon, een vertoon van nonchalance. Te nonchalant; er zit iets aan te komen. 'Ik heb zitten denken over de ideeën die u ons die eerste keer heeft uitgelegd. Weet u nog? De kameleon? En dat u zei dat er iets moest zijn wat alle kameleons gemeen hebben, een kameleonidee, maar dat die niet in een andere wereld kan bestaan? Dat het in deze wereld moet zijn zodat wij het kunnen zien en er een verklaring voor kunnen geven?'

'Dat weet ik nog.'

'En waar we het eergisteren over hadden, over het midden tussen twee uitersten vinden. Het evenwicht. Ik heb zitten denken dat hetzelfde opgaat voor mensen. We zijn allemaal varianten op elkaar. Herhalingen, cycli. Dat zie je het best in families, de herhaling van uiterlijke trekken en van karaktertrekken. Mijn haar heb ik van mijn moeder, mijn lengte van mijn vader. Ik ben hun midden. Maar niet alleen dat. U en mijn vader. Mijn broer en ik.' Hij doet heel even zijn ogen open, want hij wil per se mijn reactie zien. 'Gewoon varianten op dezelfde idee, snapt u? Tegengestelde uitersten, maar ook varianten op dezelfde idee.'

Onwillekeurig voeg ik er in mijn hoofd mijn eigen paren aan

toe: mijn leermeester en ik, onze neven, Speusippus en Callisthenes, Lysimachus en Leonidas, Olympias en Pythias, Pythias en Herpyllis. Illaeus – ah, dat is nog eens een interessant draaipunt. Illaeus en mijn meester, Illaeus en mijn vader, Illaeus en ik. Carolus en mijn vader. Alexander en –

'U begrijpt toch wat daar de consequenties van zijn?' Hij is weer rechtop gaan zitten, met zijn ogen wijd open. Wat hij wil zeggen ziet hij sneller dan dat hij de woorden ziet om het mee te zeggen. 'Macedoniërs en Grieken, Grieken en Perzen. Dezelfde idee. Allemaal gewoon varianten op elkaar.'

'Een onderhoudende lekentoepassing van een paar zeer complexe ideeën. Misschien dat er uiteindelijk toch nog een filosoof in je schuilt, na nog een jaar of twintig studeren en geen andere afleidingen.'

'Dat komt vanzelf wel,' zegt hij.

'Ik wou dat het waar was. Als je continu veldslagen levert zul je met deze ideeën blijven steken op het puur onderhoudende.'

'Puur onderhoudend? Het is een filosofie over de oorlog. Ieder gevecht is tegen een variant op jezelf. Iedere vijand –'

Ik steek een hand op om hem te onderbreken.

'... iedere Pers –'

'We hebben deze discussie al eerder gevoerd.'

'Iedere Athener dan. Wilt u soms ontkennen dat u net zozeer uit een Athener ik als uit een Macedonische ik bestaat?'

Ik open mijn mond om iets te zeggen, denk even na en stop dan.

'Je gaat ieder gevecht aan in de wetenschap dat je tegen jezelf vecht.'

'Dat zou ik weleens willen zien,' geef ik toe.

'Dus u gaat mee?'

Ah. 'Dat zou je vader niet goed vinden.'

'Mijn vader zou het niet eens merken. Niemand zal van u verlangen dat u meevecht. U zou samen met de medici kunnen reizen.'

Die oude nachtmerrie. Maar dan zie ik weer voor me hoe hij zijn hand naar Arrhidaeus uitstak om hem naar de rand van het water te leiden. Hij probeert mij ook ergens naartoe te leiden. 'Het is belangrijk voor hem,' zeg ik later tegen Pythias. 'Liefste, je bent onredelijk. Hij zal me persoonlijk onder zijn hoede nemen.'

'Daar heb je weinig aan als hij wordt verslagen,' zegt ze vanuit haar bed.

'Als we verslagen worden, dan maakt het helemaal niet meer uit waar ik ben. In Pella zal het dan niet veiliger zijn.' Ik besluit van aanpak te veranderen en voeg eraan toe: 'Ik dacht dat je wel enige genegenheid voor hem koesterde.'

'Ik koester enige genegenheid voor jou,' zegt ze, maar wanneer ik ontroerd naar haar toe loop sluit ze haar ogen en verandert in steen.

Ik ga naar de babykamer. Ze is nu anderhalf, en voor haar leeftijd is ze groot en kan ze al goed praten, met veel volwassen woorden en uitdrukkingen die allemaal even schattig klinken uit haar mond. Haar buien – koppigheid, woedeaanvallen – doen me aan Arimneste denken en werken me een beetje op de zenuwen, hoewel Pythias van mening is dat ze er wel overheen zal groeien. Ik weet het niet. Ze heeft geleden onder het vertrek van Athea, maar vandaag is ze gelukkig rustig, ze is aan het spelen met wat houten blokken die ze in keukenschalen stopt en er vervolgens weer uit haalt. Ik ga naast haar op de grond zitten, met knieën die pijnlijk knakken, en laat haar zien hoe je een toren kunt bouwen door kleinere blokken op de grotere te stapelen. Ze kijkt en leert. Ik verstop de blokken in de schalen, in mijn vuist, onder mijn sandaal en kijk toe terwijl zij ze terugvindt. Ik zeg tegen haar dat ik een paar dagen wegga (want wat betekenen weken of maanden nu voor haar?), maar ze reageert niet. Ze doet alsof ze me niet hoort wanneer ik om een afscheidskusje vraag. Wanneer ik echter opsta om weg te gaan werpt ze zich op me, *nee, nee*. Haar crèmekleurige jurkje is een exacte kopie van die van haar moeder, tot aan de geborduurde roze roosjes op de zoom toe. Ik moet haar vingers losmaken, haar van me afduwen en Tycho roepen om haar vast te houden zodat ik de poort kan openmaken en vertrekken.

Philippus is al in Phocis, met zijn leger op weg naar Boeotië en Athene. Samen met Alexander en Antipater en nog wat versterkingen ben ik te paard op weg om de hoofdmacht in te halen.

Op onze mars naar het zuiden worden we voorgegaan, symbolisch en in de hoop op een goede afloop, door de eeuwige Macedonische mascotte, een geit; een van een stuk of twaalf die in hun eigen kar worden vervoerd zodat ze elkaar kunnen aflossen. Waren mijn omstandigheden maar net zo comfortabel. Ik loop, rijd, loop zodat de blaren en schuurplekken elkaar ook kunnen aflossen, me afvragend hoe lang de gemiddelde ruiter erover doet om een kruis van eelt te ontwikkelen. Ons regiment bestaat voornamelijk uit infanteristen, met slechts een paar cavaleristen, vrienden van Alexander die met hem meerijden. Ze hebben messen bij zich en lange lansen die wel wat weg hebben van de sarissa's van de infanteristen en dragen slechts een lichte wapenrusting. De infanteristen zijn verdeeld in eskadrons van ongeveer tweehonderd man, geografisch gegroepeerd; ik loop een tijdje mee met het eskadron van Chalcidice, in de hoop iemand van thuis aan te treffen. Het zijn verkenners, boogschutters, slingeraars en zwaard- en speerlui. Ook zij zijn slechts lichtbewapend. De cavaleristen zijn allemaal aristocraten, maar de infanteristen zijn één grote hutspot van Macedoniërs, overwonnen kolonialen en huursoldaten, en ze spreken meer talen dan ik 's avonds bij de vuren kan herkennen. Ze reizen snel, net zo snel als de in de watten gelegde geit, dankzij die lichte wapenrusting en het feit dat het zware materieel van de belegeringstrein al bij Philippus is. De eenheden – de kleinste bestaan uit groepjes van tien die samen hun tenten opslaan, samen eten en pissen en neuken en vechten – zijn extreem loyaal aan elkaar en aan Philippus, en zelfs de huursoldaten gedragen zich redelijk netjes, want Philippus zorgt ervoor dat ze goed en op tijd worden betaald.

Misschien dat ik me in mijn fantasie een comfortabele rit aan de zijde van de prins had voorgesteld, waarbij we het zouden hebben over Homerus en de deugden. In werkelijkheid zie ik Alexander echter nauwelijks; hij rijdt dan weer voorop, dan weer achteraan, hij grapt met de mannen en maakt een hele vertoning van zichzelf met zijn mooie wapenrusting en zijn mooie paard. Hij is lichtelijk belachelijk, maar misschien alleen in mijn ogen. Hij leidt op de manier die hem is geleerd en doet dat goed. 's Nachts gaat hij van vuur naar vuur en houdt voor de vuist weg bemoedigende redevoeringen waar Carolus trots op mag zijn. De gezichten van de mannen klaren op wanneer ze hem zien aankomen. Als ik rijd is dat meestal met Antipater, die wat milder gestemd is ten opzichte van mij nu ik me heb aangesloten bij de campagne. We hebben het over politiek: grenzen, belastingsystemen, militaire strategieën. (Voor een generaal ís dat politiek.) Op de vierde dag van onze reis meldt een verkenner dat de belangrijkste legereenheid gelegerd is in de Cephisusvallei, waar ze zijn tegengehouden door de Griekse strijdkrachten. De veldslag zal daarom plaatsvinden bij een plaats die Chaeronea heet, een brede vlakte, bijna plat, met ten noorden ervan een rivier en ten zuiden heuvels. Morgen dus, aangezien we er nu zijn.

'Dit is de eerste keer voor jou, hè?' zegt een andere arts tegen me.

Het is vroeg in de avond. Ik heb geholpen de tenten op te zetten waarin we de gewonden zullen oplappen, en wanneer ik zie dat de anderen hun spullen schoonmaken volg ik hun voorbeeld. Ik moet nu sterk aan mijn vader denken, hier in de landerige kalmte van zenuwachtige soldaten die om hun kookvuren zitten. Niet dat ze koken. Ze drinken. Hoewel de sterren fonkelend aan de hemel verschijnen is het nog steeds licht genoeg om iets te kunnen zien. Ik rol wat verband uit en rol het weer op. De uitrusting van de andere arts is armoediger, lichter dan de mijne. Ik heb alles nieuw aangeschaft en dat is te zien. Hij is jonger dan ik, maar ervarener. Hij heeft me verteld wat ik nodig heb en wat ik ingepakt kan laten; er zal geen tijd zijn om de chirurgische uitrusting te gebruiken.

'Ja,' zeg ik. 'Ik heb nog nooit een veldslag meegemaakt.'

'Dan ben je mooi de pineut, hè?' Hij rommelt in mijn spullen. 'Dit is mooi.'

Een nieuwe set messen; die van mijn vader heb ik thuisgelaten. Ik bied hem de set aan.

'Echt waar?'

Ik zeg dat hij hem krijgt voordat we vertrekken. Ik beloof het. 'Ja vast.'

Het lijkt hem allemaal weinig te kunnen schelen. Ik vraag me af of hij ook heeft gedronken. Ik vraag waar je drank kunt krijgen. Hij wijst naar een tent.

Eindelijk wat levendigheid, wat van het tumult van de avond ervoor. Soldaten staan in de rij met hun kroezen en veldflessen. De wijn is slecht, waterig en zuur; je kunt hem achter in de rij al ruiken. Ik weet dat hij niet sterk genoeg zal zijn. Mijn handen trillen wanneer ik mijn vaders veldfles ophoud; de soldaat die de drank uitdeelt moet mijn hand vasthouden, een moederlijk gebaar waarvan ik begrijp dat hij dat al duizenden malen heeft gemaakt. Hij mist een onderbeen en mompelt iets wanneer hij mijn fles heeft gevuld. Een of andere zegening: ik zie zijn lippen bij iedere soldaat bewegen.

Op de terugweg naar de artsentent schenk ik de fles aan een jongen die de wacht houdt bij de paarden.

De tent van Antipater staat nu bij die van Philippus en Alexander, onder een eikenbosje dat continu bewaakt wordt door de koninklijke garde. Ik slaap bij de artsen, in de tent waar we morgen de gewonden zullen behandelen. Ik val gewoon in slaap. Het was een zware reis en ik ben nog nooit zo lang niet alleen geweest. In de slaap ben ik alleen. Ik droom over Pythias, een lieve en gretige Pythias zoals ik haar nooit heb meegemaakt, en ik word wakker met een stijve. De artsen scharrelen al rond, ze richten hun medische post in, en buiten hoor ik het geschreeuw van commando's, het gekletter van ijzeren wapens, het unisono gestamp van voeten, het geklepper van paarden.

'Nee, nee.' De hoofdarts houdt me tegen bij de flap van de tent. 'Je kunt daar nu niet naartoe. Daar is het te laat voor. Wat zoek je trouwens? Ontbijt? Denk je soms dat de prins aan het ontbijt zit? Denk je soms dat je bent uitgenodigd?'

Hij weet wie ik ben; hij kent me en wil geen verantwoordelijkheid dragen. Stelletje amateurs. 'Ik ga alleen even pissen,' zeg ik, net zo zacht als Pythias, met neergeslagen ogen.

'Gebruik de pispot maar.'

Ik ben duidelijk niet de eerste; mijn stroom valt in gele pis van een paar centimeter hoog. Dus dat is hier de regel: niemand verlaat de tent. Klinkt logisch; alles op zijn plaats. Netjes. Ik vind dat niet erg.

Ik kijk naar de anderen en probeer hen na te apen door mijn opgerolde beddengoed op mijn eigen plek op te bergen. Ik leg wat van mijn spullen klaar en vang de blik op van de jonge arts van gisteravond. 'Ontbreekt er nog wat?' Water, een buigtang. Ik had net als de anderen voor zonsopkomst naar de rivier moeten gaan om mijn eigen water te halen. Maar ik heb geen emmer, dus zal ik mijn eigen leren waterzak moeten gebruiken. Onder het toeziend oog van de boze hoofdarts vul ik hem bij een ton bij de deur. Ik zal het zonder buigtang moeten doen.

'Kom maar bij mij staan met je spullen,' zegt de jonge arts. 'Dan kun je die van mij lenen als ik hem niet nodig heb.'

Buiten klinkt trompetgeschal. Iedereen in de tent kijkt op, en slaat dan weer zijn ogen neer.

'Opschieten,' zegt hij.

Hoe ging die fantasie van mij ook alweer? Filosofische gesprekken op de rit hiernaartoe en dan – o ja – uitzicht vanaf een hoge heuvel; op Alexander als gezelschap zou natuurlijk weinig kans zijn, maar Antipater toch zeker wel? Ja, Antipater naast me om me de veldslag uit te leggen, om me op alle aspecten ervan te wijzen, om de logica ervan met me door te nemen, en daarna een krachtige handdruk wanneer we aan het eind van de dag hebben gewonnen. En dan zal Alexander ook naar me toe komen, met een vuile veeg op zijn gezicht, maar zeker niks ernstigers, en hij zal lachen en zeggen dat hij blij is dat ik ben meegekomen, dat ik getuige ben geweest van zijn grootse dag. En achter hem Philippus, Philippus die buiten adem is, met misschien wat bloed hier en daar, een wat bezweter, smoezeliger en wrokkiger Philippus die zegt: We hebben hem niet al te erg verpest, hè? Jij en ik. Daarvoor, in de tent, zal ik een paar levens hebben gered, een paar onverwachte vaardigheden (met een mes?) hebben tentoongespreid; ik zal het respect hebben verdiend van de andere artsen die me voor de grap vragen om bij hen te komen werken, mocht de koning geen gebruik meer willen maken van mijn diensten. Goeie grap! We kunnen net zo goed meteen doorstomen naar Athene, zal Philippus tegen me zeggen terwijl de ondergaande zon in de boomtoppen treuzelt en ons haar in een gouden gloed zet en we samen over de vlakte uitkijken waar de veldslag heeft plaatsgevonden, gewoon meteen doorstomen zodat je daar aan je werk kunt beginnen, zoals we hebben afgesproken.

Weer klinkt buiten trompetgeschal en de artsen stoppen in hun bewegingen, als kinderen die standbeeldje spelen. Van heel ver weg een geschreeuwd commando, een lange stilte, opnieuw een schreeuw. Een geluid als van de branding, en het hoofd zegt: 'Op jullie posten.' Hij hoeft niet te schreeuwen. Ik kijk naar de grond, heb nog voldoende tijd om naar het rare loopje van een kever in het zand te kijken.

Nadat we een paar minuten hebben geluisterd naar wat klinkt als een zee in de verte pakt de jonge arts naast me wat dobbelstenen. 'Zin in een potje?'

'Nu?'

Overal in de tent ontspannen de mannen zich langzaam weer; ze praten zacht onder elkaar en sommigen gaan zelfs liggen.

'Er is voorlopig toch nog niks te doen. De gewonden die hier zonder hulp naartoe zouden kunnen komen zullen blijven vechten zolang ze kunnen. Er is een detachement dat de gesneuvelden moet ophalen, maar die gaan pas het slagveld op als de boogschutters klaar zijn. Het hoofd wil dat iedereen op zijn post blijft voor het geval dat, maar we hebben waarschijnlijk nog wel wat tijd tenzij we de aftocht blazen. Eerst de pijlwonden. Daar zijn de tangen voor. Het is ons doel om de mannen op te lappen zodat ze weer verder kunnen vechten. We behandelen eerst de gemakkelijke gevallen. Ogen, borst of speerarm: tot later bewaren. Het hoofd sorteert ze meestal voor ons, maar hij kan niet alles onderscheppen. Als je iets onverwachts voor je neus krijgt moet je er geen tijd aan verspillen. Dus denk eraan: ogen, borst en speerarm terugsturen naar het hoofd. Die behandelen we later wel, als ze dan nog leven.'

'Ogen, borst en speerarm.'

'Wil je weten wat er buiten gebeurt?'

'Ja. Ja.'

De jonge arts stopt de dobbelstenen weer in zijn pukkel en haalt er wat houten figuurtjes uit die nog kleiner zijn dan mijn vingers. 'Dat is Philippus, daar rechts, de zwaardarm, recht tegenover het Atheense leger. Alexander links, de schildarm, recht tegenover Thebe en Boeotië. De infanteristen ertussenin. Wij zijn met minder man, maar het verschil is niet al te groot.' Hij begint de figuurtjes te verplaatsen als een kind dat met speelgoed speelt; hij laat ze daadwerkelijk op en neer hopsen op de grond om beweging te suggereren. Net als met speelgoed; net als op toneel. 'Twee armen, als in een tang. Dat is de tactiek van Thebe. Wist je dat Thebe Philippus in gijzeling had toen zijn broer koning was?'

Dat weet ik.

'Hij heeft daar de beste leerschool gehad. Daar zullen ze inmiddels wel spijt van hebben. Philippus zal proberen om de Atheense linie op te rekken, ze uit de tent te lokken, zich misschien zelfs even terugtrekken om ze te laten denken dat ze aan de winnende hand zijn. De linie te breed maken, ze dan aanvallen en met de cavalerie door de gaten breken. En Alexander aan de andere kant precies hetzelfde. Je kunt ze maar beter meteen goed te grazen nemen, hè? Zo is het toch? En dan komen de twee kanten samen en dat is dat.'

'Hoe weet je dat allemaal?'

Met een snel gebaar schept hij de figuurtjes op met zijn hand. 'Ik was vroeg op, voordat het hoofd de tent afsloot. Op weg naar de rivier kon ik een blik op het slagveld werpen. Ik kon de vaandels zien, hoe de vijand zichzelf had opgesteld. En ik heb genoeg veldslagen van Philippus meegemaakt om te weten hoe hij meestal te werk gaat. De vijandelijke linies oprekken, en dan de cavalerie er als een soort wig tussen werken. En Alexander gebruiken om iedereen de stuipen op het lijf te jagen.'

'Maar hij heeft Alexander toch nog niet eerder gebruikt?'

'Hij heeft zich erop verheugd om dat nu te kunnen doen.'

Ik steek mijn hand uit naar zijn figuurtjes, met opgetrokken wenkbrauwen, als om te zeggen: mag ik? Hij staat toe dat ik er een paar uit zijn hand pak.

'Hij loopt er al weken over op te scheppen,' gaat hij verder. '"De dag dat mijn zoon komt. De dag waarop ze kunnen zien waartoe mijn zoon in staat is."'

'Heb je deze zelf gemaakt?'

'Ja.' Uit hout gesneden, leuk. Kleine soldaatjes in verschillende uniformen. Hij wijst ze aan en zegt wie ze voorstellen. 'Uit Illyrië, uit Thessalië. Die uit Olynthië. Deze uit Triballië. Deze vind ik mooi.'

'Posten!' roept het hoofd.

Hij houdt de flap van de tent omhoog voor ons eerste slachtoffer, een Macedoniër met een pijl in zijn dijbeen. De soldaat heeft zelf de schacht er al afgebroken. Het hoofd verwijst hem naar een post. Wanneer de arts de punt er met zijn tang uit rukt, schreeuwt de soldaat het uit.

'Jij, en jij, en jij,' zegt het hoofd.

Ineens staat er een man voor me, een huursoldaat. Hij bloedt boven zijn oog, maar dat kan net zo goed een ondiepe wond zijn. Hij kijkt me aan en kotst dan over de voorkant van zijn tuniek. Pas dan zie ik de pijl in zijn linkerschouder.

'Stuur hem terug,' zegt de jonge arts zonder me echt aan te kijken. Hij heeft het druk met zijn eigen man.

Ik zeg tegen de huursoldaat dat hij moet gaan liggen. 'Mag ik jouw tang gebruiken?'

'Stuur hem terug.'

'Schildarm.' Ik pak de tang en trek. De man schreeuwt. De pijlpunt komt eruit, hij komt er zowaar uit. Ik heb er eentje gedaan. Ik probeer zijn leren tuniek uit te trekken om een verband aan te kunnen leggen. De man opent zijn ogen, kijkt me aan en sterft.

'Nee, wacht,' zeg ik.

De jonge arts wijst naar zijn kruis, naar de steeds groter wordende bloedvlek. 'Ogen, borst, speerarm, kruis. Hoofd!' Hij wijst naar mijn post.

Het hoofd stuurt een paar verzorgers om het lichaam weg te dragen. Meteen is de volgende er al, en de volgende. Mijn kleren raken binnen de kortste keren doorweekt van het bloed. De meeste mannen sterven. Zoals de jonge arts al had voorspeld maken pijlwonden plaats voor speerwonden, steekwonden, versplinterde botten. Ik stuur ze steeds sneller weg.

'Wacht,' zegt deze terwijl ik mijn hand opsteek om de aandacht van het hoofd te trekken. 'Verbind me nou gewoon maar.'

Een dijbeenwond waar het bloed uit stroomt. Dijbenen hoor ik te behandelen, al weet ik bijna zeker dat deze man zal doodbloeden. Ik kijk naar zijn gezicht, ik kijk nog een keer.

'Goed gezien!' Lysimachus lacht en trekt dan een gezicht. 'Wat een bofkont ben ik toch.'

Ik leg een tourniquet aan, zo strak mogelijk, en druk met beide handen het verband tegen de wond, waarbij ik mijn hele gewicht gebruik.

'Vervloekt zij je moeder,' zegt hij.

Het hoofd kijkt even over mijn schouder en loopt dan weer door.

'Wat gebeurt er daar allemaal?' vraag ik.

'Terugtrekken.'

Wanneer ik de druk wat verminder welt het bloed weer op. Ik zet mijn gewicht er weer achter.

'Alleen maar tot aan de rivier,' zegt hij. 'Ik moet terug. We kunnen elke man gebruiken.'

'En de prins?'

Hij grijnst en trekt weer een gezicht. Wanneer ik de druk deze keer verminder bloedt het niet zo erg meer. Ik help hem overeind.

'Ik zal hem een kus van je geven,' zegt hij.

Het werk gaat door. Mijn geest ordent werktuiglijk, zonder nadenken, hoewel dat een contradictio in terminis is. Ik kan beter zeggen dat mijn geest al aan het ordenen is voordat ik het zelf wil; ik denk sneller dan mijn bereidheid om te denken. Materie en vorm; de ziel geeft vorm aan de materie van het vlees; ik geloof niet dat dat alleen maar een metafoor is. Het is net als was, en de afdruk daarin. Maar aan de andere kant, sommige lichamen zijn natuurlijk, sommige niet; sommige natuurlijke lichamen hebben leven, sommige niet. En dan is er ook nog de kwestie van het doel; kun je zeggen dat de ziel het doel van het lichaam is? Ik voel daarin iets wolligs, een gat tussen de tanden van mijn logica. Pythias heeft zo'n kam, van schildpad, die ze per se wil gebruiken ondanks het gat van twee vingers breed waar de tanden zijn afgebroken. Ze heeft hem meegenomen van het hof van Hermeias en wil niet dat ik een nieuwe voor haar koop. Goed, laten we het doel even vergeten. De eigenschappen van het leven: geest, zintuiglijke gewaarwording, beweging in de ruimte, en de beweging die voeding en rotting met zich meebrengen. Eerst is er de zintuiglijke gewaarwording; dieren bijvoorbeeld worden al dingen gewaar voordat ze kunnen bewegen. Ik veeg mijn handen af aan een lapje dat al nat en donker is van het afvegen. Niet alle wezens bezitten deze eigenschappen; planten bijvoorbeeld beschikken wel over de voedingseigenschap, maar kennen geen zintuiglijke gewaarwording; dieren ontbreekt het aan wat bij mensen de geest wordt genoemd en zijn niet in staat om rationeel te denken.

'Hé.' De arts schudt aan mijn arm. 'Je moet even gaan zitten.'

'Nee.'

'Jawel, doe nou maar. Het is voorbij. Hoor je dat niet?' Gebulder buiten, de zee komt dichterbij. 'Hoofd!'

Ik vraag me af wie er dood is. Dan word ik vastgepakt door handen; ik moet gaan zitten. Het hoofd knijpt met twee vingers in mijn neus, trekt mijn hoofd naar achteren en giet wijn over me heen. Iets sterks, niet die van gisteravond. Ik kokhals.

'Het komt wel goed, ouwe.'

Hij laat mijn neus los en ik deins proestend achteruit. 'Wat is er gebeurd?'

De jonge arts brengt zijn gezicht naar het mijne; met wijd open ogen bekijkt hij mijn pupillen. Hij tikt tegen zijn slaap. 'Je was even van de wereld.'

'We hebben gewonnen,' zegt het hoofd.

Ik geef over, paars. Het hoofd haalt grijnzend een hand door mijn haar en loopt weer verder, voor iedere man in zijn tent een scheut wijn inschenkend.

'We zijn er weer, hè?' De arts tikt weer tegen zijn slaap.

Ik knik.

'Je kunt wel even gaan liggen als je wilt.'

'Mogen we naar buiten?'

'Zo meteen. We hebben nog een lange dag voor de boeg. Het hoofd zal ons meenemen om op zoek te gaan naar overlevenden. Iedere medische post krijgt een gedeelte van het terrein toegewezen; we moeten wachten tot we horen welk gedeelte voor ons is.'

'Alle overlevenden, of alleen die van ons?'

De arts knikt. 'Je leert het al. Brood?'

Ik pak de homp die hij me voorhoudt. Er zit bloed van zijn handen op, bloed met substantie erin, net als Pythias' menstruatiebloed. Het smaakt zout; het lukt me om er een paar hapjes van te nemen. Ik zie dat het hoofd naar een officier luistert die bij de ingang van de tent staat en zich dan weer tot ons richt.

'Macedoniërs en Atheners. Hebben jullie dat allemaal begrepen? Macedoniërs en Atheners. Als je het niet zeker weet, vragen.'

'En de anderen dan?' vraag ik aan de arts.

'Daar hebben ze een detachement voor. Neem je gerei mee voor het geval je iemand vindt die niet verplaatst kan worden.'

'Het oostelijke veld,' herhaalt het hoofd tegen iedere man wanneer we de tent uit lopen. 'Gewonde paarden. Pas op voor de paarden. Het oostelijke veld.'

Buiten kan ik in eerste instantie niets zien. De zon bezeert alles wat hij aanraakt. We lopen een wereld binnen vol mannen en paarden die doelloos ronddwalen, zo lijkt het, de mannen overrompeld door de scheur in het web waardoor ze net naar binnen zijn gekomen, de tocht terug van het terrein van de dood naar de valse wereld van tenten en rollen beddengoed en eten en leven. Ze moeten drinken om het te vieren. Ik zoek naar gezichten die ik ken en dan dringt het tot me door: ik ken de meeste. Kan dat?

'Deze kant uit.'

Het hoofd gaat ons voor naar de rivier, naar de paarden. Ook daar is een detachement voor; een cavalerist die meedogenloos alle gewonde paarden afgaat en hun kelen doorsnijdt. Sommige gaan tekeer, andere krabbelen overeind en rennen blindelings weg. Er zijn meer ploegjes artsen aan het werk op het veld, met gebogen hoofden, alsof ze bosbessen plukken. Ik merk dat het hoofd vlak bij me blijft om me in de gaten te houden.

'Nee,' zegt hij als ik me buk om iets, iemand, nader te bekijken. Iemand uit Thebe. 'Doorlopen.'

Ik blijf staan.

'Doorlopen.'

De man uit Thebe kijkt me aan.

'Doorlopen, lul.'

Ik kniel neer en neem mijn tas van mijn schouder. Boven ons

cirkelen aasgieren, fluitend, wachtend op ons vertrek.

'Lul.' Het hoofd knielt naast me neer. De ogen van de man uit Thebe schieten van de een naar de ander. Het hoofd voelt aan de zijkant van de keel naar een polsslag, duwt met zijn duim de wenkbrauwen omhoog om een nauwkeuriger blik op de ogen te kunnen werpen en pakt de voeten van de man beet. Hij knijpt in de benen van de man, van beneden naar boven. Hij is al bij de borst voordat de man begint te kreunen. 'Help me even.' Samen leggen we de man op zijn zij. Op zijn rug overal bloed. 'Verlamd,' zegt het hoofd. 'Kapotte ruggengraat. Wilde je er soms vandoor gaan, klootzak?'

'Nee,' zegt de Thebaan.

We leggen hem weer op zijn rug zodat hij naar de lucht kan kijken. 'Doorlopen,' zegt het hoofd tegen me. 'Kom. Dit wil je niet zien.'

Ik verroer me niet.

'Doe je ogen dicht,' zegt het hoofd tegen de Thebaan. De man doet het niet. 'Ik doe het alsof je een van de onzen bent,' zegt hij, en meteen steekt hij zijn mes op de plaats waar hij net nog naar een polsslag heeft gevoeld. We deinzen allebei achteruit voor het bloed dat eruit spuit. De handen van de Thebaan slaan een paar keer op de grond en blijven dan liggen. Zijn ogen zijn nog steeds open.

'Dat is mijn werk niet,' zegt het hoofd. 'Laat me dat niet nog een keer moeten doen.'

'Hoofd!'

De jonge arts heeft wat; hij wenkt ons.

Ik kniel weer neer.

'Hier heb ik geen tijd voor.' Het hoofd draait zich om. 'Je zoekt het zelf maar uit.'

Bij mijn spullen zitten een schrijftablet en een schrijfstift. Ik leg de Thebaan weer op zijn zij en maak het leren korset los. Op de plek waar het wapen erdoorheen is gegaan, valt het in stukken uit elkaar. De randen van de huid hebben de kleur van pruimen. Als ik ze van elkaar trek, zie ik een flap geel vet. Maar ik ben op zoek naar het bot; ik heb mijn messen nodig, en daarna iets om mijn handen aan af te vegen zodat ik kan schrijven en tekenen.

Ik weet niet hoeveel tijd er precies verstrijkt.

'Dus hier zit je.'

'Wacht even.' Diep uit het gat trek ik voorzichtig een lange draad van het een of ander omhoog.

'Wat is dat?' Het hoofd knielt naast me neer om te kijken wat ik aan het doen ben.

'Ik weet het niet. Ik probeer te ontdekken waar hij heen gaat.'

'Moet je dat eens zien.' Nog een stem, nog een donkere gestalte die naast me neerknielt. De jonge arts. 'Komen al die stukjes allemaal uit deze ene hier?'

Ik heb de ingewanden op de grond uitgespreid; het zijn er veel.

'Gaat het?' vraagt de arts.

'Ik heb meer schrijftabletten nodig.'

Het hoofd knikt naar de arts die meteen wegdraaft. 'Hij zorgt er wel voor dat je die krijgt. Wat... Goden nog aan toe, wat een stank.' Ik heb een darm geraakt. 'Is dit je werk?' vraagt hij.

'Het is ook jouw werk.'

'Niet als ze eenmaal dood zijn.' Het hoofd laat zijn blik over het terrein dwalen. Ik probeer op te staan. 'Rustig aan.' Hij pakt mijn arm beet. Mijn voeten slapen omdat ik zo lang op mijn hurken heb gezeten. 'Ze zijn de brandstapels al aan het opbouwen. Ben je hier bijna klaar?'

'Nee.'

'Hij moet samen met zijn eigen mensen verbrand worden.'

'Ik ben nog niet aan het hoofd begonnen.'

Geschreeuw aan de rand van het terrein, achter ons; een of andere ruzie. 'O, nee.' Het hoofd begint zand over de ingewanden te schoppen. 'Nee, nee, nee. Leg hem weer op zijn rug, snel. Help me. Ruim die troep van je op.'

'Ik ben nog niet klaar.'

'Hoor eens,' zegt het hoofd. 'Ik weet wie je bent en waarom je hier bent. Ik begrijp min of meer wat je aan het doen bent. Maar de soldaten zullen het niet snappen. Gelukkig heb je zijn geslacht intact gelaten. Maar nu moet je er echt mee ophouden.'

'Ik was er bijna.'

'Vrouwenwerk.' Hij kijkt over zijn schouder. 'O verdomme.' Hij gooit de Thebaan weer op zijn rug om het gat te verbergen dat ik heb gemaakt. 'Knielen,' fluistert hij.

'Majesteit,' zeg ik.

'Ingerukt mars.' Alexander kijkt naar de Thebaan. Het hoofd gaat er als een pijl vandoor. 'Is hij dood?'

'Ja.'

'Want soms denk je dat ze dood zijn, maar dan is dat niet zo,' zegt Alexander. 'Dan moet je ze afmaken.'

'Ja.'

Hephaistion is op tien passen afstand blijven staan. Hij is lijkbleek.

'Ik heb hier gevochten,' zegt Alexander. 'Op het oostelijke veld. Is hij dood?'

De sluiers die over mijn gedachten hingen trekken langzaam op. Achter Hephaistion zie ik Antipater en Philippus staan. Ook zij houden behoedzaam afstand.

'Kind,' zeg ik. 'Is er iets gebeurd?'

'Wat bent u aan het doen?'

Ik laat hem mijn tablet zien.

'Kan ik ergens mee helpen?'

'Ik ben net klaar. Een ander keertje. Ik denk dat we ons maar eens moeten gaan wassen.'

'Ik heb hier gevochten.'

'Alexander.' Hephaistion doet een stap naar voren. Alexander trekt zijn mes. Hephaistion doet weer een stap naar achteren.

'Kind,' zeg ik weer. 'Kun je me laten zien waar ik me kan wassen?'

Hij kijkt naar de Thebaan. Hij knielt naast hem neer, net zoals ik uren geleden deed.

Met een grote boog loop ik om hem heen, naar Philippus en Antipater toe, die fluisterend aan het ruziën zijn.

'Het komt vaker voor,' fluistert Antipater. 'Dat weet je net zo goed als ik.'

'Wat komt vaker voor?'

Philippus schudt zijn hoofd. 'Hij heeft de verzorger van Ossenhoofd doodgestoken,' vertelt Antipater. 'Dacht dat hij de vijand was. Het gevecht was al afgelopen.'

'Net als na Maedi.'

Antipater ziet er gekweld uit.

'Wat?' vraagt Philippus.

We kijken naar Alexander die met zijn mes in de Thebaan aan het snijden is, langs de haarlijn.

'Het is jouw schuld,' zegt Philippus tegen me. 'Jij hebt hem die rotzooi geleerd. Wat voor beest ben je eigenlijk? Zo ga je toch niet met een lichaam om? En wat is er na Maedi gebeurd?'

Antipater schudt zijn hoofd.

'Dat is mijn zoon.'

'Dat is hij nog steeds,' zeg ik.

'Het is de bedoeling dat hij ooit koning wordt.'

'Kijk eens,' roept Alexander. Hij zit over het lijk gebogen. 'Het laat los. Kom eens kijken.'

Hephaistion deinst achteruit.

'Regelen jullie dit maar,' zegt Philippus. 'Met zijn tweeën. Jullie hebben er toch zoveel verstand van? Breng hem in godensnaam naar een tent voordat iemand het ziet.' Hij trekt zijn eigen mes een stukje uit het leer en duwt het er dan weer met kracht in. 'Heb ik een erfgenaam of niet?'

Hephaistion ziet groen aan de zijkant van zijn gezicht, het fenomeen dat Arimneste me lang geleden probeerde te beschrijven. 'Dit kan niet waar zijn,' zegt Philippus. 'Ik ga terug naar het kamp.'

Ik ga kijken wat Alexander aan het doen is. Hij heeft het gezicht vanaf het voorhoofd afgepeld. Hij trekt het eraf met zijn mes, al scheurend en rukkend. Hij is al bij de ogen.

'Dit heb ik in Maedi ook geprobeerd,' zegt Alexander. 'Ik wilde er eentje mee naar huis nemen. Maar ik kon het er niet af krijgen.'

'Voor mij?'

'Voor Carolus. Ik dacht dat we het misschien zouden kunnen laten drogen. Hij zei dat ze zich geen maskers konden veroorloven.'

'Mag ik helpen?' Ik steek mijn hand uit naar zijn mes. Hij staat toe dat ik het pak. Ik neem de flap van het voorhoofd tussen mijn vingers en houdt hem voorzichtig strak, net als hij. 'Mag ik dit voor je afmaken? Volgens mij willen ze dat je teruggaat naar het kamp.'

'Ik wil hier bij u blijven.'

'Je vader is erg trots op je,' zeg ik langzaam. 'Op het werk dat je vandaag hebt verzet. Hij wil het met je vieren. Hij wil dat iedereen jullie samen ziet.' Ik voel Antipater achter me, hij komt steeds dichterbij. 'Je vader heeft je nu nodig.'

'Majesteit, kom,' zegt Antipater.

Alexander kijkt naar Hephaistion. 'Ha.' Zijn gezicht klaart helemaal op. 'Sinds wanneer ben jij hier?'

Hephaistion kijkt naar mij. 'Net.'

Over Alexanders hoofd heen knik ik naar hem: *Goed zo. Ga verder.*

'Hé,' zegt Hephaistion. 'Hé, ik ben uitgehongerd. Zullen we wat gaan eten?'

Alexander slaat zijn arm om zijn schouders en zo lopen ze terug naar de tenten. Ik probeer het voorhoofd van de Thebaan weer glad te strijken, maar de rand is gescheurd en de huidflappen passen niet meer over de schedel.

'Hij zal zich hier niets van herinneren,' zegt Antipater. 'Alexander. De laatste keer herinnerde hij zich er ook niets van.'

De jonge arts komt hijgend aanrennen, met drie schrijftabletten onder zijn arm. 'Is dat genoeg? Meer kon ik er niet vinden. Een Thebaan, toch? Dat willen ze bij de brandstapels graag weten. Als je klaar bent help ik je wel met dragen.'

'Hij is klaar,' zegt Antipater.

We dragen hem de honderd passen naar de Thebaanse stapel die al sist en knettert in het gouden namiddaglicht. Zonder ingewanden weegt hij bijna niets. We tillen hem op de andere lijken terwijl de officier die de leiding heeft op een tablet de tel bijhoudt. De arts gaat er weer vandoor. Antipater en ik staren naar het vuur en de trillende hitte eromheen.

'Ik heb last van nachtmerries,' zegt Antipater.

Een lange stilte.

'Ik werk,' zeg ik. 'Het is net de zee. Ik ga erin, heel diep, en dan kom ik er weer uit.'

Hij knikt en schudt dan zijn hoofd. De ondergaande zon zet ons haar in een gouden gloed. De Thebaan – rook – stijgt op naar de hemellichamen.

Antipater en de prins vertrekken naar Athene om de botten van de Atheense gevallenen te escorteren. Een beleefdheidsbetuiging: door de nederlaag zijn de Atheners weer gerespecteerde bondgenoten geworden. Voor het opbreken van het kamp heb ik van het hoofd een zakje papaverzaad weten los te peuteren en Antipater geleerd de juiste dosering toe te dienen. Philippus zal de herfst op de Peleponnesos doorbrengen om de losse eindjes aan elkaar te knopen en een grote conferentie in Corinthe te organiseren, waar hij zich kan bezighouden met het voorbereiden van al zijn nieuwe onderdanen op een oorlog tegen de Perzen. Philippus is nog nooit in Athene geweest en het is opmerkelijk dat hij deze kans laat schieten. Ik vermoed dat hij op dit moment de aanwezigheid van zijn zoon niet kan verdragen.

Ik reis terug naar Pella met een konvooi gewonden die nog kunnen lopen. Geen geiten deze keer; geen mascotte, geen haast. Ik verschoon verband, maak wonden schoon, snijd infecties open, dien degenen met waandenkbeelden kalmerende middelen toe.

Thuis geef ik de kleine Pythias haar cadeau, een houten figuurtje van een Atheense soldaat, dat de arts voor mij heeft gemaakt in ruil voor mijn messen. Haar moeder tref ik aan in bed, waar ze nu het grootste deel van haar tijd doorbrengt. Het lukt me nauwelijks om haar zover te krijgen dat ze haar lichaamsoefeningen doet, en wanneer ze het toch probeert kruipt ze langs de muren of steunt ze op de arm van een slavin. Het lukt me ook niet om haar er hardop van te beschuldigen dat ze haar ziekte simuleert, hoewel ik dat vermoeden niet van me af kan schudden.

'Athene,' zegt Pythias. 'Athene, Athene. Misschien heeft Philippus gelijk. Wat zou je daar hebben moeten doen, behalve wat je nu ook doet, alleen voor een wat aandachtiger publiek?'

'Is dat dan niets waard?'

'Voor hem niet.'

Ik schud mijn hoofd. 'Neem deze stad nou. Kijk wat hij ermee heeft gedaan. Hij heeft hier toneelspelers, kunstenaars, musici naartoe gehaald. Hij weet wat het betekent om aan cultuur te doen, om de geest te voeden. Hij snapt de... diplomatieke lading ervan.'

'Denk je dat het persoonlijk is bedoeld?'

Ik geef geen antwoord.

'Dus dan is het uit praktische overwegingen. Wat zou hij met je aan moeten? Hij kan de Academie moeilijk dwingen om je aan te stellen als ze dat zelf niet willen. Zoveel snapt hij tenminste nog. Dus wat zou je daar voor hem kunnen betekenen?'

'Ik zou mijn eigen school kunnen leiden,' zeg ik uit tegendraadsheid, maar ik zie dat de pijn terugkomt en dat ze haar belangstelling voor het gesprek alweer heeft verloren.

'Ah,' zegt de oude toneelspeler wanneer hij me ziet, een welluidende klank van plezier die overgaat in een keelklank van natte hoest. 'Dat is lang geleden,' vervolgt hij wanneer het hoesten tot bedaren is gekomen. Hij hapt naar adem om de woorden te kunnen uitspreken.

Een dienstmeisje heeft me meegenomen naar zijn bed, waar Carolus' lichaam zich vreemd tegen aftekent: wat zich onder het laken bevindt lijkt te zijn verschrompeld, bijna plat zelfs, maar zijn handen en hoofd daarentegen lijken reusachtig. Harige handen, knokkelig, met een ongeëvenaard oog voor detail vervaardigd door een meesterbeeldhouwer. Een hoofd als van een leeuw, met wit haar dat langer is dan ik het me herinner en achterovergekamd in een vettige pluim waarin de voren van de kam nog zichtbaar zijn, een kin vol stoppeltjes, en zijn ogen als twee edelstenen verzonken in de zachte kassen.

'Ze is goed voor me,' zegt hij over het dienstmeisje wanneer ik hem vraag of ik soms iets voor hem kan doen, iemand kan sturen; we kunnen gemakkelijk iemand missen om 's nachts aan zijn bed te zitten mocht hij dat willen. 'Nee. De nachten vallen wel mee; soms slaap ik zelfs bijna. 's Nachts komen er allerlei herinneringen naar boven. Toneelstukken waarin ik heb opgetreden, toneelspelers met wie ik heb samengewerkt, publiek waarvoor ik heb gespeeld, reizen, minnaars. En ook mijn jeugd, en de verhalen die mijn vader en grootvader me hebben verteld over de toneelstukken waarin zij hebben gespeeld, over hun tijd. Ik zit 's nachts niet om gezelschap verlegen.'

'Het spijt me dat ik nu pas bij je langskom. Ik ben meegereisd met het leger, geloof het of niet, als arts.'

'Ik wist niet dat er zo'n tekort aan manschappen was.'

'Dat is ook niet zo. Maar Alexander wilde dat ik meeging. Dat ik iets van de wereld zou zien.'

'Door zijn ogen,' zegt Carolus.

'Door zijn ogen.'

Hij knikt, sluit zijn eigen ogen en doet ze dan weer moeizaam open. 'Hij mag je graag. Dat is goed.'

Ik wacht terwijl hij opnieuw zijn ogen dichtdoet, en ik overweeg net om stilletjes weg te glippen wanneer hij ze weer opent.

'Ik ben er nog,' zeg ik.

'Je wilde weggaan.'

Ik kan niet goed zien of hij bang is. 'Wil je dat?'

'Nee.'

Ik kijk de kamer rond terwijl hij zich aan zijn ademhaling wijdt, ter voorbereiding op zijn volgende zin. Een plank vol boeken, toneelstukken, neem ik aan, waar ik heel graag een nadere blik op zou willen werpen. Maskers aan de muur en hier en daar wat rekwisieten. Hij heeft zichzelf omringd met spullen die hem gelukkig maken.

'Onder het bed,' zegt hij.

Ik buig me voorover vanuit de stoel die ik naast het bed heb getrokken en til het overhangende bedlinnen en bont op. Ik zie een doos staan.

'Ja,' zegt hij.

Ik pak hem. Omdat zijn vingers een beetje trillen zet ik de doos op zijn schoot, zodat hij erbij kan.

Onhandig haalt hij het deksel eraf. In de doos ligt een masker. ' "Hoe verschrikkelijk is het de waarheid te weten als die waarheid geen troost biedt",' citeer ik. ' "Ik ben dat vergeten, anders was ik niet gekomen." '

' "Laat me naar huis gaan",' reageert Carolus. Natuurlijk kent hij *Oedipus* net zo goed als ik. ' "Laten we elk ons eigen lot dragen. Dat is beter, geloof me." '

Het Teiresiasmasker van zijn grootvader is elegant en licht en oud; het lint waarmee het om het hoofd van de toneelspeler moet worden gebonden is vergeeld en valt bijna uit elkaar. Op het eerste gezicht ziet het er bijna karakterloos uit: de ogen zijn platte, onbeschilderde doppen, de neus en mond slechts vaag aangegeven. De jukbeenderen zijn hoog en breed; het voorhoofd fijn gerimpeld, maar dat ligt eerder aan het afgietsel dan aan de verf. Het is groot, groter dan een mensengezicht omdat het ook zichtbaar moet zijn vanaf de achterste rij, maar toch licht; wanneer ik het vasthoud lijkt het bijna omhoog te stijgen in mijn handen, een illusie veroorzaakt door het contrast tussen formaat en gewicht.

'Heb je het ooit gedragen?'

Hij pakt het masker langzaam uit mijn handen en houdt het voor zijn gezicht. Na korte tijd probeert hij het weer van zijn gezicht te tillen, maar dat gaat zo moeizaam dat ik hem te hulp schiet en het masker voorzichtig weer in de doos leg. 'Eerste keer, laatste keer,' zegt hij.

Ik doe het deksel op de doos en zet de doos weer onder het bed.

'Ik mis mijn vader.'

Het duurt even voordat ik doorheb dat hij huilt.

'Mag ik even een blik op je boeken werpen?' vraag ik.

Ze zien er veelgebruikt uit, met scheuren en vlekken, en sommige zinnen zijn onderstreept en andere doorgehaald. Hij heeft boeken die ik niet heb. Wanneer ik me omdraai naar het bed ligt hij me aan te kijken.

'Je mag ze hebben,' zegt hij.

'Ik ben te gretig. Zelfs nu, en ik heb dat niet kunnen verdoezelen. Vergeef me.'

'Ik vergeef het je niet. Als je leeft hoor je gretig te zijn. Ik wil dat je gretig bent. Ik wil dat iedereen gretig is. Weet je dat hij me is komen opzoeken?'

Ik ben de draad kwijt. 'Je vader?'

'Mijn vader is dood. Alexander. Over gretig gesproken. Op een dag zal die snotaap zijn mond opendoen en de hele wereld opslokken.'

Hij moet dit bezuren; hij hoest totdat zijn hele wezen is samengebald in een lang, kokhalzend uitademen. Zijn gezicht loopt paars aan en hij knijpt zijn ogen tot spleetjes, net als de blinde Teiresias zelf. Het dienstmeisje, dat het heeft gehoord, komt binnen met een kroes water en houdt hem met een geoefende greep rechtop totdat zijn ademhaling weer tot rust is gekomen. Hij neemt een klein slokje, zakt wat in en neemt nog een slokje. Ze helpt hem weer op zijn rug, trekt het laken recht, legt even een handpalm op zijn voorhoofd en werpt me een vriendelijke blik toe waarmee ze wil zeggen: opschieten een beetje.

'Je moet gaan slapen,' zeg ik.

Ik sta op om weg te gaan. Ik weet niet met welk gebaar ik afscheid moet nemen. Misschien ben ik me te bewust van mijn bewegingen vanwege zijn roerloosheid, of misschien omdat hij per slot van rekening een toneelspeler is en zelf precies zou weten wat ervoor nodig was, hoe je de handen vastpakt van iemand die je voor het laatst ziet. Ik buig me voorover om hem een kus op zijn voorhoofd te geven. Hij doet zijn ogen nog een keer open, en ik aarzel, want ik zie dat hij pijn heeft.

'Je moet meer van hem houden,' zegt hij. 'Van Alexander. Hij kent het verschil.'

Ik overbrug het laatste stukje en plaats mijn lippen op zijn gerimpelde voorhoofd, dat niet koel aanvoelt, en ook niet koortsachtig, maar warm, menselijk warm.

4

De arme Proxenus. In die eerste weerzinwekkende weken na de dood van mijn ouders deed hij zo zijn best om een vader voor me te zijn. Hij sprak zacht, klopte me op de rug en fronste nadenkend wanneer ik eens wat zei, wat zelden voorkwam. Ik was toen echter al een zeer gereserveerde jongeman en van nature iemand die kil op verdriet reageert. Dat hoorde ik hem tegen mijn zus, Arimneste, zeggen, op het schip van Pella naar Athene, toen ze dachten dat ik al in mijn kooi lag te slapen. Zijn verbijstering hierover bracht hij als een medische diagnose. Mijn bloed en lichaamssappen waren zeldzaam en in mijn aderen was het koud in plaats van warm, dus het was niet zo vreemd dat hij mijn gezelschap onaangenaam vond. Hij was van nature een warme man, net zoals zij een warme vrouw was. Ze huilden, ze spraken samen over hun liefde voor de gestorvenen, ze vonden steun bij de rouwrituelen en vervolgens gingen ze verder met hun leven. Ze waren als vriendelijke honden, maar ik was een hagedis.

'Sst.' Arimneste was de baby weer aan het voeden; ik kon het ritmische gezuig horen. Arimnestus snurkte zacht in de kooi boven me. 'Hij is geen hagedis. Zijn huid voelt warm aan als je hem aanraakt.'

'Dat kan van de buitenkant komen, absorptie van de zon,' zei Proxenus. 'Ik denk echt dat hem wat mankeert. Het lichaam moet huilen om de overtollige vloeistof af te voeren die door verdriet wordt veroorzaakt. Maar hoe kan hij de vloeistof nu afvoeren als hij niet huilt?'

Arimneste zei iets dat ik niet kon verstaan en ze lachten allebei zacht. Toen ik me omdraaide in mijn kooi stopten ze met praten.

Na een minuut klonk Arimnestes stem, nauwelijks meer dan een fluistering. 'Moeder zei altijd dat hij de zee in zich droeg, maar dat dat zijn grote geheim was en dat ik het nooit aan iemand mocht vertellen. Ze zei dat hij, als hij daarover wilde praten, dat vanzelf wel zou doen, maar dat we er nooit op aan mochten dringen. We moeten hem zijn dingen op zijn eigen manier laten doen.' Ze huilde nu zelf. 'O mama,' zei ze. En toen tegen Proxenus: 'Het spijt me.'

'Dat hoeft niet.'

Het gekraak van een kooi. Ik waagde het erop even te kijken. Proxenus ging naast haar en de baby op de grond zitten en kuste haar wang en streelde haar haren. Ik deed mijn ogen weer dicht.

'Is hij al klaar?' vroeg Proxenus, doelend op de baby.

'Bijna.'

Nadat ze de baby in zijn wiegenmand had gelegd hadden Proxenus en zij seks in hun kooi. Tedere seks, bijna geluidloos, vanwege de baby en Arimnestus en mij. Ik luisterde belangstellend. Hun liefdesspel bereikte zijn hoogtepunt in één enkele diepe zucht van Proxenus.

'Volgens mij kan die school niet goed voor hem zijn,' zei Proxenus na een tijdje. 'Nog meer broeden en in zijn hoofd leven. Misschien zouden we hem toch beter mee terug kunnen nemen naar Atarneus en een vrouw voor hem zoeken. Hij kan bij mij werken, als mijn leerjongen.'

Arimneste zei iets dat ik niet kon verstaan.

'Nou, dan zoeken we toch een eigen huis voor hem?'

Arimneste mompelde nog wat.

'Je bent zelf ook een beetje koud,' zei Proxenus. 'Goed dan. Jij kent hem beter dan ik. Misschien dat die Plato wel wonderen voor hem doet. Maar ik kan niet zeggen dat ik je grote broer erg zal missen.'

'Hoe bedoelt u, hij is er niet?' vroeg Proxenus.

De man die Eudoxus heette legde uit dat Plato onlangs naar Sicilië was afgereisd, om de jonge koning daar les te geven.

'En wanneer verwachten jullie hem terug?'

Over vier, vijf jaar? Maar in de tussentijd kon ik natuurlijk altijd mijn studie alvast beginnen bij deze Eudoxus en zijn metgezel, Callippus. Als waarnemend hoofd van de school zou hij mijn opleiding net zo nauwgezet begeleiden als de grote man zelf.

'Vier, vijf jaar?' zei Proxenus. Verbaasd, niet verontrust.

Die avond aten we bij Eudoxus en Callippus en ergens tijdens de maaltijd werd er besloten dat we die nacht bij hen zouden blijven slapen. De tweeling en de baby logeerden in de stad bij familie van onze moeder.

Proxenus ging al vroeg naar zijn kamer om brieven te schrijven. Rusteloos als ik was liep ik naar onze kar op de binnenplaats en pakte, zachtjes dacht ik, een handvol rozijnen.

'Nog steeds honger?' vroeg een stem.

'Altijd.' Voorzichtig sloot ik de amfoor weer af.

Eudoxus gebaarde me met hem mee te gaan. Hij liep door de poort de straat op. 'Kom, dan gaan we een eindje wandelen. Dan kunnen we praten zonder dat je voogd of Callippus er last van hebben.'

'Waar werkt hij aan?'

Eudoxus lachte. 'Hij slaapt. Hij houdt vogeluren aan. Morgen bij zonsopkomst wordt hij wakker om zijn liedje te zingen.'

Ik zei dat ik niet begreep wat hij daarmee bedoelde.

'Werken, schrijven,' vertelde Eudoxus. 'We werken hier hard. Wat vind je daarvan?'

We wandelden over een mooie, met olijfbomen omzoomde weg die geurde naar de bloemen uit het park waar we langskwamen. De school bevond zich aan de rand van de stad. Rustig, bijna als het platteland, maar een ander platteland dan ik kende; het was er warm en geurig en aangenaam, zelfs 's avonds. Het zuiden dus. Eudoxus (strak was het woord waarnaar ik zocht voor hem: strak baardje, strak buikje, strak in de kleren. Het was me opgevallen dat hij zich zelfs bij het eten strak in de hand hield; hij had het vlees en de wijn weggewuifd in ruil voor wat fruit en water, en het resultaat was dat hij gemakkelijk voor jonger had kunnen doorgaan dan hij in werkelijkheid was) legde even een hand op mijn schouder, kneep erin en liet weer los.

'Ik vond het heel erg toen ik het hoorde van je vader. Je voogd bewijst hem grote eer door je zo snel al naar ons toe te brengen.'

'Volgens mij weet hij niet wat hij met me aan moet.' Mijn stem was roestig; ik had de afgelopen weken nauwelijks mijn mond opengedaan. 'Hij zoekt een plek waar hij me onder kan brengen.'

'Je zou bij Callippus en mij kunnen wonen,' zei Eudoxus. 'Als je hier zou willen blijven. Als je voogd daarvoor kiest. Er wonen nog een paar buitenlandse studenten bij ons.'

Ik bedankte hem.

'Wie beslist er eigenlijk over? Dat vraag ik puur uit belangstelling, hoor.'

'Dat weet ik niet precies.'

'Ik zal je morgen een rondleiding geven.'

Het beviel me wel dat hij er geen gras over liet groeien. 'Wordt er dan college gegeven?'

''s Ochtends.' Eudoxus zelf zou een praatje houden over een

wiskundig probleem dat Plato had opgegeven voor zijn vertrek naar Sicilië. 'Ik denk dat er veel mensen zullen komen. Je voogd en jij zullen een goed idee krijgen van onze studenten en de sfeer hier.'

Ik vroeg hem of hij zich Illaeus herinnerde.

Hij lachte. 'Heel goed zelfs. Uitmuntende dichter, verschrikkelijk slechte wiskundige. Ik vrees dat er bij jou heel wat puin te ruimen valt.' Toen ik hem zei dat Illaeus niet zozeer puin als wel een lege kamer had achtergelaten lachte hij weer. 'Kom.' Hij liep tussen een paar bomen door. 'Wil je zien waar je zou komen te wonen?'

Zonder dat ik het had gemerkt hadden we een rondje gelopen en waren we weer terug bij het beginpunt. Een stukje verwijderd van het hoofdgebouw, diep verscholen in de tuin, stond een kleiner huis waar het licht nog brandde, ondanks het late uur. We konden zachte, jonge stemmen horen en gelach. Eudoxus tikte even met zijn knokkels op de deur die vrijwel meteen openging. Een stuk of zes jongemannen zaten om een lage tafel te drinken en te discussiëren over iets op een vel papier dat ze aan elkaar doorgaven.

'Een nieuwe student,' zei Eudoxus.

Ik zag dat ik de jongste zou zijn. Ze begroetten me vriendelijk glimlachend. De jongen die de deur had geopend nam me mee het huis in om me de slaapzaal met zijn rij slaapmatten te laten zien, alles even schoon en comfortabel, terwijl Eudoxus grinnikend in de voorkamer bleef om het papier te bekijken.

'Wil je hier vannacht blijven slapen?'

'Ja.'

De jongen had een lui oog en net zo'n lok haar als mijn broer. Ik was meteen bereid hem leuk te vinden. Ik was bereid hen allemaal leuk te vinden, waarom niet, en dat wiskundige probleem van hen ook.

De volgende ochtend hielden Proxenus en ik ons op in de galerij terwijl de grote binnenplaats volstroomde met leden van de Academie die naar Eudoxus kwamen luisteren. Ik deed mijn best om het praatje te volgen terwijl Proxenus met een wat pragmatischer berekening om zich heen keek. Later, na het eten, vertelde hij me dat het hem wel beviel wat hij had gezien. Goed geklede, serieuze mannen uit nette families. Een paar van de gezichten had hij herkend. Later nam hij Eudoxus apart om een wandelingetje met hem te gaan maken. Ik wist dat ze het over geld hadden. Er werd weliswaar geen schoolgeld gevraagd, maar mijn kost en inwoning zou wel betaald moeten worden. Ik wist dat ik genoeg geld had en ook land: een landgoed in Stageira van mijn vader en een ander in Chalcis van mijn moeder. Geld zou geen probleem zijn.

Mijn huisgenoot met het luie oog troonde me mee naar wat andere jongens. 'We gaan de stad in. Heb je zin om mee te gaan?'

Ik knikte. 'Ik moet toch nog afscheid nemen van mijn familie.'

Proxenus had inmiddels een bode naar het huis van onze familie in de stad gestuurd zodat de tweeling al met de karren op straat stond te wachten toen we aankwamen. Ik kuste de baby, Nicanor, die Arimneste voor me ophield, en omhelsde Arimnestus.

'Horen die bij jou?' Mijn broer knikte naar mijn huisgenoten die op gepaste afstand bleven staan terwijl wij afscheid namen.

Eudoxus had hun verteld over de plotse dood van onze ouders en ik nam aan dat hij hun ook had verteld over mijn zwijgzaamheid. Ze hadden me tenminste nog niet gevraagd waarom ik niets zei. Mijn broer vond hen er waarschijnlijk eng uitzien: huismussenhuid, ongewapend, magere, afhangende armen. Enge studiehoofden, net als ik.

'Vrienden,' zei ik.

Arimnestus wist dat ik slecht was in vriendschappen sluiten. Ik zag dat hij iets wilde zeggen, dat hij me raad wilde geven, maar het niet goed durfde. Uiteindelijk legde hij zijn voorhoofd liefkozend tegen het mijne en fluisterde, opdat Proxenus het niet zou horen: 'Gewoon ontspannen, wat meer drinken.'

Ik knikte.

Arimneste omhelsde me langdurig, maar het enige dat ze zei was: 'Pas goed op jezelf.'

Proxenus was niet eens van zijn paard gestapt. Op dat moment speet het me dat hij zo'n hekel aan me had, dat hij me zo verkeerd inschatte.

'Wanneer je hier klaar bent moet je naar ons in Atarneus toe komen,' zei hij.

'Schrijf ons,' riep Arimneste terwijl ze de baby omhooghield om naar me te laten kijken.

De karren waren al in beweging gekomen, stofwolken opwerpend. Ik stak mijn hand op en hield hem in de lucht terwijl ze wegreden. Ik wilde het liefst doodgaan.

'Alles in orde?' vroeg mijn huisgenoot.

Ze kenden een tent waar we wat konden eten, in een huis van twee verdiepingen aan een drukke straat in het winkelcentrum. Terwijl we aan een lange tafel brood en vlees van spiesen aten kwam iemand weer op de proppen met het papier van de avond ervoor en de discussie laaide opnieuw op. Ik drentelde weg van tafel, het huis in, op zoek naar een plek waar ik met goed fatsoen kon pissen.

'Daardoor,' riep een vrouw uit de keuken. Ze gebaarde me door te lopen. 'Daar, daar.'

Ik liep de deur door die ze bedoelde, een slaapkamer in, waar ik in de hoek een pot aantrof. Toen ik me omdraaide zat er een meisje op het stromatras op de grond.

Buiten ging ik weer op mijn plaats aan tafel zitten.

'Alles goed?' vroeg mijn huisgenoot weer.

Het was een uur lopen van de deur van het kleine tuinhuis naar de deur van de meisjeskamer, een wandeling die ik in de maanden die volgden menigmaal maakte. Het was niet duur; er werd nauwelijks gesproken. De rest van mijn tijd bracht ik voornamelijk door in de schoolbibliotheek. Af en toe waren er 's ochtends openbare colleges; af en toe 's avonds een symposium. Ik mocht zelf weten of ik iets bijwoonde; ik was baas over mijn eigen tijd. Ik dacht aan Perdiccas en Euphraeus en hun protserige diners: het rituele afmeten en aanlengen van de wijn, het zegenen, de ingestudeerde vertogen over vaste onderwerpen, de erudiete spitsvondigheden, ha ha ha. Op een avond nam ook ik het woord, ik vertelde wat ik dacht over de ideeën waar iedereen hier zijn mond van vol had, over het onzegbare wezen van dingen. Ik had weinig op met het onzegbare en dat gaf ik dan ook voorzichtig te kennen. Het kon toch niet anders of dingen moesten hun oorsprong in de wereld hebben, anders zou het allemaal toch nergens op slaan?

'Die jongen riekt naar de lamp,' zei iemand, waarop iedereen moest lachen. Ze waren verheugd en ook nieuwsgierig. Dus ze hadden me toch in de gaten gehouden en afgewacht tot ik iets zou zeggen.

Ik zou altijd naar de lamp blijven rieken, dat wist ik best. Mij ontbrak het aan spontaniteit; mijn verstand was zo droog als muizenkeutels en net zo armetierig. Ik moest er hard voor werken, ja, mezelf uitputten, urenlang bij de lamp. Ik had Eudoxus voorgelogen. Binnen in me was het niet leeg, het was er een grote chaos. Toen we op het schip naar Athene benedendeks aan tafel hadden gezeten waar mijn zus borden met eten uitdeelde was het schip plotseling door een grote golf opzij gegooid, en alles was op de vloer gekletterd, het eten, de borden, de kroezen; mijn zus en de baby waren gevallen en iedereen had gegild. Met mijn hoofd was het nu net zo gesteld, vatbaar voor plotse tuimelingen. Op sommige dagen kon ik me bij het wakker worden alleen maar omdraaien en weer verder slapen. Mijn huisgenoten lieten me dan intuïtief met rust. Op andere dagen wist ik dat ik nooit meer zou hoeven slapen en produceerde ik monumentale werken die zo geniaal waren dat ze met lichtgevend goud bedekt leken. De dag daarna al niet meer. Ik leerde om het niet over mijn ideeën te hebben en er pas over te praten nadat ik er weken als een broedse kip op had gezeten, alles dubbel controlerend tot ik zeker wist dat het van alle kanten klopte. Ach, brave, onverstoorbare, vlijtige, saaie jongen die ik was, die keer op keer dat meisje beklom, haar hardhandig gebruikte en schreeuwend klaarkwam als er niemand was die het kon horen.

In mijn negentiende winter bereikte ons het woord dat Plato vervroegd terugkwam uit Sicilië.

'Hoe is hij?' vroeg ik tijdens het avondeten aan Eudoxus. Ik was al bijna vergeten dat hij eigenlijk de reden was van mijn verblijf hier. Ik had mijn leven min of meer in de hand, mijn Illaeusleventje van seks en boeken en behoorlijk veel privacy, en ik zag op tegen veranderingen.

Ik had zacht gesproken, maar dat maakte niet uit; omdat ik zo weinig zei, stopten de mensen met praten wanneer ik weleens mijn mond opendeed, en omdat ik intelligent was vond iedereen het leuk wanneer ik eens een keer iets niet wist. Het bleek dat ik de enige student was die hem nog nooit had ontmoet. Hij wilde graag zelf beslissen over wie er werd toegelaten, en voor zijn vertrek naar Sicilië was ik de laatste die hij in overweging had genomen. Iedereen sprak door elkaar heen om me op de hoogte te brengen. Hij was van adel, stamde van moederskant af van de grote Atheense staatsman Solon en van vaderskant van de god Poseidon. Zijn familie was actief bij de politiek betrokken en van hem was verwacht dat hij ook die kant uit zou gaan, maar hij was er te kritisch, te moralistisch voor geweest en was zich in plaats daarvan bezig gaan houden met politieke en pedagogische theorieën, theorieën die hij ook in Sicilië had proberen te introduceren. De jonge koning daar was echter al goed geschoold in tirannie en losbandigheid en had geen enkele belangstelling kunnen opbrengen voor het soort zaligmakende zelfbeheersing die Plato predikte; dat maakte Eudoxus tenminste op uit de brief die hij ons tijdens het eten voorlas. Plato zou over twee weken thuiskomen.

'Het komt wel goed,' voegde hij eraan toe, zo zacht dat alleen ik het kon horen.

We gingen naar de haven om zijn schip te verwelkomen, onze rare, vrolijke bende, voorafgegaan door Eudoxus en door Plato's neef, Speusippus. Iedereen praatte te hard en ze hadden nog net geen bloemen in hun haar gestoken. Ik drentelde op een afstandje wat rond om naar het uitladen te kijken. Het zonlicht dat als muntstukken op het water viel verblindde me bijna en toen ik opkeek stond de grote man al op de kade, bestormd door mijn leermeesters en klasgenoten. Ik hoorde mijn naam roepen, maar ik was al onderweg. Ik zou niets laten merken van nukkigheid.

Speusippus stelde me aan hem voor, met een hand op mijn schouder, alsof hij me goed kende en mijn prestaties de zijne waren. Plato was iets jonger dan mijn vader zou zijn geweest en hij zag er moe uit. Hij had kortgeknipt grijzend haar en rimpels om zijn mond en ogen. Mager, iets kleiner dan ik, eenvoudige lichte kleren, harde stukjes licht in zijn ogen. Ondanks mezelf beviel zijn aanblik me wel. Ik had een week en jolig type verwacht, wiens raadselachtigheid moest doorgaan voor ernst.

'Het spijt me dat ik er niet was toen je aankwam,' zei hij, alsof drie jaar geleden vorige week was. 'Dat had ik graag gewild. Ik vond het heel erg van je ouders. Ik dacht dat ik goed werk kon verzetten op Sicilië, het lot van velen kon beïnvloeden, en dat dat de beste keus was. Zo leek het toentertijd tenminste.'

'De morele kansrekening, de keuze om het grootste aantal tot het grootste nut te zijn,' verklaarde Speusippus, alsof hij een orakel interpreteerde.

Om ons heen knikte en mompelde de menigte. Plato leek zich eraan te ergeren.

'Ik zou desnoods nog langer hebben gewacht,' zei ik. Nog meer gemompel en geknik; een goede reactie; alleen meende ik het ook echt. *Je ouders*, had hij gezegd, niet *je vader*. Hij en ik deelden dezelfde luchtbel, we zaten allebei vast in dat moment van drie jaar geleden. In zijn hoofd arriveerde ik nu pas op zijn school; in het mijne waren mijn ouders nog maar onlangs gestorven. Iedere ochtend wanneer ik wakker werd stierven ze opnieuw. Vandaag zou mijn echte opleiding beginnen.

'Ik wil tijd met je doorbrengen,' zei hij.

We liepen weg van het schip, voortgestuwd door de menigte die hem graag weer zijn plaats op school wilde zien innemen, als een stad die ernaar smacht om haar koning weer terug op het paleis te hebben, of een kind zijn ouders thuis.

'Later. Ik ben nu te moe. Ik wil je heel veel dingen vertellen, en ook heel veel van jou horen. Het bevalt me niet dat ik je niet ken. Eudoxus heeft me geschreven –'

Ik stond toe dat Speusippus zich tussen ons drong en dat de menigte mij meevoerde. Had hij met me geflirt? Bij een kraampje kocht ik abrikozen en at die staande op terwijl de menigte waarmee ik was gekomen in de verte verdween, als schapen die de hond leidden. Ik wist dat er musici waren ingehuurd en dat er een groot banket werd aangericht; vanmiddag zou er door niemand gewerkt worden. Hadden ze hem wel horen zeggen dat hij moe was?

'Jij,' zei het meisje verbaasd toen ze me in mijn eentje aan een van de lange tafels zag zitten. Mij was verteld te wachten, wat ongebruikelijk was. Ze had haar haren los en haar gezicht was pafferig. Ik volgde haar naar de achterkamer waar ze met de zijkant van een vinger hard in haar oog wreef terwijl ik me uitkleedde. Het bed was opgemaakt.

'Waar slaap je?' vroeg ik.

Ze wees naar het plafond. Beneden werken, boven wonen.

"s Ochtends. Je slaapt 's ochtends.'

Ze haalde haar schouders op en knikte.

'Het spijt me.'

'Nee, nee.' Ze liet haar jurk vallen, gaapte en lachte toen. 'Het spijt mij. Ik ben vandaag niet erg sexy. Ik heb gisteravond gewerkt. Ik moet eigenlijk in bad.'

Het had het geklets van een slet kunnen zijn – *ik ben zo vies!* – maar daarvoor keek ze me net iets te lang aan. Ik vroeg me af of ook dit iets was waarvoor ik zou kunnen betalen of dat ze me iets totaal anders probeerde te vertellen: *Ik ben niet van jou. Ik ben alleen van jou.*

'Zullen we maar gewoon onze mond houden?' stelde ik voor.

Het was al laat toen ik terugkeerde op de Academie. De zon ging onder en buiten was het bijna uitgestorven. Vanuit het grote huis hoorde ik muziek opklinken en door de ramen kon ik een glimp opvangen van lampen en dansers. Gelach, geklap, de geur van geroosterd vlees. Ik ging me snel wassen in het gastenhuis en trok andere kleren aan. Tandafdrukken op de zachte gedeeltes. Een groot maal zou perfect zijn.

In een hoekje bij de voordeur kwam ik Speusippus tegen, gekleed in linnen, die zijn aantekeningen doornam. We namen elkaar van top tot teen op en wendden toen onze blik af. Toen ik de zaal binnenkwam steeg er gebrul op. Mijn klasgenoten waren al dronken en brulden bij iedereen die in de deuropening verscheen: ik, Callippus met een perkamentrol onder zijn arm, een slaaf met een dienblad vol verse lekkernijen. Plato zat naast Eudoxus, maar af en toe onderbrak hij zijn gesprek om te glimlachen en iets aardigs te zeggen tegen deze of gene student. *Lang geleden, las ik vaak af aan zijn lippen, en: dank je. ... ... lang geleden.* Hij had zich niet verkleed, of misschien waren zijn reiskleren wel zijn enige kleren. Ik zag dat hij me opmerkte. Hij stak zijn hand op om om stilte te vragen.

'Neef,' riep hij.

Speusippus was vlak na mij binnengekomen en legde met veel vertoon zijn klamme hand op mijn hoofd om me aan de kant te duwen. 'Oom. Iedereen is er nu.'

Speusippus liet me weer los. Ik liet me weer opgaan in de menigte, steeds verder naar achteren, tot ik tegen de muur een slaaf vond met een dienblad dat ik leeg kon eten. Ik was net op tijd klaar om mee te kunnen klappen.

'Water,' zei ik tegen de slaaf met twee kannen op zijn blad. Mijn handen roken nog naar het meisje, tenminste, dat verbeeldde ik me. Ik pakte een grote bloem uit een bloemstuk en stak mijn vingers een voor een in zijn witte hals om de geur eruit te boren. Plato reageerde op Speusippus. Hij had de perkamentrol van Callippus overgenomen, rolde hem uit en hield hem op. Het was een kaart van de wereld, met daarop zwarte puntjes als vliegenpoep. Plato legde uit dat ieder puntje verwees naar de geboorteplaats van een lid van de Academie. We gingen allemaal dichterbij staan, op zoek naar onze puntjes. Er was geen puntje voor Stageira. Waarschijnlijk moest het puntje voor Pella mij voorstellen.

'Ik ben zo trots op jullie allemaal,' zei Plato. 'Ik ben zo lang weggeweest. Te lang, ik weet het. Ik ben zo moe dat ik me niet kan voorstellen dat ik binnenkort weer op reis zal gaan. Wat ik dus probeer te zeggen is dat jullie met me zitten opgescheept.'

Gelach. 'We hebben veel werk te verzetten, veel problemen op te lossen. Moeilijke problemen. Maar voor ieder probleem bestaat een oplossing. We zijn hier de wereld in miniatuur en samen zullen we de problemen van de wereld oplossen. Problemen aangaande geometrie, problemen aangaande natuurkunde, problemen aangaande het staatsbestuur, problemen aangaande justitie en wetgeving. Wat we hier bereiken zal nog eeuwen mee kunnen.' Applaus. 'En ik bied mijn verontschuldigingen aan voor het slechte eten. Ik merk dat de normen in de keuken enigszins zijn vervaagd sinds mijn vertrek. Morgen zullen we dat probleem meteen aanpakken.' Gelach en applaus. Een standje: het eten was verfijnd en chic, de meester een befaamd asceet. 'Morgen,' herhaalde hij.

Toen het feest verderging liep ik naar hem toe.

'En wat vond de nieuwe jongen van mijn toespraak?' vroeg hij.

'Voor ieder probleem bestaat een oplossing en morgen zal het eten slechter zijn?'

Hij lachte en boog zich voorover om in mijn kroes te kijken. 'Dus hij drinkt niet?'

Hij sprak net als Illaeus. Illaeus sprak als hij. 'Niet zoveel.'

'Waarom niet?'

Callippus, die de rol oprolde, luisterde naar wat Eudoxus hem in het oor fluisterde. We waren even alleen in de volle zaal. 'Mijn leermeester in Pella dronk. Daardoor kon hij zijn werk niet meer doen.'

'Illaeus.'

Ik knikte.

'Ik herinner me hem van toen hij hier was. Een prachtjongen. Een prachtgeest. Talent voor talen, en voor taal. Was gek op poëzie. Hij dronk toen ook al en vond het leuk om 's avonds in zijn eentje de stad in te gaan. Het leek toen geen kwaad te kunnen.'

Ik hield zijn blik vast.

'Zijn brief ontroerde me,' zei Plato. 'Ten eerste kwam hij onverwachts omdat hij hier boos is vertrokken. Ik had in geen jaren meer wat van hem gehoord. En dan zegt hij opeens: ik heb hier een jongen. Je moet die jongen aannemen.'

Ik rook aan mijn vingers.

'Ik heb zelf ook een leermeester gehad, jaren geleden. Zou je het erg vinden om met me mee te komen, ik kan hier bijna niets verstaan.'

Hij nam me mee een gordijn door. Ik voelde dat mijn klasgenoten ons nakeken. We gingen in een kamer zitten waar ik nog nooit was geweest, een cel met een bed, een tafel, twee stoelen en een plank met boeken.

'Mijn leermeester was als een vader voor me,' vertelde hij. 'Ik zal als een vader voor jou zijn als je dat toelaat. Je bent nu al zoveel mensen voor me. Illaeus, opnieuw, en mijn jongere ik, en ook jij. Van Eudoxus heb ik gehoord dat de andere jongens bang voor je zijn. Hij zegt dat je veel tijd in je eentje doorbrengt.'

'Ja.'

'Dat is niet slecht. Dat hoeft het niet te zijn.'

'Waarom is Illaeus boos weggegaan?'

'Hij wilde dat ik het meest van hem hield. Ik heb hem daarin teleurgesteld.'

We zaten even naar de feestgeluiden uit de grote zaal te luisteren.

'Niet voor alle problemen bestaat een oplossing,' zei ik.

We hadden het daar een tijdje over. Ook ik wilde dat hij het meest van mij zou houden, nu al, en ik vermoedde dat ik dat voor elkaar zou kunnen krijgen door tegen hem in te gaan. In de zaal bevonden zich al genoeg strooplikkers. Hij zei dat hij in volmaaktheid geloofde; ik zei dat ik in een middenweg geloofde. Volmaaktheid was een uiterste en ik had de behoefte om uitersten te mijden, misschien omdat ik er gevoelig voor was.

'Ik zal je wel helpen,' zei hij.

Er werd op de deurpost geklopt. Eudoxus keek naar binnen. 'Eten.' Hij zette een bord op tafel.

'Ik ben meer toe aan slaap.' Plato stond op en gaf mij het bord. 'Eet dat maar voor mij op. Jongens hebben altijd honger. We hebben gespreksstof voor jaren; we hoeven niet vanavond alles al door te nemen.'

Eudoxus nam me mee terug naar het feest. 'Ik weet niet of je dat wel wilt.' Hij knikte naar het bord. 'Het is speciaal voor hem klaargemaakt. Geen honing, geen zout. Waar hadden jullie het over?'

Brood, vijgen, yoghurt, een eendenei.

'Bofkont!' Mijn vrienden verzamelden zich om me heen, een blik op het bord werpend, op mij.

Het meisje had gelikt en gebeten, gelikt en gebeten totdat ik buiten mezelf was. Ik wist dat ik haar voor het laatst had gezien. Duizelig gaf ik het bord weg.

5

Pythias ligt op sterven. Haar pijn is als een fel lint dat door haar heen trekt tijdens donkere dagen en slapeloze nachten; het is het enige dat echt is voor haar. Ze ligt in haar kamer, in haar bed, tussen lakens die zoet geuren naar fruit dat heeft liggen rijpen in de kasten; haar dienares wuift haar voortdurend koelte toe. Onwillekeurig denk ik aan haar pijn als aan een redelijk wezen met wie zij strijd moet leveren om zich ervan te bevrijden, maar aangezien ze zelf niet helder redeneert kan ze dat niet. Ik kan de onthutsing van haar gezicht aflezen, de rimpels op haar voorhoofd, wanneer de logica van de pijn haar keer op keer de baas is. Soms spreekt ze met zachte stem over haar jeugd aan het hof van Hermeias, over haar moeder en een jongere zus, over wie ze het nooit eerder heeft gehad; soms schreeuwt ze het uit, en ik weet dan niet of het van pijn of van verdriet is. In haar slaap ligt ze te woelen, geplaagd door nachtmerries, en dan wordt ze wakker met een krijtwit gezicht en haar ogen en mond zwart van angst. Het duurt heel lang voordat ik haar zover weet te krijgen dat ze me vertelt wat ze ziet.

'Een weg,' zegt ze dan, of: 'Ik ben aan het wandelen,' maar dan krijgt de angst haar weer in zijn greep en weigert ze verder nog iets te zeggen. Ik weet dat ze denkt dat dit voorspellende dromen zijn.

'Als je me vertelt wat je droomt kan ik misschien een manier bedenken om ze te laten stoppen.' Ook dit baart haar zorgen: als de goden willen dat ze haar dood ziet, dan zou het oneerbiedig zijn om het visioen te weigeren.

'Dus je sterft in die droom?' vraag ik meedogenloos. Ik heb nog nooit een steeds terugkerende droom gehad, heb eigenlijk nooit dromen gehad die enige samenhang vertoonden, en het boeit me mateloos.

Pythias sluit haar ogen en doet ze dan met veel moeite weer open. Terwijl ze praat kijkt ze me recht aan, en mijn aandacht voor haar woorden raakt ondergesneeuwd door de openbaring dat we in ons hele huwelijk vrijwel nooit oogcontact hebben gehad. Ze staart altijd net over mijn schouder, of naar mijn borstkas, of naar mijn voeten.

'Ik ben aan het wandelen,' zegt ze. 'Alleen. Het waait en de lucht is zwart. Dan begint de lucht te smelten. Hij valt in repen uit elkaar en achter de lucht brandt een wit vuur en er heerst een enorm lawaai. Het duurt niet lang of de hele hemel staat in brand en van de lucht blijft niet veel meer over dan een paar zwarte flarden die wegwaaien in de wind. De wind en het lawaai en de hitte zijn onverdraaglijk, maar het allerergste is nog dat ik alleen ben.'

Met witte knokkels klampt ze zich vast aan mijn handen.

'Ik hoef mijn ogen maar dicht te doen of daar is hij weer,' fluistert ze. 'Heb ik er verkeerd aan gedaan om het je te vertellen?'

Ik troost haar op de manier die ik het beste ken, met de taal van de rede, en leg haar uit dat het gevoelsorgaan van het lichaam, het hart, natuurlijke onderbrekingen nodig heeft, de slaap; dat het doel daarvan is om de zintuigen rust te geven. Ik

leg het verband uit tussen de spijsvertering en de slaap (me voor-
nemend om bij de dienares naar haar eetgewoontes te vragen),
en vertel haar dat dromen de voortzetting zijn van zintuiglijke
indrukken die inwerken op de verbeelding. Er zijn veel factoren
die van invloed kunnen zijn op wat je droomt, bijvoorbeeld om-
gevingsfactoren tijdens de slaap - een te warme of te koude kamer bijvoorbeeld - die dan worden overdreven in de droom en
de indruk geven van bevriezen of verbranden. Misschien was
haar droom over grote hitte wel een gevolg van haar koorts, of
van te veel dekens. (Tijdens deze les volgen haar ogen de mijne,
net zoals die van de kleine Pythias me volgen wanneer ik haar
vertel dat ze op een goede dag net zo'n mooie dame zal zijn als
haar moeder; weifelend, maar toch bereid om het te geloven.)
Verder leg ik haar uit dat sommige mensen erg ontvankelijk zijn
voor gewelddadige dromen, en dat dat dan kan gaan om mensen
die licht ontvlambaar zijn of sterk geëmotioneerd of juist leeg-
hoofdig, of een leegte hebben die moet worden opgevuld. (Tot
welke categorie zij behoort laat ik in het midden. Mijn eigen
dromen zijn te verwaarlozen; mijn geest heeft het in wakende
toestand al te druk om ook nog tijdens de slaap op zoek te gaan
naar brandstof.) Wat betreft die oneerbiedigheid ten opzichte
van de goden, leg ik vriendelijk uit, is het bekend dat ook honden weleens dromen - in hun slaap bewegen ze hun poten - en
waarom zouden de goden de honden visioenen sturen? Nee,
dromen kunnen dan misschien toevallig zijn, of voorspellend,
maar sommige mensen reageren nu eenmaal op alle prikkels,
zoals water al gaat trillen van het kleinste kiezelsteentje dat erin
wordt geworpen, en zulke mensen zien niet alleen visioenen in
dromen, maar ook in stro en pannen en afgeknipte vingernagels. Het heeft niets te betekenen.

'Ik dacht dat het misschien een herinnering kon zijn.' Pythias
is enigszins gekalmeerd. 'Aan die keer dat je me vertelde over de

hemel, over het... het uitspansel, en dat de buitenste kring zwart was maar vol gaatjes zat zodat het grote vuur daarachter erdoorheen kon schijnen als sterren. Toen je me dat vertelde vond ik het eng, en ik dacht dat ik me dat misschien in mijn dromen herinnerde.'

'Zie je nou wel.' Ik voel me volstromen met zowel dankbaarheid als liefde als verbazing als verdriet bij de gedachte aan het onvermijdelijke, ophanden zijnde verlies van haar. 'Je hebt er al over nagedacht, zonder mij. Ik ben trots op je.'

Ze gaat achterover liggen en doet haar ogen dicht in een vertoon van dapperheid.

'Ze ligt lekker,' zegt de dienares later wanneer ik ernaar vraag. 'Ze heeft vanmiddag een poosje geslapen toen u de deur uit was.' Deze dienares, Herpyllis, is een warme vrouw, niet echt jong meer, met een sympathiek gezicht en een aanleg voor netheid. De donkere met de groene ogen, op wie Pythias gesteld is. Nu Pythias het bed moet houden heeft Herpyllis het huishouden overgenomen. Ik heb gezien hoe ze de kleine Pythias vertroetelde, met aanhalen en kirren, een liefdesbetuiging die het meisje aandachtig over zich heen liet komen, zonder ook maar een moment te glimlachen. Ik verdenk haar ervan dat ze mij ook probeert te troosten. Ik stoor me er niet aan, maar verbaas me wel over haar lef. Ze is een bediende, geen slavin weliswaar, maar toch.

'Je gaat er erg kalm mee om,' zeg ik tegen haar terwijl ze de deur van de ziekenkamer sluit. Ze heeft haar armen vol vuil beddengoed en haar gezicht is rood van de inspanning die het haar heeft gekost om het bed te verschonen zonder Pythias lastig te vallen. Ik was van plan om haar af te lossen bij het ziekbed, zoals ik nu iedere avond doe, maar Pythias heeft me weggestuurd met de woorden dat ik alleen maar zou proberen om haar te laten nadenken.

'Praat maar met Herpyllis,' zei mijn vrouw. 'Die luistert wel.'

'Ik heb het al eerder meegemaakt,' zegt de dienares nu op de gang. 'Toen ik klein was. Soms zit het in de buik, soms in de borsten. Mijn moeder zat altijd bij zieken. Ik mocht vaak met haar mee.'

Ik doe een stap opzij om haar voor te laten gaan en volg haar dan de keuken in, waar ze de was in een hoek op de vloer laat vallen. 'En heb je ook een idee...' begin ik, maar mijn moed verkruimelt en zonder mijn zin af te maken blijf ik ongelukkig staan.

'Hoe lang?'

Ik knik. Zij, op haar beurt, schudt haar hoofd, wat ik eerst interpreteer als weigering om een gok te doen, maar dan zegt ze: 'Ze zal niet lang meer hoeven lijden.'

Ik kijk naar haar terwijl ze de keuken opruimt en aan mijn avondeten begint. Ze trekt een haar uit haar hoofd, een harde witte haar tussen de donkere, en snijdt daarmee het hardgekookte ei voor het avondeten van de kleine Pythias. Niet echt jong meer, maar ook niet echt oud. Voor een bediende zijn haar handen, vooral de nagels, erg schoon. De pannen zijn gepoetst, de vloeren geschrobd. Ik bedenk nu pas dat mijn eigen beddengoed altijd al is verschoond voordat ik de kans krijg mijn eigen geur te ruiken. Mijn eten is altijd op tijd en altijd warm; zonder dat ik erom hoef te vragen krijg ik mijn lievelingsgerechten opgediend. Zelfs de binnentuin lijkt me beter onderhouden; er wordt gewied, water gegeven, gesnoeid en opgebonden. Ik zie ineens alles.

Wanneer ik mijn keel schraap draait ze zich weg van haar snijplank, ze veegt haar handen af en trekt haar rokken op – vanwege een plas op de vloer, is mijn eerste gedachte. Wanneer ze glimlacht, met pretoogjes, deins ik achteruit, alsof ik me ergens aan heb gebrand. De rest van de avond breng ik door in mijn studeerkamer, met de deur dicht. De bedienden weten dan dat ik absoluut niet gestoord wens te worden.

Er zijn historische precedenten voor bepaalde gebiedsgrenzen – Sparta, Argos, Arcadië, Messene – waar Philippus, die druk bezig is de landkaarten opnieuw te tekenen, eigenlijk weet van zou moeten hebben. Dat houd ik mezelf tenminste voor terwijl ik plannen maak om hem per brief raad te geven. Misschien dat ik hem wel met Herakles ga vergelijken. Stemmen bij de poort; Tycho zal ze wel wegsturen; ik voel me beroerd; ik kom mijn studeerkamer niet meer uit; ik spreek niemand. Toch hoor ik voetstappen.

'Oren vol stront en een kop vol stront,' zeg ik tegen Tycho zonder op te kijken van de kaarten die voor me op tafel liggen. 'Ik zei toch dat ik niet thuis was.'

'Ik versta u niet.'

Ik kijk op.

'Oren vol stront,' legt Alexander uit.

Wat is het? Groter, een diepere stem, wat? O wat?

'Ik kom voor Pythias.'

'Is dat zo?'

'Ze zei dat ik altijd langs kon komen.'

Mijn mondhoeken vertrekken iets. Een glimlach, als ik nog zou kunnen glimlachen.

Hij knielt voor me neer en kijkt me aan. 'Ze is toch nog niet...'

'Nog niet.'

Hij pakt mijn handen beet.

'Nee.' Ik maak me los. Geen hartelijkheid, geen aanraking. 'Ze slaapt. Wil je wachten tot ze weer wakker is?'

Hij knikt.

'Hoe gaat het met je? Wanneer ben je teruggekomen?'

'Gisteren.' Hij vertelt me in het kort over zijn afgelopen twee weken, waarin hij in Athene nauwlettend in de gaten werd gehouden en daarna meteen weer naar huis is gestuurd. 'Ze weten niet wat ze met me aan moeten. Mijn vader en Antipater. Ze denken dat ik iemand iets zal aandoen, of mezelf. Dat heeft Antipater min of meer toegegeven. Mijn vader heb ik sinds de veldslag niet meer gezien. Maar ze hebben me in elk geval wel mijn mes teruggegeven.'

Zo, daar heb je het, open en bloot, eindelijk. 'Kun je je nog wat herinneren van wat er die dag is gebeurd?'

'Een beetje. Ik weet wat Hephaistion me heeft verteld.' Hij aarzelt. 'Hij vertelde me wat mijn vader heeft gezegd over dat hij geen erfgenaam heeft. Klopt dat?'

'Philippus was geschrokken.'

'Nee, dat geloof ik niet. Mijn vader schrikt niet zo gauw ergens van.'

'Kwaad dan. Je... we deden iets wat hij niet begreep.'

'We?'

'Jij dan.'

'Een geschenk. Carolus vond het hoofd toen mooi.'

Dus hij herinnert het zich. 'Hoe kwam je daar trouwens aan?'

Hij kijkt me uitdrukkingsloos aan, en ik ril. Ik word zes jaar terug in de tijd geworpen, dezelfde blik van onbegrip toen Carolus hem vroeg waar hij er eentje dacht te zullen vinden.

'Dat weet u toch nog wel? Dat hoofd was mijn verantwoordelijkheid. Ik zou een masker van klei maken en dat beschilderen. Ik ging naar het huis van de toneelspeler om te kijken hoe hij eruitzag, zodat het zou kloppen, maar toen ik hem zag begreep ik meteen dat hij niet zou optreden. Dat kon een kind zien. Er was daar een oude vrouw die zei dat hij al dagen sliep en niet meer wakker zou worden. Hij had koorts. Ze tilde het laken op om me zijn buik te laten zien. Die was helemaal opgezwollen omdat hij al zo lang niet meer had gepoept. Ze zei dat hij daar dood aan zou gaan: er was een verstopping en zijn lichaam raakte gevuld met stront. Kan dat?'

Ik knik.

'Dus toen tekende ik zijn gezicht, voor mijn masker, en daarna ging ik naar huis om eraan te werken, maar het lukte niet. Het zag er stom uit, alsof het door een kind was gemaakt.'

'Je was ook nog een kind! Zelfs voor een volleerd kunstenaar is beeldhouwen al moeilijk genoeg.'

Hij wuift mijn woorden weg. 'Ik had het moeten kunnen, maar het lukte me niet. Maar ik wist wel waarom. Het kwam omdat ik al een beter idee had. En het zou tijdsverspilling zijn om met het slechtere idee verder te gaan. Dus toen ben ik weer teruggegaan naar zijn huis.'

Ik wil het tegelijkertijd weten en niet weten. 'En heb je...' Ik wapper met mijn handen. Binnenkort zal ik al een halve eeuw oud zijn. 'Hem een handje geholpen?'

Hij aarzelt, verandert wat hij had willen zeggen. Dit is de eerste keer in zes jaar tijd dat ik hem dat zie doen. 'Nee, de oude vrouw, met een kussen. Ze zei dat hij al genoeg had geleden.'

'En ze vond het goed dat jij het hoofd meenam?'

'Ik heb het hele lichaam meegenomen. Ze wist wie ik was. Wat had ze anders moeten doen? Toen alles voorbij was heb ik hem netjes begraven. Ik ben geen beest.'

De grootste belediging die een man een andere man kan toevoegen. Ik herinner me dat ik hem dat een keer heb verteld, en het is te danken aan de tijd die ik hier heb doorgebracht dat hij dat gelooft. Dat is mijn wapenfeit. 'Zou je zoiets vandaag de dag weer doen?'

'U zult moeten toegeven dat het goed werkte.'

'Ik geef toe dat het goed werkte. Zou je het weer doen?'

'U wilt dat ik nee zeg. Nee, ik zou het niet weer doen.'

'Waarom niet?'

'Omdat Carolus dood is.'

'Er is niemand meer op wie je indruk wilt maken?'

Alexander staart naar zijn schoot.

'Vergeef me. Ik kwel met woorden, dat is de kunst van de tragicus. Vertel me eens, als jij een tragedie zou schrijven, waar zou die dan over gaan?'

'Ik?'

'Wat maakt jou bang, wat roept medelijden bij je op?'

'Dat is niet moeilijk. U. Dat u hier vastzit, bij mij, terwijl u een groot man zou kunnen zijn in de wereld. Door mijn vader in een doosje gestopt met het deksel stevig vastgespijkerd. Een dier dat sterft in zijn kooi.'

'Je bent niet stervende.'

'Ik had het over u.'

'Nee, dat denk ik niet.'

'En wanneer het voorbij is met u, wanneer alle sappen eruit zijn gezogen, dan komt er iemand die uw hoofd opensnijdt en zegt, kijk eens, wat een enorm brein. Kijk eens wat een verspilling.'

'Geen verspilling,' zeg ik zacht.

'Verspilling van geest, van lichaam, van tijd. Waar zou u een tragedie over schrijven?'

'Meester.' Tycho staat in de deuropening. 'Mijn meesteres is wakker.'

We staan op.

'Ik wil haar alleen spreken,' zegt Alexander.

Ik wacht op de binnenplaats en pluk doelloos wat kruiden. Alweer late herfst, alweer sterft alles. Zelfs de winterharde planten zijn houtachtig en bruin. Ze zijn niet lang samen.

'Ze vroeg of u me te eten had gegeven,' zegt Alexander wanneer hij na een paar minuten terugkomt. 'Ik zei dat u dat niet had gedaan en dat ik doodging van de honger.'

'Dan zal ze me zo wel op m'n kop geven.' We lopen samen naar de poort. 'Hoe gaat het met je moeder?'

'Ze is gelukkiger. Ik zie haar tegenwoordig vaak. Wie kan me tegenhouden?'

Op straat staan Hephaistion en een handjevol andere jongens die ik herken te wachten. Jongens aan wie ik les heb gegeven. Mannen inmiddels, die me geen blik waardig keuren, op Hephaistion na, die knikt en dan wegkijkt.

'Mijn escorte,' zegt Alexander.

'Zie ik je nog?'

'Mijn vader heeft het verboden. Dus ja, natuurlijk.'

Ik keer terug naar Pythias. In de slaapkamer is het warm en donker en ruikt het naar de kruiden die in een klein komfoortje branden om de lucht te verfrissen.

'Hij kan niet slapen,' zegt ze. 'Hij schrikt van harde geluiden. Hij kan zich niet concentreren op boeken. Hij kan zich vaak niet herinneren wat hij op een dag heeft gedaan. Hij wordt boos, en wanneer dat voorbij is wil hij dood.'

'Het is een soort oorlogsziekte. Soldatenhart noemen ze het.'

'Soldatenhart.' Ik zie dat ze het woord in haar hoofd van alle kanten bekijkt. 'Dat klinkt als een loftuiting.'

'Dat vond ik ook. Ik heb gehoord dat de meesten er wel van herstellen.'

'Hij zegt dat het erger wordt.'

Ik moet denken aan die keer dat hij mank liep voor zijn moeder. 'Hij maakt zich zorgen om je. Hij wil dat je je druk om hem maakt zodat je je eigen zorgen vergeet. Het komt wel goed met hem.'

Het antwoord is natuurlijk dat ik geen tragedie zou schrijven. Ik beschik niet over dat soort geest.

Philippus lijkt een ander mens wanneer hij aan het begin van de winter terugkeert in Pella. Hij kauwt op peterselie om zijn adem te laten geuren, hij kleedt zich modieus en drinkt zichtbaar een stuk minder. Er wordt beweerd dat hij verliefd is op de dochter van generaal Attalus, een meisje dat Cleopatra heet. Ze is een onbeschreven blad, fris en mooi en onopvallend. Haar van nature getuite lippen zijn net bloemblaadjes en waarschijnlijk de reden van haar aantrekkingskracht. Ze straalt de naïeve kalmte uit van een lievelingetje dat nog niet oud genoeg is om het gevaar van haar positie in te zien en ze heeft een schrille lach.

Herpyllis komt uit Stageira, en dat is de punt van de dolk die in mijn hart steekt. Pythias heeft het me verteld tijdens een van onze lange middagen samen, zo'n middag waarop het gesprek alle kanten uitwaaiert en het voor mij eenvoudig is om iets te zeggen over de bijzonder goede zorgen die de vrouw mij verleent tijdens Pythias' ziekte. De eerstvolgende keer dat we alleen zijn en Herpyllis mijn eten opdient vraag ik haar of het klopt.

'Kunt u zich me niet herinneren dan?'

'Ik wou dat ik dat kon,' zeg ik naar waarheid. 'Maar ik denk dat je jonger bent dan ik.'

'Een beetje misschien. Ik herinner me uw vaders huis nog. Mooie bloemen. Mijn vader heeft uw vader nog een keer geholpen om een wespennest onder de dakrand weg te halen. Ik moet toen een jaar of zeven zijn geweest. Ik herinner me dat ik er samen met wat andere kinderen uit de buurt in de tuin naar stond te kijken en dat u ons steeds verder naar achteren dreef zodat we niet zouden worden gestoken. Als een herdershond.'

'Dat herinner ik me nog wel.' Met een bons ben ik terug in de tijd – de intense hitte van de zomer, het gezoem van wespen, het ongebruikelijke lawaai in de tuin door al dat bezoek, mijn eigen opwinding en uitputting omdat er zoveel kinderen waren terwijl ik was gewend mijn dagen alleen door te brengen. Het was net een feestdag. 'En wat nog meer?'

'U was altijd aan het zwemmen. Als mijn zussen en ik een hoofd in het water zagen dobberen wisten we dat u het was. Maar onze moeder zei dat we u nooit mochten uitlachen omdat u de lieveling van de zeegod was.'

'Lachten jullie me dan uit?'

Ze wuift mijn woorden weg en schenkt me lachend nog wat bij. 'Mijn vader was visser. U kende mij niet, maar ik wist wel wie u was. Ik ben voor de familie van uw moeder gaan werken, in Chalcis, en toen u trouwde, hebben ze me naar u toe gestuurd.'

'Ja.' Het is echter een wazige herinnering; in die tijd had ik alleen oog voor Pythias. Misschien dat ik me inderdaad een vrouw herinner die een paar jaar ouder was dan mijn nieuwe echtgenote, een vrouw die groter was en zwaarder, die vaker klaarstond met haar lach. Ik heb nooit veel te maken gehad met de dienaressen van mijn vrouw.

In de dagen en weken die volgen wisselen we dat soort anekdotes uit – de hevige sneeuwval, de recordoogst, de vreselijke storm, de feestdagen van onze gedeelde, maar afzonderlijke jeugd. Het keukenaanbod heeft zich niet herhaald, hoewel ik het gevoel heb dat dat nog wel zal komen. Ze is niet het groene twijgje dat Pythias was; haar borsten zijn zware deegballen vergeleken met Pythias' appeltjes. Een poosje neem ik me voor om daadwerkelijk een hekel aan haar te hebben: te gemakkelijk, te aardig, te lachgraag, te dicht bij mijn eigen leeftijd, te vertrouwd en bovenal te verontrustend: een donkere smet op mijn geheugen, een leeg plekje, een gezicht dat ik me zou moeten kunnen herinneren, maar niet kan. Ze wordt vervelend, een constante ergernis, en ik let op haar voetstappen, op haar stem, alleen maar vanwege de irritatie die dat bij me oproept. Ook haar geur, een parfum van mijn vrouw (Pythias vertelde me over het geschenk: 'Ik heb er te veel van, ik krijg het nooit meer op'), door de alchemie van haar huid veranderd van lichtere in donkerder bloemen, zo stel ik het me voor. Haar hebbelijkheden – de manier waarop ze haar haren met gebogen vingers gladstrijkt achter haar oor, haar gewoonte om zacht te kreunen wanneer ze na lang staan gaat zitten of na lang zitten opstaat, het constante lachje, de manier waarop ze af en toe onbewust haar eigen borsten in haar handen neemt – vind ik onverdraaglijk worden. Natuurlijk ben ik bezig verliefd te worden, en dat weet ik. Seks is geen remedie, maar een behandeling die ik bewaar tot de koorts op zijn hoogst is.

Op een dag gaat ze de boeken in mijn bibliotheek te lijf, ze neemt ze mee naar buiten om het stof erafte blazen en ze te laten drogen in de zon om te voorkomen dat ze beschimmelen, een gebeuren dat me afleidt van mijn werk. Het komen en gaan, de boeken niet op hun plek, angst voor de smoezelige handjes van mijn dochter, angst voor de regen. Om de paar minuten verplaats ik me van mijn werktafel naar de deuropening om me ervan te vergewissen dat de kleine Pythias niet aan mijn Republiek sabbelt, of dat er geen regenwolk aankomt die de hele boel verwoest.

'Nog steeds een blauwe lucht,' zegt Herpyllis, naar boven wijzend. Wanneer ik even later weer naar buiten tuur kijkt ze niet op. Ze is verdiept in een van de boeken.

Ik loop naar haar toe en kijk over haar schouder. 'Kun je lezen?'

Ze schrikt en slaat het boek met een klap dicht. 'Nee.'

Ik pak het boek uit haar hand. De omslag is plakkerig. Ik sla het open, lees een paar zinnen en begin te lachen. De tekeningen moet ze ook hebben gezien. 'Perfect. Ik zocht nog een cadeau voor de bruiloft.'

De dag na de bruiloft vertrekken Alexander en Olympias samen met hun entourage uit Pella en gaan op weg naar Dodona, de hoofdstad van het naburige Epirus, waar Olympias' broer koning is.

'Ik snap niet waar ze zich druk om maken,' zegt Callisthenes tegen me in mijn studeerkamer. 'Philippus heeft na Olympias wel meer vrouwen gehad. Waarom neemt ze nu ineens de benen?'

In zijn woorden hoor ik minachting voor het hof doorklinken.

'En dan Alexander. Een leeuw op het slagveld, maar thuis zo hysterisch als een vrouw.'

'Wie zegt dat?' vraag ik.

'Als u aan het hof was geweest had u het met eigen ogen kunnen zien. Hij was vreselijk prikkelbaar, maakte om het minste of geringste ruzie met iedereen. Zoals gisteravond bijvoorbeeld. Hij viel Attalus aan, bedreigde zijn eigen vader.'

Callisthenes heeft de bruiloft bijgewoond als gast van Philippus; ik was niet uitgenodigd.

'Wat is er precies gebeurd?' Ik heb alleen maar een warrig verhaal van Tycho gehoord. Slaven krijgen alles snel te horen, maar het is meestal niet erg nauwkeurig.

'Attalus zei tijdens zijn toost dat ze vast heel mooie kinderen zouden krijgen, of iets van die strekking. Alexander voelde zich beledigd en gooide een kroes naar zijn hoofd. Raak.' Callisthenes doet Attalus na die iets tegen zijn hoofd krijgt. 'Bam! Philippus springt op, maar valt plat op zijn gezicht en dan vraagt Alexander hem hoe hij Perzië denkt te kunnen halen als hij nog niet eens van zijn eigen bank overeind kan komen...'

'Bijzonder aardig.'

'En dan roept hij iets van dat dit de laatste keer is dat Philippus zijn moeder heeft beledigd. Maar daar raakte ik de weg kwijt, want ik had nogal veel gedronken.'

'Olympias is geen Macedonische, ze komt uit Epirus, dus dat maakt Alexander half half. Een puur Macedonische zoon zou voorgaan op Alexander bij de troonsopvolging.'

'Alexander laat zich heus niet aan de kant zetten door een baby,' zegt mijn neef alsof er niets aan de hand is.

Ik blijf me verbazen over het gemak waarmee een man over zijn eigen onwetendheid heen kan stappen en het gesprek dan vervolgt alsof ik degene ben die nog wat te leren heeft.

'Ik zou niet weten hoe hij dat zou moeten voorkomen. Een regent kan regeren tot de baby volwassen is. Dat is wel vaker gebeurd.'

Hoewel ik tegenwoordig aan huis gebonden ben krijg ik toch alle roddels te horen; opgewonden van mijn neefje, wat kalmer van Herpyllis. Alexander heeft zijn moeder aan het hof van haar broer in Dodona ondergebracht en heeft er zelf het vermaarde orakel bezocht, een grote eik vol nestelende duiven en behangen met bronzen vaatjes die galmen in de wind. Daarna is hij alleen naar het noorden gereden waar hij volgens zeggen diep nadenkt. (Herpyllis glimlacht; ik glimlach; en dan stoppen we onze lachjes weer weg, behoedzaam, zonder nog iets te zeggen.) Ondertussen pendelt een bemiddelaar, Demaratus van Corinthe, een vriend van de familie, heen en weer tussen Pella en Epirus om boodschappen van respect en berouw tussen vader en zoon over te brengen. Dit alles wordt door de Macedoniërs met hun gebruikelijke gulzige genegenheid gadegeslagen, alsof de twee mannen een vechtende leeuw en zijn welpje zijn. Uiteindelijk keert Alexander in zijn eentje terug naar Pella, met opgeheven hoofd, en neemt hij waardig en edelmoedig zijn eerdere rol als troonopvolger weer op zich. Wat helpt is dat het kind Cleopatra zichzelf nauwelijks laat zien; er wordt beweerd dat ze zwanger is en ziek het bed moet houden.

Ik begin aan een klein werk over de ademhaling, een boekje om me mee bezig te houden terwijl ik aan Pythias' bed zit. Ze is vaak buiten bewustzijn en ik breng uren door met kijken naar het zonlicht dat over de muren kruipt en met luisteren naar het ritme van haar ademhaling. Op deze middagen raak ik zelf ook maar al te gemakkelijk in een soort gedrogeerde bedwelming, waarin herinneringen en erotische dagdromen zich verstrengelen terwijl ik me Pythias in de bloei van haar jeugd herinner, Pythias tijdens onze huwelijksnacht met haar sluiers en guirlandes, toen ik haar meenam naar mijn kamer waar de vrouwen met brandende toortsen stonden te wachten, en later het huwelijksfeest, waar we sesamtaart en kweeperen aten; Pythias die ik na die eerste avond met een oneindig geduld uit haar kleren en in mijn bed moest praten; Pythias die nu aan bed gebonden is, die er nooit meer uit zal komen. Ik masturbeer zelfs een keer terwijl zij naar adem ligt te happen. Ik schrijf alles op wat ik weet over ademen, van mensen en dieren en vogels en vissen, en probeer daarmee de herinnering te verjagen waar ik onwillekeurig steeds aan moet denken, de herinnering die nu mijn hart breekt, de herinnering aan onze huwelijksnacht, toen ik mijn hoofd op haar borst legde en het op- en neergaan van haar ademhaling voelde en bedacht dat ik nooit meer alleen zou hoeven slapen.

Pythias is in de nacht gestorven. Wanneer ze begint te schrapen ga ik naar de keuken om een kroes water te halen, maar tegen de tijd dat ik terugkom is ze al heengegaan. Ik sluit haar ogen en leg het muntstuk op haar tong. Dan ga ik naast haar liggen en druk mijn gezicht tegen haar schouder, haar hals, haar borst, tegen de laatste warmte daar. Eindelijk de mijne.

Een paar dagen later maakt een bode zijn opwachting. We rijden samen naar het paleis. De zomer is in aantocht; het licht spreidt zich weidser uit en de hitte blijft langer in de grond. Kort overweeg ik om Herpyllis mee te nemen naar de kust, om haar te leren zwemmen, maar ik weet al dat ik dat niet zal doen. Ze zal het te graag willen, zal te blij zijn.

Mijn audiëntie blijkt privé te zijn. Nadat ik een paar minuten in mijn eentje heb zitten wachten in een kleine antichambre komt Philippus binnen benen. Hij omhelst me ruw.

'Ik heb het gehoord. Wat erg.'

De koning blijft lange tijd bij me zitten; hij spreekt met zijn vertrouwde ruwe beminnelijkheid, met een hapering in zijn stem die oprecht klinkt, en hij ontroert me. Hij is geduldiger met mij dan ik met de kleine Pythias ben, die zoveel huilt dat ze er koorts van heeft gekregen en alles wat ze eet weer uitkotst. Ze blijft maar vragen om een muntstuk voor de veerman zodat ze naar mama toe kan. Ik kan haar aanwezigheid niet verdragen.

Na een tijdje dwing ik mezelf om tegen hem te zeggen: 'Ik houd je van je plichten af.'

'Nee hoor. Ik moet steeds denken aan die kleine van mij, als zij was doodgegaan. Ik zou niet weten wat ik dan had moeten doen.'

Pas dan denk ik eraan om hem te feliciteren met de geboorte van zijn dochter.

'We noemen haar Eurydice, naar mijn moeder.' Philippus schudt zijn hoofd. 'En ik zal je nog wat vertellen. De satraap van Caria heeft me zijn dochter aangeboden voor Arrhidaeus.'

'Om met hem te trouwen?'

Philippus lacht en wrijft in zijn ogen.

'Caria.' Ik probeer mijn hoofd erbij te houden.

'Niet al te groot, niet al te klein. Strategisch. Zou best wat kunnen zijn. We houden een diner voor hem, je moet ook komen.'

'Voor Arrhidaeus?'

'Voor Pixodarus. De satraap. Het is overigens wel een idee. Ik neem aan dat hij er ook bij moet zijn, hè?'

'Arrhidaeus?' zeg ik weer.

'Je hebt natuurlijk gelijk. Ik hoop alleen dat hij het niet verpest. Hij kan toch wel zelfstandig eten, hè?'

'Wanneer heb je hem voor het laatst gezien?'

Philippus knijpt zijn ogen tot spleetjes. 'Dat kan ik me niet herinneren,' zegt hij na een tijdje. 'Hoe lang ben jij nu al bij ons?'

'Zes jaar.'

'Dat zal het dan ongeveer zijn.'

Ik sta op om weg te gaan.

'Wacht, wacht. Wat heb je vandaag verdomme een haast, man. Ik heb je het belangrijkste nog niet verteld.'

Blijkbaar is niet de dood van mijn vrouw of de geboorte van zijn dochter of het huwelijk van zijn zoon het belangrijkste. Ik ga weer zitten.

'Je kijkt alsof je bang bent dat ik ga slaan.' Hij doet alsof hij me tegen mijn hoofd wil stompen en automatisch duik ik opzij. Ergens in de afgelopen vijfentwintig jaar moet ik die reflex toch ontwikkeld hebben.

Philippus lacht. 'Ik heb je helemaal niet voor je huwelijkscadeau bedankt, hè? In alle commotie. Je bent altijd al een grapjas geweest.'

Dus dat is het belangrijkste: een plakkerig boekje, een beetje nostalgie, nog steeds lichtelijk geurend naar rozijnen. 'O ja?'

'Je had een echt clownsgezicht. Je probeerde iedereen altijd aan het lachen te maken. Ik herinner me nog hoe goed je mensen kon nadoen. Je deed jouw vader na, en mijn vader. Dat was eigenlijk best een beetje eng.'

'Dat was ik niet.'

'O, jawel. En je hebt mij ook een keertje nagedaan en toen heb ik je in elkaar geramd. Het was hartstikke grappig, maar ik kon niet anders. Volgens mij deed je alsof je een appel neukte.'

'Je was inderdaad dol op appels,' zeg ik langzaam, in mijn geheugen gravend.

'Nog steeds.' Hij geeft een klap op zijn been, alsof mijn woorden doorslaggevend zijn. 'En dat is ook zoiets grappigs. Alexander is er ook dol op. Toen hij klein was deelde ik die van mij altijd met hem, dan voerde ik hem van mijn mes. Ooit was ik alles voor hem. Waar zou dat joch zijn gebleven, denk je?'

'Hij heeft nu zijn eigen mes.'

Hij slaat me met zijn vuist op mijn kaak, een klap die ik zag aankomen en deze keer incasseer. 'We hadden betere vrienden moeten zijn.'

Zijn manier om zich te verontschuldigen. Meer kan ik niet verwachten. Ik knik.

'Volgens Cleopatra kan Olympias weleens gelijk hebben als ze zegt dat een van de goden de vader van de jongen is. Je hoeft niet zo'n gezicht te trekken, je hebt de geruchten vast wel gehoord. Olympias verspreidt ze zelf. Al jaren, maar ik heb er nooit eerder aandacht aan besteed. Die kleine Cleopatra, hè? Een politica in de dop. We weten natuurlijk allebei wat ze echt bedoelt, alleen is ze wel zo verstandig om dat niet hardop te zeggen. Hoewel ik niet geloof dat het waar is. Een andere minnaar? Nee, niet toen. Het ging er in die tijd wild aan toe tussen zijn moeder en mij. Vind je dat hij op mij lijkt?'

'Wat een rare vraag.'

Philippus lacht. 'Zie je nou wel? Grappig. Want wat zou je moeten zeggen, hè? Goed dan. Hoewel hij altijd meer op haar heeft geleken, het haar, de huid en dat soort dingen. Is het stom van me om me daar nu pas zorgen over te gaan maken?'

Ik besluit dat ik vanwege mijn verdriet wel op enige toegeeflijkheid van zijn kant kan rekenen. 'Hij is niet zo groot.'

'Aardig van je om me daaraan te helpen herinneren.' Philippus lijkt geïrriteerd; dat gevaar zat er ook in. Maar dan zegt hij nog een keer: 'Aardig van je om me daaraan te helpen herinneren.' Zijn ogen zijn niet meer op mij gericht, en ik weet dat ik hem heb gegeven wat hij wilde, een kleine gladde steen om zich 's nachts aan vast te houden, om met zijn duim overheen te wrijven, een vingersnoer, een talisman: twee kleine mannen in een rijk vol lange mensen.

Ik vraag me af hoe lang dit zal werken en ik vraag me ook af hoe sluw zijn nieuwe vrouw eigenlijk is. Deze keer is het een dochter, maar de volgende keer misschien wel een zoon, en wat dan? Als ze nu al zo ver vooruitkijkt is ze niet zo nietszeggend en naïef als ze zich voordoet. Ze heeft snel geleerd, of iemand is het haar aan het leren. En hoe lang zal het duren voordat het Alexander ter ore komt dat zijn vader zich afvraagt of hij geen bastaard is?

'Goed,' zegt Philippus. Ik vraag me af hoeveel hiervan hij zelf al heeft bedacht. Ik denk het meeste. 'Zie je wel, het is altijd fijn om met jou te praten. En nu zal ik jou iets geven. Dit is waarschijnlijk niet het goede moment en misschien dat het je ook niets kan schelen nu je in de rouw bent, maar toch wil ik je dit meegeven, als je begrijpt wat ik bedoel, zodat je het kunt laten bezinken. Ik ben met de wederopbouw van Stageira bezig.'

'Stageira?'

'Als beloning voor wat je allemaal met de jongen hebt gedaan. Een geschenk. Noem het wat je wilt. Ik weet dat het allemaal anders is gelopen dan we hadden verwacht, maar ik wil niet dat je naar hem kijkt en denkt dat het allemaal tijdsverspilling is geweest.'

'Dat denk ik ook niet.'

'Dat mag ook niet. Hoe dan ook. Ik heb opdracht gegeven om met het werk te beginnen en ik wil dat je er later deze zomer naartoe gaat om toezicht te houden. Dan kun je me vertellen wat er nog moet gebeuren en dan zal ik zorgen dat het gebeurt. Akkers, gewassen, gebouwen, boten, wat er maar nodig is. We zouden ook de mensen terug kunnen brengen, het in elk geval proberen. Misschien weet jij van sommigen waar ze nu zijn?'

'Misschien.'

'Ik herinner me dat je een broer had.'

'Ja.' Ik vertel hem niet dat Arimnestus op zijn achttiende is gestorven na een val van zijn paard, en ook niet dat Arimneste het jaar daarop is gestorven bij de geboorte van haar tweede kind, een meisje, dat samen met haar is gestorven, en dat Proxenus en Nicanor al uit Atarneus waren vertrokken voordat ik er aankwam en dat ze nu in Eresus wonen, op Lesbos. Tijdens onze jaren in Mytilene hebben Pythias en ik hen daar een paar keer opgezocht. Stageira heeft geen enkele betekenis voor hen. En het is ook beslist geen Athene, maar ik begrijp dat die belofte nu ergens in de lucht hangt, samen met de Thebaan.

We staan gelijktijdig op en omhelzen elkaar voor de laatste keer.

'Hij is net een god, hè?' zegt Philippus. 'En wie kan de goden begrijpen? Je kunt het me niet kwalijk nemen dat ik reserveplannen maak. Op sommige dagen kijk ik naar hem en dan vraag ik me af wat hij nu weer zal gaan doen.'

'Moet u eens zien,' zegt Alexander.

Op zijn teken begint de toneelspeler te declameren.

'Dat kun je niet doen,' zeg ik al na een paar woorden wanneer de kern van de toespraak tot me doordringt.

De toneelspeler stopt. Alexander draait zich naar me om met zijn oude blik van geamuseerd ongeloof.

'Majesteit,' voeg ik er snel aan toe.

We bevinden ons in de bibliotheek ten paleize, waar ik door Alexander ben ontboden, zogenaamd voor een les.

'Dat kan ik wel en dat doe ik ook,' zegt Alexander. 'Aan wie denkt u dat hij zijn dochter liever geeft, aan mij of aan Arrhidaeus? Zou hij nee tegen me durven te zeggen?'

De toneelspeler is lang, slank en aantrekkelijk en staat met een onnatuurlijke roerloosheid te wachten terwijl de anderen praten. Ik zie dat het Thessalus uit Corinthe is, de beroemde treurspelspeler, een nieuwe lieveling aan het Macedonische hof.

'Nog een keer,' zegt Alexander, en de toneelspeler begint opnieuw. Hij spreekt uitgebreid over Alexanders kwaliteiten terwijl de prins de maat slaat op zijn stoelleuning.

'Heb je dat meisje al eens gezien?' vraag ik wanneer hij klaar is.

Alexander gooit een paar muntstukken die de toneelspeler netjes opvangt en in zijn zak stopt. Hij buigt diep en langzaam, met een tragische waardigheid en verlaat dan de zaal.

Alsof hij een vlieg wegslaat wuift Alexander de opmerking weg, en daarmee ook iedere mogelijkheid tot een terloops gesprek. 'Hij arrangeert een huwelijk voor mijn broer. Voor mijn zwakke, idiote, oudere broer. Waarom niet voor mij? Ben ik niet uithuwbaar? Vindt hij soms dat Arrhidaeus iets heeft wat ik niet heb? Caria is onze belangrijkste bondgenoot tegen de Perzen.'

Ik vraag me af ik het aandurf om te zeggen dat dat niet waar is.

'Hij probeert me te vervangen. Hij vertrouwt me niet. Want snapt u, hij heeft een dochter gekregen, dus nu moet hij iets anders verzinnen. Hij zal zelfs nog eerder het gebroed van Arrhidaeus als opvolger aanwijzen dan mij.'

Ik zie op tafel, bij zijn elleboog, een stapel papieren liggen. 'Heb je nog wat van je moeder gehoord?' Olympias is in Epirus achtergebleven, bij haar broer de koning, waar ze volgens de Macedoniërs zit te mokken.

'Ze schrijft me.' Alexander wijst naar de papieren.

Ik raad hem aan er nog eens over na te denken.

'Ik neem aan dat u ook denkt dat ik niet geschikt ben voor een huwelijk.'

'Niet voor dit huwelijk. Dat is beneden je stand.'

Ik zie de jongen nadenken over mijn woorden, met een nobele roerloosheid, net als de toneelspeler.

Toen Philippus ontdekte wat Alexander van plan was liet hij vier van Alexanders metgezellen verbannen, onder wie wel Ptolemaeus, maar niet Hephaistion. Zelfs als hij kwaad is is hij niet gek, onze Philippus; hij wilde zijn zoon straffen, niet breken. Toen Philippus hoorde dat Thessalus alweer op de terugweg was naar Corinthe, stuurde hij soldaten achter hem aan die hem geboeid terugbrachten naar Pella. De toneelspeler onderging deze vernedering met grote waardigheid en kalme lijdzaamheid.

'Ik zie het zo voor me,' zeg ik.

Herpyllis, die me dit verhaal vertelt, geeft me verwijtend een zetje tegen mijn arm. We liggen in bed. We neuken inmiddels met elkaar, een aangename, prikkelende aangelegenheid die ik aan niemand hoef uit te leggen. Ze is, net als de meeste inwoners, gaan kijken toen de toneelspeler door de straten van Pella werd gesleept terwijl ik thuisbleef om aan mijn boek te werken.

'Maar wel erg voor dat meisje,' zegt Herpyllis. 'Dat ze niet eens weet wie van de twee broers ze zal krijgen.'

Ik ga op mijn rug liggen om haar te helpen. 'Ze krijgt Arrhidaeus. Volgens mij heeft Philippus dat heel snel geregeld.'

'Arme meid.'

Ik doe mijn ogen dicht. 'Arme jongen.'

Mijn geest buigt zich over de categorieën van genot en op welke manier die zijn te onderwijzen. De eerste paar keer liet Herpyllis me mijn gang gaan. Toen ze me een beetje begon te leiden dacht ik dat ze me vrijheden aanbood waarvan ze dacht dat ik die niet zou durven nemen: tong aan de tieten, vingers in het gaatje. Toen, op een avond waarop ik mezelf had uitgeput, bleef ze maar kreunen en schuiven tot ik haar vroeg wat er aan de hand was. Ik gleed met mijn vingers over haar arm naar haar eigen vingers om te kijken wat ze aan het doen was.

'Heb je een waslapje nodig?' vroeg ik. Ze was zich echter niet aan het afdrogen, maar ze was aan het wrijven. Toen ze probeerde mijn vingers te gebruiken trok ik mijn hand weg en zei dat ze niet zo onbescheiden moest doen.

'Wat?' vroeg ze.

'Ik ben klaar.' Ik was me ervan bewust dat ik als mijn vader klonk. 'Dus dat is niet nodig.'

'Jij bent klaar. Ik niet.'

Omdat ik niet wist wat ik moest zeggen liet ik haar haar gang gaan. Ze kromde haar rug een beetje en toen trok er een reeks sidderingen door haar heen terwijl ze bij iedere uitademing zacht kreunde. Een ergerlijk geluid.

'En wat was dat?'

Ik ging ervan uit dat haar antwoord gelogen was. Van mijn vader had ik geleerd dat wat zij beweerde, lichamelijk gezien onmogelijk was.

'De volgende keer mag je me helpen,' zei ze.

Ik vroeg haar om haar genot te beschrijven.

'Het is net als honing,' zei ze. En ook: 'Als een trom.' En nog meer van dat soort vergelijkingen: alsof ze de top van een heuvel bereikte, als golven die stuksloegen, als de kleur goud.

Ze zei ook dat ik, als ik klaarkwam, klonk als een man die iets zwaars optilt en dat vervolgens weer met veel moeite op de grond zet.

De eerste Griekse koning in Macedonië kreeg van een orakel de opdracht om een stad te bouwen op de plek waar hij de eerste *aigas*, geiten, zag. Vierentwintig jaar geleden was de verdediging van Aegeae – voormalige hoofdstad, locatie van de koninklijke tombes – tegen Athene de eerste militaire operatie van Philippus als koning. Aan het eind van deze zomer verplaatst het hof zich naar Aegeae.

Het paleis, aan de achterkant beschermd door een berg, kijkt uit op het noorden, met uitzicht over het heiligdom en de stad heen op de vlakte daarbeneden. Het paleis is kleiner dan dat in Pella, maar ook ouder en heiliger; alle belangrijke rituelen worden daar gehouden. Het hart van het complex wordt gevormd door een vierkante binnenplaats vol pilaren; vervolgens ontvangstzalen, altaren, woonvertrekken. In de ronde troonzaal bevindt zich een inscriptie in mozaïek ter ere van Herakles; elders is de vloer versierd met stenen wijnranken en bloemen zodat het net lijkt alsof je door weides in volle bloei loopt. Vlak bij de westelijke muur bevindt zich een buitentheater. Een hoge stenen muur biedt de hovelingen op weg van het paleis naar het theater beschutting, waardoor ze afgeschermd zijn van de openbare ruimte van de stad. Het theater is gebouwd van steen en aangestampte aarde, met tribunes voor het publiek en in het midden van de bak een altaar voor Dionysos.

Behalve de hofhouding van Pella zal ook de koning van Epirus, Olympias' broer Alexandros zijn opwachting maken. Philippus, eeuwige politicus die hij is, heeft een huwelijk gearrangeerd tussen de dochter van hem en Olympias met haar eigen oom. Het huwelijk wordt wijd en zijd opgevat als middel om te bevestigen dat Alexandros' loyaliteit bij Philippus ligt en niet bij Olympias. Het is een belangrijke bruiloft, niet zozeer om wie de bruid en bruidegom zijn – Philippus heeft ze vermoedelijk allebei goed onder de duim – maar vooral als een mogelijkheid voor Philippus om zijn grootsheid aan de hele wereld te tonen. Het is Macedonië zelf dat tentoon zal worden gesteld. Het wordt een festijn dat dagen zal duren, met kunst, sport en grote banketten. Van overal komen buitenlandse gasten; dit is niet het moment om als buitenlander nee tegen Philippus te zeggen.

Op de eerste dag van de festiviteiten zal 's ochtends de *Bacchanten*, van Euripides, weer worden opgevoerd. Is het soms ironisch bedoeld van Philippus om zijn zwager de laatste voorstelling die ze jaren geleden samen hebben gezien in herinnering te brengen? We zijn allemaal gek op de *Bacchanten.*

Ik zit samen met mijn neef tussen het publiek, bijna achteraan, te wachten tot het stuk begint. Onder ons zitten een paar honderd van Philippus' uitverkoren gasten, allemaal mooi en fleurig uitgedoste mannen met bloemen in hun haar, die de lucht verfraaien met hun vele talen. De rest van de gasten – duizend in totaal, heb ik gehoord – zullen ongetwijfeld al aan het banket zitten, in afwachting van de sportwedstrijden van vanmiddag. De hitte is drukkend, en ik mis Herpyllis, die is achtergebleven in Pella om voor de kleine Pythias te zorgen en voor ons pasgeboren zoontje dat ik Nicomachus heb genoemd, naar mijn vader. Ik mis het kleine lijfje van mijn zoontje in bed. Herpyllis heeft hem die eerste nacht terloops tussen ons in gelegd en hij slaapt met zijn armpjes wijd gespreid, één handje op zijn moeder en één handje op mij. Hij bezorgt me een ondoorgrondelijk dierlijk gevoel – met zijn mollige hitte en zijn gesnurk, een welp in het hol, verstrengelde ledematen – iets wat ik niet met mijn dochter heb gehad. Pythias stond erop dat ze in haar eigen kamer sliep, samen met haar kindermeid, die ons voor het voeden 's nachts met een officieel klopje op de deur wakker maakte, alsof ze bang was ons te betrappen bij seksuele uitspattingen. De kleine Pythias was een huilbaby en wanneer ze eenmaal wakker was duurde het vreselijk lang voordat ze weer in slaap viel. De kleine Nicomachus eet tot dusverre als een wolf – Herpyllis geeft hem op schoot de borst, als een boerenmeid, terwijl ze in kleermakerszit naast me in bed zit – en hij slaapt als een drinkebroer, met in zijn mondhoek nog een wit druppeltje zaligheid. Ik denk dat hij een ongecompliceerd karakter zal hebben. Ik mis hem. Ik geniet ook van Herpyllis die van nature vriendelijk en handig is, met wie ik jeugdherinneringen deel, en die geruststellend aards is vergeleken met de afwezige ongrijpbaarheid van mijn overleden echtgenote. Maar eerlijk gezegd verveelt mijn werk haar en wanneer ik erover begin heeft ze altijd iets anders te doen, herstelwerk, de moestuin verzorgen, de baby voeden of het dunne haar van de kleine Pythias vlechten.

Het is tijd om een toekomst te kiezen, ergens met mensen met wie ik kan praten, of in elk geval met geesten met wie ik kan leven. 'Ik zie een reis,' zei Callisthenes gisteren tegen me terwijl hij met zijn vingers voor zijn ogen schudde als een priester die een visioen had. Ik ook; maar voor reizen zijn hoop en moed nodig en plannen maken en de wil om 's ochtends op te staan. Het zal een poosje duren voordat ik die troepen heb verzameld.

De optocht begint, de trommels en trompetten, de beelden van de goden en dan Philippus zelf, een paar passen voor zijn bewaker. De menigte juicht. Ineens bukt een van de lijfwachten zich en trekt een mes. Philippus lijkt iets te bemerken, lijkt een hand op de schouder van de soldaat te willen leggen, maar dan steekt het mes al in Philippus' borst. Wat? Philippus kijkt over zijn schouder, knielt voorzichtig neer, raakt het heft van het mes aan en gaat liggen.

Ik kan niet zien wat er daarna op het podium gebeurt. Om me heen staan mannen te vloeken, ze roepen de goden aan en ontkennen wat ze hebben gezien. Wat? Nee! En dan begint de mensenmenigte te duwen en te strompelen en te rennen, en Callisthenes en ik worden erdoor meegesleept, als deeltjes in een stroom. We geven elkaar een arm om elkaar niet kwijt te raken. Voor het theater schreeuwen de soldaten tegen de mensen dat ze zich naar hun logeeradressen moeten begeven en daar moeten blijven. Voor ons is dat de paleisbibliotheek. Onderweg daarnaartoe worden we een paar keer op wapens gefouilleerd. Callisthenes heeft een schop tegen zijn enkel gekregen en bloedt.

'Hoe gaat het met de prins?' vraag ik aan een soldaat bij de paleispoort.

Hij herkent ons. 'De koning, bedoelt u.'

'Hoe gaat het met hem?'

'Hij is de koning,' zegt de soldaat.

Het is stil in de bibliotheek. Onze bedrollen liggen nog waar we ze die ochtend hebben achtergelaten. Er zijn hier zoveel buitenlanders dat iedere kamer bezet is. Ik vind het onprettig om hier te moeten eten en drinken, wassen en plassen, want dat maakt de ruimte vol boeken vochtig, maar we hadden geen keus.

'Heeft u gezien wie het was?' Callisthenes scheurt een reep van zijn bedlinnen om zijn enkel mee te verbinden. 'Pausanias.'

'Waarom dan?'

Callisthenes weet het. Er doet een verhaal de ronde over deze soldaat – de afsluiting van het verhaal dat Carolus me lang geleden over zijn bevordering heeft verteld – dat hij ruziemaakte met Attalus, de vader van de nieuwe koningin, en dat Attalus, onder het mom van een verzoening, hem voor het eten uitnodigde, hem dronken voerde en op het oefenterrein tussen de stalknechten gooide. Toen Pausanias Philippus om gerechtigheid verzocht weigerde de koning om zijn eigen schoonvader te straffen. In plaats daarvan zond hij Attalus naar Perzië als aanvoerder van de vooruitgeschoven troepen om voorbereidingen te treffen voor de ophanden zijnde invasie, en bevorderde hij Pausanias opnieuw, ditmaal tot lijfwacht, in een poging hem tot bedaren te brengen.

'Ze hielden hem vast op de grond en hebben hem om de beurt gepakt,' zegt Callisthenes. 'Hij heeft nog dagen bloed gescheten.'

'Hij valt de koning aan vanwege een paar van die poten? Dat geloof ik niet.' Hoewel: *ze vieren het, ze laten er mensen onder lijden, ze doen er zaken mee en ze regeren ermee.* 'Denk je dat Philippus dood is?'

De bibliotheek heeft een smal, hoog raam dat uitkijkt op wijngaarden. Callisthenes rekt zijn nek uit om te kijken of er iets te zien valt, wat dan ook. 'Gelooft u dat er nog iemand aan denkt dat wij hier zitten?'

Het antwoord op die vraag krijgen we om middernacht. We hebben lampen ontstoken en het muffe water van die ochtend opgedronken, maar we hebben het niet aangedurfd om op zoek te gaan naar eten. We liggen klaarwakker op onze bedrollen wanneer een soldaat de deur opendoet. Een soldaat: Antipater.

'Jij niet,' zegt hij tegen Callisthenes.

Ik volg hem door de onbekende gangen, Aegeae is ouder en ruiger dan het moderne, dure Pella; de gangen zijn smaller, donkerder en hebben lagere plafonds en ongelijke vloeren. We komen langs schildwachten en patrouilles, gespannen soldaten met witte gezichten die schrikken en opstuiven tot ze Antipater herkennen. Ik ben blij dat we niet in ons eentje op verkenning zijn uitgegaan.

'Ga recht voor me staan,' zegt Antipater voor een deur. 'Armen wijd.' Hij fouilleert me op wapens. 'Je kunt naar binnen.'

'Wat heeft dit te betekenen?'

'Ga nou maar naar binnen.'

Een slaapkamer. Alexander zit op bed, met zijn hoofd in zijn handen. Hij kijkt op wanneer ik binnenkom. Ik ga naast hem zitten en sla een arm om zijn schouders.

'Misschien wilde ik het wel,' zegt hij.

'Alle jongemannen willen de dood van hun vader. Ik ook. Maar dan, als het zover is...'

'Ik heb ervoor geofferd.'

'Wat heb je geofferd?'

'Een zwarte zwaan. Ik wilde eigenlijk een stier, maar die zijn moeilijk te verstoppen. Maar de goden wisten wat ik bedoelde.'

'Wanneer was dat?'

'Na Maedi, nadat hij had gezegd dat hij me zou verminken als ik er nog een keer in mijn eentje op uit zou gaan.'

'Drie jaar geleden?'

'De goden wisten het.'

'Drie jaar,' zeg ik. 'Kind, de goden wachten niet zo lang. Dit heb jij niet gedaan.'

'Ik wist het van Pausanias.'

'Zijn ruzie met Attalus?'

'En als het Pausanias niet was geweest, dan was het wel iemand anders geweest. De goden hebben me gehoord.'

Aanvaard de schuld. Veroordeel jezelf.

'Hij keek me aan,' zegt Alexander. 'Ik stond achter hem, onder de doorgang, te wachten tot het mijn beurt was om het theater binnen te gaan. Na Pausanias – mijn vader kon niet praten, maar hij draaide zich om en keek me aan. Hij wist dat ik er eigenlijk achter zat. De goden hebben de deur geopend.'

Tegengestelde uitersten, maar tevens varianten op dezelfde idee.

'Ik heb de hele tijd op u zitten wachten,' zegt Alexander. 'Niemand wist waar u was. Waar was u?'

'In de bibliotheek.'

Hij begint te huilen.

'Mijn vader is gestorven aan de pest.' Ik haal mijn arm van zijn schouders. 'Jouw vader is gedood door een moordenaar. Het lichaam streeft naar een evenwicht in de lichaamssappen. Door verdriet ontstaat er een teveel aan, hetgeen we afvoeren via tranen. Te veel tranen, dan raakt het lichaam uitgedroogd; de hersens verschrompelen. Je moet rouwen en water drinken en slapen. Morgenvroeg vraag je de goden om de schuld die je voelt in een klein visje te veranderen. Je verstopt dat visje ergens in je.' Ik raak mijn slaap aan, mijn hart. 'Daar, of daar. Zo kun je verder leven. Niemand zal het merken.'

'Antipater denkt dat Pausanias is omgekocht.'

'Door wie?'

Hij kijkt me aan.

'Dat denkt hij vast niet.'

'Door mijn moeder dan.'

'Dat is belachelijk. Veeg je neus.' Hij veegt zijn neus af aan zijn mouw. 'Er zijn heel wat mannen die er profijt van hebben dat je vader dood is. Dat snapt Antipater vast ook wel.'

'Denkt u?'

'Het klinkt logisch. Een of andere ontevreden hoofdman misschien die zelf graag de troon zou bestijgen, en die in Pausanias een scherp wapen heeft gevonden. Ik zal eens met hem praten.'

Ik sta op. 'Je moet slapen. Zal ik je een lamp brengen?' Hij knikt. Ik ontsteek een tafellamp met een toorts die aan de muur hangt en breng hem naar zijn bed waar hij inmiddels in is gaan liggen. 'Alles in orde?'

Hij knikt.

'Jij hebt dit niet gedaan.'

Hij sluit zijn ogen.

Kinderen houden handjes vast. Mannen lopen zelfstandig.

Na louteringsrituelen en een periode waarin hij opgebaard heeft gelegen op een praalbed wordt Philippus samen met zijn wapens begraven onder een grote aarden grafheuvel. Het verminkte lichaam van Pausanias wordt op de brandstapel verbrand. De zonen van Aeropus, een ontevreden hoofdman, worden voor het gerecht gesleept, veroordeeld en ter dood gebracht. Rituele offergaven, begrafenisspelen, alle pracht en praal in het schelle, gouden, zomerse namiddaglicht, met om ons heen stuifmeel dat trilt in de lucht.

Ik rouw. Diep in mijn borstkas bevindt zich een klein plekje waar een klein mannetje, een dwergje, zit te huilen. Ik zeg tegen hem dat hij zich niet zo moet aanstellen. 's Avonds, wanneer ik drink, klimt hij op mijn schouder en kijkt verlegen om zich heen. Hij denkt dezelfde gedachten als ik, op zijn eigen kleine manier, zeer gekruide gedachten, vleesspiesen, kleine en heftige herinneringen. Hij lijkt een beetje op Arrhidaeus, mijn dwergje, met zijn korstjes aan zijn neus en zijn gekakel; hij draagt waarschijnlijk nog luiers en kan waarschijnlijk niet zelfstandig eten, maar hij herinnert zich alles buitensporig goed, overvloedig, obsessioneel, in flitsen van diep verzadigde kleuren. Deze bijvoorbeeld: Philippus die voor het eerst zijn ogen opendoet onder water en lacht, de bubbeltjes die uit zijn mond stromen en botsen op de bubbeltjes die uit de mijne stromen terwijl hij over zijn schouder kijkt, naar zijn voeten, over zijn hoofd naar de oppervlakte en dan weer naar mijn gezicht. Philippus, met allebei zijn ogen open, lachend onder water.

'Doe voorzichtig,' zegt Herpyllis.

Het is oogsttijd, met gouden dagen en tintelende nachten. Callisthenes en ik gaan op reis nu het nog kan, voordat het weer verslechtert. We zullen op Moor en Dame rijden; Ruk is voor de bagage. Hij snuift en blaast, gepikeerd over het ongewone gewicht. Callisthenes krabbelt over zijn neus en zegt tegen hem dat hij een watje is geworden.

Ik til de kleine Pythias op en vertel haar dat ik een nieuw huis voor ons ga zoeken.

'Ook voor mij?' vraagt ze.

'Ook voor jou.'

Ze duwt haar voorhoofd tegen het mijne. Ik zet haar weer op de grond. Ze gaat naast Herpyllis staan die de baby op haar arm heeft.

We bestijgen de paarden en rijden weg. Wanneer we ons omdraaien om te zwaaien zegt Callisthenes: 'Het is niet allemaal slecht geweest,' doelend op Pella, op de drie die daar achterblijven.

'Vind je dat we beter hadden kunnen blijven?'

'In Pella? Nee.'

'In Macedonië?'

'Daar draait het allemaal om bij deze reis, hè?'

We rijden oostwaarts, eerst een tijdje met uitzicht op de zee, en daarna het binnenland in. 's Avonds roosteren we boven ons smeulende vuur brood aan groene takken en we slapen in de openlucht. We spreken nauwelijks met elkaar, onze blik is naar binnen gericht. Ik heb het gevoel dat mijn neef me iets wil vertellen. Doet er niet toe. Wat hij ook besluit, het maakt mij niet uit hoewel ik hem wel zal missen.

Het leger van Philippus – van Alexander nu – is druk aan het werk geweest in Chalcidice. Al na een paar weken wederopbouw is er iets van de schoonheid terug, van de voorspoed, het fruit en de vogels en de kleuren. Als je in de stilte bij zonsondergang luistert kun je de aarde horen neuriën. De grond blijft tot diep in de nacht warm; vreemd-bekende gezichten lachen naar ons vanaf de velden; de sterren zijn vloeibare zilveren spetters aan de hemel, een vlekkenpatroon dat me net zo vertrouwd is als de vlekken op de keukentafel van mijn moeder. Ik ben bijna thuis; al deze tijd heeft het zich op slechts twee dagen reizen afstand bevonden. Callisthenes glimlacht nu en dan naar me zonder iets te zeggen, om iets wat hij op mijn gezicht ziet. Het zal een dikke maand duren voordat ik in Pella de boel heb gepakt en mijn zaken daar heb afgehandeld, maar dan zal het te laat in het jaar zijn voor de vrouwen en de kinderen om nog te reizen, vooral voor de baby te nat en te koud. We zullen deze reis nog een keer maken, maar dan echt, in het voorjaar. Dit is slechts een verkenningstocht.

Antipater had me er al voor gewaarschuwd: de oostkust is nog steeds deprimerend, op Stageira na. Het land ligt braak en de wijngaarden zijn overwoekerd, maar het dorp is weer opgelapt, met oude stenen en nieuw hout. Ik laat Antipaters brief aan de officier van dienst zien, en hij nodigt ons uit voor een stoofschotel in zijn tent en zegt dat hij in de afgelopen paar maanden gesteld is geraakt op de plaats. Keurige manieren. Ik zeg tegen hem dat zijn mannen hard hebben gewerkt.

Hij schenkt nog wat wijn in. 'We weten van wie de orders komen. Wie u bent.'

We dobbelen een tijdje en daarna wandel ik bij het licht van de maan naar de kust.

Callisthenes volgt een paar minuten later. 'U bent gelukkig,' zeg hij.

'O ja?'

'Op uw gemak. U hoort hier thuis.'

'Misschien wel. Ik weet het niet. Het is een fijne plek voor een kind om op te groeien. Ik zou het prettig vinden om Nicomachus hier net zo te zien rondrennen als ik als kind heb gedaan.'

'Spelend met uw geest.'

Ik wijs naar de zee. 'Dat jongetje is ongeveer honderdvijftig meter ver de zee in gezwommen en heeft zes meter diep gedoken om schelpen te zoeken. Wie wil kan hem daar vinden.'

Callisthenes slaat zijn armen om zich heen en wrijft over zijn bovenarmen. 'Ik wil liever naar het huis gaan kijken.'

Het landgoed van mijn vader ligt een stukje van zee af. In het grote huis is alles donker, maar vanuit de verte kunnen we zien dat er in een van de bijgebouwen licht brandt. Dichterbij gekomen blijkt dat het raam van het tuinhuis te zijn. Wanneer onze voetstappen over de kiezelstenen knerpen verschijnt er een oude vrouw in de deuropening.

'Dag moedertje.' Callisthenes bukt zich om haar te begroeten.

Ze heeft een bochel en moet zich half omdraaien om ons met een scherpe blik te kunnen aankijken. Ik herken haar niet.

'Woont u hier?' vraagt hij.

'Ik ken u.'

Callisthenes glimlacht. 'Ik geloof niet dat –'

'Niet u.' Ze kijkt mij aan. 'U.'

Ik zeg haar hoe ik heet en hoe mijn vader heette. 'Als u weet wie ik ben, dan weet u ook waar u woont.'

'Er is hier in geen jaren iemand geweest. Ze hebben het eerst herbouwd en daarna stond het leeg. Ik zorg dat het mooi blijft.'

'Mogen we eens kijken?'

We lopen achter haar aan het huisje in.

'Ah!' zeg ik. Het is klein; ze hebben het klein herbouwd, of mijn geheugen heeft dat gedaan. Zes jaar geleden was het half afgebrand en zat er geen dak meer op. Het is duidelijk dat de oude vrouw in deze ene kamer woont, met de propere haard en de gedroogde lavendel aan het plafond. Hoe kan het dat het hier nog steeds hetzelfde ruikt, na alles wat er is gebeurd, na al die tijd? 'Houdt u het grote huis ook bij?'

'Zo goed mogelijk. Ik veeg het bijna elke dag. En ik probeer de tuin ook weer op orde te krijgen. De boomgaard lukt me niet, ik verzamel alleen de vruchten die eraf vallen.'

'Woont u hier alleen?'

'Ik ben te oud om weg te gaan. Mijn jongens wonen niet ver weg. Na de oorlog heb ik een tijdje bij hen gewoond, na het verbanningsbevel, maar hier hoor ik thuis. Ik ben vorige maand teruggekomen toen ik zag dat het grote huis af was. Het leger weet dat ik hier ben, maar dat kan ze niet schelen. Het kan niemand wat schelen. Mijn jongens komen om de paar dagen even bij me kijken en nemen dan mee wat ik nodig heb.'

Ik doorzoek mijn geheugen, in een poging haar te plaatsen. 'Zonen. Geen dochter?'

'Als het goed is kent u mijn dochtertje.'

'O ja?'

'Mijn kleintje, Herpyllis. Ze is in dienst bij uw vrouw.' Ze ziet mijn gezicht. 'Nee. Niet mijn kleintje eerder dan ik.'

'Nee, nee. Het is mijn vrouw die is gestorven.'

'O.' Ze ontspant zich, schudt haar hoofd en geeft een klopje op mijn arm. 'Wat erg. Hoe lang geleden?'

'Anderhalf jaar. Herpyllis...' Ik werp een korte blik op Callisthenes die naar het plafond staart. 'Herpyllis is een grote steun geweest voor haar meesteres tijdens haar ziekte. En voor mij ook.'

'U heeft haar dus niet ontslagen, daarna.'

'Eh...'

Callisthenes, die zijn ogen inmiddels heeft gesloten, neuriet zacht.

'Nee. Om u de waarheid te zeggen...' Ik heb nog nooit een schoonmoeder gehad. 'Houd je mond,' zeg ik tegen Callisthenes.

'Het spijt me.'

De oude vrouw lacht. 'Aha, dat soort steun dus?'

'Een zoon is een grote troost.'

'Een zoon!' Ze klapt in haar handen, maakt met haar vingertoppen een waaier van haar jurk en beschrijft langzaam een rondje door de kamer; ze danst. 'Een kleinzoon!'

'Herpyllis is erg gelukkig,' zegt Callisthenes.

De oude vrouw heeft rode wangen gekregen. 'Zal ik u het grote huis laten zien? Het is helemaal klaar voor u. U neemt ze mee hiernaartoe, u brengt ze terug. Toch? Pak de lamp even voor me, als u wilt. Op die plank daar.'

'Morgen.'

Callisthenes begint over mijn huishouden te vertellen, over Herpyllis en de baby, over het goede eten, over hun mooie kleren, allemaal even comfortabel en duur, om haar op die manier af te leiden van het antwoord dat ik niet heb gegeven. Ze vraagt ons om te blijven, maar de officier verwacht ons morgenvroeg terug om ons de herstelwerkzaamheden te laten zien.

'Morgenmiddag dan.'

'Morgenmiddag.'

Callisthenes en ik wandelen terug naar het soldatenkamp.

Na een tijdje zegt hij: 'U zult haar hart breken.'

'Daar kan ik niets aan doen.'

'Dat weet ik.' Het is laat, koud. Onze adem dampt.

'Daarom zijn we gekomen, zodat u een beslissing kunt nemen.'

Ik kan geen woord uitbrengen.

'U lijkt zich de laatste tijd wat beter te voelen.' Callisthenes kijkt me niet aan. 'Uw ziekte. Het was een tijdje heel erg, maar de laatste tijd –'

'Ziekte?'

We staan op een kleine heuvel die uitkijkt op het soldatenkamp. Ik steek mijn hand op om de schildwacht te begroeten die ons al heeft gezien. Hij gaat weer bij zijn vuur zitten.

'Alstublieft,' zegt Callisthenes. 'Zelfs met mij wilt u er niet over praten? Hoe lang kennen we elkaar nu al?'

Ik schud mijn hoofd.

'Het gaat beter met u wanneer u een nieuwe liefde heeft. Eerst Alexander. Nu Herpyllis. Ooit ook ik. Dat haalt u uit uzelf. En dat helpt. Ik herinner me nog toen ik bij u kwam wonen, in Atarneus. Iedereen had me gewaarschuwd dat u zo'n nare man was, maar ik was dolgelukkig. U had altijd alle tijd voor me, altijd alle tijd om met me te praten. U gaf me geschenken, moedigde me aan, gaf me het gevoel welkom te zijn, gaf me het gevoel dat ik fantastisch was. Ik heb me een tijdje afgevraagd of het u soms om seks was te doen. Maar dat was het niet; u hield gewoon van me. En toen ging u trouwen, en was het Pythias. En toen we in Pella gingen wonen was het Alexander.'

'Ben je jaloers?'

'Nee. Ja, natuurlijk. Maar dat is niet... Wat ik probeer te zeggen is dat ik u al heel erg lang heb kunnen gadeslaan. U draagt een ziekte met u mee. Iedereen die van u houdt ziet dat. Toen u in Mieza was hadden Pythias en ik het er vaak over hoe we u konden helpen. Ze zei dan dat u Alexander nodig had. Ze zei dat het uw dood zou worden als ze hem ooit bij u weg zouden halen.'

'Zwarte gal,' zeg ik.

'Ze was niet rancuneus. Ze was slimmer dan u volgens mij ooit –'

'Niet in haar, in mij. Lang geleden heb ik van mijn vader geleerd dat zwarte gal zowel heet als koud kan zijn. Koud: dan word je lui en dom. Warm: dan word je briljant, onverzadigbaar, koortsachtig. Net als bij de verschillende stadia van dronkenschap, begrijp je? Alleen besefte mijn vader niet dat dit allemaal niet per se slecht hoefde te zijn. De mensen die een evenwicht weten te vinden tussen de uitersten...'

Callisthenes legt zijn hand op mijn arm.

'... de allerbeste leermeesters, kunstenaars, krijgslieden...'

'Plato, Carolus, Alexander...'

'Ik ben lange tijd tussen die twee uitersten heen en weer geslingerd. Ik zocht een meisje en dan neukte ik me wezenloos en daarna wilde ik dood. Maar zoals je zegt, de laatste tijd gaat het beter. Niet zo hoog, niet zo laag. Misschien komt het door Herpyllis; dat zou kunnen. Maar wat maakt het uit zolang het aanhoudt?'

'Denkt u dat het hier niet zal aanhouden?'

'Heb je de boomgaard bij het grote huis gezien?'

'Pruimen.'

'Pruimen. Een van mijn eerste herinneringen, de smaak van die pruimen. Toen we er net langsliepen keek ik ernaar en dacht: te klein, na al die jaren. Die verdomde bomen zijn nog steeds te klein om je aan op te kunnen hangen. Zo ziet het er in mijn hersens uit, nog steeds.'

'Athene dus.'

'Voor mij wel. Maar voor jou?'

Hij kijkt verlegen, verbaasd.

Ik knik. 'Je werk is degelijk. Je hebt mij niet meer nodig. Als je wilt kun je dit huis van me krijgen.'

We lopen de heuvel af naar het kampement. 'Weet u nog dat ik zo'n hekel had aan Macedonië toen we er net waren?' vraagt mijn neef.

'Ja.'

'Stageira,' zegt hij. 'Comfort, alle tijd voor mezelf, tijd om te schrijven. Het kan beroerder.'

'Of je zou met me mee kunnen gaan, bij me blijven. Maar dan als collega, en niet meer als leerling.'

'Of ik zou totaal iets anders kunnen gaan doen. Verliefd worden misschien. Reizen.'

'Of allebei.'

Hij lacht. 'Allebei dan maar.'

'Klerekoud vanavond,' zegt de schildwacht. 'In de voorraadtent liggen extra dekens. Pak maar wat jullie nodig hebben.'

'Majesteit.'

'Meester,' zegt Alexander.

We omhelzen elkaar kort. Ik voel de droge, lichtelijk koortsachtige hitte van zijn huid, die precies overeenkomt met zijn blozende teint, ik voel zijn kracht en ik ruik de vage, aangename kruidige geur die hem als jongen zo voor mijn vrouw innam. We bevinden ons in de paleisbibliotheek, in Pella, voor de allerlaatste keer. Hij is nu acht maanden koning.

'Ik vind het ongelooflijk dat u weggaat,' zegt hij.

Ik geef mijn leerling twee geschenken, een boek van Homerus en een boek van Euripides.

'Maar dat zijn uw eigen boeken.' Hij bladert ze door. 'Hier staan uw aantekeningen in.'

307

Ik knik.

'Ik zal ze bij het slapen altijd onder mijn kussen leggen,' zegt hij ernstig.

Een glimlach onderdrukkend sta ik op.

'Nee, nee. In ruil voor alles wat ik u geef wil ik nog een geschenk van u.'

'Zeg het maar.' Wat kan ik anders zeggen?

Alexander lacht en zegt tegen een onzichtbaar publiek: 'Moet je hem nu eens zien. Je zou denken dat ik hem om zijn eerstgeborene vroeg.'

Ik voel een laatste steek van jaloezie. Dit is een manier van doen die nieuw voor me is; de invloed van anderen op hem is nu al zichtbaar. Dat ik niet meer in de buurt zal zijn om te zien hoe hij dingen overneemt en zich aanpast, dat ik niet zal zien hoe zijn geest zich vult net zoals zijn lichaam dat heeft gedaan – dus het is toch liefde uiteindelijk, denk ik, dat wat ik voel wanneer ik naar hem kijk. Misschien had Callisthenes gelijk. Zo goed als liefde.

'Een les. Ik wil een laatste les.'

We nemen onze plaatsen in.

'Ik neem aan dat het tijdsverspilling zou zijn om het met jou over matigheid te hebben.' Ik weet er een glimlach uit te persen. 'Dus daarom zal ik het met je hebben over uitmuntendheid. Wat is menselijke uitmuntendheid? Wanneer is een mens een goed mens? Wat betekent het om een goed leven te leiden?'

'Als je triomfeert. Als je je capaciteiten tot het uiterste benut. Als je succes hebt.'

'Succes hebben.' Ik knik. Ik praat over het oefenen van alle vermogens van een mens, en over alle manieren waarop hij zou kunnen uitmunten: in karakter, in vriendschap, in intellect. Ik weid nog wat uit over het intellect, leg uit dat dat het goddelijke zaadje in de mens is, iets wat geen enkel ander dier bezit. In de hiërarchie van uitmuntendheden staat het intellect bovenaan; daarom is het beste menselijke leven het leven dat zich tot doel stelt intellectuele uitmuntendheid te verkrijgen.

'In de filosofie,' zegt Alexander.

Ik keer me af van de oppervlakkigheid in de stem van mijn leerling, van de gladde lach. Op dit moment zou ik mijn gezicht het liefst in mijn boeken verbergen, zoals de kleine Pythias haar gezichtje ooit in haar moeders borst verborg, om zo de wereld te laten verdwijnen.

'Lysimachus zei altijd precies hetzelfde,' zegt Alexander. 'Dat het in mijn aard lag om overal in uit te munten, en dat degene die me daarbij in de weg stond tegen de wil van de goden inging.'

'Dat lijkt me niet echt hetzelfde als wat ik zei, hè?'

'Niet echt.' Alexander glimlacht. 'Lysimachus heeft tegenwoordig veel succes.'

'O ja?'

'Ik heb hem bevorderd tot mijn persoonlijke lijfwacht. O, dat gezicht van u! Het kan uw goedkeuring niet wegdragen?'

'Dat is niet aan mij. Alleen...'

'Alleen?' Hij buigt zich naar voren.

'Alleen zou ik hebben gedacht dat hij over alle voorwaarden beschikte om het soort van uitmuntendheid te willen bereiken dat ik je net heb beschreven. Een veelzijdig man, een atleet, een kunstenaar, een levendige geest, precies de geest om de natuurlijke superioriteit van het contemplatieve leven te kunnen waarderen. Om maar te zwijgen van de middelen, het feit dat hij over voldoende vrije tijd beschikt. Ik ben pragmatisch genoeg om te begrijpen dat dat een voorwaarde is.'

'Ik bezit toch dezelfde kwaliteiten, of niet soms?'

'Als je vader je de indruk heeft gegeven dat een Macedonische koning over vrije tijd beschikt, dan heb je niet goed opgelet.'

'U ontwijkt mijn vraag.'

'Jij bezit dezelfde kwaliteiten. Nee. Jij bezit die kwaliteiten in nog hogere mate. Dat weet je best. En je weet ook dat ik dit niet zeg om je stroop om de mond te smeren. Heb ik dat ooit gedaan?'

'Ik zou niet van u houden als dat wel zo was.' Voordat er een ongemakkelijke stilte kan vallen vervolgt hij: 'Ik zou me moeten terugtrekken op een van de landgoederen van mijn vader en mijn tijd doorbrengen in een gemakkelijke stoel, water drinken en nadenken over het wonder van de schepping?'

'De stoel mag niet al te gemakkelijk zitten. Trouwens, het landgoed van mijn vader ligt in Stageira.' Ik vergewis me ervan of hij wel naar me kijkt. 'Ik heb daar als volwassene nooit gewoond.'

'Een man die het allemaal op eigen kracht heeft klaargespeeld.'

'Dat kan knap lastig zijn. Lastiger dan je denkt.'

Hij lacht. 'U denkt dat uw leven volmaakt is. U denkt dat iedereen zoals u zou moeten willen zijn. In al onze jaren samen heeft u theorieën bedacht die gebaseerd zijn op toevalligheden uit uw eigen leven. U heeft een hele filosofie gebouwd op de verdienste dat u u bent. Het is waardevol om schelpen te bestuderen omdat ú van zwemmen houdt. Geweld moet buiten de deur worden gehouden omdat ú in Chaeronea nooit uw tent uit bent gekomen. Het bewind van de middenklasse zou het beste staatsbestuur zijn omdat ú afkomstig bent uit de middenklasse. Een mens moet zijn leven in kalme contemplatie doorbrengen omdat het leven ú nooit meer te bieden heeft gehad.'

'Vertel me wat er dan nog meer is.'

'Er is nog een hele wereld.' Zijn ogen worden groot. 'U zou met mij mee kunnen reizen, weet u. Ik blijf hier niet. Ik ga naar het oosten, en nog verder naar het oosten en dan nog verder naar het oosten. Ik zal verder gaan dan wie dan ook ooit is gegaan en dan nog verder. Ik zal dieren zien die nog nooit iemand heeft gezien. Zeeën waar nog nooit iemand in heeft gezwommen. Nieuwe planten, nieuwe mensen, nieuwe sterren. Alles ligt voor het oprapen. Ik zal ervoor zorgen dat het u aan niets ontbreekt. We zullen u vervoeren in een palankijn, kussens, kopiisten, karren die kreunen onder het gewicht van alle specimens die u verzamelt. U zult niet eens merken dat u deel uitmaakt van een leger. We zullen de weg voor u banen. Het onbekende bekend te maken, is dat niet de grootste deugd, het grootste geluk? Is dat niet precies waar we het over hebben?'

'Je haalt genot en geluk door elkaar, echt blijvend geluk. Een beetje opwinding hier, wat sensatie daar. Je eerste vrouw, je eerste olifant, je eerste gekruide maal, je eerste kater, je eerste beklimming van een berg die nog nooit door een mens is beklommen, en je eerste uitzicht vanaf de top naar de andere kant. Je wilt een leven van aaneengeregen sensaties.'

'Leer me dan om het beter te doen. Gaat u mee met mijn leger. Met mij. U bent als een vader voor me geweest. Maak me niet voor de tweede keer wees.'

'Op die zin heb je geoefend.'

'Ik kan u ook nooit blij maken. Niet wanneer ik scherp ben, niet wanneer ik flauw ben. En ja, op die zin heb ik geoefend. Is dat zo erg? Zoveel verschillen we niet van elkaar, u en ik. We werken allebei voor wat we willen. Niets gaat vanzelf. Gaat uw werk soms vanzelf?'

'Nee.'

'Neem mij nou.' Hij staat op. 'Ik ben klein. Ik hakkel bij het praten. Ik bloos. Ik ben bang in het donker. Midden in een veldslag raak ik de weg kwijt en na afloop kan ik me daar niets meer van herinneren. Maar wanneer mensen me zien zeggen ze: groot strijder, welbespraakt, charmant, eervolle leerling van de grootste geest ter wereld. Ik moet op mijn tenen lopen, net als u.'

Ik knik.

'Misschien dat u me dan toch naar uw evenbeeld heeft gevormd. Een mooie, krachtige buitenkant met daaronder een warboel. Net zoals u mijn broer heeft gepolijst, door hem te leren praten, te leren paardrijden. Zo zit u in elkaar, hè? U, en ik, en hij?'

Ik zeg niets.

'Ik zal u vertellen wat ik wel uit uw theorie van geluk aanvaard,' zegt hij. 'Ik aanvaard dat het grootste geluk diegenen toevalt die in staat zijn tot de grootste dingen. Op dat punt laten we mijn broer achter ons. Op dat punt lopen u en ik weg van de rest van de wereld. U en ik zijn ons allebei bewust van de pracht van de dingen. We lopen naar de uiterste rand van wat iedereen kent en begrijpt, en zetten dan nog een stap. Wij gaan verder dan de rest. Zo zitten wij in elkaar. U heeft me geleerd om zo te zijn.'

'Heb ik je dat geleerd?'

'Ik heb u bedroefd gemaakt.'

'Ja.' Ik raak mijn voorhoofd aan. 'Ja, inderdaad.'

'We lijken zoveel op elkaar. Ik ben uw kind.'

De jongen die wist waar hij het hoofd kon vinden, het hart, de adem, de geest. De jongen die zo lekker rook. De jongen die uit de regen naar binnen kwam rennen. 'Majesteit.'

Hij zegt: 'Blijf bij me. Laat me de volgende stap niet in mijn eentje zetten.'

We vertrekken op een zonnige dag, wanneer het zonlicht glinsterend op het moeras valt en de zee oogverblindend doet schitteren.

Alexander heeft me zoveel spullen, kleding, huisraad, gereedschap, bedienden en geld geschonken dat ik hem gewoon moest smeken om daarmee te stoppen. Herpyllis rijdt met de kinderen mee op een kar gevoerd met bont; ze is opgewekt en onbewogen, ze voedt de baby en kletst met de kleine Pythias, bijna vier nu, die opgewonden is en zeurderig, en nu al iets gespannens om haar ogen heeft, een teken van de hoofdpijnen waar ze aan lijdt. Ik gebaar Herpyllis dat ze aan haar hoedje moet denken. Ik weet dat ik in de kleine Pythias de bezorgdheid zie die haar moeder bij zo'n reis zou hebben gevoeld. Herpyllis gedraagt zich daarentegen alsof ze een dagje naar zee gaat of terug naar Mytilene; haar maakt het allemaal niets uit. De slaven, Tycho en Simon en de rest, hebben een kar voor zichzelf. Philes rijdt naast me, want mijn plannen met hem zijn eindelijk werkelijkheid geworden. Hij kan geen woord uitbrengen. Hij is doodsbang.

'Oom.' Callisthenes steekt zijn hand naar me uit.

Hij zal Alexander vergezellen op zijn reizen, als hofhistoricus. Het is dus reizen geworden; met een beetje geluk zal de liefde volgen. We omhelzen elkaar en nemen afscheid.

Ik wil net mijn paard bestijgen wanneer hij zegt: 'Er is hier nog iemand die afscheid wil nemen.'

Een lange, jonge man met een mij vertrouwde soepele tred komt achter een kar tevoorschijn waar hij zich heeft schuilgehouden met een jonge lakei die nu zijn metgezel is. Ze hebben allebei een enorme grijns op hun gezicht.

'En wie hebben we daar?' vraag ik hoewel ik dat best weet.

'Ik wil niet dat u weggaat,' zegt Arrhidaeus.

Hij klampt zich aan me vast, huilt zelfs even terwijl ik hem op zijn schouders en haar klop. 'Ik ben heel erg trots op je, Arrhidaeus.'

Dus dat is wat ik zie terwijl ik wegrijd: mijn neef, met een inmiddels Macedonisch hart; en de gek naast hem die niet echt meer een gek is en die naar me zwaait totdat ze voor mij nog slechts vlekjes in de verte zijn.

Zodra niemand het meer kan zien stap ik van mijn paard en ga in een kar zitten waar ik kan schrijven. Geen gedokter meer,

geen politieke spelletjes meer, geen kinderen meer onderwijzen; geen uitstel meer voor het echte werk. Binnenkort zal ik in
een stille kamer zitten van waaruit ik de rest van mijn leven
steeds verder de wereld in kan zwerven; terwijl mijn leerling,
naar het einde van elke landkaart stormend, steeds dieper in de
put zal vallen die hijzelf is. *Je moet niet bang zijn om een discussie aan te
gaan waar je niet meteen een uitweg uit ziet.* Kan iemand me ook vertellen wat een tragedie is?

Nawoord

Cleopatra en haar dochtertje werden vlak na de dood van Philippus vermoord, waarschijnlijk door Olympias. Leonidas had Alexander een keer een standje gegeven toen hij wierook had verspild op het altaar; hij zei dat hij zich zulke buitensporigheden pas mocht veroorloven wanneer hij de landen had veroverd waar zulke specerijen vandaan kwamen. Volgens Plutarchus stuurde Alexander Leonidas jaren later 'wierookhars ter waarde van vijfhonderd talenten en mirre ter waarde van honderd'. Alexander veroverde Perzië en Egypte en leidde zijn leger tot in India en Afghanistan. Bij het orakel van Ammon in Siwa heeft hij naar verluidt gevraagd of er nog een moordenaar van Philippus ongestraft was gebleven en of Philippus echt zijn vader was. Hij streefde ernaar om oosterse en westerse culturen bijeen te voegen en mat zich een Perzische kledingstijl en Perzische manieren aan. Zijn gedrag tijdens zijn lange veldtochten werd steeds grilliger. Hij dronk veel, had last van woedeaanvallen gevolgd door periodes van verlammende depressies en schuldgevoel, en hij weigerde om naar huis te gaan. Hij huwde twee vrouwen en stierf op tweeëndertigjarige leeftijd in Babylon aan een maagziekte. Ptolemaeus werd een van de belangrijkste generaals van

Alexander en kreeg later de macht over Egypte, waar hij een dynastie begon die in de Romeinse tijd eindigde met de dood van zijn achter-achter-achter-achter-achter-achter-achterklein-dochter door een slangenbeet. Hephaistion bleef Alexanders trouwe metgezel en kwam om tijdens een gevecht, slechts enkele weken voor de dood van Alexander. Callisthenes vergezelde Alexander op zijn reizen in de hoedanigheid van hofhistoricus, maar raakte uit de gratie toen hij kritiek uitoefende op de wijze waarop Alexander oosterse gehoorzaamheid van zijn troepen eiste. Diogenes Laërtius, de biograaf uit de klassieke oudheid, zegt dat Callisthenes werd 'opgesloten in een ijzeren kooi en meegevoerd tot hij wegens gebrek aan goede verzorging last kreeg van ongedierte; uiteindelijk werd hij voor een leeuw gegooid en zo kwam hij aan zijn einde'. Arrhidaeus werd regent van Macedonië tijdens Alexanders lange verblijf in Azië, en na de dood van Alexander werd hij koning. Hij werd daarin bijgestaan door de oude generaal Antipater. Olympias ruziede veelvuldig met Antipater en liet Arrhidaeus uiteindelijk vermoorden om zo zelf als regentes te kunnen regeren.

Aristoteles keerde terug naar Athene om daar zijn eigen school te leiden, het Lyceum, tot hij werd gedwongen de stad voor de tweede keer te verlaten vanwege de toename van anti-Macedonische gevoelens na de dood van Alexander. Zijn laatste levensjaar bracht hij door in het Macedonische garnizoen in Chalcis, in Euboea, waar hij op eenenzestigjarige leeftijd stierf.

Zijn testament is bewaard gebleven:

Alles zal goed komen; maar, voor het geval dat er iets gebeurt, heeft Aristoteles de volgende beschikkingen gemaakt. Antipater is executeur wat betreft alle zaken en in het algemeen; maar, tot de komst van Nicanor, zullen Aristomenes, Timarchus, Hippar-chus, Dioteles en (als hij hierin toestemt en als zijn omstandigheden dat toelaten) Theophrastus zowel de zorg voor Herpyllis en de kinderen op zich nemen als die voor de bezittingen. En wanneer het meisje [zijn dochter Pythias] volwassen is zal zij worden uitgehuwelijkt aan Nicanor; maar mocht het meisje voor haar huwelijk iets overkomen (wat de hemel verhoede en zoiets zal niet gebeuren), of wanneer ze getrouwd is maar voordat er kinderen zijn, dan zal Nicanor volledige bevoegdheid hebben, zowel met betrekking tot het kind als met betrekking tot alle andere zaken, om die te beheren op een manier die hem en ons waardig is. Nicanor zal de zorg op zich nemen voor het meisje en de jongen Nicomachus in alles wat hun aangaat op een manier die hem passend lijkt als was hij hun vader en broer. En mocht Nicanor iets overkomen (wat de hemel verhoede!) oftewel voordat hij het meisje huwt oftewel wanneer hij haar heeft gehuwd maar voordat er kinderen zijn, dan zullen alle regelingen die hij mogelijkerwijs heeft gemaakt geldig zijn. En mocht Theophrastus bereid zijn met haar samen te leven, dan zal hij dezelfde rechten hebben als Nicanor. In alle andere gevallen zullen de executeurs in samenspraak met Antipater wat betreft de dochter en de jongen handelen zoals hun goeddunkt. De executeurs en Nicanor zullen, ter nagedachtenis aan mij en aan de trouwe liefde die Herpyllis me heeft toegedragen, in alle andere opzichten zorg voor haar dragen en, mocht ze willen trouwen, erop toezien dat ze aan iemand wordt geschonken die haar niet onwaardig is; en behalve datgene wat ze reeds heeft ontvangen zullen ze haar een talent zilver geven uit de bezittingen en drie dienaressen naast de bediende die ze reeds heeft en de knecht Pyrrhaeus; en mocht ze ervoor kiezen om in Chalcis te blijven, de portiersloge in de tuin, en indien in Stageira, het huis van mijn vader. Welke van de twee huizen ze ook moge kiezen, de executeurs zullen het uitrusten met meubilair dat zij geschikt achten en dat Herpyllis zelf goedkeurt. Nicanor zal de zorg op zich nemen voor de jongen Myrmex opdat hij naar zijn eigen vrienden zal worden gebracht op een wijze die mij waardig is, samen met de bezittingen van hem die wij hebben ontvangen. Ambracis zal in vrijheid worden gesteld, en op de huwelijksdag van mijn dochter zal ze vijfhonderd drachmen ontvangen en de dienares die ze reeds heeft. En Thale zal ontvangen, behalve de dienares die ze heeft en die gekocht is, duizend drachmen en een dienares. En Simon, behalve het geld dat eerder aan hem is uitbetaald voor een andere bediende, zal oftewel nog een bediende krijgen die voor hem zal worden aangeschaft, of een geldsom. En Tycho, Philo, Olympias en zijn kind zullen in vrijheid worden gesteld wanneer mijn dochter huwt. Geen van de bedienden die voor mij hebben gezorgd zal verkocht worden, maar ze zullen in dienst blijven; en wanneer ze de gepaste leeftijd bereiken zullen ze in vrijheid worden gesteld, mits ze dat verdienen. Mijn executeurs zullen erop toezien dat, wanneer de beelden waartoe Gryllion de opdracht heeft gekregen die te vervaardigen gereed zijn, die worden opgesteld, namelijk dat van Nicanor, dat van Proxenus, waarvan het mijn bedoeling was die te laten vervaardigen, en dat van Nicanors moeder; ook zullen ze de buste opstellen die van Arimnestus is vervaardigd, als aandenken aan hem, aangezien hij kinderloos is gestorven, en ze zullen het standbeeld van mijn moeder opdragen aan Demeter in Nemea of waar het hun het beste toeschijnt. En waar ze me ook mogen begraven, daar zullen ook de botten van Pythias neergelegd moeten worden, in overeenstemming met haar eigen opdracht. En om de behouden thuiskomst van Nicanor te gedenken, zoals ik uit zijn naam heb gezworen, zullen ze in Stageira levensgrote standbeelden opstellen van Zeus en Athena, de Verlossers.

Woord van dank

Grote dank gaat uit naar Denise Bukowski en Anne Collins. Verder dank ik de Canada Council for the Arts voor hun financiële ondersteuning.

Ik heb veel gehad aan de volgende boeken: wat betreft de Macedonische geschiedenis: *Alexander de Grote*, van Plutarchus, *A History of Macedonia Volume II: 550-336 BC*, van N.G.L. Hammond en G.T. Griffith en *The Cambridge Ancient History, Volume IV: The Fourth Century BC*; wat betreft de klassieke geneeskunde: *Hippocratic Writings*, G.E.R. Lloyd, redactie, vertaald door J. Chadwick en W.N. Mann (*De eed van Hippocrates*, vertaald door J.E. van Everdingen en H.F.J. Horstmanshoff, uitgegeven door Van Zuiden Communications); wat betreft het leven en het gedachtegoed van Aristoteles: *Aristotle: Fundamentals of the History of His Development*, uit het Duits vertaald door Richard Robinson (oorspronkelijke titel: *Aristoteles: Grundlegung einer Geschichte seiner Entwicklung*, door Werner Jaeger), *Aristotle: A Brief Introduction*, van Jonathan Barnes (Nederlandse titel: *Aristoteles*, uitgegeven door Lemniscaat), *A History of Western Philosophy: The Classical Mind*, van W.T. Jones, en *The Fragility of Goodness: Luck and Ethics in Greek Tragedy and Philosophy*, van Martha Nussbaum (Nederlandse titel: *De breekbaarheid van het goede*, vertaald door Patty Adelaar, uitgeverij

Ambo). Voor vertalingen van het werk van Aristoteles heb ik voornamelijk gebruikgemaakt van de Loeb Classical Library-serie en van de Penguin Classics. De Engelse vertaling van het testament van Aristoteles is verzorgd door R.D. Hick (Loeb Classical Library).

Voor een roman over Aristoteles' tijd in Macedonië gezien door de ogen van Alexander verwijs ik naar Fire from Heaven, de prachtige roman van Mary Renault uit 1969 (Vuur uit de hemel, Uitgeverij Unieboek, vertaling Frédérique van der Velde).

Ik heb letterlijke vertalingen overgenomen uit Meno, van Plato, vertaling Benjamin Jowett; uit Bacchae, van Euripides, vertaling Kenneth Cavander; uit Oedipus Rex, van Sofokles, vertaling Dudley Fitts en Robert Fitzgerald. De epigraaf is afkomstig uit Plutarch's Lives: Complete and Unabridged in One Volume, in de vertaling van Dryden, herzien door Arthur Hugh Clough (Alexander, Plutarchus, Chaironeia, vertaling Gerard Janssen). Carolus, Philes, Illaeus, Athea, de artsen, de paarden en de stalknecht zijn fictieve personages. Wetenschappers zullen opmerken dat ik de filosoof Theophrastus, een volgeling van Aristoteles, die met hem mee is gegaan naar Macedonië, heb weggelaten. Wetenschappers zullen ook opmerken dat ik de dood van Speusippus later heb laten plaatsvinden omdat dat beter paste bij mijn verhaal. Wetenschappers zullen rood aanlopen vanwege het feit dat ik Aristoteles naar Chaeronea heb laten gaan. Daar is geen enkel bewijs voor, niet in zijn geschriften en niet in die van anderen.